阿基米德定律

Archimedes'
principle

孤寂的靈魂彼此依偎，在鄰近深淵處獲得救贖

長篇小說

著

魯迅文學獎得主張學東全新力作

體在流體中的狀態不外乎三種：漂浮、懸浮、沉浮，而我們有的人，

能一輩子都浮在生活的水面上，時漂時懸，起起落落，

有的人幾乎一直沉浮下去，永無出頭之日……

目錄

同是天涯淪落人
—— 關於張學東中篇小說《阿基米德定律》

王春林

　　明明是一部透視表現當下時代底層民眾生活的中篇小說，張學東卻偏偏要用一個物理學名詞來將其命名為《阿基米德定律》，其原因究竟何在？難道說作家真的是在故弄玄虛嗎？答案顯然是否定的。只有在認真地讀過小說之後，我們方才可以明白，卻原來，張學東其實是要藉助於所謂的「阿基米德定律」，來精準形象地描寫再現一種底層民眾日常生活中的沉浮狀態。作為小說表達的一個核心點，作家曾經對這一物理學定律做出過清晰的解說：「朱安身竟破天荒地記起來，那時自己在物理課學過的一個定律：浸在靜止流體中的物體，受到流體作用的合力大小，正好等於物體排開流體的重力，這個合力又被稱作浮力。」緊接著，那位物理老師，還從這一定律出發，進一步發揮道「同學們，阿基米德定律不光是一個物理學概念，它其實對我們的人生也有很重要的啟示，物體在流體中的狀態不外乎三種：漂浮、懸浮、沉浮，而我們有的人，可能一輩子都浮在生活的水面上，時浮時懸起起落落，還有的人幾乎一直沉浮下去，永無出頭之日……」其實只要是認真讀過這部小說的讀者，就會知道，發出這種感慨的主體，與其說是這位物理老師，反倒不如說是作家張學東自己。是張學東，在面對著小說男女主人公朱安身與馬娜的不堪人生境況時所發出的一聲沉痛嘆息。

　　事實上，張學東關於朱安身與馬娜這兩位人物關係的設置構想很容易就可以讓我們聯想到白居易的長詩〈琵琶行〉、郁達夫的短篇小說《春風沉醉的晚上》以及張賢亮的中篇小說《綠化樹》。早在 1980 年代中期，一

同是天涯淪落人
—— 關於張學東中篇小說《阿基米德定律》

位天才的批評家黃子平，曾經創造性地將時間跨度如此之大，其實文體差異同樣十分明顯，這三部文學作品連繫在一起，從原型母題的角度加以深入的研究。而致使黃子平做這樣一種創造性研究的一個根本原因，就在於三部作品人物關係設計上的相似性。〈琵琶行〉中，是被貶謫的潯陽太守或者乾脆說就是白居易自己與那位琵琶女，《春風沉醉的晚上》中，是落魄的知識分子「我」與菸廠女工陳二妹，到了《綠化樹》中，則是被勞改的知識分子章永璘與勞動婦女馬纓花。反正總括而言，其中的男女主人公，一個是不如意的知識分子（白居易那個時代雖然沒有形成知識分子這樣的概念，但他實際上無論如何都可以被看作是一位知識分子），另一個則是生活在底層的普通女性，人物關係設計的同構性，是一個不容否認的事實。張學東的《阿基米德定律》之所以能夠讓我們聯想到以上的三部作品，根本原因正在於此。只不過，由於時代的緣故，發生在落魄知識分子朱安身與底層風塵女子馬娜身上的，已經是隱含有新的思想質素的人生故事了。

最終不幸變身為殺人凶手的知識分子朱安身人生悲劇的起因，竟然是他那樣一種可謂是與生俱來的醜陋相貌。對於朱安身相貌的醜陋，作家曾經借助於馬娜的視角做出過相應的描述：「這張臉委實醜得離譜，可以毫不誇張地說，在她見過的男人當中，似乎沒有誰的臉面，比他更埋汰更醜齼了。」「怎麼說呢，這男人醜得有點兒叫人喘不上氣來，他的醜不是某種單純的醜，不是某個具體的器官沒有生好，倒更像是，把她這輩子所見過的各種醜人的特點，統統集中到了一起，就跟一盤大雜燴似的，不論眼睛鼻子牙齒眉毛，還是頭髮和膚色，都讓她吃驚得要命，即便打著燈籠，恐怕也找不到比他更難看的男人了。」唯其因為如此，所以在小說中，朱安身的那些大學同學曾經不無殘忍地把他比作為雨果《巴黎聖母院》

（《鐘樓怪人》）裡的經典形象卡西莫多。實際上朱安身之所以在事業尤其是愛情方面一再受挫，主要原因正在於此。正因為自己儘管已經老大不小的了，卻依然還是無法解決迫在眉睫的婚姻問題，萬般無奈的朱安身，方才想出了掏一千元錢讓風塵女子馬娜假裝戀人陪自己回家去看望病重父親的如此一種下策。沒承想，正是朱安身的如此一種下策，才最終導致了他自己誤殺同學這樣一場人生悲劇的徹底釀成。

那麼，好端端的，日常生活中一貫看似軟弱無能的知識分子朱安身，為什麼會突然爆發，會以這樣一種極端的方式來面對他的同學方寅虎呢？對此，張學東曾經給出過詳盡的說明：「太過分了，就算是打狗，也得看看主人吧！朱安身再也忍無可忍了。過去的經驗一再證明，逆來順受對他的生活毫無益處，一味地保持沉默，只能縱容壞人壞事一而再再而三地發生，讓他一次次地陷入苦痛與掙扎。天地良心他這輩子從來沒有想得罪任何人，可身邊總有些無聊的傢伙，有意無意地要傷害他，並且以此為樂。就因為他天生一張醜臉，誰也瞧不起他，誰都可以隨便戲謔他耍弄他侮辱他；同樣因為這張難看的臉，他自己總是鬱鬱寡歡、不善言辭、甘於現狀又毫無反抗意識，生活對於他和像他這樣的人來說，似乎只能是一場忍氣吞聲、飽受凌辱的災難。眼下，就連這個所謂的老同學，一個曾經抄他作業混日子的無賴，也大言不慚地來挑釁他羞辱他了，這世界真他媽的操蛋！」請原諒我把小說中如此長的一段文字轉引到了這裡，因為不如此就無法從根本上說明朱安身這樣一位懦弱者何以會在突然間大爆發。卻原來，從精神分析學的角度來說，朱安身這一次不期然間的異常行為，乃是他因為相貌醜陋而被迫隱忍了很多年的人格屈辱的大爆發。在方寅虎看來，既然馬娜只是一位被朱安身臨時僱來充門面的風塵女子，那自己就可以不管不顧地肆意侮辱馬娜。他根本沒有料想到，這個時候的朱安身其實

同是天涯淪落人
—— 關於張學東中篇小說《阿基米德定律》

早已經把馬娜和自己緊緊地連繫在了一起。既然馬娜這個時候的公開身分是自己的戀人，那麼，方寅虎對馬娜的肆意凌辱，就毫無疑問可以被看作是對他人格尊嚴的嚴重冒犯。如此一種心理狀態，再加上父親剛剛撒手人寰所形成的強烈刺激，朱安身那樣一種看似意外的大爆發，其實就可以理解了。

朱安身之外，小說中另一位具有人性深度的人物形象，就是那位化名為馬娜的風塵女子。依我所見，張學東的一大引人注目處，就在於別具慧眼地發現並寫出了這位風塵女子身上好女人的善良那一面。實際上，馬娜之所以會淪落成為一位賣身為生的風塵女子，並不是因為她的天性淫蕩，而是被生活所迫的緣故。不足二十歲的時候，馬娜在老家就遵從父母之命嫁給了鄰村一個自己並不了解的男人。沒想到這個男人不僅嗜酒如命，而且往往還會在醉酒後肆意家暴。實在無法再忍受下去的她，到最後只好想法子逃了出去，投靠了一個外地的老鄉。哪知遇人不淑，剛剛好不容易跳出狼窩的馬娜，一不小心卻又掉進了火坑。因為這位在外混世界的女老鄉專門哄騙和召集有姿色女性在城鄉接合部做皮肉生意，所以，在劫難逃的她，也就稀裡糊塗地落入了對方早已設計好的圈套之中。雖然說一開始她也有過反抗，有過不適應，但時間一長，她就慢慢適應了這種賣身的生活：「人就是這樣，一旦跌入汙泥濁水中，就算再多跌幾跤，跌得再狠些，也都無所謂了。」然而，早已習慣了賣身生涯的風塵女子馬娜，根本就沒有料想到，只是因為她假扮了一次朱安身的未婚戀人，自己竟然會在朱家享受到一種從未體驗過的被尊重。以至於，面對這種無法適應的被尊重，她竟然因此而生出了一種難得的羞愧之感：「馬娜發現，朱母說這話時的眼神，充滿了渴望和欣慰 —— 那渴望幾乎是望眼欲穿的，那欣慰更是苦盡甘來的。所以，她再也不敢正視對方的眼睛了。她覺得自己有罪，且罪

不可赦。」馬娜之所以倍感羞愧，且不由自主地生出了一種罪惡感，乃因為她知道，自己其實是在假扮朱安身的戀人，自己其實是在欺騙這個善良的老人。實際上，正是因為有如此一種愧疚心理做支撐，到小說結尾處，當那場慘案發生之後，馬娜也才會產生一種強烈的自責心理。一方面，她清楚地知道，一切都是因她而起，但在另一方面，那個時候的她，卻偏偏就是不願意買那個傢伙的帳，「她以前可不，只要有錢賺，管他什麼男人，她才不在乎呢，至少在遇到朱安身之前就是這樣的。但有時，她又分明覺得，自己並沒錯，要知道這兩天朱家老少都拿她作上賓，把她當一個多好的閨女敬著供著呢，甚至於連她自己也有種錯覺，她原本就是一個好女人。」說實在話，能夠在馬娜這樣一位早已淪落多年的風塵女子身上，把一種好女人的善良質素挖掘表現出來，正說明了張學東對人性世界理解的一種包容與寬厚。

同是天涯淪落人，相逢何必曾相識。一個是因為相貌醜陋而遭受歧視凌辱很多年的知識分子，另一位則是淪落風塵若許年的底層女性。在一部中篇小說中，張學東能夠創造性地運用物理學上的阿基米德定律，借助於一場多少帶有一點「莫須有」色彩的殺人事件，把男女主人公身上那種人性的複雜與深邃不無精準地挖掘表現出來，所充分突顯出的，正是作家一種非同尋常的思想藝術表現能力的具備。

阿基米德定律

一

　　隔著軟呼呼被窩，馬娜用一根細手指輕輕捅了捅朱安身。

　　那陣子已過了凌晨一點鐘，朱安身如夢囈般哼了兩聲，他讓另一床被子纏裹得如木乃伊，一動也不動。馬娜鼻孔似笑非笑地擠出嗤嗤聲，彷彿一條蟄伏在黑暗中的母蛇，終於瞅準了一隻活生生的獵物要大顯身手。……別裝蒜了，你根本就沒睡著，當人家不知道呢。她幽幽地說著，空氣中彌漫著女性特有的溼熱香氣。又慎了數秒，一條雪白的手臂就蔓爬而來，那些玫紅色的指甲，像極了一簇火焰，還是她前天在街角的美甲店，花了六十元精心修飾過的，現在她就用它們貓爪樣地，沙拉沙拉，摳抓朱安身的被面，說出的話越發柔緩曖昧了。我就知道，你肯定在被窩裡想壞事呢吧。

　　朱安身始終保持靜默，如此露骨挑逗的話頭，他當然無法應接。半晌，他也沒把頭臉轉向這個頗有幾分姿色的女人，只是任由黑暗這隻寬大的麻袋，將自己包圍得嚴嚴實實。

　　馬娜讓自己側臥在朱安身旁邊，嘴裡不無幽怨地繼續嘟噥著，要不，你就進來嘛，聽你哼哼得怪難受的，弄得人家老也睡不踏實呀。聽她這樣一味混說，朱安身頓覺渾身都不自在了，終於悶著頭，回了一句，瞎說啥呢，誰哼哼了，誰哼誰是豬！他的言語明顯帶有一種厭嫌和惱怒。都睏死了，快睡！

　　馬娜不傻，當然聽得出。可馬娜沒有生氣，她從來不生這種沒頭沒腦的閒氣，要知她碰到過的男人船載車拉，要是在乎那些臭男人嘴裡的混話屁話，她早就該抹脖子上吊了。那你承認自己是豬嘍，我可聽得真真的，你一直哼唧呢。馬娜嬌滴滴地說著，盡量將捲著棉被的身子，往那邊靠

攏，她一寸一寸地挪移，猶如一條驚蟄過後，剛剛甦醒的肥白的蟲子，當兩床被子在床中央約莫三分之二處黏合在一處時，這條豐腴而芳香的母蟲就刺溜一下，熱乎乎地鑽進朱安身的被捲裡了。

起初，朱安身確實是在執拗地抵制著。他頑固地弓起後脊梁，像一頭受了驚嚇的烏龜，總是示人以堅固的硬殼，整個腦袋完全逃避到枕頭的外側去，感覺他就是一個正在鬧彆扭的、小心眼的丈夫。別……別鬧了……好不……咱們可是有……有君子協定的！但是，當那渾圓而滾燙的母蟲一樣柔軟的肢體，一旦親密無間地黏上這個男人的時候，幾乎所有的抗議與牴觸，瞬間就化為烏有，毫無意義了。好比是，朱安身僅僅用一片輕薄的羽毛，妄想撥開一塊熾烈燃燒的火炭，自身立刻就焚燒殆盡了。

於是，朱安身的喉嚨跟劈柴似的脆響一記，緊跟著，他如餓虎樣反轉了身體，迅猛而霸道地，將那美豔的獵物壓制在自己的胸膛下面了。這樣一來，四目就相對了，馬娜閃閃爍爍母狐般的騷情目光，完全罩在了男人那張臉上。但也就是剎那之間，女人的身體又莫名地繃緊了，心裡忽然疙疙瘩瘩的。她覺得他的模樣實在是有點兒可怖，甚至讓人犯噁心，她的雙手下意識地開始抗拒對方——如果說是男人的蠻幹和重壓讓她喘不上氣來，倒不如說是，對方那異常醜陋的面貌，讓她快要窒息了。

這張臉委實醜得離譜，可以毫不誇張地說，在她見過的男人當中，似乎沒有誰的臉面，比他更埋汰更齷齪了。事實上，醜男人她自然是見過不少，五大三粗的，肥頭大耳的，賊眉鼠眼的，兔嘴齙牙的，天生一對招風猴耳的，蒜頭鼻子羅圈腿的，還有那種背上扣個羅鍋子的……總之是形形色色，可似乎哪一個，也比不上這個朱安身的相貌。

怎麼說呢，這男人醜得有點兒叫人喘不上氣來，他的醜不是某種單純的醜，不是某個具體的器官沒有生好，倒更像是，把她這輩子所見過的各

種醜人的特點，統統集中到了一起，就跟一盤大雜燴似的，不論眼睛鼻子牙齒眉毛，還是頭髮和膚色，都讓她吃驚得要命，即便打著燈籠，恐怕也找不到比他更難看的男人了。若不是覺得他這人還算老實，出手也夠大方，關鍵是，那天她掐指一算，大姨媽這兩天就要光顧她了，要知道那玩意一來，一週多的生意就全泡湯了。而恰好這時，這個醜男人羞羞惶惶畏畏縮縮找上門來，一副靦腆而又無奈的可憐相，後來他吞吞吐吐提出來，只要肯扮他的對象，跟隨他回趟老家，來回也就三兩天，就能輕輕鬆鬆掙到一千塊。

　　一開始，馬娜很是猶豫過。這樣的要求聽起來既荒唐又恐怖，扮演一個陌生男人的對象，而且，還是那麼醜的一個傢伙，假如是一個大帥哥，也許那感覺會稍好一點兒。她心裡未免會生出些許狐疑，萬一這貨是個心理變態，或殺人狂什麼的，到時候自己的小命怕是都保不住了。可馬娜好歹也算閱人無數，對於出門尋樂子的男人，她基本上是有把握的，這類人通常直截了當，速戰速決，進門直奔主題，只顧寬衣解帶，辦事走人，有時甚至連一句多餘的話也不跟她講。但這個相貌醜陋的男人，一見她面，眼中就含著難言和乞求意味，語氣近乎低三下四，他甚至給她出示了身分證，告訴她自己是做什麼工作的，具體住在城裡哪個地方。通常，來洗頭店裡圖歡樂的男人，絕對沒有這麼蠢的，滿嘴沒有一句真話，結過婚的，說自己剛剛離異，有老婆的偏說老婆是性冷淡。

　　那天傍晚，這個醜男人一面說，一面就從皮夾子裡取出五張毛爺爺像來，說先預付她一半，完事後再給五百。馬娜當時抿著嘴，看看那錢，又擰住眉頭問了一句，你不會是誠心耍老娘吧？醜男人的表情突然變得十分嚴肅，嚴肅到馬上要跟她翻臉了，好像她的質疑，刺痛了一個男人的尊嚴。愛信不信，反正，我是不會碰妳一手指頭的，我保證！正是在最後一

刻，她從對方的語氣和目光中，找到了某種可以信賴的理由，做她們這種
生意的女人，早練就了一雙火眼金睛，只要男人在眼前一晃悠，準能掂量
個八九不離十的。或者，只是單憑直覺，她多少動了惻隱之心，想想看
吧，這麼醜一個男人，哪個女的願意給他當老婆呢？除非他是百萬富翁揮
金如土，再不就是個手握實權的大官子弟。因此，可以說正是對方的醜陋
相貌最終說服了她，後來她毅然接過了那一疊錢，嘴裡還故作鎮定地嘟囔
了這麼一句：誰跟錢也沒仇，放著晃光光的票子不拿，腦瓜子灌屎了。

　　我不喜歡讓人死死盯著，心裡怪毛的，再說，你這樣壓得人家骨頭好
疼。馬娜總算是連撒嬌帶用力地掀開了朱安身，她能聽見黑暗中的男人急
不可耐地喘著粗氣，猶如一頭正在狂奔咆哮的公牛，被誰猛然絆住了四
蹄，喉嚨裡不時發出含混痛苦的哼嗷聲，由於太過亢奮，臉色憋得像塊豬
肝子，這越發加深了這張臉醜陋不堪令人生畏的印象。所以，她乾脆忙別
過臉去，就勢伏在枕頭上，雙腿自然分開跪在棉被上，她覺得這樣也許最
好，所謂眼不見為淨。按理說，這種時候，她是不該挑肥揀瘦的，像她這
樣的女人，有什麼資格要求客人這樣那樣呢，可這張臉著實叫她不敢恭
維，尤其是在這種時候。然而，她趴在那裡乾等了一會兒，卻再無下文
了，男人已在身旁甕聲甕氣塌下腰去，繼而，如同一頭突然中了彈的獵
物，一味地平板板地躺倒，長長地往外面吹氣。

　　咋了？你這是……馬娜好奇地側過半拉臉，但依舊保持著等待的姿
勢。不會是有那種病吧，你們男人呀，就是嘴勁大，一輪到實戰，就沒屎
事了，嘻嘻……說著，她忍不住發出一串輕浮的嬉笑。這種誇張的笑聲，
在孤男寡女形成的夜色中，顯得十分突兀，明顯帶有一種瞧不起人的傲慢
與偏見。此時，朱安身已默默地拉過旁邊那床被子，照舊裹嬰兒一般，再
次將自己裹得嚴嚴實實。

　　馬娜一陣懊惱。這人不但生得醜，性格也夠古怪的，剛才還好端端的麼，怎麼突然就變成這副德行了？難怪他討不到老婆，活該！或許，他還真就是個陽痿，一定是她剛才很無心的一句話，刺準了他那根最脆弱的神經，男人都好個面子，特別是在這種事上。這樣想著，她多少又有些不好意思起來，她向來是口無遮攔地跟客人打情罵俏的。接下來，她像是要刻意討好男人似的，又一次輕輕柔柔地爬到他的被捲邊，哪知手指頭剛一碰到柔軟的被面，對方就跟被針戳著似的，一個打挺，詐屍般翻坐起來，同時，不忘把被子嘩地披在身上。

　　喂，妳最好離我遠點！朱安身的口氣不容置疑，咱倆井水不犯河水！

　　說罷，復又倒身睡去，只把後背堅硬地對著她，一種拒人於千里之外的架勢。

　　有病！馬娜心裡再次恨恨地嘀咕道，真是個醜怪物！不過，她多少有些後悔了，自己一定是吃錯了藥，才答應跟這個相貌醜陋的傢伙一起回家的。

　　他倆本打算只在家住一宿，天一亮就速速返城的，可是家裡人死活不依，說好不容易回來一趟，怎麼也得住上個三兩日再說。朱安身在家排行老么，他前面有三個姐姐，早都嫁人了，當她們得知小弟回家來了，而且還從城裡領回一個漂亮的對象，都想來見見這個盼望已久的準兄弟媳婦，從昨晚到今早，姐姐姐夫們就陸陸續續趕回娘家來了。老母親樂得跟要過年似的，屋裡屋外地跟女兒們張羅起來，誰負責去鎮上採購酒水糖果，誰負責在院裡殺雞褪毛，誰負責去和麵炸油餅，誰負責邀請親朋好友。按照老家的風俗，未來的媳婦頭一回上門，家裡怎麼也得熱鬧熱鬧，而且，親戚們還要給女方湊個見面禮什麼的。所以，整個晚上，朱安身心裡自然是忐忑難安的，早知如此，打死他也不會帶這麼一個不著調的女人跑回來。

事先，朱安身確實沒考慮得那麼周全。這次他之所以急匆匆趕回老家，主要是因為，老父親臥病在床多年，近來情況越發不妙，母親才命姐姐給他去了電話，叫他務必趕回來看看，怕萬一歸來遲了，見不上老人最後一面。姐姐在電話裡說著說著，竟嗚嗚地哭出聲來。姐姐還語重心長地跟他嘮叨，安子，你也三十好幾的人了，咱爸咱媽做夢都想抱個小孫孫呢，你就不能抓緊時間，好歹搞個對象，趕緊成家立業啊，別一個人在城裡老那麼漂著，不然老爸人就是走了，也閉不上眼啊……那一刻，朱安身覺得，自己的心被什麼硬物鈍鈍地戳了一下，一種從未有過的痛感突然襲來，淚珠就噗噗地落下兩雙，渾身一陣戰慄。他覺得自己真是不孝，過去那些年，父母和姐姐們為了供養他一個人念書考學，吃過多少苦，受過多少罪，後來好不容易把他送進了省城的一所農學院，雖說是專科，學的又是個畜牧管理，畢業後又毫無懸念地，被招進畜牧站當了一名小技術員。而他的那些同班同學，但凡有些門路和人脈關係的，多數都改弦更張、另謀高就了，唯獨像他這種沒有任何背景的，又天生相貌比較雷人，也只能聽天由命了。

　　畜牧站的工作，成天價跟那些牛啊羊啊的牲畜打交道，幹的活似乎並沒有完全脫離農村，可那畢竟讓他捧上了老家多少人眼紅心跳的鐵飯碗啊。朱安身還記得，當初剛參加工作，頭一次跟著實習師傅，牽著幾頭母牛去配種的情景。想想看，一個二十剛出頭的愣頭青，這輩子還從未真正摸過女孩子的手呢，頭回見識那種野性十足的場面，情況可想而知。那頭長勢跟牛魔王相仿的大種牛，一見陌生母牛，便一副獸性大發的樣子，哞地發一聲吼，便直衝母牛撲來，趾高氣揚地高高舉起兩隻前蹄，下身那陽物好似燒火棍子，一個勁在母牛屁股上亂戳，那頭小母牛嚇得驚慌失措，在原地來來回回踢踏著四蹄，要不是讓師傅和他攔著，幾乎隨時會奪路而

逃。關鍵時刻，帶領朱安身實習的師傅，居然命他過去幫把手，就是用手掀起母牛的尻尾，好把那個敏感部位露出來，以便種牛能夠順暢進入完成交配。那天，朱安身親眼目睹了公牛和母牛之間的情事，除了感到一陣血脈賁張之外，更多的還是噁心，尤其是大種牛發出粗野的哞叫聲，以及那掛滿了牛嘴和脖頸上的，跟肥皂泡一樣喧騰的白沫子，他就差當場把膽汁吐了出來。師傅嘴角始終叼著菸捲，瞇縫著兩條肉蟲子眼瞅他，一副不以為然的樣子，後來見他蹲在牛柵旁邊，像個小孕婦似的哇哇乾嘔，師傅便撇著嘴角嘲笑道，你真格是個學生蛋子，連這個也沒見識過，我就不信，你在大學裡沒搞過對象？

　　不提這個還好。對象自然是要搞的，校園裡有那麼多的課餘飯後和月下花前，不過那好像都是別人的勾當，這種時候，朱安身只能默默地靠邊站了，他總是一個人躲進閱覽室，或教室的某個旮旯，盡量裝出兩耳不聞窗外事，一心埋頭苦讀的好學生樣子。由於相貌難看，四年的大學生活，對於朱安身來說，有時簡直就是場噩夢。過去在老家念書，因為那時年紀畢竟小，對於男女方面的事也知之甚少，平時雖說難免會被某些調皮的學生嘲弄一下，但那時他自己並不太在意，因為那陣他的學習成績突出，老師還算器重他的。可進入大學以後，這種局面立刻發生了改變：一者，他自己好像一夜之間成熟了，被一種很濃的羞恥感所包圍，對於個人形象問題開始在意了；再者，班裡一到週末和假日，不是組織大夥兒去郊遊爬山，就是在教室裡舉辦交誼舞會，男女生親密接觸的機會變得頻繁起來。更要命的是，那陣子不知是心理負擔太大，還是剛換了新環境水土不服，他的內分泌系統突然就失調得一塌糊塗，青春痘就像三月含苞待放的花蕾，那張原本就醜陋不堪的臉龐上，又暴增了這些疙疙瘩瘩的東西，乍一看去，簡直跟公園裡老猴子腚差不多，他當然沒臉更沒勇氣去參加班裡的

任何集體活動。

　　他不得不悄悄上校醫務室去做檢查。大夫是個五大三粗的中年婦女，據說她還是某校領導的家屬，手裡整天抓著兩根竹籤子，在一堆花花綠綠的毛線團裡興致盎然地挑來挑去，活像一隻正在愉快玩耍的老貓。學生進去半天了，她總是帶搭不理的，充其量，騰出一隻織毛衣的大手，浮皮潦草地捏捏學生的脖頸，或者，拿壓舌板壓壓舌苔，然後來一句，沒啥大不了的，回去多喝水，注意個人衛生，就完事了。好像，水是這裡唯一能開出的靈丹妙藥。輪到朱安身來看臉，女校醫手裡的竹籤子始終沒停，只那麼歪斜著眼掃了他一下，女人臉上的表情就突然凝固，嘴巴莫名地張開，像是要打一個超級哈欠，卻又因條件不成熟擱淺了，顯然是被眼前這個年輕患者的相貌給震驚了。但是，女校醫畢竟什麼樣的學生都見識過，馬上就擺出一副職業性很強的敷衍神情說，這沒啥大不了的，青春期嘛，平時少吃辛辣的東西，沒事別老拿手去摳它，還得注意個人衛生，過一陣子自然就好了。後來，經不住他的軟磨硬泡，女校醫總算是破例給他開了兩小紙包維生素 C、E 之類的口服藥。這個一貫以不給學生開藥而著名的吝嗇女人，也算破了一次天荒。也許，女校醫只是不想長時間盯著那張醜臉吧，所以才速速打發他走人。

　　就是這張遍布粉刺的醜臉，還是引起了班上一名女生的格外關注。有一天，他們在去教室上晚自習的路上，一個名叫肖曉虹的女生，突然從後面趕上來，輕聲地叫住了朱安身。當時，天色基本上暗下來，旁人並沒有太在意，叫住朱安身的女生，跟電影裡的女特務似的，以快得驚人的速度，將一個小塑膠袋遞給他，並且，以同樣快的速度叮囑道，擦臉藥，我弟以前用過，很管用的，你按說明書每天堅持擦擦吧。在朱安身幾乎沒有完全看清女生的臉面時，肖曉虹已經快人快語地轉身離去了，整個過程快

得像眨了一下眼皮，等再睜開眼時，就像什麼也沒發生過。但正是這次飛快的傳遞和關懷，一下子就啟動了那顆原本死氣沉沉的年輕的心。

當天晚上，朱安身一回到宿舍裡，就迫不及待地取出了那隻小塑料瓶，白色的瓶身上貼有標籤：爐甘石洗劑，外用藥液，輔助治療皮膚過敏、痤瘡、溼疹等瘙癢症等。這應該是朱安身自小到大，近二十年來，頭一次收到的女生主動送給他的物品，而且，是絕對的雪中送炭，急他所急，想他所想，那張臉再不好好治療的話，他眼看就要崩潰了。他的心在莫名地狂跳，十根手指始終在顫抖，小小的塑料瓶，被他死死攥在手心裡，潮溼的汗液漫漶起來，他像是攥著姑娘那顆火燙的紅心。上床之前，他悄悄躲在衛生間的某個角落裡，藉著一抹昏暗的燈光，像頭一次嘗試化妝的愛美女生，手持藥棉，將那種涼絲絲的如聖水般的藥液，仔仔細細地在臉上塗抹了一層。儘管爐甘石的味道有些刺鼻子，而且，塗在那些紅兮兮的粉刺疙瘩上，會產生一種隱祕的灼痛感，但他的心情從來沒有那麼舒暢過，他甚至透過那白石灰一樣難聞的藥液，清晰地嗅出一個女生最恬靜最生動的香氣。後來，他躺在自己的床上，翻來覆去久久不能入眠，那個叫肖曉虹的女生，一會兒變得異常清晰，楚楚動人，一會兒又顯得模模糊糊如隔雲霧。他把肖曉虹在路上跟他說過的話，一個字一個字地，回想了若干遍，就像人們在睡不著的時候，不停地數綿羊那樣，而幾乎每一遍，他都覺得，自己一定遺漏了某個至關重要的細節或詞語。他一直固執地認為，她一定跟他說了很多很多，只是一切來得太突然了，當時他簡直緊張得快要休克了。

那段時間對於朱安身來說，一定有著非比尋常的意義。在連續擦抹了兩週左右的爐甘石洗劑後，臉部的病情大為改觀，那些惱人的層出不窮的紅疙瘩，被明顯壓制住了，一種類似於久病康復後的自信和感念，讓這個

年輕小夥忽然跟換了一個人似的。他上課不再像往常那樣，總是蔫頭耷腦一言不發；課間，偶爾也能跟別的同學說說笑笑了；體育課上，他甚至主動報名，加入到男生的籃球比賽中，從而發揮出一個鄉下小夥應有的耐力和體魄，讓大夥兒對他多少有點兒刮目相看。

每天下午五點四十分左右，學生們由宿舍樓下來就餐時，都會順手拎一兩隻空的暖水瓶，這些外表紅紅綠綠的玩意，通常先被大片大片地扔在開水房門口，等到去食堂吃過晚飯以後，大夥兒再順路去開水房，灌滿各自的暖瓶，然後成雙結對地拎回各自的宿舍裡去，這是大學生每天必做的功課。朱安身雖說其貌不揚，但身上有的是力氣，畢竟打小就生活在鄉下，農忙時節，他也得幫家裡幹兩把地裡的活計。朱安身總是盡可能快地吃完晚飯，然後迅速離開學生食堂，健步如飛地奔向開水房，在那一大堆花叢樣鮮艷的暖水瓶裡，準確無誤地找到屬於肖曉虹的那兩隻（上面用即時貼註明了年級姓名），當然他也會順帶再多拿兩隻，那是跟肖曉虹很要好的同宿舍的另一個女生的，他很小心地替她們灌滿開水，一隻手拎兩三個暖水瓶，走起來路來腳步騰騰直響，好像渾身有使不完的力氣。女生宿舍樓在男生的對過，那裡每天都花枝招展的，引得無數男生望眼欲穿，又想入非非。一旦爬上陡峭的樓梯，走進幽暗狹窄的樓道，一股說不清道不明的香氣，就會撲鼻而來，那時的朱安身活像一名訓練有素的運水工，他通常不怎麼敢抬頭看人，只顧大步流星一路向前，即便遇到班裡某個女生，他也視而不見，在把手裡的暖水瓶款款放在主人的宿舍門口之前，他甚至連大氣也不出一下。一旦手裡的重物卸下，他立刻如釋重負，轉身一溜煙跑開去，又像是調皮的男孩敲響了別人的房門，卻又溜之大吉，嘴裡倒是發出類似口哨的噓噓聲，彷彿完成了多麼重大的使命。

但是，這份送暖水瓶的工作並未持續太久，因為那些喜歡嘰嘰喳喳的

女生們，很快就把這樁趣事，添油加醋地傳遍了全班的角角落落。最開始，還是比較積極正面的，她們說咱班可出了個活雷鋒，號召全班男生要向朱安身同學學習；但接下來，事情就變了味了，說什麼癩蛤蟆想吃天鵝肉，簡直是痴心妄想……幾個平素對肖曉虹頗具好感的男生，也彷彿原本屬於自己的某項福利，突然遭到了一個相貌醜陋者的攔路搶劫，於是他們就依照雨果小說《巴黎聖母院》裡的經典形象卡西莫多，也陰陽怪氣地給朱安身頭上安了一個雅號「朱西莫多」。他們私下裡總吵吵說，快看快看，朱西莫多屁顛顛地要去學雷鋒了……朱西莫多又獻殷勤去了……朱西莫多愛上咱們的班花肖曉虹了。

有一晚正上自習課，一個男生故作嬌滴之態，將自己的嗓音憋成女生才有的那種尖細的頻道，對身邊的另一個男生說，卡西莫多，我美嗎？對方馬上會意地加以應和和演繹，你太美了，艾絲美拉達爾！大夥兒稍一愣怔，整個教室突然就爆發出一陣哄堂大笑……在那喧嘩的笑鬧落幕之際，大家忽然聽見另一個聲音憤憤然地從某個角落陡然升起：喂，你們 —— 真是 —— 太過分了！此語正出自肖曉虹之口。她當時的臉色難看極了，好像是，剛被外面凜冽的寒風凍透了似的，青一塊，紫一塊，總之要多難看有多難看，一班同學從未見她這樣過。打那之後，大夥兒就發現，肖曉虹再也不把暖水瓶隨便放在開水房前，或別的什麼地方了，她總是寶貝似地隨身攜帶，不給對方創造任何可乘之機。

那張四周蒙了蚊帳的單身床鋪，簡直成了朱安身當時唯一有效的避難所，沒課的時候，他總是把自己窩在裡面，同寢室的人只能從外面看到一個模模糊糊的影子，好似一個虔誠的僧侶正在面壁打坐。他不主動跟任何人說話，有時別人向他打問一件什麼事，他老半天也不吱一聲，活脫脫成了一個啞巴。他一味地將自己囚禁在那個由發黃的舊蚊帳圍攏起來的小小

空間裡，看書、聽半導體小廣播，或者長時間發呆，他幾乎不再參加任何一項集體活動，時間久了，別人甚至都快忘了班裡還有這樣一個成員。那時，他唯一喜歡的活動，就是在熄燈以前，一個人去學校的操場上快速奔跑，跑完一圈又一圈，他盡量跑得像狂風一樣快，讓渾身上下熱汗橫流，不給任何一個熟人上前跟他搭訕的機會。也只有在這寂靜昏黑的煤渣跑道上，他才感覺到自己不再那麼孤單了，因為這裡有呼吸不完的自由空氣，頭頂還有跟家鄉一樣深邃湛藍的天空。有時，月亮也會恰到好處地照亮他陰鬱愁煩的面部輪廓，他就輕輕閉上眼睛，完全憑著感覺摸黑奔跑。這種時候，他才可能忽略白天的種種遭遇，忽略別人險惡的冷眼，和無處不在的嘲諷。他唯一困惑難解的是，老天爺為何會讓他以這樣的容貌活在世上，或者，那個被稱作同學的群體中，那些來自五湖四海的男生女生組合起來，竟是那麼的強大而不可一世，除了那個充滿善意的肖曉虹之外，他們每一張面孔都那麼的猙獰可憎。

朱安身的第一場戀愛，不，更確切點說，是他大學時代唯一的暗戀或單相思，就這麼短暫地夭折了。

二

醒來後，身邊的男人已不知去向，被捲空成個狗窩樣。

馬娜一邊喔喔地打著哈欠，一邊懶懶地往自己身上套衣裙。她上身穿了件鵝黃色的開司米衫，儘管桃心領口開得不是很低，可那一對飽滿的球形胸廓還是傲然凸現著；下面是條及膝的藕荷色條紋筒裙，裡面配了肉粉色半透明的長筒襪，腰間還繫了條裝飾性很強的帶金屬鑲扣的黑色細皮

帶，讓她身材看上去很苗條。其實，這套裝束比她平時要保守得多，因為朱安身在付給她錢的時候，順帶提了唯一的附加條件：記住，到時候可別打扮得太那個了。因此，出門前她盡量把自己收拾得像一個良家婦女，她幾乎沒敢怎麼化妝，除了指甲的顏色豔了些。說心裡話，她討厭這種稱呼，「良家婦女」直接對應了她們這種墮落的女人，就像好和壞、美和醜、真和假一樣。

有時候，恐怕是極少極少數的時候，她也想過要當一個良家婦女的，清清白白，過正經日子，莫讓旁人指指點點，可生活對於她來說，就像一個爛泥坑，她一朝不慎就栽了進去，結果從頭到腳汙染得沒一處乾淨的地方。那時在老家，她聽從父母之命，尚不足二十歲，就草草嫁給鄰村的一個男人，婚後才知那人嗜酒如命，每天離開二兩貓尿，簡直咽不下飯菜，可一旦喝醉了，又肆意動手動腳，她的臉上身上，隔三差五就會青紫起來，腫痛難忍，她終究受不了丈夫的家暴，幾次三番跑回娘家避難，結果還是給男人軟磨硬泡弄了回去，接著又是毒打，又是囚禁，甚至還鎖在黑屋裡，一連兩天不給她飯吃。她後來到底想法子逃了出去，遠遠地去了外地，投靠一個老鄉。哪知遇人不淑，這個女老鄉在外面混世界呢，專門和男友哄騙和召集有些姿色的婦女，在城鄉結合部做皮肉生意。她一開始當然蒙在鼓裡，稀裡糊塗就落入對方設好的圈套，先是被老鄉的男友下藥迷姦了，再後來人家又軟硬兼施，說她條子展容貌受看，只要聽他們的話，舒舒服服就把票子掙下了，幹嘛還回老家受那號罪呢。人就是這樣，一旦跌入汙泥濁水中，就算再多跌幾跤，跌得再狠些，也都無所謂了。現在，這個醜男人肯花錢僱她扮演兩天良家婦女，她既能輕輕鬆鬆拿到一份應得的酬勞，又可以在某種程度上，滿足了做一下良家婦女的願望，她又何樂而不為呢？

早飯一過，家裡就出現了某種混亂。

先是刷拉刷拉清掃院子的聲音，接著是叮鈴咚隆搬箱挪櫃的聲音，再接著又是唧唧咕咕母雞拍打翅膀滿院奔逃的聲音，當然，這中間少不了大人孩子說說笑笑的聲音，總而言之，混亂的局面裡透著一股難以壓制的洋洋喜氣——儘管，在這家堂屋裡間的床上，還躺著一個病入膏肓的老爺子。這個情況馬娜早就知曉了，她來此的目的，很大程度上就是為了這個老人。昨天，乍一見到朱安身的老父老母，她的眼眶莫名地溼熱了一下，怎麼說呢，這對年邁的鄉下老人，幾乎跟她在老家的父母沒有多少區別，一樣的眉眼，一樣的清瘦，一樣的憂愁，一樣的少言寡語。她人已經很久很久沒有回過家了，只是逢年節寄些鈔票或衣物吃食回去，一來怕那個醉鬼男人上娘家糾纏不休，二來自己幹了齷齪的事，實在是沒臉回去見人。她想，等將來自己存夠了花銷，或許可以在城裡買套小房子，到那時候，再把一雙老人接來享幾天清福也不遲，百善孝為先，她懂這個理。

屋裡屋外轉了一大圈，始終沒見到朱安身人影。

馬娜不清楚一大早他上哪去了。想到夜間床上那一幕，她的臉皮微微有些發熱，倒不是說她有多麼矜持和害臊，這種事她經歷得不計其數了，可這個朱安身給她的感覺太出乎意料，她簡直就是拿熱臉貼了人家的冷屁股，由此，她又覺得在這個醜醜的男人身上，似乎有種獨特的東西，具體是什麼，她一時還歸納不出來。與朱安身對她的態度完全不同，這家裡幾乎每個人，都對她笑咪咪的，他們都以熱情待客的語調，輕聲細語地跟她打招呼：小馬起來了，夜裡睡得好不好，飯還吃得慣吧……她覺得自己真的成了頂重要的一個客人。

客人，這個稱呼她其實非常反感，在她昏天黑地應付男人的那個世界裡，所有的男人都被稱作客人，老闆經常會打來電話交代，某個客人點名

要妳陪，馬上過來！或者，妳的那個老熟客又來纏妳了，等等。一時半會兒她還適應不了，這家人帶著討好意味的親近與問候，但她盡量裝得一本正經，盡量讓自己的舉手和投足，都像個頭回上門來的好女人，反正不能讓他們瞧出什麼破綻。她來這裡就是裝模作樣演戲的，所有的戲都是假的，可假戲也得真唱，再說拿人錢財，替人消災麼！所以，她不能總在人家忙亂無序的院子裡晃來晃去，那樣肯定有失禮數，她得禮貌性的去做點什麼，比如幫他們隨便幹點家務活兒。她想去搭手拔拔雞毛的，可剛在那隻冒著騰騰熱氣的水盆前蹲下身子，朱安身的大姐就好心好意地說，用不著妳插手的，當心濺髒了新衣裳；之後，她又想去伙房裡試試，正在那裡吭哧吭哧揉麵團的，是朱安身的二姐，這個胖乎乎的矮個子女人，扭過臉對她說，小馬，妳還是去堂屋歇著吧，咱家伙房實在太憋屈了。朱家的廚房確實又矮又小，簡直像個小煤房，她覺得自己要是待在裡面，那個胖女人一定會喘不上氣來的。這樣一連幾次，她都沒能幫上啥忙，最後，只好一個人低頭走進堂屋。

堂屋是那種裡小外大的套間，昨天她已經在裡間屋裡正式見過朱父了。聽朱安身說，老人幾年前患了腦溢血，從此便中風癱床不起，連屎尿都不能自理，到後來竟話也說不成了，只是心裡明白，這個家就苦了朱母。現在，她百無聊賴，一個人坐在堂屋的一張很破舊的沙發上，沙發的扶手早被人摸得油黑放光，乍看上去，很像兩塊硬邦邦的生鐵，屁股下面的灰布墊子也坑坑窪窪，有一處破了雞蛋大的洞，黑黢黢的彈簧鋼絲，髒兮兮的棉絮團，都如開了膛的動物內臟，清晰可見。她不無嫌棄地將自己的屁股稍微挨那麼一點兒座位，生怕弄髒了自己的新裙子，或被彈簧扎著。空氣中始終彌漫著濃濃的草藥氣和尿騷味，她的鼻子不時地一抽一抽，很快，她就爆發了兩個響亮的噴嚏。

外間屋除了有一臺十幾寸很老式的電視機外，再也找不到任何一樣家用電器了。她實在是悶得慌，就起身去摁下了電視開關，一串刺耳的雜訊直戳耳膜，她的目光就在茶几和桌子上搜尋起來，想找到電視遙控器，可半天什麼也沒發現，她只好隨便用手指去摁螢幕右下角幾個同樣黑得出奇的按鈕，總算是把那驚人的音量調小了，後來螢幕也終於浮現出人臉，僅有的一個地方臺，正在播放電視購物節目，推銷員誇張的語氣和矯揉造作的表情，讓她覺得很搞笑，那幾位起初還是平胸的女人，因為試穿了同一款婷美內衣，胸部立刻產生了不可思議的豐滿效果，於是，她們便傲然地挺胸抬頭，眾口一詞地講述著早就設計好的臺詞：從此可以做自信女人，讓男人整天跟屁蟲似地黏著妳……她覺得，這些女人真夠賤的，大庭廣眾，多不要臉啊，兩隻手就那麼在胸罩上摸來摸去，丟先人呢！於是，她近乎氣急敗壞地關掉了電視。與其說是電視上的模特讓她感到很不舒服，倒不如說是這樣的畫面，讓她不由得聯想到自己有時為了討好某個客人時的所作所為。

就在這時，她聽到哐啷一記兀響，類似瓶罐之類的東西突然墜地的聲音。她愣了一下，忙側耳細聽，一串含含糊糊的嗚嗚聲，從裡間屋緩緩傳來。

那間屋子沒有安門，只是掛了一條用零七碎八的布頭縫製成的簾子，她就循著聲音走上前，輕輕掀起那道布門簾，整個人再次怔住了。靠裡挨著窗戶下面，有張木頭板拼湊起來的簡易床，朱父正面朝她的方向側躺著，青灰色的瘦臉小得像隻山核桃，由於半拉臉是陷在枕頭裡的，好像那隻核桃被誰敲開後拿走了一半。老人的一隻手彎曲著，垂懸在床沿外，似要竭力伸開，又像是想抓住什麼的樣子。順著那張同樣蒼青枯瘦的老手的方向，她的目光旋即落在地上的一攤液體上，倒扣在那液體上的，還有一

隻淺藍色塑料尿壺。不用猜，朱父一定是自己摸索著想要小解。今天，包括朱母在內的所有家人，都忙得不可開交，朱父就被人們暫時忽略了，沒有誰還顧得上他，病人大概只能自己想辦法解決了。那個藍塑料尿壺，原先是放在緊挨著床頭邊的一隻小方凳上，老人臥床多年了，幾根手指猶如痙攣的鳥爪，均扭曲著往內蜷縮，想要準確地拿起那隻尿壺，對他來說太不容易了。

　　馬娜的鼻孔急速抽動了幾下，那股子頑固的尿騷味，幾乎快讓她窒息了。她一時有些進退兩難。她想，自己應該立即轉身出去喊人幫忙，但一隻腳剛跨出裡間屋門檻，耳邊就冒出一個奇怪的聲音，喂，妳難道不是人嗎，這種事妳還好意思去叫別人？妳是沒長手，還是沒長腳呢……於是，她就被這個有些莊重的聲音重新拉回到裡屋，她繞開那片亮晃晃的尿液，謹小慎微地往裡走著，她在手指能搆到塑料尿壺的地方彎下腰身，她盡量屏住呼吸，但越是這樣，那難聞的騷臭味越讓她心煩意亂。

　　這時，馬娜閃爍的目光，就跟躺在那裡的朱父不期而遇了。

　　昨天，她已經被朱安身很隆重地介紹給了朱父，所以，此刻對方的眼光裡就流淌著長輩特有的那種羞赧和無奈，她覺得他的樣子好可憐，是那種既需要別人幫助，又羞於啟齒的窘迫。況且，他要面對的還是他兒子的對象，未過門的兒媳，儘管她知道自己狗屁也不是，充其量只是個女騙子。這樣胡亂思忖時，她已用右手三根手指，從地上艱難地撿起了尿壺。那一瞬間，喇叭狀的壺口，還在滴滴答答往下流淌著什麼。她的腸胃一陣翻湧，噁心，想吐，最好一走了之，但最終都讓她強抑住了。她表現得很像一名訓練有素的演員，該哭的時候哭，該笑的時候笑，任何困難都能坦然面對。她伸過另一隻手，從朱父枕頭邊上抓起幾片手紙。那些手紙，一看就知是由廉價劣質的大包衛生紙剪出的小方塊，厚厚地擺在一起，方便

病人平時使用。她拿起紙片去擦尿壺的外殼，她盡量讓自己擦得仔細一點兒，因為她發現，此時朱父的目光老半天都沒有離開過那個尿壺，像是在嚴格審查她這個未過門的兒媳如何做事，以便在關鍵時刻拿出他自己的意見。

擦完尿壺後，她才重新抓著這個塑料玩意，身體盡量往床邊靠了靠，然後探過頭去問，叔，你還要用嗎？她的口氣帶著一種關切，她盡量不讓內心的那種厭嫌和噁心表露出來。老人像是沒聽清，或者，聽到了，只是不好意思表達。她覺得自己應該再多說點什麼，以打破眼下的尷尬局面，她想了想才說，沒事的，叔，你跟我老家的父親差不多少，他有一年摔傷了腿，在家整整躺了三個月，都是我跟我媽服侍他的。她這樣說，是為了打消了朱父此刻的顧慮和羞赧，當然，這同樣也能打消她內心的種種不適感。對方又沉默了片刻，下巴頦終於抵在枕面上，微微動了幾動，乾癟的嘴唇使勁往裡抿著，牙床頂得高高的，晶亮的涎水如緩慢的溪流，正順著嘴角蔓延到枕巾上。這應該是表示，他需要繼續小解吧。

她稍一猶豫，便自作主張地掀開了對方的被角，當她手指哆嗦著，將尿壺口對準老人下身，遞過去的一刻，她的心還是莫名地狂跳了起來。朱父的私密處似乎也是病態的，萎縮的，甚至醜陋不堪，她都有點兒懷疑，對方還有沒有小便的能力。為了不打攪病人方便，她迅速轉過身去，背對著朱父。她讓目光落在牆上掛著的一隻小相框上，那裡應該是一張多年前的全家福，她靠近相片，細細端詳，她很快就從很小的一堆頭像裡，找到了朱安身。相片上的他，似乎比現實中更醜一點兒，也許是那張臉太過嚴肅的緣故吧。她又挨個把上面的每張臉都打量了一番，她發現，朱安身的幾個姐姐好像也沒那麼醜，朱父朱母也沒那麼難看，可唯獨這個朱安身，好像基因突變後的一個怪胎，醜到了驚世駭俗的程度。

馬娜拎著尿壺一走出堂屋，就跟迎面匆匆趕來的朱母碰上了。

啊呀呀，小馬，咋讓妳拿這個啊……都把人忙糊塗了，快快給我吧……小心弄髒了妳的手。

朱母一連聲說著十分過意不去的話，一面慌裡慌張從馬娜手裡搶過塑料尿壺，然後勾著頭，見不得人似的，急匆匆朝院牆根下的茅房碎步而去。

很快，朱母就回來了，臉上的笑容多少顯得有些不自然，但依舊帶著道歉式的討好，彷彿無端地讓兒子對象拿這種髒東西，做老人的臉面無光似的。朱母利索地回屋端了臉盆，進伙房打來了半盆清水，又拿出一塊新鮮的香皂，和顏悅色地招呼她說，小馬，妳快過來，好好洗一洗。

馬娜覺得朱母的表情始終帶著羞赧，就給她寬心道，阿姨，這沒關係的，誰家還沒個老人呢。

朱母就垂手站在一旁，像個本分的老傭人，伺候著小姐洗淨了手，又取來一條粉嫩粉嫩的毛巾，這東西正散發著一股鄉野味很濃的商品氣息，一看就知是才新買的。

馬娜用那條毛巾擦手的工夫，朱母才又叨咕起來。

我尋思著，姑娘大老遠來一趟，怎麼也得去外面，買個新胰子新手巾給妳使，我知道你們在城裡，都衛生慣了的。

朱母頓了片刻，又囉嗦道，剛剛真是多虧了妳呀，要不他準又弄得一褲子一床單，害得我又得大洗一場。唉！人活成這樣，真是家裡的負擔啊。

馬娜忙接過話頭，說，家家都有本難念的經，再說上年紀的人嘛，誰沒個病啊災的。

朱母微微點點頭。誰說不是，咱這個家，姑娘妳全都看到了，安子他

爸一躺就是好些年，可把一家老小拖累苦了，安子好歹也算是個大學生，可到現在都沒成個家，愁得我和他爸夜夜睡不著……這回好了，小馬妳不嫌棄咱安子，不嫌棄咱這個爛杆家，他爸就是哪天真走掉了，也瞑了目……

忽然，竟無言以對。

馬娜發現，朱母說這話時的眼神，充滿了渴望和欣慰 —— 那渴望幾乎是望眼欲穿的，那欣慰更是苦盡甘來的。所以，她再也不敢正視對方的眼睛了。她覺得自己有罪，且罪不可赦。

三

朱安身總算是把自己跑得汗流浹背雙腿綿軟了。

這是他一貫的伎倆，每當在生活中遇到過不去的坎，他都會找個沒人的地方瘋跑那麼一通。可一旦停下來，大口大口喘氣的間隙，那些漫漶如潮的思緒，又將他扯進一種無法擺脫的煩擾之中。他使勁抽了自己兩個嘴巴，臉頰的痛感並不明顯，倒是沾了一手的溼汗，汗液帶著秋天早晨特有的清涼，他就拿手背來回抹著自己的額頭，一股涼風當頭吹來，他禁不住打了個響亮的噴嚏。現在正是秋高氣爽的時節，天空藍得有些憂鬱了，偶爾掠過一群灰頭土臉的麻雀，牠們的翅膀幾乎一動不動，只是發出那種很鬧的聒噪聲，他下意識地朝家的方向望著，一時間竟不知該不該回去。

他發現自己犯了一個天大的錯誤，而且，這錯誤看來已經無法彌補了。他親手把自己拴在了那該死的套上，他成了一頭盲目拉磨的青驢，只能順著昏暗的磨道，一圈一圈愚蠢地往下走了。這荒唐透頂的點子，到底

是怎麼從腦殼裡蹦出來的，他現在一點兒也記不清了，反正昨天下午，他確確實實把那個跟自己八竿子都打不著的野女人領回家來，而且，還裝模作樣地把她介紹給父母，說是他在城裡找的對象。現在，一家老小都忙得不亦樂乎，他們並沒看出什麼破綻，相反一個個都好像很喜歡那個叫馬娜的女人，他對這種莫名的操辦自然是極力反對的，可母親卻板起臉跟他說，這事可不能再由著你的性子，咱們該走的程序一定要走，再說，你爸那病也不是一天兩天了，興許趁著這回家裡熱鬧熱鬧，還能給他沖沖喜呢。姐姐們也都站在母親的立場上，輪著番兒，好說歹勸，意思是他確實老大不小了，該儘早把婚事定下來，省得家裡人著急。她們還一個勁質疑他，安子，你到底猶豫個啥呢，人家姑娘長得那麼俊，哪點配不上你，你說啊，你說啊？他一下子就被堵到南牆上，沒有退身步可走，他自然是沒勇氣揭穿自己編造的謊言，那樣就等於是往爹娘親人心口上捅刀子，他們含辛茹苦省吃儉用把他供養成一個大學生，一個有固定工作的城裡人，他至今也沒有什麼可以報答的老人的，他原以為用這個善良的謊言，至少可以讓彌留之際的老父親不那麼遺憾，不想卻弄巧成拙，讓自己騎虎難下了。

可以說，長了這麼大，他從來也沒有像此刻這樣，深深地懷恨過一個女人。如果說大學同學肖曉虹只是讓他貧瘠的青春湖面泛起一絲小漣漪，而後又迅速歸於平靜的一粒小石子的話，那麼，幾年後單位裡新來的同事丁茉玲，才是使他情感的池水真正蕩漾起來的一塊巨石。照老規矩，新來畜牧站的小年輕都要由師傅帶一帶，領導考慮朱安身為人老實，工作也拿得起來，又是個鐵桿單身，且個人問題一直未能解決，或是有意要成全他，就讓他做了小丁的實習師傅。起初，他多少有些畏難情緒，自己屁股後面整天跟著一個女徒弟，在牛欄羊圈和科室之間轉來轉去，監測那些牲

畜吃喝拉撒，幫牠們完成一次次交配，或人工提取動物精液，為科學合理育種探索新路……想想都覺得臊得慌。可領導拿話刺打他說，狗日的朱安身，別不識抬舉了，把全站最美的差事派給你，是組織對你的信任！朱安身遲鈍地摳摳後腦殼，沒等他張嘴辯解，領導突然長嘆一口氣說，唉，咱這鳥不拉屎的破單位，這些年就沒留住一個年輕女的，都走馬燈似的晃上一圈，就顛了，這個小丁也不例外，你就當她是個學生娃娃，來這裡新鮮兩天了事。就這樣，新來乍到的小丁，整天師傅長師傅短地，跟在他後面開始畢業實習了。

要說，小丁這姑娘長得實在一般，個頭不足一米六，皮膚是那種標準的小麥色，唯獨有一雙會說話的黑眼睛，看人時目光總是閃閃爍爍的，好像兩攤碎玻璃碴子，陽光一照，到處都熠熠閃亮。這姑娘倒也嘴勤，叫起師傅來，比唐僧的仨徒弟都叫得親熱。畜牧站的職工宿舍，是一排磚瓦平房，還是八十年代的老房子，小丁一來，就被站裡安排在這住下了，其實跟朱安身的宿舍僅隔著一面牆。事實上，除了他們這兩間房真正住著單身，其他的房子，都讓那些成了家尚未買房搬走的職工占用了。所以，每當午飯和晚飯時間，宿舍門前就熱鬧起來，好幾對小倆口在屋簷下面的小爐子上煎炸烹炒，弄得油花子刺刺啦啦四處飛濺，間或聽到男女嘰嘰呱呱在說笑，還有幾個小屁孩在院子裡追逐嬉鬧。

小丁只在職工食堂混了一個禮拜，就再也不肯去打飯吃了，她在飯桌上跟朱安身嘀咕過兩次。師傅，你天天吃灶上的破飯，不覺得難受啊！當時，朱安身不置可否只顧低頭扒飯，他向來不跟同事磨唧什麼，甚至連頭也不怎麼抬起。等到下一個禮拜，小丁神不知鬼不覺地，就從外面買回了煤油爐，以及鍋碗瓢盆之類。那天臨近吃晚飯時辰，朱安身像往常一樣，剛拿著飯盆從那間黑乎乎的宿舍鑽出來，就被小丁給攔住了。只見她手裡

拎著一隻雪亮的菜鏟，腰間繫著有碎喇叭花圖案的新圍裙，鼻尖上亮亮地爬了一層細汗，樣子像個大師傅。原來，這姑娘正在門臺前的小煤油爐上翻炒蔬菜呢，小黑鐵鍋熱氣喧騰，香味撲鼻。師傅，晚飯別去食堂吃了，也讓你嘗嘗徒弟的手藝嘛。朱安身稍一遲疑，搖搖頭繼續往前走。小丁卻從後面一把拽住了他的胳膊，師傅，師傅，人家都給你做上了，你要是不吃，撐死我一個人也吃不完啊。朱安身就盯著揮動鍋鏟的姑娘，心裡忽然有種異樣的波動，他覺得一個忙於鍋灶的女人，身上實在是種叫人難以抗拒的魅力。

打那之後，師徒二人便越走越近乎了。吃飯這種事也被二一添作五，通常是朱安身提前溜出單位，去外面巷子裡小攤販那邊，買點菜啊肉啊蛋啊，小丁則負責在宿舍門口拉開架勢深加工，然後兩個人頭對頭，圍在小丁宿舍裡的一張小條桌邊吃起來。小丁會做西紅柿炒雞蛋、麻婆豆腐、蒜薹燒肉片和酸辣土豆絲，尤其是土豆絲，總是把朱安身吃得不亦樂乎。每每，小丁在煤油爐前忙乎起來，朱安身就不遠不近地捧著一張過期的報紙，看似在瀏覽上面的新聞，實則是站在一旁偷眼觀瞧，眼神裡透出幾分欣賞和讚許；有時，他也會身先士卒地打打下手，像揀個蔥剝個蒜之類的小活兒，反正這種時刻，他的眼裡鼻裡嘴裡心裡，都瀰漫著菜蔬濃熱的香氣，這氣息自然也包含了一個年輕女性獨有的芳香，他是願意沉湎於其中的。

他本來是個極少照鏡子的人。宿舍裡僅有的一面巴掌大的圓鏡子，也是偶爾刮鬍鬚時才照一照的，等吃到了小丁親手做的飯菜後，他再回到房間裡，就平添了一項愛好，他會情不自禁地抓起窗臺上落滿灰塵的小圓鏡子，用衣袖抹一抹，再很認真地照那麼幾下。這種時候，他多麼希望鏡中的面孔能對得起觀眾，能對得起人家做的可口的飯菜。可是，現實總是殘

酷的，那張臉好像故意跟他作對，膚色麻黑不說，上面盡是坑坑窪窪和疙疙瘩瘩的，早些年洶湧而來的青春痘，給他留下了難以磨滅的印痕，而近期由於荷爾蒙分泌過甚，那些玩意又開始此起彼伏雪上加霜了，甚至連粗短的脖頸上，也搗亂似地爬上了好些個痘痘，那些紅兮兮的痘尖，都泛著陰險的奶白色光。於是，他鄭重地對著鏡子照，惡狠狠地用兩根手指去擠掐那些玩意兒，他依稀聽到砰地一聲，乳液般的粉刺頭破繭而出，繼而，有股股的紅色從豆口湧出，他用手指頭蘸了那血滴，吸血鬼樣湊在舌尖上吮吸，血腥味十足。他恨透了它們。

時間稍長，左鄰右舍便都瞧在眼裡，大家再見了朱安身，臉上就露出那種不同以往的怪笑，或者輕浮地嘖嘖舌頭，或者陰陽怪氣地擠眉弄眼，言外之意是：嘿，這醜八怪也有時來運轉的時候！

在大學裡，朱安身就不太容易跟人打成一片，等到了單位，依舊是孤家寡人一個。所以，對於旁人的態度，他是極其敏感的，他就像一隻落魄而乖戾的狗，因為總是銘記著過去的傷痛，他更善於遠遠地蹲在人群之外，這樣一來，人們的每次舉手投足，他都可以清晰地覺察到，並迅速作出有效反應。既然覺察到了，他就不能不在乎。在乎的辦法只一個，那就是，繼續埋頭去吃他的食堂，遠遠地避開小丁，還有她那隻熱火朝天的小煤油爐。

哪裡知曉，這天小丁竟大大咧咧撞到職工食堂裡，他明明都排好隊正準備打飯，硬是讓這姑娘死拽著胳膊，從隊伍裡拖了回宿舍。

小丁一直佯陰著一張瓜子臉，咬住紅紅的下嘴唇，給他端上熱呼呼的飯菜，又遞來一雙筷子。想吃食堂，也不早說呀，害得人家等了這老半天，菜熱了兩回，都囊了。女人的抱怨從來都帶著一股撒嬌意味的，他立刻慚愧得口吃起來，我⋯⋯我臨時忙⋯⋯忙手頭的活⋯⋯時時間太太晚

了，就就⋯⋯小丁拿鼻子輕哼了一聲，就什麼就，還不快吃，待會兒可要罰你刷鍋的。有時候，連女人的懲罰似乎都帶著那麼一絲甜蜜。吃過飯，他積極主動要去刷鍋，卻讓她一把擋住，說哪好意思讓師傅幹這個，你歇著吧，還是我來。女人他自然是搞不懂的，因為他實在缺乏這方面的經驗，他只知道，自己不該對女人抱有什麼幻想，這是他的宿命。

看著小丁利索地幹完了活，他很覺得有些不自在，一個勁說著抱歉的話。小丁擦淨雙手，要摘自己身上的圍裙，雙手在背後摸索了一會兒，未能弄開，就對他說，師傅，你幫個小忙唄，剛不小心，挽成死結了。說著，轉過身把後背支給他，他沒多想，笨手笨腳去解那圍裙帶子，折騰了好幾下，都未能解開。小丁就埋怨說，你們男人真夠笨的，怎麼連這個也弄不開。女人的這種嗔怪，聽了會叫人心猿意馬，他昨天剛好剪了指甲，繫帶又太細了，近來，他的指甲和頭髮都修理得好勤快。他一面笨笨地嘟囔著，一面低頭繼續摸索，好像遇到了一道棘手的物理難題，額頭幾乎毫無意識地觸到了她的後背上。姑娘頭髮好長，垂柳細枝樣紛紛披散下來，就在他的臉龐和鼻梁上來回劃拉，那髮絲攜帶著飯菜氣息和洗髮香波味兒，癢酥酥的，把他撩撥得終於打了個噴嚏。女人就應聲發出一次尖叫，好像被他的聲響驚到，忽而一轉身，兩個人就滿懷滿面地撞在一處。

小丁傻呵呵樂著，然後像脫毛衫一樣，自下而上去褪除那件該死的圍裙。當她雙臂高高舉過頭頂時，他一下子就看到了，那裸露出的好大一截細的腰肢，以及潛藏在薄衫下面黑色球形的文胸邊廓，興許是黑白相襯的緣故，那腰身和腹部就跟鯉魚肚般雪白光滑，這該是他平生頭一回，如此近距離，又如此清晰地看到女人姣好的身體，他的心跳驟然加速，血液如同滔天洪水倒灌進了大腦。他依稀聽到，喉嚨脆骨嘎巴巴響起來，像被擰

動的發條，整個人就跟短路似的，痴乜乜呆住，兩眼死死摳住對方，一眨不眨，像極了餓死鬼，看到了一桌子豐盛的美食。旋即，他的雙臂老鷹樣忽地張開，再一用力，就將姑娘的腰身箍住了，他把臉緊緊貼近姑娘胸口，拚命嗅聞著那迷人的芳香。

那一刻，他滿腦子都是日常見到的情形，大大小小的牲畜恣意交配，那種野性的氣息和辣眼的畫面，瞬間就將他體內的荷爾蒙全部點燃了，他覺得自己忽然變成一頭哞哞吼叫的發情期的公牛，不顧一切地衝出柵欄，撲向眼前這頭溫順可人的小母牛，以至於完全忽略了對方驚愕的表情，還有那憤怒的眼神……女人畢竟不是母牛，女人有自己的頭腦和思想，有自己的判斷和選擇，只有母牛才會逆來順受，女人不會，非但不會，面對男人的強迫，她會奮起反抗。幾乎同時，小丁裂帛般尖叫著，她那幾根鋒利的指甲，毫不留情地，如閃電般劃過那張因亢奮而更加醜陋的面頰：混蛋！流氓！醜八怪！你真讓人噁心……

喂 —— 是朱安身吧？

隨著吱嘎一記煞車聲在耳邊響起，一隻油光光的禿腦袋，就從捷達轎車的窗口探伸出來。

哈哈，車還老遠呢，我就瞅著像你麼！剛才我去找商店買包菸，正好碰上你老娘了，我聽她說，你趁十一過節，領著對象回家探親。

朱安身迷亂恍惚的情緒，暫時被那刺耳的煞車聲喝住了，一股嗆人的塵土早裹挾著油煙味將他籠罩起來。他只好皺著眉眼，去瞅那隻油亮的大腦袋，一時竟有些茫然，對方似曾相識的樣子。

光腦袋已經推開車門，逕自站在他面前了。怎麼？連哥們也不認識了？對方高聲大嗓地說話時，一隻同樣油膩膩的大手掌，用力拍到他的肩膀頭上，像是要強力幫他喚醒某段沉睡的記憶。

操，我是你中學同學方寅虎啊，媽的，當了幾年城裡人，就把老同學忘光了！

直到這時，朱安身才強迫自己想起了這光腦袋男人。如果沒有記錯的話，念書那陣子，這傢伙頭上隔三差五就生些頑固的癲瘡，弄得一坨有髮一坨沒髮，跟野狗啃過似的，後來他索性全剃禿了省事；他上課不是跟同座說話，就是搞些小動作，最擅長的是給女生投紙團，有時還傳些莫名其妙的字條，惹得別人都討厭他。興許是有一顆癲瘡頭，常常遭同學們白眼，時間久了，他倒是很願意跟朱安身搭訕，一個天生相貌埋汰，一個癲頭禿腦，他倆在一起倒也般配，多少有點兒惺惺惜惺惺的味道。當然，更主要的原因是，那時朱安身成績一直名列前茅，方寅虎就總想套近乎，抄了他的標準答案應付老師檢查。眼下，方寅虎的腦袋越發油光可鑑，像是打過一層精緻的蠟油，後腦勺上的肉褶子，跟爬蟲樣一條一條亂顫。露在外面的右手臂上，有隻青藍色的虎頭紋身，那老虎齜牙咧嘴，虎口噴著寒氣，要咬人似的，根根鬚毛更是逼真可見。加上緊身的圓領黑T恤，深灰色牛仔褲，使這個光頭男人看上去十分生猛，彷彿黑社會影片裡的大哥大。

走走走，快上車，好讓老同學也載你一程！

方寅虎不容分說，幾乎形同綁架，硬拿那隻刺了虎頭的手臂，將朱安身扭扯進銀灰色轎車裡。汽車嗚啊嗚地駛出一段距離了，朱安身才無話找話問了句，那你也是回來看看的？方寅虎白了他一眼，狗屁！家有啥好回的，要不是兩個老的想孫子了，非讓我趁著過節送回來瞅上一眼，我才懶得跑回來呢，這爛杆地方，一輩子不回來也不想。頓了一下，話鋒一轉，你小子總算搞上對象了，人長得咋樣，漂不漂亮？還行吧，朱安身心虛地囁嚅著，聲音小得像秋後的蚊子，同時，盡量迴避對方探詢的眼光。哼，

我原先以為，你真打算做一輩光棍漢呢，到底還是憋不住了吧！方寅虎的語氣裡，或多或少帶著一種揶揄和譏笑的成分。要說呢，做光棍也不賴，一人吃飽，全家不餓嘛！哪像我，要在城裡做生意掙錢養家，成天忙得賊死，都快把老子煩屎死了！

朱安身實在不知道再說什麼好了，這種不期而遇，讓他一時半會兒無法適應，先前的那一通馬拉松式的長跑，確實讓他四肢綿軟無力，此刻任由捷達車載著他空茫的大腦和疲憊的身體，一味地在鄉間的土路上顛簸。倒是方寅虎的話匣子拉開了，天上地下，東拉西扯，說他這些年怎麼在城裡辛苦打拚，說他為了承包綠化工程，沒日沒夜地在酒樓和歌廳應酬，說他老婆一下子就給他生了一對雙胞胎兒子，最後又講到房子車子還有亂七八糟的女人……他虛虛實實聽著，腦海中卻不時地浮現出早已遠去的畫面，往事隔著一層薄薄的水霧，時而朦朧，時而又清晰。

興許是見到這位老同學的緣故，追憶的觸角最大限度地伸展開來，一下子就搆到了往事的最深處。朱安身竟破天荒地記起來，那時自己在物理課學過的一個定律：浸在靜止流體中的物體，受到流體作用的合力大小，正好等於物體排開流體的重力，這個合力又被稱作浮力。此刻，他甚至還能背出那個著名的阿基米德定律的計算公式：F 浮＝G 排＝ρ 液·G·V 排液。而在當年，他確實是班上為數不多，能夠熟練掌握這種運算法則的好學生之一，像方寅虎這樣的笨蛋，一遇到阿基米德這外國老頭，就徹底傻眼了，用物理老師的話講，你們的腦子完全短路了，難道你們都是旱鴨子沒游過泳嗎，這麼簡單的道理怎麼就想不通？那天，物理老師在震怒之餘，忽然將那種讚許的目光，投向了腰板挺得筆直的朱安身，還當眾表揚他是今天唯一作對題目的好同學。之後，老師又聲情並茂地闡述道，同學們，阿基米德定律不光是一個物理學概念，它其實對我們的人生也有很重

要的啟示，物體在流體中的狀態不外乎三種：漂浮、懸浮、沉浮，而我們有的人，可能一輩子都浮在生活的水面上，時漂時懸，起起落落，還有的人幾乎一直沉浮下去，永無出頭之日⋯⋯

時間過去那麼久了，現在突然想起老師當年在課堂上的諄諄教導，他的內心不由得為之一振。現實中像方寅虎這樣的人，學習一竅不通，成天遊手好閒，就靠抄別人的作業打發日子，可如今也在城裡混得人模狗樣，要風得風要雨得雨；再看看自己，從中考到高考再到後來參加工作，一路可謂過關斬將，可到頭來又能怎麼樣呢，不過是守在一個半死不活的破單位混口飯吃而已，三十大幾的男人，要房無房，要車無車，就因為長得太醜，連個女人也討不到，到頭來居然昧著良心，領一個野女人回來糊弄家人。

俗話說得好，貨比貨得扔，人比人得死。朱安身從未如此強烈地意識到，自己這輩子竟慘敗至此。

四

汽車到底是汽車，朱安身花了半上午時間，拚了老命跑出去的那段路程，眨眼間就讓人家四個輪子給轉了回來。

朱安身原本打算早點下車的，他說，寅虎你忙你的吧，可別耽誤了你的行程，我自己慢慢走回去。可方寅虎的興致似乎還很高，一個勁說，咱倆還客氣個屁，不就是一腳油門的事。捷達轎車轟地一下子，就把家門前的小土路堵得死死的，銀光閃亮的車殼，跟朱家破敗萎靡的院門，還有低矮的土院牆形成了巨大的反差，好似貧民窟裡，猛不丁冒出一個穿金戴銀大腹便便的暴發戶。

汽車的戛然而至，立刻將正在院裡忙乎的人都吸引出來，當然還有一直無所事事的馬娜。馬娜見朱安身從小轎車裡鑽出來，就忍不住嚷嚷起來，這半天你去哪躲清閒了，害得人家到處好找呢。她的口氣天生帶著一絲淡淡的幽怨，給人的感覺是，他倆正如膠似漆，她是一時半刻也離不開他的。當然，她只是在演戲，在盡自己的本分，這兩天她不能讓任何人挑了理。朱家三姐妹則一面豔羨地踅摸小轎車，一面竊竊連聲說著什麼；朱安身的幾個小外甥早飛奔到車邊，小手不停地去摸摸車鼻子拍拍車臉，嘴裡發出嗷嗷的歡叫，孩子們在這種時刻，都變成活蹦亂跳的小雀兒。況且，這輛車還是他們的舅舅坐來的，孩子們也由此對這個一直待在城裡的長輩肅然起來。朱安身正要揮手跟車裡的人告別，駕駛室的門又一次打開了，隨即砰地一聲用力合上。

方寅虎搖頭晃腦地朝大夥兒走來。他的步子邁得有些誇張，尤其那顆肥碩的大腦袋，在陽光的映射下，愈發地耀眼奪目光彩照人，好像太陽的光芒，全部集中到他的頭上去了。

朱安身欲跟老同學作別的話未及脫口，這陣子，朱母偏又顛著細碎的腳步，擠進兒女們中間，她身材矮小，掛在皺巴巴的臉上的笑，總顯得那麼卑微，她幾乎有些低聲下氣地對方寅虎說，喲，你可是稀客呀，好久也不見回來一趟，今兒趕得巧，要是不嫌棄，就請來家裡吃個便飯吧……

方寅虎習慣性地用手抹抹光腦門，好像那裡有很厚的一層油水，需要他不停地揩抹。要說啊，過去念書的時候，我可沒少來蹭大媽家的飯，妳比我媽做的好吃多了。朱母聞聽更加喜悅，忙扯扯朱安身的胳膊肘，安子，你還愣著做啥，還不快把你同學讓進屋去。雖然朱安身露出左右為難的神色，但母親已經發了話，他就不能攆人家走吧，便隨聲附和道，好，好，快，快進去坐。

　　好在此刻方寅虎並沒留意他，那兩隻圓鼓鼓的蛤蟆眼只顧盯著馬娜上下打量。大夥兒一起往院裡走的時候，方寅虎突然扭過頭，問旁邊的馬娜，你就是安身的那個對象嘍？馬娜很端莊地微笑著，並輕嗯了一聲。朱母忙接過話頭，你可不知道，這姑娘又懂事又勤快，這不，頭回上咱門上，就知道給安子他爸端尿罐呢，我們老朱家可真是燒高香了……

　　母親言語間流露出的那份心滿意足，著實讓朱安身內心一陣翻湧，彷彿誰不慎碰倒了他腹內的五味瓶，橫豎不是個滋味啊！他把頭低到了不能再低的位置，眼睛直愣愣瞅著自己的鞋尖。那雙黑皮鞋上沾滿了鄉下的塵土，都看不出鞋幫的顏色了，齷齪得叫人鄙視。

　　接下來的時間，堂屋裡充滿了歡聲和笑語。午飯足足準備了一大桌子，什麼雞鴨魚豬牛羊肉，芹菜蒜薑茄子荷蘭豆，甚至還有一盤剛炸出來的鮮蝦，男人頻頻乾著白酒，女人和孩子們則甜滋滋喝著飲料，大瓶的雪碧往出倒的時候，總是奔湧著歡騰雪白的氣泡兒，惹得小孩子老是唏唏噓噓地叫。

　　朱父也被破天荒地從病床上架了起來，活像一個直不愣瞪的大號木偶，被女兒女婿安放在那隻有扶手的舊輪椅上，身體兩側各用一隻大枕頭強撐起來。這輛輪椅，還是幾年前朱安身從城裡的舊貨市場上淘來的，當時花了不到五百塊，舊是舊了點兒，收拾一下也能湊合著用。之前，他去藥店和醫院打問過，新輪椅都死貴死貴的，尤其是那種帶什麼功能的，動輒要好幾千塊，後來考慮再三，他還是給父親買了輛舊的。輪椅被送回家後，朱母見那人造革屁股墊磨破了，蠟黃色的海綿露出拳頭大的兩團，看著很像怪物的眼睛。朱母就用一塊半新不舊的藍滌卡布包住了墊子，又把左右扶手用積攢下來的花布條纏了一遍，這樣人手扶著，就不感到金屬的冰冷了。他們今天還給病人換了身乾淨點的衣服，頭上還捂了一頂卡其色

的鴨舌帽，簡直跟過最隆重的節日一樣。又生怕吃東西給汙染了，就跟通常對待孩娃那樣，繞著老人的脖頸，圍了條半新不舊的藍道道毛巾，這樣涎水淌下來，就能攔截得住了。

朱母始終就坐在輪椅邊，歡快的表情多少有些呆板。她偶爾才挑選一筷子極軟和的小東西，慢慢塞進病人的嘴裡，並順手掀起毛巾的一角，機械地沾沾那隻向一側嚴重歪斜的嘴角。其實，吃對於朱父而言，僅僅是象徵性的，食物含在他乾癟空洞的口腔裡，半天也不見動一下，反倒引發了口水肆虐，朱母就不得不惦記著老去擦拭，而每次，她都會皺著眉頭自言自語什麼。

朱安身當然要跟馬娜相鄰而坐了。在他倆左右，還有臨時請來捧場的姑媽姑父叔伯之類，人們一味地沉浸在吃喝與談笑中。唯獨朱安身，吃得相當沉默，沉默得像塊黑鐵，他始終不怎麼說話，也不抬頭跟任何人交流眼神。即便是大夥兒共同祝酒碰杯，他也是應付性地匆匆起身淺嘗輒止，一家人最歡樂的時刻，於他卻如坐針氈痛苦萬分。倒是一旁的馬娜，不時地替他夾菜斟酒，表現得既溫存又得體，多少有點兒喧賓奪主的意思，好像朱安身倒變成一個新上門的女婿了。

朱安身也是在眾人起身碰杯時，突然覺察到的，他的那位老同學表情變得古怪起來，簡直有點兒荒誕了，那油亮放光的額頭下的一雙蛤蟆眼，正詭異而叵測地來回掃視著馬娜，還有那對厚而黑的嘴唇，始終隱藏著某種似笑非笑的輕薄和冒犯。朱安身一下子慌張起來，他幾乎再也坐不住了，這一發現對於他來說，絕不亞於一次毫無徵兆的地震突然來襲。他正欲起身開溜，方寅虎卻端了酒杯，逕自搖晃到他跟馬娜中間。

來，老同學，我可借花獻佛了。

那隻有虎頭刺青的右手臂，大大咧咧衝他倆伸來，青藍色的虎頭猙獰

而恣睢，酒斟得又太滿，就滴滴答答往下溢著，有幾滴落在朱安身的襯衣上，那裡的皮膚就有種灼痛感，酒水好像是被那老虎生猛的氣息所撼動出來的。方寅虎已喝得紅頭漲臉，說起話來明顯帶有幾分醉意，或者，他只是在佯醉，他的酒量應該不會太差。他的身體不受控制地前後栽晃了兩下，光腦門幾乎觸到了馬娜的胸口，馬娜就下意識地往後仰身躲閃著。

我祝你倆早得貴子，大媽大叔也好早抱孫子！

朱安身的心再次被抽緊，脊梁骨彷彿抖透出一股寒氣，面對老同學所謂的祝福，他簡直無地自容了，他掩飾什麼似的，趕緊揚起脖子，喝乾了杯中酒。由於灌得太猛，酒水直接嗆進氣管裡，導致他一陣狂咳，憋得臉通紅，脖子發紫，他正好逮住這個有利時機，拿手捂住嘴巴，轉身跑出了堂屋。

馬娜本欲跟出去瞧瞧的，卻讓方寅虎一摁肩頭，又款款坐回了原位。方寅虎也就勢在朱安身原先的座位上坐了，他坐下去的時候，幾乎是貼著馬娜的身體，他還趁低頭拉椅子的工夫，很小聲，卻又很清晰地在馬娜耳邊嘀咕，你他媽的，不是叫李雪嗎，啥時候改名換姓的？！馬娜霎時愣住，接著，她不得不側目盯視這顆油亮油亮的大腦袋，難怪她剛才也覺得有點兒眼熟，一準是她以前陪過的客人吧，不然，他怎麼會叫出李雪這個化名呢？——她在店裡一直用這個名字。說實話，去她們店裡的男人，不可能挨個都記清楚，但對這光頭男人多少有一些印象。他好像有個癖好，就是在做那種事的時候，他會把自己的禿腦門在她胸脯上蹭來蹭去，活像一頭肥豬在玩命地拱門，嘴裡還發出嗚嗷嗚嗷地怪叫。難怪你腦袋這麼光呢，都是在女人身上蹭的吧，她當時還用這種話揶揄過對方。

馬娜忐忑地思忖著，今天這種場合千萬不敢露餡，否則，朱安身和他一家人的臉面全得丟光了。逢場作戲的事她經歷得多了，她的臉上並不表露出過分的驚訝，也僅僅是一遲疑，馬上就低聲回了句，老同學，你怕是

喝多了吧，怎麼說開醉話了。說完，她立即起身，快步跑到院裡去尋朱安身，她覺得得把這個情況跟他說說，好讓他也有個心理上的準備。

　　院裡院外尋了一遍，包括昨晚兩人睡覺的耳房，甚至還有院牆根下的茅廁，始終都沒有找到朱安身。馬娜多少有些洩氣，她越來越覺得，這個醜男人實在是有些怪誕，這種場合他居然能扔下她，一個人一走了之，就算是場戲，他倆合演一齣雙簧，那也得兩個人配合默契才對。可轉念又合計，八成是那個狗屁同學，讓他哪裡不舒服了，或者是，他的詭計已經讓老同學給識破了，他才不得不在酒席中途匆匆撤退。按理說，這事本來就不關她的事，朱安身愛上哪上哪去，反正熬過了今天，她拿到該得的另一半錢，兩個人就可以分道揚鑣，從此老死不相往來。

　　馬娜心裡這樣七上八下盤算時，朱母卻急匆匆跑到她面前，說，小馬，妳咋還不快點進來，親戚們都等著妳敬酒呢，他們還要給妳見面禮呢。朱母不容分說，挽起她的一隻胳膊，徑直把她拽進了堂屋。馬娜本想說安身也不知上哪了，話到嘴邊又吞咽掉，她覺得自己也許有些小題大做了。

　　朱母把一隻空酒杯遞給馬娜，讓她站在身邊，雙手擎好。朱母又親自拎起一隻白瓷小酒壺，慢慢地往杯裡斟酒，然後依次給她引薦，說這是安子的姑父姑母，那是安子的叔伯嬸娘，這是大姐大姐夫，那是二姐二姐夫……

　　馬娜嘴裡就親切地喚著這些稱呼，挨著個兒給他們敬了一圈酒。親戚們都爽快地乾了，少不了嘮叨兩句祝福她和朱安身的話，同時，他們也將早就預備好的見面錢，款款地塞到她手裡，有給一百的，也有兩百的。女人們還藉機摸摸她的腰身和臉蛋，像在自由市場裡挑選一件稀罕的商品，嘴裡嘖嘖有聲，一個勁誇她長得受看。她平時在店裡收錢收慣了的，也都

是一百二百的小費，可像今天手裡一下子抓這麼多乾淨錢，忽然就讓她有種很沉重很負罪的感覺，她實在有些勉為其難地領受了。

這個儀式對於她來說，其實也並不算十分陌生。當初，她還是個黃花閨女的時節，頭一次上未婚夫那邊去看家，好像也走過類似的程序。此情此景，倒讓她忽然傷感起來，面對朱家這些憨厚樸實的長輩，她彷彿又一次重溫了自己過去的某段光陰。也正是在這樣一場重要的儀式之後，她的人生從此滑入了萬劫不復的深淵，而當時的她還懵懵懂懂，對未來一無所知，只是在內心深處，似懂非懂地憧憬著生活該有的面貌和愛情的甜蜜，可婚姻最終變成一副冷冰冰的枷鎖，將她年輕的身體和前程美夢牢牢鎖住 —— 那個嗜酒而野蠻的壞男人，很快就成為她這一生的噩夢，一步步逼她走向了絕路。她後來毅然決然地遠走他鄉，直至誤入歧途無法自拔。想到傷心處，眼淚就止不住了，早已滑下兩行。在場的親戚們也許並未注意，或者，即便看到了，他們也會單純地理解為，這姑娘很是多情善感，因為收了見面禮，就感動得流眼淚了。總之，有情有義的女人，是值得大家信任和託付的。

當酒最終敬到朱安身的那個老同學時，對方卻挑了理，一個勁嚷嚷著，安身溜到哪去了，喜酒當然要成雙成對喝嘛。朱母又慌忙上前打圓場，說，你又不是不知道，咱安子打小喝不得個酒，喝一點兒頭就暈得不行，八成是又去耳房趴著了。馬娜明明知道實情，朱安身根本就不在耳房裡，可她為了佐證朱母的話，也插言道，我剛去看過，他說頭暈得很厲害，估計躺一會兒，就沒事了。

酒席之後，家中又是一陣小混亂。

女人們都忙乎著收拾碗碟杯筷，整理桌椅，然後擠進狹小的伙房裡，說著笑著洗鍋刷碗；男人們則倒在堂屋的大床上，橫七豎八地歇晌了。朱

安身的那個同學，已經搖搖晃晃鑽進汽車，一溜煙顛了。這讓馬娜揪著的心才不那麼懸著了。說心裡話，剛才敬酒的時候，她一直有種不祥的預感，總覺得事情會壞在這個光頭的身上。後來，方寅虎接連喝了兩杯她敬的酒，然後從牛仔褲屁股兜裡摸了半天，總算摸出兩百塊錢，那錢壓得皺巴巴的，像泡過水的一團衛生紙，他把錢塞給她的時候，還直著舌根在她耳邊嘀咕道，這可是老哥給妳的見面禮喲，記住，我們做生意的人，付出是要講回報的。說著，忽然發出一串既隱晦又張揚的笑聲。她當時心裡一陣打鼓，真擔心這個傢伙口無遮攔再胡說什麼。

馬娜也想去伙房搭把手的，一來打發打發無聊的時間，二來她也是從心裡覺得有些不安，朱家上下確實都待她不薄。朱安身的姐姐婉轉地說，哎呀，小馬，不用妳操心的，快回耳房好好歇會兒吧，你們城裡人都有午休的習慣，也順便照顧一下咱安子。馬娜就有些無著無落的，於是她只好走回耳房去，主要是急於將那些禮金放下，因為穿著裙子，身上幾乎沒有裝錢的兜兒，再說，她知道這些錢本來就不屬於她，等見了朱安身，她要當面如數奉還。可朱安身依舊沒有回來的跡象，鬼曉得這傢伙到哪裡躲清靜去了。她實在是覺得無聊，又從耳房裡踱了出來，一眼就瞧見朱父了。先前朱母說過，難得天氣這麼好，想讓老人好好晒晒太陽，平日裡病人幾乎沒怎麼離開過床，今天藉著家裡人手多，就讓幾個女婿七手八腳地把老人和輪椅一起抬到了院裡。

這會兒，朱父正靜悄悄地坐在輪椅上。下午兩三點鐘的陽光，照得輪椅的金屬構件閃閃發亮，病人就讓那一圈圈刺眼的光線團團包裹著，如同城市廣場上的一座什麼青銅雕塑，老人的頭顱神經質地偏向一側，刻意朝某個固定的方向長時間凝望，又似在等什麼人從外面歸來。

不知怎地，陽光下的這個病怏怏的老人，讓馬娜心裡有種說不出的滋

味。許多次，她也那麼依偎在自己的老父親身邊，而老人始終沉默地坐在屋簷下的小凳上，也像此刻的朱父這樣偏著個腦袋，一個勁地朝院外張望著，嘴裡不時地吧嗒一下旱煙鍋子，那煙霧就裊裊地在眼前散開，似真似幻……她在深夜醒來，發現枕巾溼了好大一片，陰暗的出租房空蕩蕩的，唯一的一扇上了鋼筋護欄的小窗，正靜靜地透著城裡的月光。近來，她總是在睡夢中想家。

五

馬娜想都沒想，就把停在屋簷下的輪椅慢慢地推出了小院。

朱母說得對，應該讓病人享受一下這秋天午後的大好陽光。這裡的村莊和道路，跟她老家甘肅那邊很像，她打小生活在偏僻的鄉下，對這種秋高氣爽的北方景致，有著與生俱來的好感。她在異鄉的城市裡一待就是好幾年，簡直快要把故鄉的土地和村莊忘光了，城裡的馬路寬寬的，車子多得像螞蟻，樓房也蓋得密密麻麻的，唯獨她租住的那種城鄉接合部的樓房又破又舊，像一塊塊巨大的牛皮癬，城裡人是根本瞧不上眼的，只有像她這樣無根又無靠的漂泊者才稀罕住。現在，一旦推起這輛輪椅，漫步在曲曲彎彎的土路村街上，看見左一排右一排的老式平房和農家小院，還有一兩隻趴在院門口的大黃狗，或一群叨叨咕咕四處覓食的老母雞，她真的就有一種回到老家的感覺了。

輪椅下方，有兩隻可以自由伸縮的腳踏板。半身不遂的朱父硬得像塊木頭，起初，他兩隻腳還能湊湊合合搭在腳踏板上，可輪椅一旦往前滾動起來，路面稍有坑窪不平，或遇到石子瓦礫，老人的腿腳就被顛落下來，

直僵僵杵在地上，活像個絆腳石，使得那輪椅突然趴窩了，再也無法前行。

　　馬娜並沒有這方面的經驗，她還是頭一回推這種東西，她只顧邊欣賞周圍的景色，邊往前推車。朱父的腳剛顛落在地時，她依舊在後面不得要領地用力推搡，直到病人嘴裡發出痛苦的跟委屈的老狗一樣的嗚嗚聲時，她才意識到情況不妙。她急忙停住輪椅，繞到老人的腿腳跟前，蹲下身去查看，這一看不要緊，嚇得她尖叫起來。原來，朱父一隻腳上的鞋不知何時已被蹭掉了，光的腳板反方向扭轉到輪椅之下，幾乎將整條腿都拖了進去，看上去就如同一截倒栽的樹樁，剛才若是繼續使蠻力，那隻腳脖子八成是會被折斷的。馬娜感到一陣後怕，慌忙跪爬在地上，將自己的上身從朱父腿彎處伸進輪椅的座位底下，再用兩隻手抱著，一點一點往過順那隻扭曲變形的腳板，每動一下，老人的嗚嗚聲就會加劇，她更是心驚肉跳得厲害。她從來沒有想過，伺候一個偏癱老人如此費神費力。

　　好不容易才把兩條僵硬的腿腳重新安放到踏板上。與此同時，她也留意到，朱父的額頭和鬢角都在冒虛汗，整個人顯出某種虛脫的跡象，一定是她剛才冒冒失失把他弄疼了，她不由得一陣自責和內疚，萬一真的出點兒啥事，該如何向朱母他們交代呢？她盡量穩住心神，將那條圍在朱父脖頸上的藍道道毛巾取下來，然後，輕輕地幫老人擦拭臉上的汗液，手到之處，她能清楚地感受到那種暖烘烘的體溫，午後的陽光正在加速汗水的流動，老年人皮膚特有的那種薄脆感，使她摸著像在摸一片顫顫微微的黃表紙，她的手就一點一點移動，生怕會擦破了似的，從額頭到兩鬢再到臉面和脖頸，很快，就把一面毛巾擦溼了。她剛想換過另一個面，卻發現朱父正在一眨不眨地凝視著她。

　　沒錯，從昨天下午到現在，朱父還是頭一回這麼悉心而真切地打量自己。那雙幾近枯萎了的老眼，被一層灰茫茫的薄膜所蒙蔽，估計患有白內

障吧，看不清楚什麼，所以，他才要集中所有的精力，直勾勾盯住她的臉，這種看姿就很接近一個年輕小夥，對自己心儀的女性特有的那份執著了，但畢竟病魔纏身多年了，這樣的凝望注定不能持久。當朱父盯著她看了十幾秒後，眼珠突然就滑向同一側，眼皮忽閃兩下，一顆大大的濁淚就從眶體裡擠了出來，那淚繼續撲閃著，並順著一側的鼻梁滾落下去。馬娜暗自吃驚，她不清楚老人這時為何會流眼淚，是因為疼痛、委屈、難過、無奈……還是因為他長年臥病在床，今天終於有機會出門透透氣了？而且，還是由他未過門的兒媳推著的。但很快，那雙老眼又匕斜著歪向另一邊了，剛才還很執著的目光，突然間散漫開去，同時，乾癟的嘴角也跟著抽搐起來，一串晶亮的涎水霎時溢出，在老人的下頦和胸口間，扯出一道長長的亮線。馬娜稍一愣神，趕忙用手裡的那條毛巾去擦，她的眼圈已莫名地紅了。

輪椅後來讓馬娜停在一條黃湯湯的水渠的壩邊上。從這裡放眼望去，是大片大片即將收割的玉米，一陣秋風貼著地皮從西北方向呼獵獵地旋來，田野裡頓時發出嘩嘩啦啦的歡響，像極了一群牲畜在地裡東奔西跑。馬娜有些激動地對朱父說，快看，快看，好大的玉米地啊……跟我老家的一模一樣，小時候一到中秋，我就跟著爹娘去地裡收玉米，玉米棒子又粗又大，我手勁還小，老是要掰好幾下，才能弄下來一個，他們就說我是小姐的身子丫鬟的命……這樣喃喃地說著，說著，她的眼淚就悄悄滑下來了。

也許是為了掩飾自己的情感，馬娜信步離開了輪椅和朱父，一個人低著頭走到距離他們很近的一座小木橋上。橋面很窄，木頭欄杆有些搖晃，黃褐色的渠水在橋下汩汩流淌，水中偶爾會現出一隻漩渦，像一隻野獸的嘴巴，嗚咽著，嘶吼著，又似精心醞釀著什麼陰謀。水面上不時地漂來一些楊樹柳樹的葉子，微微發黃的柴草，還有幾片鳥雀潔白漂亮的羽毛，它

們早就習慣了這樣隨波逐流，可當經過那漩渦附近時，可怕的災難就來了，突然被一股暗中的力量席捲而去，它們聚集起來快速旋轉著，掙扎著，幾乎眨眼間，就沉沒在那深不可測的漩渦中心了。

馬娜靜靜地凝望著那隻湍急凶猛的大漩渦，忽然覺得，這渾濁的渠水就跟生活一樣殘酷，在吞噬它們時毫不留情，彷彿有什麼深仇大恨似的。

六

朱安身哪都沒去。

頭先從酒席上溜出來，他就躲進了院子最東頭的一間小庫房裡，半天再也沒露面。這間低矮而陰暗的小土房，是家裡用來存放那些農具和生活雜物的，到處都是灰塵和蜘蛛網，一般很少有人進出。現在，這場由他親手策劃的鬧劇，總算快告一段落了，他一個人待在這裡，依舊心事重重的。他心裡或多或少有些感激馬娜，不管怎麼說，這個女人很順利地一個人演完了剛才的那場獨角戲，從洋溢在院子裡的歡快的空氣來看，一切都按部就班趨於圓滿了，誰也沒有看出什麼破綻來。

有一個人始終讓他放心不下。朱安身對自己的老同學，突然產生了一種深深的厭惡，除了對方的誇誇其談和飛也似的小轎車外，他覺得那傢伙的眼神最讓人受不了，頭先就在酒席上，當著一桌子親戚和長輩，他竟旁若無人地，那麼邪惡又那麼無恥地盯著馬娜看，這一下子就觸犯了他作為一個男人最起碼的尊嚴，儘管馬娜什麼都不是，一個他花錢僱來的風塵女人，可她畢竟是以自己對象的身分出現的，狗日的方寅虎，居然當著他的面，毫無顧忌地在她臉上身上胡亂踅摸。他實在覺得噁心，尤其是那雙賊

溜溜的蛤蟆眼，真應該立刻瞎掉才好。直到後來，那禿頭身子栽晃著出了院子，他才多多少少舒了口氣。再後來，他通過小庫房的門縫，清楚地看見，馬娜推著父親出門去了，他當時真想把她叫住，他覺得這個女人簡直是在畫蛇添足，幹嘛又要手長地把輪椅推出去呢，要知道父親現在的狀況已是岌岌可危，他的心肺腎臟日漸衰竭，用母親的話說，你爸可是有今兒沒明兒的人了。所以，馬娜前腳一走，他趕忙從庫房裡鑽出來。他可不想再節外生枝了，事不宜遲，他打算盡快帶上這個女人返回城裡去。

前腳剛要跨出院門，朱母忽然從身後叫住了兒子。

朱母身上有種永遠不肯懈怠的韌性和幹練，她邁著碎步向兒子走來時，山核桃一樣皺巴巴的小臉上，照舊掛著那種壓抑不住的喜悅。朱母仰著頭看自己的兒子，也不看看今兒是啥日子，這老半天躲著不出來，客人都挑理了，虧得人家閨女懂事啊，才沒讓媽坐蠟！儘管是在埋怨，但做母親的絲毫沒有生兒子氣的意思，相反，說話間臉上的笑意又濃了幾分。

自從父親臥病以來，這個家裡裡外外，就靠母親一手操持著。朱安身每次回來，都揣著一份深深的愧疚和不安，母親似乎變得越來越孱弱瘦小，本來就不高的身體，這兩年竟矮得不成樣子了，他真擔心老人有一天會吃不消的。

母親接著對他說，剛才，小馬推你爸出去轉了，媽看這閨女真是賢慧啊，就算是咱自家的兒女，又能咋樣呢？安子，往後可要好好待人家呢……媽就盼著你倆好啊……

這話無異於一支利箭，砰地一下，直中他的心頭，他內臟在無聲地滴血，他連一個字也說不出來。他寧願這兩天的事情都沒有發生過，他根本就沒帶一個女人回來過，甚至，世上從來沒有一個叫朱安身的人，一切都只是場夢，連同母親剛剛說過的每一個字。他實在是沒勇氣再聽母親這樣

絮叨下去。他忽然掉轉身去，頭也不回地朝外面走了。

　　日頭炙得整個村莊昏昏欲睡，街巷裡鴉雀無聲，即便是在國慶節期間，那些在外頭做工找錢的人也很少回來，因此，家家戶戶都顯得空蕩而寂寥。唯獨空氣變得沉鬱起來，秋天成熟的果子、穀物、菜蔬，還有日漸枯萎的花朵野草和樹葉，正散發出某種懶洋洋的氣息，越發地讓人覺得暈暈沉沉了。

　　朱安身順著街巷，漫無目的地走著。

　　這條土路十多年裡幾乎都沒有一絲變化，他記得自己念書那會兒，最怕雨天出門，路面溼濘不堪，一不小心就會滑個大跟頭，弄得滿身滿臉都是髒泥，像隻泥豬，好不容易挨到學校，整個人早就溼透了，褲腳邊滴滴答答流水，鞋子髒得叫人噁心，那陣子他最痛恨下雨天。如今成天待在城裡，進出走的都是瀝青路和水泥道，下雨天再也不會把鞋子弄髒了。最重要的是，在城裡住慣了，他越來越不想回老家，每次回來都有諸多不便，沒有衛生間沒有抽水馬桶沒有坐便器，他蹲旱廁好長時間屙不出來，真是苦不堪言。有時，他覺得自己完蛋了，土不土，洋不洋，其實城裡只有一間可憐巴巴的宿舍，並沒有一個真正屬於他的家，他就像一隻空瓶子，懸浮在城市的河面上，總有一天，那瓶子灌滿了髒水，會徹底沉浮下去。

　　有一個週末，他獨自上市區的繁華商業街閒逛。其實，這種熱鬧地方最不適宜一個單身男人去溜達，因為摩肩接踵而來的，都是些卿卿我我的年輕情侶，他們摟肩搭背當眾親吻，滿嘴說的都是甜膩膩的情話。他一個人買了票，捧著人家贈送的爆米花，觀看最新引進的美國大片《人猿泰山》，當片中那個巨無霸般的黑猩猩，為了保護金髮碧眼的美國妞，不惜捨生取義時，他被感動得熱淚盈眶，這種事情於他來說非常罕見，興許是多年來遭遇過種種白眼和冷嘲熱諷，他的心理承受力日益增強，心在變

硬，不會輕易被什麼東西打動，尤其是一部很煽情的商業電影。但那天他確實動了情，以至於從放映廳出來，他都有些失魂落魄，美女和野獸的故事，彷彿影射了自己多年前那兩次失敗透頂的戀情，如果那也可以稱作戀情的話。當他一個人走到大街上時，外面正在下雨，雨點敲打在身旁高樓大廈的玻璃幕牆或琳琅滿目的櫥窗上，發出槍炮般砰砰砰砰的轟響，街上的行人斷魂樣奔跑躲避，出租車滴滴叫囂忙著拉客，唯獨他像一個痴人，或行屍走肉，根本不在乎大雨傾盆，他沿著雨水漫漶的馬路一直往前走。那一刻，他感覺雨才是這世上最好的東西，他甚至慷慨地揚起了臉，讓密集的雨點不斷地拍打著自己，他眼前彷彿又浮現出那張醜陋而猙獰的大黑猿臉，還有那個叫人魂牽夢繞的妞兒，他朦朦朧朧覺得，自己變成了一隻叢林中的黑猩猩，正在槍林彈雨般的現代城市中穿行……

日頭略微偏西，但熱度未減，街巷的盡頭有火焰般的熱浪在起伏跳躍。再往前走，就是大片大片的玉米地了，寬大的葉子已變成赭黃色，在天地間靜默低垂無聲無息。朱安身的目光由玉米地一點一點收回，然後停留在渠壩邊上閃著熠熠光線的物件上，父親的輪椅就停靠在那裡，孤零零的，好像被誰不小心遺棄了似的。從他這個方向，確實看不到半個人影兒。於是，他大步流星朝輪椅的方向走去。他心裡多少有些疑惑，推輪椅的女人跑哪去了？她怎麼敢把老人扔在這危險的渠水邊不管呢。

朱安身三步並作兩步衝到渠壩上。

眼前的景象完全出乎他的想像。原來，馬娜正低著頭席地而坐，她的上半身就緊緊依偎在父親的輪椅邊上，她的腦袋幾乎是偏垂在父親的腿面上的，長長的頭髮像上好的黑色錦緞，蓋住了老人的褲面。父親也是酣睡不醒的樣子，太陽把老人的臉晒成絳紫色，那些星星點點的老年斑，也像是快要烤焦了，被鴨舌帽簷遮著的額頭和鼻梁上汗涔涔的。

朱安身眼眶倏地一熱，他急忙扭過頭去。

焦黃色的渠水就在眼前滾滾流逝，也把一個男人的目光拉得很長，很長。

七

朱父屙了一褲子。等大夥兒費了老勁把他抬放到床鋪上，仍然淅淅瀝瀝沒有消停過。

朱母連聲嘆氣說，唉，都怪我，不該給他吃那些葷腥東西，稍微著點兒涼，就鬧肚子。

馬娜也跟著說，怪我不好，我不該把叔叔推出去那麼久。

朱母忙抓著馬娜的手，一迭聲地寬慰道，閨女千萬別這麼說，咋能怪妳呢，妳可都是好心啊。

朱安身就給馬娜遞了個眼色，隨後，兩個人悄悄退出了堂屋，又雙雙走進那間耳房。關好了屋門，朱安身剛從身上掏出黑皮錢夾，馬娜就從枕頭下面取出一沓百元鈔票。這是我酒席上收的禮金，全都在這裡了，你數數。說著，就遞到朱安身面前。朱安身顯然沒考慮過這個問題，他猶豫著，並沒有伸手去接，嘴裡說，這是妳該得的。

馬娜搖搖頭，不，一碼是一碼，這錢是大夥兒給你未來媳婦的，我可沒這個福氣，再說我要是拿了，不真就……下面的話她沒有再往下說，只是把那沓錢款款放在旁邊的桌子上，臉上露出一種很複雜的表情。

朱安身還是低下頭，從錢夾裡數出五百塊，剛要遞過去，想想，又多夾出兩張，湊在一起，都交給了馬娜。

咱倆這就要散夥啦？

這回，馬娜爽快地接過錢去。

不瞞你說，我今天還真覺得自己像個新娘子，這滋味可真好啊，我好久沒覺得，自己像個好女人了。

朱安身靜靜聽著，不知道該說什麼好，兩個人就這樣沉默了下來。

大約過了四五分鐘，馬娜默默地將身體移到朱安身跟前。

這樣一來，她就正對著他了。她想，這張臉若不是天生那麼難看，他還真是個不錯的男人，反正要比她原先的男人強上百倍千倍。心裡如此潦草地想著，她就不由自主地，將自己的嘴唇湊到了他的額前，她先閉上眼睛，跟外國電影裡那樣，禮節性地在上面輕吻了兩下。做完這個動作，她忽然感到疲累了似的，便把自己的下頜輕搭在他的一隻肩窩裡，又柔柔地展開雙臂，再慢慢地將這個男人的雙肩圈住了，她摟得很輕很輕，生怕嚇著了對方似的，整個過程充滿了某種儀式感。

半晌，他聽見她在自言自語，又似魘在夢境中了。要是咱倆真的有緣，那就下輩子做回夫妻，我一定乾乾淨淨等著你……

話未說完，她的淚水卻早已弄溼了他的肩膀頭。

他的心在撲撲亂跳。

他的雙手近乎木訥地低垂著。

他很想躲閃，卻欲罷不能。

他索性緊閉了雙眼，近乎貪婪地，大口大口呼吸著異性身上散發出的溫柔氣息。

興許是下午在太陽地裡晒得久了，此刻這女人身上彌漫出太陽、樹葉、花草、玉米和土地的味道，甜滋滋的，暖融融的，還夾帶一絲草葉的苦澀，讓人覺得很安心，再也不是他最初見到她時那股刺鼻子的香味了。

像在投桃報李，他也笨拙地從後面摟定了她，起初只是象徵性的，當他真實地接觸到女人凹凸有致的身體時，他才近乎痴狂地收緊了自己有些僵硬的雙臂，讓兩個身體毫無保留地緊貼在一起……

她就那麼由著他去緊緊擁抱。這種時候，她的耳畔依稀彷彿飄來一首老歌，那是一個同樣長相醜陋的男人在聲嘶力竭地唱著：我很醜，可是我很溫柔，白天暗淡，夜晚不休，那就是我……我很醜，可是我很溫柔……

外面傳來一串亂糟糟的腳步聲，哐哐哐，耳房的門板也被驟然拍響了。

朱安身和馬娜猛然間從意亂情迷中回過神來。

安子，安子！快點出來一下啊，咱爸他，他恐怕不行了……是二姐站在門外喊話。

朱安身聞聽，急忙推開了馬娜，不顧一切地衝出耳房，徑直朝堂屋奔去。

親戚們已陸續走光了，現在就剩下幾個姐姐姐夫還守在父親床前。朱安身進去的時候，大姐扭過頭看著他，眼圈母牛樣紅溼，安子，咱爸的心願終於了了，這回他能安心地走了。朱安身多少還有些迷迷瞪瞪，事情來得很突然，簡直是急轉直下，他一點兒心理準備都沒有。他盡量讓自己俯下身子靠近床頭，父親就平躺在那裡，臉面陰灰，兩腮很奇怪地往裡癟進去，嘴巴空出一個圓而黑的洞，看不到舌頭在哪裡，只是呼喘呼喘地出著氣，眼皮已微微合攏，偶爾有一絲波動，跟睡夢中的人相似。

母親平靜地從父親身下捲出一團舊的褥單子，那東西看上去浸得溼乎乎的，大姐忙接了過去，低著頭拿到外屋去。母親又從床角扯過一片乾淨的褥單子，摸索著塞到父親身下，整個過程，就像是在給熟睡中的孩子換尿布一樣自然。母親終於艱難地抬起疲倦的身子，挨個看看朱安身他們幾

個，又爬過去翻翻父親的眼皮，再把兩根手指搭到病人鼻孔下方，停了一小會兒，這才非常沮喪地搖了搖頭，老淚就吧嗒吧嗒淌下來了。

朱安身不由得激靈起來，他如夢方醒般地喊叫著，叫大夫啊，妳們都愣著幹什麼，怎麼還不去叫大夫啊！

朱母拿手背沾沾眼角，哀痛卻鎮定地說，安子，快別嚷，好讓你爸靜靜地走，他在陽世的罪就該受完了。隨即又抹了抹眼圈，喃喃地補充道，人臨了的時候，都要把身上的髒東西排盡，人是乾乾淨淨來的，也要乾乾淨淨地走啊。

姐姐們聽母親這樣說，頓時大放悲聲，爸啊爸啊叫個不休；朱安身再也忍不住了，也跟著號啕起來。

朱母並沒有像兒女們那樣情緒失控，而是一個人默默地走到外屋去，在一隻舊式的五斗櫃裡翻騰了一陣，就將一隻用大紅布裹著的包袱拿進來，裡屋就多出一種樟腦丸沉鬱刺鼻的氣味。

該給他換老衣的時候了，她齉著鼻子說，你爸一直在等今天這個好日子呢，現在他可以撒手了。

一家人前前後後忙乎了大半個鐘頭，才把朱父的穿穿戴戴以及辦後事所需的物件都拾掇齊了。老人現在安詳地躺在那裡，唯有出氣沒有進氣了，下身的穢物業已止住。

朱母忽然想到了一個很重要的問題，她就把朱安身拉到一旁，壓低聲音說，小馬可是客人，金貴著呢，她沒有正式過門，萬萬不能讓人家閨女受啥克撞，你最好趁這工夫，趕緊把人送走吧。

當地的這種風俗和講究，朱安身依稀懂得一點兒，主要就是怕亡人對未來的新媳婦造成什麼不利的影響，顯然是有迷信色彩的。這種時候，他只得遵照母命，就轉身去耳房見馬娜。

可是，屋裡根本沒有人，馬娜不知上哪去了。他又站在院裡，叫了幾聲她的名字，半天也沒人應答。他覺得有些蹊蹺，難道剛才一聽說老人病危的消息，就把她給嚇跑了？畢竟是她把老人推到外面去的，她一定覺得自己是罪魁禍首。於是，他又慌忙跑到外面去找，街巷裡空落落的，此時正當晚飯時間，空氣中流淌著各家飯菜的氣息，酸的辣的糊的什麼都有。他沿著土路尋尋覓覓往前走，誰家的狗汪汪著衝他叫了兩聲，誰家的孩子捧著飯碗，鼓起腮幫子朝他不停張望，誰家的母雞剛在牆根的柴草堆裡下了蛋，那雞就咕咕噠噠叫得好歡實，這一切他都沒有放在心上。

忐忐忑忑一路小跑，很快，他又來到先前輪椅停放過的地點。這時候，朱安身的眼光又被路旁一大塊發光物所吸引，那玩意反射著夕陽最後一抹曖昧的紅光，好像一片欲火在燃燒。他不由得止住腳步，或者，想就地轉身往回走了，卻猛地聽見砰地一聲汽車門摔響，他下意識地循著聲音扭頭望去，只見馬娜從車裡鑽出來，嘴裡正叫著他的名字。他再次狐疑地盯視汽車，正是上午方寅虎開的那輛。

這時，馬娜已經跑到他面前了，她多少有些喘吁吁的，呼吸中挾著熱呼呼的香氣，一股一股吹送到他的臉上。你咋跑過來了？家裡情況怎樣？馬娜用一隻手撫住胸口，領口下方的兩個圓球起伏得很厲害。妳在那車上做什麼呢？！朱安身的口氣變得有些生硬，問話時，他的目光又一次瞥向路邊的小轎車。怎麼，你還吃醋啦？還不是你那個好同學，他非叫我出來聊兩句。馬娜說得倒也自然，只是面頰緋紅得有些離譜。哼，這狗東西肯定是趁著剛才家裡最忙亂的時候，開車過去把她叫走的。朱安身幾乎咬著牙根暗想，同時，他又盯著這張漂亮的鵝蛋臉看了幾秒鐘，他覺得她也許跟他隱瞞了什麼。不過，事情都已經結束了，他來找她，只是為了盡快打發她走人的，家裡都要亂套了，他可不想為這種破事多費口舌。

　　哪知方寅虎也從車裡鑽出來了，搖頭晃腦地徑直走到他們跟前。方寅虎撇了撇黑而厚的下嘴唇，對朱安身說，你小子真有種，我都差點讓你給騙了。說著，突然就伸出手來，在朱安身的胸口搗了一拳。馬娜是旁觀者，看得很清楚，好像朱安身不是被拳頭擊中的，而是讓那隻凶猛的刺青虎頭給狠狠地咬了一口。朱安身不由得倒退兩步，想咳嗽卻沒咳出來，臉色就憋得相當難看。馬娜嗤地樂了一下，雙手疊擱在開司米衫領口下。別鬧了，趕緊回吧，我真擔心老爺子有啥事。方寅虎笑嘻嘻地晃晃禿腦殼，呵呵，夠孝順的呀，他娘的可真會演戲！馬娜沒心思理識他，逕自轉身往回走了，轉眼把他倆落在了身後。

　　方寅虎不無鬼祟地往朱安身跟前湊了湊，擠眉弄眼地說，行了，別再跟老同學裝了，我今兒一見到你們，就覺得哪不對頭，不瞞你說，我在城裡找過她，嘿嘿，這娘們床上有兩下子。朱安身完全沒料到，對方竟厚顏無恥到這種程度，跑來跟他胡扯這些。在他幾乎無語沉默的時候，方寅虎始終嬉皮笑臉看著他，跟你商個量，反正好戲也演完了，就把她讓給我吧，我會負責把她拉回城裡去的，咋樣老同學？不知怎地，這些該死的屁話，一下子就讓他想起了《杜十娘怒沉百寶箱》，那裡面有個為富不仁的孫富，問題是他可不是那個狗屁秀才李甲。朱安身的臉皮一陣火燎火燒，彷彿那些皮下的毛細血管都要跟著崩裂開來。

　　那咱就這麼說定了，你讓她趕緊收拾一下，一會兒黑了，我去接人。方寅虎一副發號施令的樣子，之後，嘴裡流裡流氣哼著一支什麼歌子，得意洋洋地鑽回車裡，好像剛談成了一樁不錯的買賣。很快，那車轟隆一聲竄了出去，把朱安身一個人丟在嗆鼻瞇眼的煙團中。

　　太陽眼看西沉了，朱安身的影子突然被拉得又黑又長，連他自己也沒意識到，在那長長的陰影裡都隱藏了些什麼。

八

天終於黑盡了。黑下來的屋子更添了幾分悲涼。

朱母抬起頭，緩緩看了一眼躺在床上氣息微弱的朱父，然後回頭，對圍在床邊的兒女們說，你們快去伙房弄點飯吃，媽一個人守著就行了。姐姐們還想堅持讓母親先去吃，可朱母很固執地搖頭。於是，大夥兒才默默地退了出來。廚臺和案板上擺放著午間剩下的幾碟飯菜，隨便在鍋裡熱了熱，幾個人就圍在伙房裡，十分沉默地吃了起來。跟中午相同的飯菜，此時吃得每個人直想掉眼淚。

朱安身是陪著馬娜在耳房裡吃的。因為時間確實太晚了，去鎮上搭班車肯定是來不及的，他跟馬娜商量了一下，打算明天一早就送她走。朱母仍有些隱隱的擔心，可還是勉強點頭了。馬娜又提出來，想去堂屋最後再看一眼老人，朱母出於迷信的考慮，就沒有答應她的要求。現在，這兩個人誰也不說話，只是聽著彼此扒飯和咀嚼的聲音，感覺有點兒像在同一屋簷下過了多年的夫妻。

飯剛吃到一半，那該死的汽車又鬼使神差停在院門口，車喇叭嘀嘀嘀嘀叫得心慌。朱安身警覺地側耳去聽，同時，他不露聲色地瞥了一眼馬娜。馬娜端著白瓷飯碗的樣子，和一個會過日子的良家婦女沒任何區別。

朱安身試探性地問了句，要是我那個同學現在接妳走，妳樂意不？

馬娜剛夾起一筷子油菜，又原封不動放了回去。

你開啥玩笑呢，我為啥要跟他走？他算老幾！

朱安身沒有要跟她抬槓的意思，只是囁嚅道，他剛才不是叫妳出去了，就沒跟妳提這事？

馬娜遲疑了一下，他是說過，可我壓根沒答應。

哦 —— 朱安身表情怪怪地吱了一聲。

我知道你咋想的，我們這種爛女人，還不是誰給錢就跟誰睡，對不？馬娜的口氣似乎非要跟他大吵一架不可。

外面車喇叭聲又夜貓子似地鑽進屋來，跟招魂似的惱人。馬娜突然撂下手裡的碗筷，幾乎恨恨地道，我出去跟他說，讓他趕緊滾蛋，這人咋跟狗皮膏藥一樣！

朱安身急忙拿手按住了她，快吃妳的飯，還是讓我去吧。

朱安身手裡端著個飯碗，剛一走出耳房，就見一個黑影快速閃進院內來了。他連忙迎上去，想擋住對方的去路。你快走吧，人家不想跟你去。黑影愣了一下，狐疑地偏著腦袋，朝那扇亮著燈光的窗戶望了望，哼，是她不樂意，還是你又捨不得了？說著，嘿嘿地壞笑起來。喂，你最好別開這種玩笑，我可沒工夫跟你扯淡，家裡還一堆事呢！朱安身盡量加重了語氣。黑影笑得有些邪性，好像有雙看不見的手，正在不停地撓他的胳肢窩。哈哈哈，老同學，別那麼一本正經好不好，你讓我進去跟她說，這種賤女人，都認錢不認人的。未等朱安身再表態，黑影早已越過他，徑直朝耳房走去。

朱安身就被傻傻地晾在那裡，他一時不知該怎麼好了。有那麼一瞬間，他覺得就隨他們去吧，愛誰是誰，自己犯不著為這點兒破事傷神動氣。這樣想時，腦海中偏又浮現出先前耳房裡的那一幕：馬娜分明是吻了他的額頭，還親了他的臉龐，他覺得，被一個女人這樣親吻和擁抱，簡直是種莫大的享受，要知道這輩子，他從來沒有認認真真地，跟女人這樣親密過。還有，她那滿身散發著太陽味的香氣，她在他耳邊說過的話，她最後的一聲呢喃……這一切都是那麼的美好，那麼的可貴，那麼來之不易。然而，這該死的王八蛋和他的小轎車一出現，就把所有美好的東西給毀

了——徹底毀了！

朱安身也是忽然才意識到的，自己手裡竟然很滑稽地端著一隻空飯碗，活像個跑來討飯的。於是，他徑直衝進伙房，去放手裡的空碗。姐姐姐夫們已匆匆吃完飯，又回堂屋守著父親了。他一眼就瞧見案板上躺著的那把菜刀，一抹焦黃的燈光籠在刀刃上，使那玩意發出一片很古典很耀眼的亮光，類似於上好的青銅器。他出神地盯住這把刀，像盯著一件神祕而莊重的祭品，也就是一瞬間的事，或如靈光乍現，腦子裡突然就冒出一個十分邪惡的念頭。他媽的，你到底還是不是個男人？另外一個像他又不是他的聲音，從那鬱悶的胸腔深處迸發出，瞧你那蔫頭耷腦的猢猻樣，當了半輩子縮頭烏龜還沒當夠！！他順手抄起案板上的菜刀，想都沒想，就折身返回了耳房。

那個傢伙狗扯羊皮般，正跟馬娜拉拉扯扯糾纏不清，女人的身體被麵條樣扯來拽去幾乎變了形，而朱安身的貿然闖入，絲毫也沒有影響到那厚顏無恥的男人，反倒使對方變本加厲，更加張狂了。馬娜見朱安身進來，彷彿陡增了一股勇氣，她突然一抬腳，照準方寅虎襠部就是一下，儘管踢得不是很準，可還是把對方踢得皮球樣彈了一下。操，給臉不要臉，妳個臭婊子！隨即，朱安身看見一隻粗暴的巴掌，連同那隻恣睢的青黑色虎頭，接連撲向了馬娜，那張原本漂亮的臉蛋，頓時就被搧打得青紫難看了，女人拖著哭腔尖叫了起來。

太過分了，就算是打狗，也得看看主人吧！朱安身再也忍無可忍了。過去的經驗一再證明，逆來順受對他的生活毫無益處，一味地保持沉默，只能縱容壞人壞事一而再再而三地發生，讓他一次次地陷入苦痛與掙扎。天地良心，他這輩子從來都不想得罪任何人，可身邊總有些無聊的傢伙，有意無意地要傷害他，並且以此為樂。就因為他天生一張醜臉，誰也瞧不

起他，誰都可以隨便戲謔他耍弄他侮辱他；同樣因為這張難看的臉，他自己總是鬱鬱寡歡不善言辭甘於現狀又毫無反抗意識，生活對於他和像他這樣的人來說，似乎只能是一場忍氣吞聲飽受凌辱的災難。眼下，就連這個所謂的老同學，一個曾經靠抄他作業混日子的無賴，也大言不慚地來挑釁他羞辱他了，這世界真他媽的操蛋！

當他最終異常憤怒地舉起了菜刀，像個暴徒那樣猛撲上去的時候，映在耳房牆壁上的身影，突然變得無比巨大。他覺得，自己一下子就成了電影中那個力大無窮的泰山，或者，是聖母院裡那個又聾又醜的敲鐘人……

九

馬娜很長時間不能說話，也不能閉眼，只要眼皮稍稍合上，那個血腥可怖的場面，就在她眼前頻頻閃現。

真希望這一切都沒發生，她從來沒跟一個叫朱安身的人回什麼老家，更沒有答應給對方假扮什麼對象。然而，覆水總是難收，就像她最初遠離父母和故鄉，隻身來到同樣是朱安身工作和生活的城市，從此踏上了一條不歸路。現在，這條不歸路上，因為她又搭進去一個男人，一個相貌醜陋心地良善的好人。她心裡非常清楚，整件事都是因她而起，蒼蠅不叮無縫的蛋，其實，那晚她完全可以答應那個混蛋，稀裡糊塗跟他一走了之的。可是，她偏偏矯情起來，偏偏執拗起來，偏偏就是不買那傢伙的帳。她覺得自己真是犯賤，該下地獄才對！她以前可不，只要有錢賺，管他什麼男人，她才不在乎呢，至少在遇到朱安身之前就是這樣的。但有時，她又分明覺得，自己並沒錯，要知道這兩天朱家老少都拿她作上賓，把她當一個

多好的閨女敬著供著呢，甚至於連她自己也有種錯覺，她原本就是一個好女人。她忘不了朱母跟她說話時的神情，更忘不了朱父盯著她時，悄然滑下的一行老淚，她幾乎有些喜歡上這一家人了，他們又樸實又熱忱，讓人無可挑剔。所以，她又怎麼可以，在那種特殊時刻，尤其是在人家老人垂危之際，隨隨便便跟另外一個男人去鬼混呢？她不能。絕不！

等到馬娜後來終於能開口講話了，她才跟負責調查的民警說，那個姓方的純粹是個流氓，白天在酒席桌上，就想動手動腳，後來又死皮賴臉跑到家裡，纏磨過兩次，最後一次，就是在那間耳房裡，他想抱住她非禮，她死命反抗，他居然還動手打了她耳光，恰好讓朱安身進門撞上了，他一定是給惹急了，要知道兔子急了，也是會咬人的。

馬娜交代這些的時候，幾乎是咬牙切齒的樣子。

民警低著頭，沙沙地做著詳細的筆錄，最後又抬起頭，目光威嚴地盯著馬娜。

妳知不知道，死者那隻右臂上，怎麼少了一塊皮？

馬娜怯顫顫地閉了一下眼睛，又慌忙睜開來，這個畫面實在太恐怖了，她簡直不敢再去回想。

老……老虎，那……那隻胳膊上，紋……紋了老虎頭，有這……這麼大，看……看著怪瘮人的……馬娜說得結結巴巴，身體也不由得戰慄起來。他……他一準是，給……給氣瘋了，才割……割下了那個玩意兒……我……我也想攔他，可……可腿肚子轉筋，動動不了……我好像聽見，朱安身反反覆覆嘟嚷這幾個字，什麼漂啊，沉啊，浮啊的……也不知都啥意思，興許，是我耳朵聽差了？

泥鰍

一

事到如今，我可以毫無保留地告訴你們：我這人討厭週末，真的，非常討厭，越來越討厭，簡直討厭得要命！

我老覺得，週末是一把刀子，每隔上五天，這把該死的刀子就會在我眼前晃來晃去，閃著賊光，好像它花了整整五天的時間，才馬不停蹄地把自己磨得雪亮雪亮的，所以，我總擔心它會割著我的臉或鼻子。我覺得週末還像跨欄比賽中的欄杆，一道又一道，永遠也跳不完的欄杆。每次，我好不容易咬緊牙關跳過去一道，下一道又緊接著在前面的路上衝我陰險的笑著，我就這樣使勁地跳啊，手忙腳亂，汗流浹背，它卻不停地笑著，笑啊……我簡直就像一匹瘦小的馬在黑夜中疲於奔命。

算起來大概是，從我上中學以後，週末就變成了這兩種可怕的東西，殘忍，無休無止，又無情無義。有時是刀子，有時是漸漸升高的一道道障礙，有時既是刀子，又是那種跳不完的欄杆。寒光閃閃，高不可攀，險象環生，讓人望而卻步。我知道總有一天，它們會合起夥來把我弄得頭破血流的。我不敢跳，又不得不跳，他們只知道在我屁股後面起哄，催命一樣，快跳，快跑，跳啊，跑啊，千萬別停下。跳過去、跳不過去，我似乎都得挨那一下子。我是指懸在前面的刀子。這是我的悲哀，反正誰也代替不了我。

從來就沒有一個人，肯站出來幫我一把，移開障礙，或拿掉刀子。沒有一個人。從來沒有！我敢保證，他們唯獨只想做一件事，高高舉著鞭子，像趕鴨子上架一樣，從後面趕著我，嘴裡發出像趕鴨子似的嘮嘮叨叨的聲音。每一次，只要一聽到這些奇怪的吵吵聲，我就洩氣得要命，快馬加鞭，可我天生不是什麼快馬呀，我充其量僅僅是匹小馬駒兒。還有，我

就是他們嘴裡常說的那隻小小鳥，注定永遠也飛不高的笨鳥兒。我只能硬著頭皮拚命往前跑、往上撲騰。但他們總告訴我，我沒有別的選擇。

似乎在所有人眼裡，跳過去才是鯉魚，跳不過去的永遠只能做泥鰍。一條髒兮兮的、永遠不可能登上大雅之堂的泥鰍。我當然見過泥鰍，牠們周身溜光水滑的，你很難在那種渾濁的泥水中捉住牠們。我很小很小的時候學過一首兒歌，名字我還記著，叫〈捉泥鰍〉，歌好像是這樣唱的：

池塘的水滿了，雨也停了，田邊的稀泥裡到處是泥鰍，天天我等著你，等著你捉泥鰍……小牛的哥哥帶著他捉泥鰍，大哥哥好不好，咱們去捉泥鰍……

可惜的是，我沒有哥哥也沒有弟弟，要是有就好了，哪怕有一個小妹妹也行。我那時整天老想著去野外捉泥鰍的事，多好玩啊！那時的天空陽光明媚，我整天都無憂無慮的。有時我就想，做一條泥鰍也不錯啊，至少不會那麼容易被人抓到。

其實，我也不想做泥鰍。我也曾奢望過鯉魚跳龍門的奇蹟在我身上發生。可問題是，鯉魚也有跳不過龍門的時候，對不對？那牠還算不算鯉魚？跳不過龍門的鯉魚，是不是跟泥鰍差不多少？也許，有時甚至還不如泥鰍，在汙濁的泥淖中鯉魚肯定會窒息而亡的，而泥鰍卻能活得如魚得水。我也從來沒有想過，有一天我的天空會烏雲密布，自己竟然變成了別人嘴裡的一條爛泥鰍。

這可是我舅媽吳彩虹親口說的：瞧瞧你，身上糊得像條爛泥鰍！你在學校到底都忙些啥呢？不知道的以為你剛從臭泥坑裡鑽出來的，你哪點像個高中生的樣兒。我只好實話實說。踢球，我們跟外班打比賽，踢足球，我們班還拿了個總冠軍。我舅媽吳彩虹沒有那麼多耐心，她對我說的嗤之

以鼻，她總是不等我把話說完，就以一個準封建家長的嘴臉給我以沉重打擊：踢球！你大老遠地轉學來我這裡，就是為了踢球啊？你把球踢得再好，它能把你送進名牌大學的大門嗎？你這娃娃咋這麼不懂事呢，真是苦了你爹娘的那點兒血汗錢！

　　這種時候，我非得跳起來跟我舅媽吳彩虹叫兩嗓子了。我說，舅媽你罵我啥都可以，就是少再提他，我根本就沒有爹，他愛給誰當爹就給誰當爹去，我爹他早八輩子死了！我舅媽吳彩虹當即像母雞吞了硬石頭堵得面紅耳赤，她一個勁捋著自己的喉嚨說，好好好，你沒爹，行了吧，那你是從牆窟窿裡從石頭縫裡蹦出來的，這總行了吧。她的這種說法真讓人厭惡，簡直能噁心死人。我不甘示弱，我說他根本不配做我爹。我舅媽吳彩虹瞪著她的一雙世俗的單鳳眼說，配不配他都是你爹，這是事實，誰讓他把你生下來了呢？人們就是這樣只注重事實，可我討厭這種所謂的事實。事實婚姻又能怎樣？像我爹那樣的男人，心裡只有他自己，他從來只顧自己快活，根本不在乎我和我媽的感受。所以我再次大聲予以更正：是我媽生的我。我舅媽吳彩虹更不屑地哼了一下鼻子，笑話，虧你還是個高中生，連最起碼的常識都不懂，你媽她一個人能生得了你，才怪了！我口氣越發堅硬地反駁她，反正我就是沒有爹，我再說一遍，我爹早死了！

　　我舅媽吳彩虹也許知道，我們倆這樣爭吵下去的結果，只能是讓她氣得像條發瘋的母狗，逮誰都想咬誰一口。有一次她跟我剛吵完架，偏巧我大舅下班回來，她抓住我那可憐的大舅便猛咬了一通，弄得我大舅一副戰戰兢兢的狼狽相。她卻一邊咬一邊罵，你怎麼攤上這麼個驢外甥，我恨不得搧他幾個耳光子。我大舅是個老實人，男人太老實了沒準就會受女人的氣，他在我舅媽吳彩虹跟前總是嬉皮笑臉的，好像他是她的晚輩，又好像被對方拿住了什麼見不得人的把柄（這也難說，我媽說過男人沒一個好東

西）。他避重就輕地用類似寬厚長者的語氣說，他還是個娃娃嘛，妳別跟他一般見識。我舅媽吳彩虹氣焰更囂張了，娃娃？你真以為他是吃屎的娃娃嗎？世上哪有娃娃敢跟親爹使刀子動拳頭的？你別看他年紀小小，心裡長著牙厲害著呢！

這話不假。我確實跟那個壞傢伙動過一兩次手，有一次甚至差一點就用菜刀砍了他。那次要不是我媽死裡活裡擋住我護著他，我也許真的會毫不留情地給他一下子。那回我可真的豁出去了。

記得那天晚上，我最真實想法就是，我要讓那個男人明白一個道理，我媽她並不是軟弱可欺的母綿羊，他想怎樣就怎樣的時代，已經永遠地宣告結束了，因為我已經長大了，我有足夠的力量和勇氣來對付他保護媽媽了！所以，我才不管三七二十一，突然就從自己的房間裡衝出來，像頭小老虎一樣勇猛地撲上去揍了他一拳頭。我的個頭已經超過他兩三公分了，而且明顯比他結實一點兒，我那一拳正好打在他的眼鏡片上。他的眼鏡吧嗒一下摔在地上，鏡片都碎了。他摀著自己的那隻通紅的眼睛嗷嗷直叫喚，好像打他的那個人不是我，也不是他的兒子一樣，而是深更半夜跑來跟他老婆幽會的小情夫。而就在幾分鐘之前，這個男人還在不休止地跟我媽爭吵，他為了另外一個不要臉的狐狸精（這是我媽一貫的說法），他總是讓媽媽哭哭啼啼地哀求他，好像他幹了多麼光彩多麼了不起的好事，非要別人對他低三下四百依百順。我媽可憐兮兮地一而再再而三地委曲求全，無論如何也不肯答應跟他離婚。我媽說咱們離了婚，小磊怎麼辦，好歹等幾年小磊長大成人了，你再跟我離也不遲呀。

真的，僅僅從這種毫無原則的乞求聲裡，你們就該知道我媽她有多懦弱、有多傻了。當那個男人一再地提出要跟她離婚的要求時，她總是像膽怯的母綿羊那樣只知道不停地流淚，整日裡唉聲嘆氣，除此之外，她的嘴

裡只剩下苦苦的哀求了。在我媽看來，離婚簡直就是一場毀滅性災難，好像我們離不開那個男人似的，好像離開了那個男人，我們娘倆就會橫屍街頭死無葬身之地了。

那晚，我本來在自己的房間做作業，那段時間我總是無法靜下心來好好看書。我故意大聲讀單詞背課文，試圖用自己的聲音壓住他們的談話。可是，我還是聽到那個男人大言不慚地對我媽叨叨不停，妳怎麼變得死乞白賴的，我都說過一百遍了，我跟妳沒有感情了，一點兒也沒有，妳說說這沒感情這日子還有啥過頭嘛！外面稍稍沉默了一會兒，接著又聽到他衝我那不善言辭老實巴焦的媽媽嚷嚷，喂，妳能不能給個痛快話，反正，妳答不答應我都是要離的，我跟妳一天也生活不下去，跟妳睡在一起我怕做噩夢……我就是聽到這裡，實在聽不下去了，我媽哭得快要斷氣了似的，我要是再不衝出去的話，我還算一個男人嗎？

兒子打老子，說起來確實不好聽，可那也得分什麼時候吧。反正我那一刻是忍無可忍了，我寧願沒有那個所謂的爹，也不想眼睜睜看著他那麼張狂地欺負我媽。這是我第一次動手打那個男人，打那以後我總是管不住自己的手，只要一看見他手就癢癢，就想衝上去把他新配的金絲邊眼鏡再次敲碎，就想在他的雞胸脯上來一拳，讓他明白天上是不會掉餡餅的。既然他厚顏無恥地不想要我和媽媽了，那麼好吧，就讓他嘗嘗拳腳的滋味，讓他嘗嘗兒子打老子的滋味，儘管他要還手的話我不一定能打過他，可是我不怕。我一點兒都不怕他，相反，我覺得他有點怕我。他看我時的那種眼神，讓我都覺得好笑，有仇恨的火星，又有點兒戰戰兢兢哆哆嗦嗦，而且，恐懼的成分總似乎要比仇恨多一點兒，管他呢，哪怕是一丁點兒，我就是要讓他感到害怕。老子害怕兒子，也是好說不好聽呀。

後來那一次，我向那個男人撲過去的時候，鬼使神差地順手就從廚房

的菜板上抓起了菜刀，那把刀我媽頭一天剛剛磨過。我記得我媽埋頭在水池子跟前，像老朽的磨刀老頭那樣磨著菜刀的時候，我就坐在她身後的飯桌旁吃著飯。我媽把飯做得越來越難吃了，不是忘了撒鹽，就是鹹得要命，我真擔心這樣下去總有一天，我會得營養不良的病。或者，我媽一不小心會把老鼠藥撒到菜湯裡。我媽好像把吃奶的力氣都使在磨刀這件事情上了，謔啦謔啦地磨，一邊磨一邊往刀刃上撩水，滴水穿石，那一刻磨刀石變成了她的仇敵。她哪裡是在磨刀，分明是在用力削那塊青石頭，一副碎屍萬段不肯罷休的架勢。女人就是這樣莫名其妙的，她們似乎很善於轉移自己的仇恨，若換了我是她，早就跟他真刀真槍地幹上了，不是魚死，就是網破。世上到底誰怕誰呀，離開了誰日子還不照樣過！

那天我實在看不下去，就說，媽妳別磨了，妳還叫不叫人吃飯了，我的耳膜都快讓妳吵破了。我媽頭也不抬，說吃你的飯，熱飯還燙不住你的嘴。就在那時，我看見一串銀光從我媽眼眶裡墜下去，落在冰冷的磨刀石上，她拿手背胡亂揩了揩眼圈，眼圈紅得發亮，她繼續不停地用力磨刀，好像生怕浪費了自己的那串清淚，又好像要一門心思磨去心中的仇恨和怨恨。如果我記沒記錯的話，那晚我媽沒有吃一口飯，至少我沒有看見她吃。晚上我上床睡覺以後，她一遍一遍地上衛生間，平均五分鐘一次，我看過表。早上又很早很早就爬起來，給我準備早飯了。我迷迷糊被她吵醒，瞇縫著眼一瞧床頭的鬧鐘，才五點十分，我想，我媽是不是有點神經了。

後來直到中午放學，沒等我走到家門口，在樓道裡就聽見大人在吵架，我媽的說話聲裡帶著哀怨的哭腔。我就有點緊張起來，我沒有敲門，用自己的鑰匙打開房門走進去。那個男人見我回來，立刻閉嘴不說話了，好像豬吃花椒憋住了氣，我媽鼻子尖發亮，眼睛紅紅的像一對桃子，她掩

飾說，快去洗洗手，過來吃飯吧。她跟我說話時幾乎不敢多看我一眼。那個男人大概不打算跟我們一塊兒吃了，他輕描淡寫地說，你們先吃，我還有個事。然後，我看見他從上衣的兜裡掏出一件折好的紙片塞給我媽，他冷淡地說，妳還是抓緊時間看一看。我媽像是被毒蛇咬了一口，手猛地一哆嗦，那件東西就落在地板上了。我媽抬眼看了那個男人一眼，馬上又縮回目光說，你休想，我死也不看。那個男人愣了一會兒，他狠狠瞪著我媽，眼中有火，但他還是遏止著火氣很不客氣地說，妳看著辦吧，反正我已經簽好了。

　　我媽的目光死死盯著地板上的東西，過了一會兒，她突然一彎腰，又把那個東西撿起來，三下五除二撕了個粉碎。她幾乎是撕了又撕，撕了又撕，好像那個紙東西是絲製品，不可能輕易撕碎，她的動作簡直歇斯底里的。然後，我媽故作輕鬆地一揚手，雪片紛紛揚揚落下來，落得滿屋子都是，有幾片飄在她的頭髮上，像雪花一樣掛在上面。我媽似乎一下子就老得不成樣子了，好像我在課文裡學過的那個祥林嫂。我聽見我媽大聲喊我，你愣著幹啥，吃飯。我還沒來得及走到飯桌跟前，又聽見那個男人橫橫地嘟嚷著，妳是不是瘋了。我媽說我就是瘋了。那個男人再次咬牙切齒地罵了一句，他媽的，我就沒見過妳這種死牛筋女人。

　　這話你們聽了覺得刺耳嗎？反正當時我簡直要崩潰了，他居然那麼罵我媽，光天化日，他竟然敢那麼骯髒地罵我媽，他媽的。於是，我低著頭徑直走進廚房，本來我是想拿碗盛飯的，可我一眼就瞧見菜板上躺著的菜刀，磨得鋥亮鋥亮的，刀刃的銀光刺眼而又挑釁。我清楚地聽見它衝我說，小子，你不是有種嗎，來呀，拿我呀，你敢拿刀砍那個人嗎？別怕，來呀！於是，我想都不想順手就抄起菜刀，同樣低著頭從廚房竄出來。我媽跟那個男人都沒有注意到，他們正在互相仇視，像同一屋簷下的一對發

狠的鬥雞。

　　我覺得自己眼睛像雞冠子一樣紅，舉起菜刀就衝那隻骯髒的公雞劈頭蓋臉砍下去。他幸好已經退到門口，正拿起鞋櫃上的手機包準備轉身逃離，情急之下，他慌亂地用手裡的皮包擋了一下，菜刀正好砍在包上，包裡的東西乍露出來，撒了一地。他一定嚇壞了，臉色蠟白，嘴裡惶恐而又結巴地叫著，你、你、你想幹啥，你小子也瘋了，你、你、你敢拿刀砍我，臭小子，反了天了你……好啊好啊，都、都是妳慣、慣的好兒子……我媽這時已從身後撲過來，我以為她會跟我團結一心一齊衝上去對付我們共同的敵人，可她卻像電影裡的女英雄那樣，捨生忘死地掩護她那早已背叛了她的親密戰友。他那樣對待她，她居然還不顧危險地幫他，女人一定是這世上最最可憐又最最奇怪的動物。我媽把我的腰死死抱住了，菜刀在我的手上忙亂地揮舞，我的雙腳在地板上一跳一跳的像兩截彈簧。那個男人已經乘機奪門而出，他的腳平安撤出家門之後，依舊沒有忘記回頭衝我們娘倆大聲叫嚷，你們全都瘋了，一對瘋子，媽的從今往後老子再也不想回這個家了。

　　我想，他也許再也沒有勇氣和膽量回家了。反正，那天以後，我媽徹底絕望了，她已然意識到自己的婚姻生活無法挽回了。我從我媽幽怨而又憤懣的眼神中終於看到灰心和沮喪。接下來好多天，我媽都不肯跟我說一個字，好像時時刻刻都在怪我把她的男人趕跑了。

　　但我非常清醒，事實是恰恰相反的，是她的男人狠下心腸，硬把她跟我像兩隻破包袱一樣，從他的生活裡扔了出去。

二

　　讓我怎麼說呢，我舅媽吳彩虹大概到了他們說的那種更年期，心事忡忡，大驚小怪，還老疑神疑鬼的。有時她敏感得像隻猴子，動不動就會從地上跳起來；有時又像警覺的老狗，不失時機地想從我的身上嗅出她認為可疑的氣味，而沒有沒尾地大聲汪汪起來。自從我大老遠地轉學到她家裡以來，我舅媽吳彩虹就自覺主動地把自己扮演成一名盯梢、小偷或特務式的女家長。在我看來，這個老女人最大的毛病還在於，總愛拿著雞毛當令箭，總愛自以為是，總愛嘮嘮叨叨，生怕別人把她成當啞巴，她還喜歡別人把她所有的廢話當成聖旨，而她自己卻從來也不懂得尊重別人。

　　我在學校圖書室翻看過類似的書，書上說更年期的女人很危險，情緒波動很大，愛亂發脾氣，容易暴躁，有時會憂鬱成疾。書上還提到女人月經閉絕後，會給她們的身心帶來難以想像的損傷，等等。但是，書上卻沒有告訴我她們會不會變成盯梢、小偷或特務。不過這沒有關係，反正我就是覺得，我舅媽吳彩虹已經提前進入了她的更年期了，她的一切反常舉動在我看來，都是那麼的可笑而又滑稽的，有時簡直不可理喻。

　　有一次，我無意中發現有人動了我的日記本。我的日記本通常都放在自己的抽屜裡。我從小就養成了記日記的習慣，小學幾乎天天記。那時老師要例行檢查的（這也奇怪，他們怎麼就能隨便翻看學生的日記，誰賦予這種權利的？）；初中時一週至少記三四次；轉學到這裡讀高中後，功課太緊，我在班上學習有點吃力，根本沒有多餘的時間，日記也就記得少了。但每個禮拜我都會抽空補記一下，主要是一週內發生的事。上上週我補記的內容是：

　　學校馬上就要摸底考了，我很擔心，以前考試我從來都不放在心上，

可這次卻很緊張。大概因為摸底考是高考前的預演，教室裡的氣氛一天比一天沉悶，大家都在暗暗用功你追我趕，可我總是有點心不在焉。分班以後，我的成績一直都不太理想，特別是升到高三，名次總在二十幾名上徘徊，班主任有一天摸著我的肩膀頭對我說，你要把在體育課上的那股勁頭用在學習上。

我明白老師這樣說的用意，她確實很欣賞我的體育成績。這兩年多來，我先後在全校運動會上，給班級爭得了好幾個中長跑的一、二名，還有不久前的高三年級足球爭霸賽，我帶著我們班的十幾名男生一路廝殺奪得了總冠軍，可以說我們在球場上出盡了風頭，後來在冠亞軍爭奪賽上，我一個人在最關鍵的時刻踢進了兩個球，硬是在0：1落後一分的情況下，把比分硬扳過來，穩穩鎖定了戰局。下來以後，我們班女生都說我跟世界球星小貝一樣帥氣。可是，我知道這些遠遠不夠，該死的高考為什麼不加進足球和體育的成績？要是那樣的話就好了！我知道這純屬妄想，所以我必須要加倍努力！努力努力再努力！我要迎頭趕上去！我不能落後！

上週補記的內容是：

最近，我老愛盯著陳訥看，她就坐在我前一排，以前我怎麼沒有注意到她呢？真是奇怪，我真是有眼無珠啊，我覺得陳訥是我們班甚至是全年級最漂亮的女生。她很文靜，腮邊有兩隻好看的酒窩，她有時也愛笑，笑的時候那兩隻酒窩像花蕊一樣清晰。她的頭髮總是洗得清清爽爽，有一股持續不斷的淡淡清香，有時是蘋果味，又時又變成檸檬的。我盡量把自己的身體往前靠，輕輕聞著，似乎還有她的呼吸，也是那麼清新和香甜。

我注意她是從上次足球賽開始的。我記得那天下午最後一場比賽，我們幾個男生正在班裡換球服，陳訥突然跟另外幾名女生冒冒失失跑進來，她們手裡拎著塑料袋，裡面裝著娃哈哈礦泉水。陳訥是我們的班副，平時

負責紀律和生活什麼的，還代收班費。她們幾個唧唧喳喳闖進來時，我剛好往腿上套足球短褲，陳訥的臉一下子就紅了，我想她都看到了我內褲的顏色。這是我第一次看見她害羞的樣子，就像花兒一樣羞答答綻開了。我趕忙把運動褲頭提上去，心裡有緊張又激動。她紅著臉蛋說，我們送水來了，然後她們就挨個把水遞到我們每個男生手上。我那瓶水正好是陳訥遞過來的，我接過來時小聲說對不起，她笑得很燦爛，說祝你馬到成功，我為你加油。

那天也許都因為陳訥的那句祝福的話，我從開場一直跑到全場結束，渾身似乎有用不完的力氣，就像偷服了興奮劑，那隻足球簡直黏在了我的腳尖上，我想把它運到哪都就運到哪。那是我第一次被一個女孩用微笑的方式來祝福的，被人祝福是件幸福的事。從那以後，我有事沒事總愛觀察她的一舉一動，她思考問題和走路時樣子，都讓我著迷。我越來越覺得，她大概就是我喜歡的那種女孩。所以，我總是在胡思亂想，如果我們永遠都不畢業就好了，永遠這樣一前一後坐著，那樣的話，我就可以一直默默關注她，感覺她的呼吸和心跳，聞那股淡淡的髮香……

這週我的心情很糟，簡直糟透了，在接下來的日記裡我字跡潦草地寫下這樣的話：

考試一天天臨近了，老師們一個個擺出法西斯般的嘴臉，他們整天對我們實行大獨裁，從早到晚在教室裡狂轟濫炸。語文老師說高考最容易拿分的就是古文和詩詞，同學們一定要把這些死記硬背的東西弄得滾瓜爛熟；英語老師說遲早有一天你們會明白，21 世紀英語的重要性的，將來考研、評職稱、出國留學，哪一樣都離不開 English；地理老師說如今是旅遊休閒時代，沒有地理知識你們出門寸步難行，張嘴就會變成傻瓜，惹人嗤笑；政治老師更邪乎了，他說同學們啊，你們就是把數理化學得再好，可

不懂政治終究是吃不開的，不懂政治的人做不了大官、炒不好股票、賺不了大把的錢……考試考試考試，重要重要重要！老師全都瘋了，變成了納粹和希特勒。

　　週三下午本來有兩節體育課，我又是體育課代表，可是班主任卻把我們的隊伍擋在去操場的路上。班主任說也不看看什麼時候了。老師那種語氣，我覺得她好像是在說，看看吧，我們中華民族都到了生死存亡的緊要關頭了，你們還有心情上體育。我厚著臉皮跟老師討價還價，我說老師就讓我們上一節體育課吧，大家都快在教室裡憋瘋了。班主任卻黑著臉說，你是不是想當一個四肢發達頭腦簡單的人？我就啞口無言了。

　　回到教室坐下來我又想，我若不是四肢還發達些，怎麼敢跳起來跟那個沒良心的男人抗衡呢？看來，四肢發達並非一無是處，至少我是這麼想的。真的！

　　後來我覺得很無聊，就用腳踢了踢前面的陳訥的凳子腿，她轉過頭看了我一眼，然後一本正經地問，有事嗎？我湊過去問她想不想上體育課。她搖搖頭說，不，我得抓緊時間複習。真沒意思，我心裡這樣想。過了一會兒，我好像不甘心似的，又心血來潮地寫了個紙條團成團輕輕扔過去。上面寫的是：今晚自習課後我在車棚等妳，有重要的話跟妳說，不見不散。

　　我不知道陳訥當時看沒看，反正我那一下午直到晚自習都心慌意亂的，連一道習題都沒有做完，書始終翻開在同一頁上，紙頁都捲了邊兒。我不敢親口問她，生怕被她拒絕。好容易熬到晚自習結束，我頭一個衝出教室，然後直奔自行車棚，像個居心叵測的小偷潛伏在亂七八糟的車堆裡。

　　陳訥始終沒有露面，後來她叫她的同桌，一個長得又醜又矮的女生跑

來傳話。那個難看的女生一副替天行道的樣子，她遠遠就跟我大聲嚷，回去吧，她已經走了。我在黑乎乎的車棚裡感到臉像被她搧了幾下，火燒火燎的。我還隱隱聽見那個矮胖的女生撐著屁股往前跑，嘴裡發出十分輕蔑的哼哼聲。我覺得自己被陳訥打了嘴巴，而且是當著另外一個人打的。

我簡直無地自容了。

我的第一次約會以失敗告終。

陳訥呀，陳訥！妳為什麼偏要這樣對我？

可我還是挺喜歡她的。

我真沒出息……

每一次，記完日記，我總是將筆記本小心翼翼地塞進抽屜的最裡面，並且，是反過來放的，上面再壓一本別的什麼書，可以算作記號吧。我舅媽吳彩虹是個愚蠢的女人，但她又故作聰明。她偷看了我的日記，又原封未動放回去，可惜的是，她把日記本正過來放了。細節決定成敗，我舅媽吳彩虹忽略了這個細節露出了馬腳。我放學回來，她還裝作模樣問這問那。

但我很快就意識到她做了見不得人的事，我轉身就去開抽屜查看，然後我把日記本拿出來使勁摔在桌子上，並且很生氣地告訴她，妳這是犯法，懂不懂，動別人的隱私就是違法！而且很不道德！我舅媽吳彩虹卻擺出一副鴨子煮爛嘴不爛的架勢，誰動你的日記了，你的日記又不是《紅樓夢》，有啥好看的？這是她一貫的伎倆：死攪蠻纏。我說妳敢發誓嗎，妳要是看了怎麼辦，妳敢不敢！我舅媽吳彩虹愣了一下，有點結巴地說，發、發、發啥誓，反正舅媽那那都是為你好，這是你最關鍵的一年，你成天想那些亂七八糟的事，學習成績能搞好嗎？這樣一來，她就順其自然地過渡到她的第二招：苦口婆心，循循善誘。我舅媽吳彩虹絮絮叨叨地給我

做思想工作。她還說舅媽又不是外人，就算看了你的日記，充其量也就是組織上對你的一次例行檢查，沒有一點兒惡意。

我不想讓她避重就輕，我說舅媽妳必須要向我道歉，等妳跟我道了歉，我再洗耳恭聽妳的長篇大論。我舅媽吳彩虹見前兩招都不奏效，於是把臉子一抹，立刻搖身變作母夜叉式的惡婦形象，我把這叫做她的最後一招，狗急跳牆。她橫眉冷眼地瞪著我，還伸出一根戴著庸俗的金戒指的肥胖手指對我戳戳點點的。瞧瞧你這副德性，都啥時候了，你還有心思談戀愛。我說我沒有談戀愛。她說白紙黑字寫得清清楚楚，你能賴得過去？我說妳不是死不承認看過嗎？她說我看了你能把我怎麼樣。我說我鄙視妳。她說你這個小流氓。我說妳罵人。她說罵你還是輕的，惹火了我還要好好拾掇你！我不想再跟她這個女人浪費口舌，於是，我一扭頭就回了房間，並隨手把門反鎖了。

這天晚上，我一直躲在房間裡，沒有出來吃飯。我把那頁該死的日記撕下來，本來想把它撕得粉碎扔進垃圾簍裡。可不知為什麼，我沒有下去手，最後又把它用塑料膠帶黏到日記本上了。我想留著它。有一位哲人說過，恥辱也是一種財富。知恥而後勇。我要留著它。

天黑以後，我甚至沒有開檯燈，我什麼也不想做，儘管考試日期迫在眉睫，我只是和衣躺在床上發呆，兩隻手壓在頭下面，頭很重，像塊大石頭，把手都壓麻了。

這時，我舅媽吳彩虹又變成一隻沒頭的黑蒼蠅，過一陣就在我的門口嗡嗡一會兒，過一陣又來嗡嗡一會兒。她說你到底吃不吃飯？你這孩子咋這麼倔呀？你黑燈瞎火地想幹啥？你是聾子還是啞巴？你能不能吭一聲小祖宗！舅媽錯了還不行嗎？我自始至終一動不動躺著，像一根潮溼的木頭，躺在黑暗中，無聲又無息。此刻，我不知道自己是不是恨她，我想恨

肯定是有的，我討厭別人偷看了我的祕密，還要擺出理直氣壯的嘴臉給我看。

再後來我聽到了那個女人嗚嗚的哭聲。我舅媽吳彩虹也許有點兒良心發現，或者她是害怕了。這種時候我又覺得她像是我的好舅媽了。其實，這兩年我舅媽吳彩虹很辛苦，她每天要洗衣做飯，要督促檢查我的功課，偶爾還要去學校參加家長會什麼的，總之，她確實為我做了很多本不該屬於她分內的事。而她自己的孩子是很出息的，在外地讀完名牌大學留校工作（這也成為我舅媽吳彩虹時常在我面前賴以炫耀的資本，說心裡話，我也最討厭她這種自以為是的樣子，好像全世界就數她家孩子最出息），她是前年退的休，我大舅歹也是教育系統的處級幹部，所以他每天早出晚歸還幹著體面的革命工作，而唯獨把這個寂寞無聊的女人留在家裡看管著我。

當時，我媽跟我爸的事正鬧得不可開交，我大舅畢竟跟我媽是一母同胞，他不能坐視不管，就主動請纓把我接到他家裡來了。當然，主要是通過他的私人關係為我找了一所好學校，據說，這裡每年都能考取百十個重點大學，升學率高得驚人，我們縣城那邊的學校跟這裡沒法比的，能進這所學校讀書就等於把兩隻腳伸進了保險箱裡。我本來死活不願意來的，可我媽流著眼淚一遍又一遍跟我說，小磊你一定要去，媽下半輩子就指望你了，你將來考上大學有了出息，媽才有出頭的日子。這話對我很管用，我不想讓她變得那麼可憐巴巴的。我得給她爭點兒氣。再說，我這輩子都不想再見到那個壞男人了，我離開家也就眼不見心不煩了。這樣一來我也就想通了。

躺在漆黑的房間裡，突然覺得自己很孤獨，四周的牆壁猙獰地擠向我的身體，我像一條醜陋的蟲子被困在無盡的黑暗中，被黑色一點點吞噬

掉。可我的心還在跳，我開始想家了，很想我媽。我想我媽肯定也在想著我了，剛才我連續打了幾個噴嚏，他們都說那是被遠方的親人念叨的結果。

後來我還是迷迷糊糊睡著了，還做了夢。奇怪的是，竟夢見了陳訥，她衝我一個勁笑，眼神裡有股很曖昧的東西閃爍不停，她遠遠地向我伸出手來，她的手白白嫩嫩的，她輕柔地眨著黑黑的眼睛說，來吧，快來呀，咱們到外面一起玩吧……我還沒來得及抓住她的手，她就一扭頭朝教室外面跑了，我緊跟著追上去，哪知剛到教室門口，一頭撞在班主任的懷裡，我聽見陳訥正在一旁詭祕地笑著，一臉的幸災樂禍……我怕老師批評我，趕忙轉身朝校園裡跑，一邊跑一邊回頭朝身後張望，老師正帶著一班同學從後面尾追上來。我給嚇懵了，拚了命往前跑啊跑啊，可是，忽然眼前出現了一片很寬闊的水塘，水是淡淡的黑灰色，像美術課上老師在宣紙上洇開的一大攤墨，不時地有大大小小的氣泡從水面冒出來，還有股很腥的味道。老師跟同學已經追到跟前了，我眼看束手就擒了。老師手裡舉著一張紙條陰沉著臉說，這是你給陳訥寫的東西吧，看你還往哪跑。我已經無路可逃了，我回頭看看水塘，又看看漸漸向我包圍過來的黑壓壓的人頭，當老師一手捂著鼻孔，朝我伸過另一隻手的一剎那，我身後幽寂的水塘突然間像是復活了，彷彿有許許多多魚兒從水裡蹦出來，嘩啦嘩啦，搖頭甩尾，此起彼伏，一片聒噪聲，牠們好像是在給我助威吶喊，下來下來下來……老師也捂著嘴笑，跳吧跳吧，有本事你就跳下去，你本來就是一條爛泥鰍……

夢還沒有做完，我舅媽吳彩虹就張牙舞爪地用力砸門了，她在外面大聲嚷嚷，懶蟲，都啥時候了，還不起床，你小子還想不想上學了！

真該死！昨晚我是稀裡糊塗和衣躺下的，竟忘了給鬧鐘上勁。

三

其實，那天早晨再走幾步，我就到學校門口了，可是那一刻像鬼使神差，我忽然不想往前走了，真的，一步也不想走。人有時候是很奇怪的，連自己都不知道自己接下來要做什麼。

我傻傻地站在一棵槐樹下面，像所有遲到的學生那樣猶猶豫豫地朝校門口張望，心裡盼著奇蹟能夠發生 —— 最好今天能臨時放假一天，哪怕是半天也行。那種紫不拉唧的花兒正在頭頂悄悄觀望著我，就像一大群討厭的女生。我不喜歡槐花的味道，太濃，也太甜，跟渾身搽滿廉價香水的女人一樣俗不可耐，還有點像我舅媽吳彩虹。她的身上一年四季總有股味兒，也許跟她平時愛塗脂抹粉有關係，像她這樣年紀的老女人，我不知道還把身上弄得怪香怪香的，到底給誰聞呢。

我媽哭哭啼啼地說自從生下我之後，她很多年都沒給自己好好買過一身時髦的衣服，至於化妝品什麼的，我媽也幾乎很少用，她一直跟我湊合著用幾塊錢一瓶的大寶 SOD 蜜，用我媽的口頭禪講，都是孩子的媽了，抹給誰看呀。也許，這就是問題所在，一個女人覺得自己已經沒有人願意看了，她的生活還能好到哪裡去呢？我還記得以前有一次，我爸（那時我還這樣莊重地稱呼著這個面孔跟我長得很像的男人）從外地出差回來，他很好心地給我媽帶了一套貼身穿的小衣服，顏色有點曖昧，不紅不粉的，料子又像紗又像絲，邊角還綴了絳紫色的蕾絲花邊兒。我媽只在鏡子跟前試穿了一下，就大聲尖叫起來，好像那件衣服裡還隱藏著另外一些男人不懷好意的目光，她惱羞成怒地嚷嚷著，羞死人了，羞死人了，這叫什麼狗屁衣裳，又透又漏的，叫人咋好意思穿出去啊。她這樣說還不夠，又拿著衣服追到書房責問我爸，她說虧你敢花錢買這種東西呢，真的越來越不要

臉啊。我爸當著我的面臉紅耳赤地爭辯道，到底買哪種東西了，妳懂不懂，看看妳都土得掉渣了，一點品味都沒有，又不是讓妳穿著上街買菜去，人家本來就是晚上睡覺穿的嘛。可是我媽還是一個勁埋怨不停，嫌我爸白花了那麼多錢，嫌那東西太貴了，嫌料子太薄，最後她居然下定義似地說我爸思想有問題——她也許太傳統了。

　　這話倒是讓我媽無意中給矇對了，這個男人的思想的確是出了問題。而且，好像就是從那次出差歸家以後，問題越來越嚴重，直到後來一個週末的晚上，我媽非要拉著我去單位找我爸，我爸的問題才像冰山的一角忽然從大海中顯露出來。因為那段時間，我爸好像總在加班，特別是到了週末，非但不能回來跟我們一起吃晚飯，有時還徹夜不回家。那天我媽燉了土雞，特意裝在一隻紅塑料飯桶裡，等我放學回家吃完飯，氣還沒來得及喘勻，她就催著讓我跟她一起出門散步。我問她散步為啥還提個飯桶，她才不好意思地承認順便帶我去爸爸的單位看一眼。身體是革命的本錢，我媽是對的，我爸老加班老加班的，萬一把身體搞垮了怎麼得了？我心裡一直這樣想，因此，在路上我的眼前總是浮現出我爸熱火朝天揮汗如雨的樣子（為什麼是這種樣子，我一直很納悶，按理說我爸是腦力工作者，寫寫畫畫而已，不該是那種大汗淋漓的齷齪模樣）。我不知道我媽當時心裡是怎麼想的，只是覺得她腳步輕盈，始終有說有笑的，好像不是去送飯的，而是去相親的。當然，這一切都是暫時的，或者說是她單程的表現。等我們返回來的途中，我媽變得沉默寡言有氣無力，她也不再提著那隻沉甸甸的飯桶了，而是十分沮喪地交給了我，好像是我沒有看住我爸。

　　我爸跟她扯了謊，謊言叫一桶熱氣騰騰的雞湯給衝破了。他當然沒有加班，據看樓門的老孫頭講，我爸只是離開得比較晚，下班以後有個女的來找他，後來他們倆一起出去的。情況大致是這樣，回到家以後，我媽的

情緒很壞，她一句話都沒跟我說，就悶頭鑽進臥室去了。我想她大概是走累了，從我家走到我爸單位少說也得半個來鐘頭，她一天又要上班又要準備幾頓飯，確實夠累的。後來的戰爭爆發在凌晨以後，我從被窩裡驚醒後才知道，我媽並沒有睡覺，她一直躲在房間裡像母貓逮耗子似的等我爸回家。我當時真的很害怕，記憶中那是我媽吵得最凶的一次，很多髒話從她的嘴裡稀里嘩啦冒出來，真是有些不堪入耳。一開始我爸好像還在極力狡辯，說我媽太疑心了，是無理取鬧，說他的確是加班去了，他甚至還跟我媽賭咒發誓……後來我清楚地聽到什麼東西咣當一聲，砸在地板上，我的腦海裡立刻浮現出一隻肥胖的雞腿，晚飯時我吃了一隻，又香又嫩，我媽說另一隻要留給我爸吃的。東西摔在地上以後，我爸的嘴巴像是被那隻雞腿給活活塞住了，我媽也不再質問他什麼了，而是開始爹死娘嫁般地號啕大哭……關於那個該死的週末，我能記住的就這麼多。我討厭這樣的日子！該死的週末。

我的腿腳不聽我使喚了，它們故意要絆住我去學校的腳步，卻輕而易舉地把我拖到了離學校不遠處的一家網吧裡。我承認，初中有一陣迷戀過打遊戲，那時我媽他們總在吵架，我的耳朵都快聽出老繭了，放了學最怕回家聽他們吵，後來就跟班上幾個同學去網吧打遊戲，一起連機玩《紅警》第二代，後來還玩過《仙劍奇緣》和《古墓麗影》什麼的，槍炮隆隆，打打殺殺，刀光劍影，覺得真過癮啊，每每玩得頭暈眼花，把身上的零用錢都掏光了，才不依不捨離去。可惜沒多久，我就轉學來到我舅媽吳彩虹家裡，手頭的零用錢都是我媽從郵局寄給我的，但這些錢全被我舅媽吳彩虹死死攥著，那些錢好像是她未來的棺材本兒，我每次向她要錢比吃屎還難，她非得讓我說得清清楚楚，買了學習用具或輔導教材，都得統統拿回來向她報帳，必須分毫不差（順便帶一句，我舅媽吳彩虹退休前是幹

會計工作的，這就可想而知了），對於這種不人道的制裁，我早就深惡痛絕了。

　　我注意到只要我們學生上學的時候，網吧就早早開門了，好像跟我們學生的作息保持著一致，因為總有不想坐在教室裡聽老師們嘮叨的學生，可又不能早早回家去，所以網吧不愁沒生意做。我走進去的時候，裡面有幾個小子正玩得起勁，一看他們被螢光刺得發紅發燙的小老鼠似的眼睛，就知道是打通宵的。老闆哈欠連天地把我引到一臺電腦跟前，並等我從口袋掏出五元錢後，才哈欠連天地走開，又靠在門口的一把黑皮椅子上繼續昏睡。接下來整整一個上午，我都在玩一個叫《街頭爭霸》的遊戲，拳打腳踢，怪招絕技，層出不窮，我喜歡這種感覺。玩得時間久了，眼睛有點兒花，怎麼看怎麼覺得那個女對手的臉孔很像我舅媽吳彩虹，這樣也好，就當成是她吧，我要好好給她點顏色瞧瞧，看她以後還敢不敢亂動我的東西，讓她那張臭嘴再嘮嘮叨叨沒完沒了！

　　可是，遊戲畢竟是遊戲，瘋狂，卻又虛幻。我真想永遠這樣活在遊戲和幻想之中。當我深陷在虛擬世界裡不能自拔的時候，現實正在網吧外面川流不息，該上班的上班，該上學的都乖乖坐在教室裡。我萬萬沒有想到，這種時候我舅媽吳彩虹拎著不算過時的皮包，撅著母牛樣的大屁股走進了我的學校。或許，她從昨晚就開始忐忑不安了，我不給她開門也不吃飯，這是最嚴重的一次，幾乎算絕食了，整整一晚我連一口水都沒有喝，早上上學又遲到，而且，同樣沒有動一下她為我準備的早點。我舅媽吳彩虹的精神底線開始動搖了，而此前她肯定一直在想，臭小子，看你能犟到啥時候。我不清楚她是不是還站在前陽臺上觀察我慢吞吞上學的身影，反正她後來大概收拾完家務，就大步流星地趕到我們學校來了。她必定又探頭探腦地趴在我們教室的窗前，把自己的大鼻子頂癟在玻璃上，她朝裡面

窺視時恰好給我們的某個代課老師發現了，於是，她像蹩腳的密探一樣不得不現出原形來。值得慶幸的是，她的猜測和不安得到了充分驗證，我想，她肯定如數家珍般地當著我們全班同學的面，把我的種種劣跡公布於眾了。老師肯定覺得我這個學生太差勁了。

　　你們想想看，現在我該有多麼被動，絕食，遲到，曠課，翹課……對了，後來又加上一條新罪狀：扯謊。我確實扯了謊。其實，我討厭別人說謊，我媽也討厭，那個男人把扯謊當成了家常便飯，他一次次欺騙我媽，所以我恨說謊的傢伙。可我肚子太餓了，從昨晚到現在，我滴水滴米未進，到了中午我實在熬不住了，只好離開昏天黑地的網吧，腳步艱難地往回走。一路上頭暈眼花，覺得所有人都在奇怪地盯著我看，好容易走進我舅媽家，等待我的卻是當頭一棍。最可氣的是，我舅媽吳彩虹居然裝模作樣地問我，小磊你咋才放學呀？我氣喘吁吁地放下書包以為她對我寬大處理既往不咎了，就心平氣和地叫了聲舅媽，我說老師又拖堂了。哼，小小年紀你不學好，扯謊溜屁的！你當我是三歲小孩？我舅媽吳彩虹以迅雷不及掩耳的氣魄徹底粉碎了我的謊言。你根本就沒去上學，還有臉跑回來騙人，難道你舅媽是傻子嗎！

　　這回我徹底啞口無言了。我的肚子突然又不餓了，好像被塞進一團看不清楚的東西，也可能是氣體，能燃燒起來會爆炸的氣體，它們把我癟癟的肚皮硬給空洞地頂了起來。我在客廳裡發了一會兒呆，我注意到今天的情況正好反過來了，飯桌上空空如也，我舅媽吳彩虹沒有像以往那樣把飯菜留在那裡等我回來吃。我又聽見她在廚房里弄出叮叮噹噹的響聲，空的碗碟在水池子裡胡亂碰，我真擔心它們會粉身碎骨。

　　過了一會兒，我又聽見我舅媽吳彩虹嘟嘟囔囔地說，給我扯謊，也不看看我是誰，再不聽話等你大舅過兩天出差回來，我叫他把你送回老家

去……你跟你那個賊爹簡直是一個模子刻出來的，扯謊溜屁，招惹女人，才多大年紀就知道勾搭小姑娘了，真不害臊……她罵起人來總是這副德行，牽牽扯扯沒完沒了，好像非要趕盡殺絕才肯罷休。我就是這時頭也不回地從房間裡跑出去，然後一口氣跑到樓下，一直跑出社區的院子，跑到街上又橫穿過馬路，差點讓一輛黑色的小轎車撞飛 —— 我不管那麼多，只顧往前跑，即便前面有條溝有條河攔著，我也會毫不猶豫地跳下去。這種時候，我舅媽吳彩虹那些該死的嘮叨聲依舊在我耳邊叫囂，我跑到哪裡它們就跟到哪裡。我的身體裡有種液體在橫衝直撞，我不知道那是不是叫做恥辱，反正那一刻我討厭所有的人，我討厭這個即將到來的週末，我甚至討厭我自己，因為我身上居然流淌著那個男人的血。這一事實真叫人噁心。

回家的打算突如其來，可是我的口袋裡只剩下一兩塊錢，根本不夠我買回程的車票。我舅媽吳彩虹那張守財奴樣的嘴臉立刻又浮現出來，我開始恨她，以前好像只不過是討厭和不太喜歡，現在卻是恨，恨得牙根都疼了。她是攔路虎，在關鍵時刻擋住了我的去路，讓我有家都回不去。她要是每週能多賞給我一二十塊零用錢就好了，那樣的話至少夠買車票了。我舅媽吳彩虹說學生娃娃身上不能裝太多錢，錢多了準沒好事，所以，她總是把我的手腳束得緊緊的，我在她這裡，身上最多也就揣上十來塊錢，說出去會讓同學們笑話。就這樣她還頗有微詞，你有吃有喝有穿的，要錢作啥用，你的任務就是好好念書。每次她這樣跟我說話的時候，我總是感到不可思議，她自己的孩子肯定是特殊材料製成的，要不然怎麼能在她的這種獨裁下考上名牌大學呢？我有時還瞎琢磨，我舅媽吳彩虹克扣下我的零用錢想必都用在打麻將上了，她除了每天做兩頓飯外，其餘的時間基本上都泡在麻將桌上，社區外面有兩家老年人棋牌室，她一忙完手裡的家務就

屁顛顛地上那裡搓牌去了，尤其每天下午，那是雷打不動的遊戲時間（大人們總是理直氣壯地玩樂）。我大舅對此也置若罔聞，反正只要回到家有現成飯吃就行（男人大概都是這樣喜歡飯來張口的），他甚至還鼓勵我舅媽吳彩虹，說去玩玩也好，免得妳一個人待在家，悶出病來該咋辦。

太陽白得像一團粉筆灰，隨時都會從天上散落下來，我不敢抬頭。馬路叫行人踩得軟麵條樣沒了筋骨，我的腳一落下去就像被黏住，拔都拔不出來。我像垂死掙扎的乞丐，漫無邊際在街道上逡巡著，可我不稀罕他們給我一口水或一塊餅子，誰要是能給我十塊錢，那就謝天謝地了。

可我是怎麼想起陳訥來的呢，連我自己也有些迷惑。後來，事情發生以後我一直在想這個問題，一直在想一直在想，是因為我恨我舅媽吳彩虹才想起她的呢，還是因為她比我舅媽吳彩虹更可恨呢？總之，當街上的那座標誌性建築的鐘樓奏響中午13點的鐘聲時，我的腦子裡像條件反射一樣，忽地就閃現出一串電話號碼，那是陳訥家裡的。不過，這個電話號碼不是她親口告訴我的，那似乎不大可能，這還是有一次班主任叫我去辦公室談話，我無意中在老師辦公桌面的玻璃板下看見了《班幹部通聯表》，上面就有陳訥家的電話，我把它深深地印在腦子裡了。現在，它像一隻午夜的精靈，從我又飢又渴的大腦裡蹦出來躍躍欲試。

四

你們都已猜出來我想做什麼了吧！這也沒什麼好隱瞞的，天下沒有不透風的牆，事情總會水落石出的。

接下來，我花了四毛錢給陳訥家打電話，大概是她母親接的，聲音很

好聽，很有女人味的那種（至少比我媽的聲音要好聽），我就明白陳訥的聲音為什麼也那麼動人了。聲音好聽並不代表善良或別的什麼，我是說陳訥的母親在電話那頭顯然是心存疑慮的，她跟查戶口似的問我是誰、叫什麼名字、找陳訥幹什麼，等等等等。我很煩，我只說是陳訥的同班同學，對方竟然沉默了幾秒說她睡午覺了，就把我的電話給掛了。

　　這讓我很憤怒，真的，我非常生氣。要知道我此刻有點窮途末路的樣子，飢餓暫且不提，還要承受著巨大的恥辱感，我恨不能把我舅媽吳彩虹給怎麼著呢，而電話裡的女人居然還無緣無故地掛斷了我拿省吃儉用的錢打來的電話，這不是往槍口上撞嗎？所以，當四毛錢浪費掉以後，我幾乎立刻又孤注一擲地把電話重撥過去，這次我當頭就說一句話，我找陳訥同學，我甚至沒有搞清楚這次接電話的就是陳訥。她說你是誰呀，找我幹什麼？我的口氣馬上又軟了，我吞吞吐吐地說，原來是妳呀，我以為是……妳這陣有空嗎？能出來一小會兒嗎？

　　說心裡話，當時我真怕再浪費掉四毛錢。她說你還有事嗎？口氣冷冷的，跟剛才那個女人如出一轍。我不知怎地忽然變得有些低三下四地（或者是怕浪費電話費），我想回老家去，先跟妳請個假，妳是班幹，我以後有可能不回來了，還有還有……妳能借我二十塊錢嗎，我一定會還給妳的，我保證，我現在等著急用。她顯然猶豫了一會兒，口氣稍稍平和一點兒（是因為我說了以後可能不再回來的話，才讓她心有所動的吧），她說錢我倒是有的，可我怎麼給你呢？我終於如釋重負地衝電話筒喘了口氣，心裡多少有些激動，但我不知道是為陳訥，還是為那二十塊錢，也許，兩者兼而有之吧。

　　以前我就聽別人說過，女孩通常都喜歡感情用事，我不知道陳訥是否也這樣。當我們倆在事先約好的地方見面後，陳訥說第一句話的時候就帶

出來那種不安和擔憂。她像是迫不及待似的問我，你到底又怎麼了，是不是又跟你那個舅媽吵架了？當然，我知道她這種擔憂也許並非出於真正的關心，似乎還有獵奇的成分在裡面，不過我還是滿不在乎地衝她點了點頭。這沒有什麼可掩飾的，我跟我舅媽吳彩虹的關係全班同學都有所耳聞，再加上上午那件事，陳訥不可能不清楚的。這時，陳訥把手裡一直攥著的二十塊錢遞給我，我毫不猶豫地接過來。我說我會盡快想辦法還給妳的。她還是半信半疑地看著我的眼睛說，你回去真的不想再來了嗎？我不知道該對她說什麼好了，我用力攥著她借給我的錢，像抓著救命的稻草，我覺得手指的骨節都在吱吱作響。

剛才在電話裡，我之所以要那麼說，其實就是想把問題說得嚴重些，我的目的很明確，就是想讓陳訥出來。現在，一旦見到她本人，那種羞怯和緊張感又悄然攫住了我。在女生面前我總是有種莫名的慌張。我變得吞吞吐吐的，像忽然患了嚴重的口吃症。我說，反……反正，妳……妳就幫幫我……給我請個假吧。她不置可否，嘴角多少浮現出一絲笑意（肯定是被我的口吃逗樂的吧，她笑的樣子真好看），她依舊追問，真的再也不想來了嗎？你想過沒有，咱們馬上就要摸底考了呀！我喜歡她用「咱們」，這樣說話讓我覺得親切，「咱們」有點兒自己人的意思。我還是有點兒緊張的，我說，考……考不……不考也無所謂，反……反正我……我沒啥希望了。可我心裡卻在想上次的事情，假設那天她真的到自行車棚跟我約會，我是不是也這麼沒出息呀！

陳訥終於忍俊不禁地笑了，像一朵含苞待放的花突然間在我面前綻開，清新而又自然。她捂著嘴說，你今天是怎麼了？老吞吞吐吐的。我越發得臉紅耳赤，我強撐著說沒咋呀，我就是，有一點兒熱。然後，我假裝抬頭看了看天空，太陽光像粉筆屑一樣洶湧地潑灑下來，讓人睜不

開眼。我乘機低下頭果決地說，妳快到上學時間了，我也該走了，咱們再——見。

還好，這次我總算沒再結巴，而且我這樣跟她說的時候，心裡忽然生出一種悲壯感來，好像自己做了一個多麼了不起的重大決定似的。

五

不瞞你們說，直到現在我也沒有徹底弄明白，禮拜五那天下午，陳訥為什麼會跟我到我舅媽吳彩虹家去的。也許，一切都是天意吧，這不能完全怪我。

我記得就在我跟陳訥說聲再見轉身離開的時候，她忽然伸出手來把我的衣服給扯住了。我還記得當時陳訥的臉上一本正經的，是絕對不允許我那樣隨隨便便說走就走的嚴肅表情。等我站定後，她像所有好管事的女班幹那樣，開始對我刨根問底，後來在她的一再追問之下，我才不得不說出我舅媽吳彩虹偷看我日記的事，我甚至告訴陳訥，我舅媽吳彩虹固執地認為我在跟她談戀愛。陳訥聽完臉頓時就紅了，她同時還表現出某種憤然，她幾乎噘著嘴說你舅媽怎麼是這種人呀，她咋會這樣想呢，她真噁心！我說我都對她解釋過一百遍了，可她就是不相信，她還說要去學校找咱們的班主任談談，所以我才跟她大吵了一架，不過我還是阻止不了她，誰也別想堵住她那張嘴。隨後，我又說出了自己近來的種種委屈，陳訥的情緒也變得有些激動了，她說不行，今天非要去跟你舅媽當面把話說清楚。我很驚訝，壓根沒想到她會做出這種決定，這確實不以我的意志為轉移的。我有些為難地說，你不知道我舅媽是很難纏的女人，跟她沒什麼道理好講

的。陳訥說她越是這樣糊塗，就越要跟她說說清楚，我們倆只是同班同學，根本不像她說的那樣。我趕忙幫腔似地說對對對，我早就跟她發過誓了，可我舅媽死活不信我的話，妳要是能去跟她說一說，興許她還能相信，以後她可能就不會再找我的麻煩了，那樣我才能安心把學習搞好。

　　──這裡我還要說明的一點是，在我們班裡，陳訥的確一直是個比較熱心腸的女生，這一點無可否認，老師讓她擔任副班長不是沒有道理的。平時遇到哪位同學病了不舒服趴在桌子上，陳訥會主動過去問這問那；有時她還會陪其他女生去學校的醫務室就診；班裡的集體活動她總是積極帶頭參加。我記得上次年級足球賽上她又送水又遞毛巾的，還把全班女生組成啦啦隊在看臺上為我們助威加油，這些可能就是我喜歡她的原因吧。當然了，她人也長得好看，總紮著蓬鬆的馬尾兒，有點像電視裡的小鹿姐姐。就拿今天的事情來說，她肯不計前嫌借錢給我，也許就是最好的佐證。所以，當陳訥提出要去跟我舅媽吳彩虹理論一下的時候，我覺得這沒什麼不好，這樣至少可以讓我舅媽吳彩虹知道我們是清白的，而且，我還可以乘機教訓教訓那個嘮嘮叨叨的女人。

　　我舅媽吳彩虹不在家。這種情況我差點給忽略掉了。我想那個女人肯定又是去外面搓她的麻將去了。中午的時候她可能快被我氣得半死了，我甩門下樓的時還隱隱聽見她在家裡潑婦樣衝著空氣大叫大嚷，你滾得遠遠的，我要是再管你的閒事就不是人養的……這陣子，說不定她正在牌桌上，邊熟練地摸牌邊跟她那些老牌友不停地數落我的大逆不道和種種不是呢。說心裡話，我舅媽吳彩虹不在家本該是意料之中的事，可是當我用自己身上的鑰匙打開房門的一瞬間，心裡還是油然生出一種竊喜來。我有點激動，甚至有點兒感激起我舅媽吳彩虹了：陳訥來了，而她恰好又不在家，這該有多好啊，簡直就是老天爺的安排。

但陳訥只是背著雙手站在門口，她有些拘謹地對我說，既然你舅媽不在家就算了，改天再說吧，然後她就作勢要下樓梯去了。我當時真的有點緊張，心裡最強烈最真實的想法是，不想讓她就這麼走了，很想留住她，至於別的事情，我可一點兒也沒想過。所以，我鼓足勇氣抓住了她的胳膊，她像是害怕地打了個激靈，用黑黑的眼睛閃閃爍爍地望著我，好像我會把她吃了似的。妳先別走嘛，我舅媽說不準馬上就回來了。她想用力掙脫我的手，我下意識地將她的胳膊拽得更牢了，她終於忍不住哎喲了一聲。我這才不好意思地鬆開。我連聲說對不起對不起，弄疼妳了，妳還是進來稍微坐一會兒，我舅媽肯定要回來的，等她回來求妳好好跟她說說……以後我再也不想跟她吵了。

從這一刻起，我覺得自己開始不由自主地扯謊了，因為我知道我舅媽吳彩虹要是去打麻將的話，怎麼也得打到五、六點來鐘，而此刻掛在客廳牆上的時鐘的指標才指向一點半鐘。陳訥還是站在門口沒有動，卻也沒再作勢要離開，她手上戴著手錶，我注意到她抬起手腕看了看時間。我說還早呢，妳先進來吧，我給妳倒杯水喝。不等她做出任何回應，我幾大步就邁進房間裡，我輕車熟路地從飲水機那裡接了一杯涼水給她遞過來，她看了我一眼，樣子還是猶豫不決的。我裝作沒事似地衝她笑了笑，我的笑容乾巴巴的，肯定有點兒假。她沉默了幾秒鐘後，還是很被動地伸手接過裝滿水的紙杯子。她的腳步隨之也往房間裡挪了兩步，很小心地挪著腳步，卻一不小心水從杯口漾出來灑在地上，她好像哎呀了一聲，而我卻乘機把房門輕輕關上了，同時還擰了一下保險扣。那一瞬間，不知怎地，我覺得手心黏乎乎的，心突然怦怦跳。我身上出汗了。

一開始，我還是很想跟她聊聊的，基本上都是我問她答，氣氛總是有些不尷不尬的。她就坐在靠近門口的沙發一角，好像做出隨時要拔腿逃跑

的架勢。那隻裝了水的紙杯被她捧在手裡，自始至終她也沒有抿上一口，而是像個道具，讓她一直煞有介事地捧著，看上去有些彆彆扭扭的，好像不那樣捧著她簡直不知道該做什麼了。這樣待了大約不到十分鐘，她就有點坐不住了，她把手裡的紙杯輕輕放在茶几上，然後站起來故作輕鬆地說，時間不早了，我該去學校了。我能看出來她早已心不在焉的。我也象徵性地掃了一眼牆上的掛錶，差一刻兩點。我說再等五分鐘好不好，就五分鐘，我舅媽要是再不回來的話，那妳就走吧。她好像並不情願，但看我眼巴巴地盯著她，一副乞求的表情，才又慢吞吞地在沙發角上坐下來。但她還是沉默著，像一隻洋娃娃不經意被擺在那裡。

屋子很靜，除了鐘錶吧嗒吧嗒在牆上轉動著，一刻也不停歇。我卻像跟木頭不知道接下來該幹什麼了。

突然，我的肚子不合時宜咕嚕咕嚕叫起來，聲音很響。她一定也是聽到了，聽到了就扭頭奇怪地看了我一眼。我的腦子好像被她的表情給啟動了，於是我靦腆地笑著問她，陳訥妳會煮麵嗎？她像是沒聽清楚，反問什麼。我大聲說速食麵，妳煮過嗎？我又補充說，從早晨到現在，我還沒吃過東西呢。她懵懂地搖了搖頭，說是在家都由媽媽煮了給她吃的，不過她看過媽媽怎麼煮。我說那妳就幫我煮一包吧，我都快餓死了。她又認真地盯著自己的手錶看，然後抬起頭有些為難地打量著我（目光像是要戳穿我的謊言）說，我怕遲到了。我連忙說不要緊，下午前兩節課是體育，肯定又讓大家上自習。她說那可不一定，萬一哪個老師想臨時占用呢。我說到時候我會跟老師解釋的，我就說妳是來幫我跟舅媽和解的，到時候老師不但不批評妳，還應該表揚妳呢。她想了想，大概覺得我說的不無道理，才慢慢站起身說，你真麻煩，廚房在哪呀，那咱們可得抓緊時間。

這是陳訥今天第二次跟我說「咱們」，我心裡有股很特別的感覺，我

幾乎是心花怒放地帶她進廚房的。很快，鍋裡添了冷水，速食麵也從櫥櫃裡翻出來拆開了包裝袋。可問題是，我們倆都不會用煤氣灶，胡亂瞎擰了一通兒，就是打不著火，還弄得滿頭大汗的。後來她有些氣餒地提議說，乾脆用開水泡吧，一樣可以吃。我也一籌莫展地望著她，只好點了點頭。

剛把麵泡到碗裡，陳訥就說這回得走了，再不走真的來不及了。我說等我吃完麵咱們一塊走好不好。她堅決地搖了搖頭說，不好。緊跟著，她又瞪著眼睛對我說，你這人怎麼這樣，錢我也借給你了，又陪你回家來了，現在麵也幫你泡好了，你怎麼還死皮賴臉的呀！我說妳別生氣嘛，我就是想讓妳留下來勸勸我那個舅媽，要不我在她家裡真的一天也待不下去了。她沒好氣地噘著嘴說，又不是我讓你跟她吵的，幹嘛你老纏著我呀！我想了想說，因為因為……因為我在日記裡裡提到過妳，妳說話肯定最管用了，妳是當事人嘛。我的樣子多少有點嬉皮笑臉的。沒想到這回她好像真的生氣了，連她微微凸起的胸口都開始往外一鼓一鼓的，好像隨時要爆炸開來。誰稀罕你把我寫進什麼狗屁日記裡的，你這人怎麼這麼無恥呀！我招你惹你了，難怪你舅媽那樣對待你！活該！說著，她又一次低頭看她手腕上的錶。我也注意到那錶盤非常漂亮，像有一隻美麗的蝴蝶棲息在上面，非常別緻，這也襯托得她的手又白又嫩又柔軟。

就在我發呆的工夫，她已經迅速而果決地朝房門走去。見她這回真的要走，我突然覺得這場面有些殘忍，我三步並作兩步搶先走到門口，將整個後背貼在門上，我口氣很重地說妳不能走。她揚起臉大聲衝我喊，我偏要走！你能把我怎麼樣？我想她要是說點軟話，我會放她走的，可她的樣子實在太讓人失望了。我沒有說話，只是用身體把門死死擋住。我覺得行動才是最好的阻攔。她大概早已惱羞成怒了，女孩們都喜歡發臭小姐脾氣，她伸出雙手狠命地往開拽我的胳膊。你讓開！快給我讓開！可是，她

的手勁實在太小了，她幾乎連吃奶的力氣都用上了，也沒把我拽動一下。我看她惡狠狠地瞪著我，嘴和鼻孔喘著粗氣，好像要把我吞進她的肚子裡去。

這種時候，我忽然覺得她一點兒都不好看。恰恰相反，她衝我皺著眉頭，翻著眼睛，嘴角露出不屑和厭惡，她身上簡直一無是處。我甚至覺得，這時的她跟我舅媽吳彩虹簡直同出一轍，不由地叫人討厭。我聽見陳訥一邊撕扯我的胳膊和衣服，一邊用很難聽的髒話罵我，你是流氓你是強盜你真不要臉……你再不讓開我要喊人啦……罵著罵著，她突然哇地一聲哭了起來，淚水像雨點兒似的落下來，甚至潑灑到我的臉和身上。我想，她要是一直像剛才那樣罵下去硬到底，也許就不會有事了，可她偏偏不罵我了，而是號啕大哭。她一哭，我渾身的力氣便鬆懈下來（他們說眼淚是對付一個男人最好的武器，它能輕而易舉地軟化男人的戰鬥力），我的雙手從門板上慢慢移開，像是準備交槍投降似的。有那麼一會兒簡直有點無所適從了，我不知道該把自己的手放在什麼地方好。

而她就在我跟前抽泣個不停，還用手背不停地抹著眼淚，好像委屈得要命。我稍稍猶豫了一下，忽然將那雙無所適從手搭在她肩膀上，並用力把她往我懷裡攬。她完全沒有料到我會這樣做。我也從來沒有想過，就連做夢也沒有，一切都那麼不可思議。不過，她的味道還是那麼好聞，髮香還是蘋果或檸檬味的，她的身體小小的，抽搐的時候簡直像隻膽怯的兔子。我的雙手乍一摟緊她，我的身體立刻像通了電流。她也跟著顫抖起來（也許僅僅是害怕），哭聲忽然被一串尖叫聲淹沒了。我也嚇壞了，她的叫聲實在太刺耳了，我手忙腳亂去捂她的嘴，手指立刻被她咬住了，跟被毒蛇咬了一樣鑽心地疼。她還在不停地叫喊，我簡直不相信她的聲音會如此的巨大。我顧不得那根手指鑽心的劇痛，我齜牙咧嘴地用力卡著她的脖

子，想把她往自己的房間拖。她的雙腳開始在地板上亂蹬亂踢，一隻球鞋已經飛了出去，她腳上的襪子很白，比雪花的顏色還要白，我好像從來沒有見過那麼純淨的白色。

　　我總算把她拖進自己的房間裡了，接下來我有些粗野地使勁往床上摁她，我的喉嚨一直緊迫地跳動，不要喊不要喊你他媽的不要再喊了……我不停地對她這樣發出警告，可她並不聽我的，依舊死裡活裡哭喊著。這時，我的手無意間就碰到她胸口的那個敏感的地方，軟軟的，有些彈性，像在衣服裡塞著一隻很小的皮球，正隨著她身體的起伏而動著。我愣了一下，那種感覺是從來沒有接觸和體驗過的，那種軟乎乎的彈力像黑暗中的一簇火焰，一下子就跳到我的手指上並點燃燒起來。

　　彷彿火勢迅速開始蔓延，轉眼間就燒遍了我的全身。我在暈眩中迷亂了，下身的某個地方像充足了氣，硬得像根水管，或者是浪淘洶湧的最後一道閘門，我整個人幾乎要崩潰了……我用盡全身力氣抱緊了陳訥。

六

　　你們大概不想再聽下去了吧？這聽起來很不舒服，你們是不是在想，這傢伙一定是瘋了。對，我也覺得自己瘋了，徹底地瘋掉了，連我都不認識自己了，何況別人呢。其實，這些天裡我反反覆覆在琢磨同一個問題，為什麼是她，她為什麼要來。她本來有一千、一萬條理由可以不從家裡出來的，可她偏偏選擇了來，就像我媽偏偏要讓我到這個鬼地方來讀書。

　　我能不能再換另外一種說法，陳訥只不過是我舅媽吳彩虹的替罪羊，至少，在那一天是這樣的，我恨我舅媽吳彩虹，這也是千真萬確的。我

想，可能情況就是這樣。因為每一個人都要問我相同的問題，你為什麼要那樣做，人家陳訥多無辜啊。是啊，我為什麼非要那麼做呢？

當時我非常害怕，非常緊張，心都要跳出來了，彷彿連呼吸都要停止。可當我把她壓在身下強迫她的時候，好奇遠遠大於緊張，興奮遠遠大於恐懼，就像電腦遊戲已經打開，我必須要讓自己的手指跟小小的鼠標瘋狂地動起來，任憑她喊破喉嚨，哭得死去活來，都無濟於事。遊戲已經開始了，我再也無法停不來，包括我身上那個最醜陋的東西。這是我從小到大幹得最壞最壞的事，特別是當我軟得像根麵條的時候，我覺得自己又骯髒又卑鄙。而她好像已經喪失了生命，只是毫無意義地抽搐著，奄奄一息，她不再喊叫，也不再號啕大哭，唯獨眼淚默默流個不停。

那一刻，我不禁想起來我所痛恨的那個男人，以及讓他鬼迷心竅的那個小騷貨（這是我媽的說法）。我似乎終於弄明白了一件事，就是那個男人為什麼那麼喜歡那個騷貨，還要為此鐵石心腸地拋棄我和媽媽，終歸到底，他不就是為了那個女人才變得瘋狂的嗎！我承認我也很喜歡陳訥，可以說一直暗戀著她，我為她也變得瘋狂了。那個男人一直瘋狂地做著他想做的事，包括跟他喜歡的女人同居、逼迫媽媽離婚、對自己不再喜歡的老婆橫眉冷目甚至拳打腳踢。所以，那一刻我忽然意識到，世上最不牢靠的就是男人和女人之間的這種荒唐的關係，看似親密無間，實際上非常脆弱，不堪一擊。那個男人曾經也喜歡過媽媽，可後來他不是照樣撒手不想要我們娘倆了嗎？而且，誰又能保證他以後不會再為別的什麼狐狸精（同樣是媽媽的說法）所迷惑？這樣想的時候，我又開始懷疑自己了，我現在的確是喜歡陳訥，的甚至連做夢都能夢到她，可我無法保證從今往後我會永遠喜歡她，除了媽媽，我真的不敢保證以後還會愛上誰。

你們說不喜歡聽我避重就輕，那好吧，我還是交代自己的事吧。後來

我聽到我舅媽回來的聲音了，我不知道她為什麼突然殺了個回馬槍（是她身上的錢輸光了？還是她有所謂的預感）。門我上了保險，她當然擰不開，她正在門外嘟嘟囔囔摔摔打打，然後她開始喋喋不休地叫我的名字，一邊叫一邊罵，我能依稀聽見她的聲音。搞啥名堂呢，小磊，你到底在不在裡面，小磊快給我開門，我是你舅媽，小磊，你是聾了還是耳朵塞了豬毛，你別裝蒜了，我知道你在家，快開門呀，你這個壞東西，一天到晚都不讓人省心，真他媽的倒了八輩子楣，你等著今天怎麼收拾你……叫到最後，她似乎已經火冒三丈了，開始跳著蹦子用她的皮鞋尖使勁踢門，咚咚咚，門快被她踢破了。

那時候我正趴在被子上，我用一床被子把陳訥的頭和上身捂得嚴嚴實實，她一直在下面拚命扭動，像被踩在腳底下的四腳蛇，四肢露在外面胡亂揮舞，外面叫一聲她就跟著扭一下（她肯定也聽到了外面的聲響）。我舅媽吳彩虹粗暴的砸門聲彷彿一通密集而又響亮的戰鼓，我就是想停都停不下來了，我恍惚間變成了戰場上衝鋒陷陣的士兵，我舅媽吳彩虹所製造的聲音極大地鼓舞了我的鬥志，我用盡全身的力氣死死壓住她，就像戰爭片裡的勇士奮不顧身衝上高地並且堵住了敵人的槍炮眼。

我絕對不能讓她叫出一丁點兒聲音，那樣的話，我舅媽吳彩虹一定能聽得到的，要知道她的耳朵比貓和狗的還靈（有時我在被窩裡輕輕哼兩句周杰倫的歌曲她都能聽得到）。我看到她的雙腳在做最後的掙扎，她的雙腿已經伸展到了極限，就像舞蹈演員練功時那樣；她腳上只剩下一隻襪子，另一隻已不知去向；她的腳趾也是雪白雪白的，刺得我眼都睜不開了；還有她那條綠白相間的運動褲（這是我們統一的校服）正蛇蛻一樣蜷縮在地板上，猥瑣，陰險，又黯淡無光……

不知過了多久，門外的聲音戛然而止，繼而是騰騰騰的腳步聲漸漸遠

去。我舅媽吳彩虹終於沮喪地離開了，她也許是去街上找修鎖的匠人來幫她撬開家門，也許又重新坐回到牌桌旁撈她的本兒，因為她一直就是個爭強好勝的女人。

直到這時，我才意識到剛才自己做了什麼，被子下面的人一動也不動了，胳膊腿腳伸得像幾根棍子，又硬又直。我想，她一定是死了。但奇怪的是，我一點兒也不害怕，好像一個人死了還能活過來似的。接下來，我把被子從她頭部的位置輕輕地揭開，凌亂如野草的黑髮，紅得發赤的臉，扭曲變形的五官，張得巨大的瞳孔和嘴巴，以及一動不動失去光澤的嘴唇，她真的好像死了。

我忽然產生了一種非常奇怪的想法，我覺得自己做了一件很了不起的事，不論對她還是對我：與其未來會有那麼一天，我不再喜歡她了，或者，她被我或別的什麼男人愛過以後又無情地拋棄，而痛苦不堪終日以淚洗面又要尋死覓活，還不如趁早有個了斷。從這個意義上說，我和她都被解脫了，而且是永遠的，從此以後，我們之間不會再有那種不幸的事情發生了。

這樣想著，我才跳到地上，把她的運動褲撿起來，給她翻褲子的時候正好找到了她的內褲和另一隻襪子，襪底兒髒了，肯定是剛才在地板上蹭得汙黑了。我想把褲子和襪子一一給她穿好，但我立刻發現，幹這事並不容易，因為她的身體很沉，一點兒也不配合我，就像她從一開始就那樣執拗。有好幾次，我都意識到自己笨手笨腳地一定把她身上弄疼了，好在她跟睡著了似的，不會再衝我亂喊亂叫。

此後，我又讓她平平地躺在我的單人床上，又幫她捋了捋頭髮，還像影片裡那樣將她的眼睛和嘴巴抹合上了，做這些事的時候，我似乎又聞到她身上散發出的淡淡的水果香味。她已經走遠了，卻把氣味留在我的房間

和記憶當中了。最後，我又把被子給她重新蓋好，這樣看起來，她只不過是睡著了。

接下來，我才慢慢走出自己的房間，並且隨手把門關上。這時我的肚子又不合時宜地咕咕在叫了，好像從來沒有那麼飢餓過。我就想起來剛才她幫我泡好的那包速食麵還沒動呢，於是，我一步步走進廚房，扣在碗裡的麵還有一絲餘溫，就像我剛才摸到的她的手和腳那樣。

我端著碗來到客廳，坐在她剛才坐過的那隻沙發上，開始狼吞虎嚥地往嘴裡扒拉麵條。真是太香了，我很久很久沒有吃過這麼香的麵了！

七

你們還想知道些什麼？是後來的事情嗎？後來確實沒啥好說的了。我只是覺得肚子不那麼餓了，我把那碗麵都吃光了，連湯也喝得一點不剩。我有點犯睏了，我很想好好睡一會兒。可是，等我走進自己的房間，忽然有種奇怪的感覺，我的床上竟然睡著另外一個人，那麼安靜地躺著，一聲不響，好像一個孱弱的嬰兒。我有點茫然了，似乎忘了剛才發生的事情。

當我再一次靠近陳訥的時候，我真的有點害怕了。我發現自己的手開始抖了，腿腳有些不聽使喚了，她離我僅有兩三步遠，可我好像用了很長很長的時間才終於接近了她。她的眼睛是閉著的，但我還是覺得她好像一直盯著我看。她的嘴巴剛才明明給合上的，不知為什麼，此刻又莫名地裂開了一道縫隙，彷彿在微微喘氣，又似有話要對我說。我哆哆嗦嗦地伸出手，幾乎每一根手指都在顫抖，我想幫她把那道發黑的縫隙合上。

這時，我才發現陳訥睡著時的樣子原來那麼好看，那麼文靜，這是我

平時不可能注意到的。我的手指顫巍巍地，從她的額頭眉毛眼睛鼻梁一直撫摸到嘴唇上，她那麼溫順聽話，就像她很喜歡我似的，兩片有點兒發澀的嘴唇又被輕輕合攏了，她的表情也更加安詳。

我的眼淚卻禁不住滑落下來。我不想流淚。我討厭哭哭啼啼，只有我媽那樣軟弱的女人才這樣。我是男子漢，不應該婆婆媽媽的。我舅媽吳彩虹有一次吃飯時跟我大舅說，你妹妹咋那麼窩囊，整天就知道號喪，連自己的男人都看不住。也許她說得沒錯，可我討厭別人這麼說我媽，特別是這話從我舅媽吳彩虹那張嘴裡冒出來，更叫人氣憤難平，她憑什麼對我媽指指點點冷嘲熱諷的？所以，我恨她。我恨吳彩虹 —— 每一次，只要吳彩虹旁若無人自以為是地談論我家的事情時，我都恨不得她馬上出門讓車給活活撞死！

想到這，我的腦子裡忽然鑽出一個怪念頭，就像每個惡作劇實施之前的那種興奮難耐。我很快從抽屜裡找來好幾管彩筆，有紅的綠的藍的紫的，都是我平常用來在書本上畫重點作記號用的，我想從今往後再也用不著它們了。我手裡牢牢地抓著那些筆，面對著雪白的牆壁，我像古代那些懷才不遇的文人墨客那樣一吐胸中的憤懣與不快。

接下來，我把自己心裡埋藏了很久很久的詛咒一股腦寫了出來，每寫一句就換一種顏色，再寫，再換，真是太過癮了。到最後我乾脆每寫一個字，就換一種顏色 —— 吳彩虹不是很喜歡偷看別人的日記嗎，那好吧，我要讓她一次看個夠，讓她再也不用偷偷摸摸的，讓她看到這整面牆上花花綠綠的東西氣得發瘋！

—— 我總算弄明白了，其實我一直在等著這一天呢。現在，我終於可以離開這個是非之地，而且，再也不用回來了。

我兜裡揣著陳訥剛才借給我的二十元錢，像犯了夢遊症似的搖搖晃晃

走出房間，一步步下了樓梯，影子一般飄到馬路上，下午的太陽光跟金色雨點似的打在身上，我覺得腦門子發痛，我還是抬起頭勇往直前地走著，一直走到長途汽車站，正好看見一輛開往我老家的快客，我想都沒想就鑽了進去。我在車的最後一排靠玻璃窗的位置上坐下來。這時，票員過來賣票了，我在掏錢的時候，突然有點兒捨不得，那張二十元的鈔票似乎正散發出一絲淡淡的香味，蘋果或檸檬的味道。我正在發呆的工夫，女票員一把從我手裡叼過錢去，並沒好氣地問我要到哪裡去，我糊裡糊塗支吾了一聲，對方迅速地把幾張零幣和車票塞到我手上。我真想站起來再把那張二十元的鈔票奪回來，可是女票員已經撐著屁股騰騰地往前面去了，她的背影怎麼那麼像吳彩虹？！

　　就在這時，汽車猛然間開動了，我覺得自己身體一顫，像是快要飄了起來。窗外的景物漸漸變得模糊了，我好想睡一覺啊！我想，等我睜開眼睛的時候，也就該到家了。

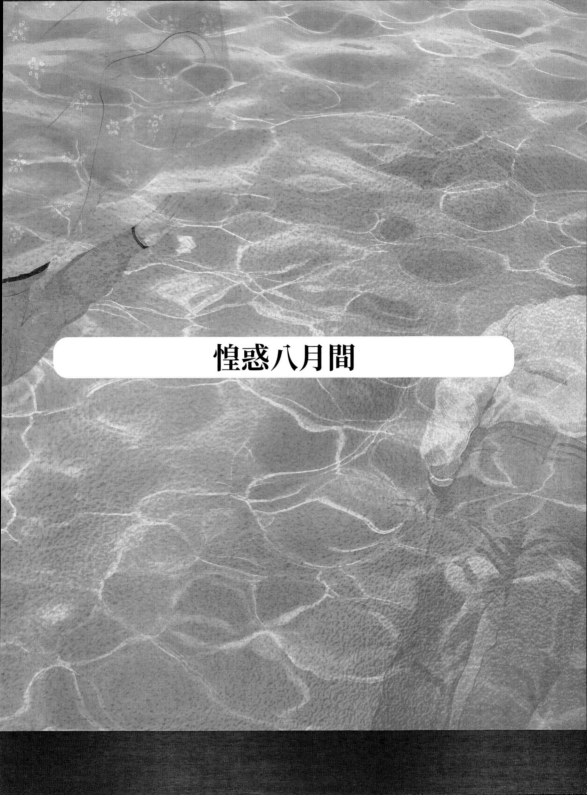

惶惑八月間

一

他倆租住的房子是個裡外套間，其實不大一點兒，因年久失修實在有些殘破了，四周的牆壁有斑駁的頹痕和蛛絲網跡。外間面街的房子，就是小倆口開的一間麻辣燙小食店，裡面能湊合著支起三幾張窄木條桌。以前這店剛開起來時，生意還是挺好的，後來因為發生了那件事，店被查封了很長一段時間，現在，每天進來吃飯的客人，就少得可憐了。

裡間房作為兩個人的起居室，有限空間裡的幾樣簡單的家具和生活用品，分別是：一對半新不舊的單人沙發，是他從一家舊貨市場淘來的，妻子又親自動手縫製了一對新沙發罩子；一臺蜜蜂牌縫紉機，是妻子娘家的唯一的陪嫁品，感覺像個老古董；堆放在床上的一套嶄新的被褥枕頭，那是他的母親用了半個月時間趕製出來的；掛在靠床頭那面牆上的一幅 24 寸的彩色結婚合影照，相片上的男女有著同樣燦爛幸福的笑容，是這裡唯一顯得有些奢侈的物品。這些都足以說明，這的確算是間新婚新房。電視櫃上原先是有一臺 21 寸長虹彩電，一部性能良好的夏新影碟機的，現在那個地方卻空著，上面落了一層厚厚的塵灰。

那晚，他的確是急眼了，那些人突然闖進來，要搬走家裡最值錢的兩樣電器，他才撲過去攔擋的，否則，依他的靦腆性格，是不會跟那些執法人員發生口角的。當初為了買下這兩樣東西，他倆可是咬了咬牙，才下定決心要買的。妻子當時說，要不咱先買臺電視看吧，影碟機等以後情況慢慢好了再說。他並不是一個凡事都能看得開的人，但在這件事情，他還是堅持自己的意見，就笑著勸她說，咱們結一場婚不易啊，一輩子就這一回，怎麼能瞎湊合呢，就是借錢，也得買上，我不能讓妳太受委屈。

當時的情況是，他剛衝過去想擋住那幾個人，立刻遭到了兩名壯漢的

冰雹似的一通拳腳。最後，那幾個人死死抓住了他的頭髮，反剪了他的雙手，給他狠狠地嘗了嘗架土飛機的痛苦滋味。他後來也因為先出手阻擋，跟員警有拉扯行為，而多出一條涉嫌妨害執行公務罪，雖然比起那些員警施加在他身上的武力和拳腳，他那兩下子只不過是給老虎屁股上搔了一下癢而已。再說，兔子急了也會咬人的，更何況一個血氣方剛的新婚男人呢。他當然不能眼看著，別人把自己家裡的最值錢的東西搬走。

新婚妻子完全被突如其來的情形嚇傻了，從小到大，她還從來沒有經受過這種從天而降的恐嚇，渾身上下一直在劇烈地發抖，整個人都嚇懵了，縮在被子裡不敢出來。那夥自稱是員警的人闖進來時，小倆口已經脫了衣服睡在床上了。那是他們的新婚頭一夜。其實，這之前他倆已經登記領證並在一起同居了一陣子，這個白天他們只不過是補了一道手續，把大夥兒請來喝了杯喜酒，算是宣布正式結婚了。因此，依然沉浸在白天喜慶氛圍中的小倆口，當然做夢也不會想到夜晚突發的這一幕。

那時候已經過了晚上十點半，妻子自己早早就躺下了，她覺得身體有點不太舒服，大概是白天辦酒席應酬客人太累的緣故。而他正神神祕祕地蹲在地上搗鼓著那臺新影碟機。這間房子裡因為不通閉路，所以電視一點信號也收不到。

就在這天傍晚，妻子送走了最後一撥從遠道趕來賀喜的親友，回到家照鏡子的時候，忽然記起來，自己一早在孫二娘的美髮店盤新娘頭時，身上沒有帶夠錢，就先欠著了，這陣想起來，趕緊使著男人給人家送過去，順便還包了些糖果瓜子帶去，算是致謝了。在這種事情上，他們的看法是一致的，好借好還，再借不難。反正，他們從來也沒有想過要占什麼人便宜，他倆一門心思想靠自己的雙手和汗水，在這條街上掙錢過好日子。

他去美髮店送完錢，回來的路上，就碰上喝得醉醺醺的孫二。孫二是

這條街上一個很閒散的男人，穿著挺講究的，頭髮梳得光亮，平時幫他老婆料理一下生意上的事情，多數時間，都在這條街上晃來晃去，一副甩手掌櫃的樣子。孫二迎面跟他打了個招呼，笑嘻嘻地說，老弟，今兒可是你小子的大喜日子，還不趕緊回家陪著新娘子去，當心新姐姐讓老貓叼走了。說笑間，孫二突然從褲兜裡掏出幾張亮晶晶的碟片，煞有介事地對他說，我這裡可有好寶貝呢，賊他娘牛逼，你想不想開開洋葷？他老早就聽說過這種外國毛片，可從來沒有真真正正見識過。他正猶豫著，沒說想不想看呢，孫二卻順手塞給他兩張，說咱倆誰跟誰？你就放心大膽拿去看吧，就當是老哥送你的結婚賀禮，往後你嫂子再來你店裡吃麻辣燙，可別再收錢嗷。他本來是想拒絕的，可話剛到嘴邊，孫二已經扭頭往前走了，他聽見孫二轉身的時候好像說了句，你們小倆口晚上沒屎事，看一看挺他媽過癮的。說著，那人已拐過了街口，消失在昏黃的暮色中了。

平日裡，孫二和他老婆孫二娘，還有美髮店的那幾個外地小姐，老來他們的店裡吃麻辣燙的，彼此早就很熟了。他的頭髮，也是經常隔一半個月去孫家的美髮店理一理。兩張碟片拿在手裡，他心裡多少癢癢了那麼一下。一路上，他還嘀咕孫二這人不錯呢。當然，這種東西他是不好意思直接跟妻子說起來的，他只是偷偷拿回家，先找個地方掖起來，想著等天黑了，放上看看也沒什麼，大不了讓她數落兩句，女人家嘛。

上床前，他還是好奇地把一張碟片塞進機子裡，拿遙控器搗鼓了一會兒，螢幕上就有一個赤身裸體的黃頭髮藍眼睛的外國女人，正很風騷地半跪在床上搔首弄姿，兩隻巨大的乳房被那女人的雙手揉搓得上下直打晃晃。緊接著，一個高高大大胸脯上長滿捲毛的男人，也光著身體出現在畫面裡。他急忙把電視機的聲音調低，多少有點做賊心虛的架勢，然後自己也脫了衣褲，輕輕鑽進妻子的被子裡。他靠著床頭看了一會，見妻子好像

已經快睡著了，就拿胳膊肘接連碰了她幾下，試探問妳不看看，咱家電視有圖像了。妻子懶洋洋地翻了個身，迷迷糊糊瞇著眼，朝床對面的電視瞅了一眼。當時，她以為自己眼花了，等揉著眼抬起脖頸仔細再一看，羞得她簡直無地自容。她隨手氣氣地用拳頭狠勁搗了他幾下，說，你咋是這麼個人呀？下流死了！啥爛東西也敢在家看！快快快，關掉吧，真是一點也不嫌羞！

他早就知道妻子會責怪他的，她是一個很本分很賢慧的女人，再說他也看得眼睛冒火心口發燒，渾身都不自在，只好搪塞說，都是孫二那傢伙硬塞給我的，妳可千萬別生氣！好了，我這就關了不看了，上床跟妳睡覺吧。

之後，他果然乖乖地下床關了碟機和電視，想也沒想就將那兩張碟片放在電視機殼上。他又轉身到外面撒了泡尿，把馬桶提進來放在屋角，這是為妻子晚上起夜準備的，她膽子小，夜裡不敢出去上公廁。他鑽進被子裡，只想跟她親熱親熱，剛才的畫面的確激起了他很旺盛的慾望，況且，今晚畢竟是他倆的洞房之夜。一開始，她不肯再理睬他，賭著氣把個脊背和屁股對著他，還拿剛才的事連連噎他，可經過他再三糾纏和甜言蜜語地求饒，她心就軟了。作為一個女人，她也許比他更看重這晚的意義。在黑暗裡，他已經很熟稔地脫了他和她身上的衣服，她光潔的皮膚緞子一樣，在他的撫摸下輕輕顫動著，隨即，他便輕車熟路地爬到她的身體上。

這時，外面有人在使勁敲門，動靜很大，像是有什麼十萬火急的事情。他起先以為是誰敲錯了門，所以根本沒有在意，繼續摟著妻子做自己的事情。可是外面的人一直在用力敲打，並沒有離開的意思。妻子這才警覺地推開他，讓他下床去看一看。他嘟囔這很不樂意地爬起來，還沒有來得及披好衣服，門突然就被粗暴地踹開了，一夥人跟土匪一般魚貫而入。

　　他還算眼疾手快，順手拉過自己的褲子套在腿上。妻子始終蜷縮在被子裡，嚇得只是一聲聲尖叫著，根本沒有時間往身上穿衣服。

　　那夥人一進門，就拿手電筒照著床上的小倆口，有人打開了房子裡的燈，一個滿嘴往外噴著酒氣的胖子，搖搖晃晃地對他嚷，我們是派出所掃黃打非的，要對街面所有店鋪突擊檢查！說著，其中一人不容分說，徑直去扯開了蓋在妻子身上的被子，並厲聲呵斥著，讓她趕快穿上衣服，好好配合他們的工作。

　　妻子哇地一聲哭了起來。她瑟縮著的身體完全暴露在眾人的視線當中。而另外兩個人，二話不說直奔電視機那邊，開始一陣胡亂搜騰。其中一個人眼疾手快，從電視機上猛地抓起了那兩張碟片，就跟窮鬼發現了金子一樣用手電筒照了照，碟片光芒四射，那人臉冒著金光，嘴裡怪叫著，媽的，還不老實，這是啥，說這是啥，哪來的？快說！隨即，他們就開始動手搬電視和影碟機。他頓時急眼了，撲上去伸手攔他們：你們憑啥搬我家的東西？我一沒偷二沒搶！胖警察嘿嘿笑了一聲，晃動著油膩的肉腦袋對他說，憑啥？你說憑啥？就憑你他媽的私自播放非法黃碟，一應贓物統統沒收！說完，胖警察順手把那兩張碟片塞進褲兜，與此同時，手裡的黑膠木警棍惡狠狠地朝他小腹捅過去，他根本沒有反應過來，重重地挨了一下，頓時疼得直不起腰來。另外幾個人見狀，也都圍過來對他拳打腳踢。

　　妻子眼看著自己的丈夫被七手八腳打翻在地，並跟破麻袋片一樣踩在腳下，而她卻只有哭天喊地瑟瑟發抖的份。

二

　　正午時分，天上的日頭尤為酷烈，到處都被烤得死氣沉沉萎靡不振。鎮街上沒有一絲風，巴掌大的天空底下，那些呆頭呆腦的臨街的老宅和店鋪都讓熾烈籠罩著，熱浪蒸騰，密不透風。一輛三輪蹦蹦車劇烈顛簸著，從街的一頭風馳電掣般開過來，震得整個街道兩旁的玻璃窗和門板，都嘩啦嘩啦地跳動起來。開車的男人不停嘴地吆喝著，好讓前面路上的人趕緊閃開。街道上揚起一股嗆人的白煙，幾個小孩子正拚命地跟在蹦蹦車後面緊追不捨，邊追邊喊，喊什麼聽不清楚。蹦蹦車發動機的聲音實在是太嘈雜了，幾乎有點摧枯拉朽。在這西北偏僻小城，八月的天氣有時比盛夏更加燥熱，人待在房裡，即便一動不動，也會渾身直往出冒虛汗。除了剛剛駛過的那輛載人的蹦蹦車，幾個追車而去的半大孩子，街面上很少有人走動，大夥兒都躲在家裡睡午覺呢。

　　興許是天氣太熱的緣故，生意實在不好做，一上午也沒進來一個吃飯的人。那些清早就漂洗乾淨的油菜、生菜、茼蒿、豆腐皮、寬粉條，一直晾在油膩膩的綠色網罩下面，菜葉兒都打蔫了，豆製品很容易發出餿臭的氣味，招來幾隻惱人的蒼蠅在頭頂飛舞盤旋哼叫。女人還是像往常一樣，一直守在自己的店裡，眼巴巴地望著街對面白花花地一攤陽光。

　　女人的目光被窄窄的街道拉長了似的，有了一種空茫的朝向，又像是被外面的陽光悄悄分解了，顯得十分散漫不經，又很憂鬱。過一會兒，那眼淚就會止不住淌下來，她總想起那些心酸的事情，身體就會奇妙地往裡收縮一下，彷彿脊背間受到突然襲來的一股冰寒。

　　有一陣子，她幾乎連上街買菜的錢都沒有了，開店所需的一些周轉金，還是從街坊和親戚那裡轉借來的。在過去的一段相當痛苦而漫長的時

間裡，她成天地四處奔波，就為給丈夫上下打點，好讓他早些出來。她花完了他倆婚前所有的積蓄，還欠了一屁股的帳債。男人現在雖說被放回來了，可他人成天木僵僵的，跟以前愛說愛逗的那個丈夫判若兩人，整天就知道躲在陰暗的小房子裡，臉上再也看不到以往的一絲笑容，一連許多天也不跟她說一個字。而她也幾乎不敢多看他一眼，一看到他那副可憐巴巴的樣子，她的心就像刀絞針刺一樣疼痛難忍。她實在想不明白，事情為什麼突然會變成這樣？好端端的一個新家，一夜之間全變了模樣，小食店也讓查封了，家裡僅有的兩樣電器也被他們收走了，丈夫還接二連三被他們抓進派出所審訊，弄得整條街上的人，從早到晚都在議論他倆的事情。

她死活也想不通，可她知道日子還得照常過下去啊，而且，借的街坊鄰居和親戚們的錢得盡快還上。她想過了，等手頭稍微寬餘一些，她要帶上丈夫到省城去看病，找最好的大夫給他治療，因為大夥兒都說，丈夫很可能得的是精神抑鬱症，需要看什麼心理醫生才行。雖說她不懂什麼叫抑鬱症，可她從丈夫的樣子裡，能看出來這種病有多可怕。她不想讓自己的男人一直就這樣持續下去，這個家離不開他。她更離不開丈夫。他們倆都還年輕啊，他們還想要一兩個孩子，最好有個姑娘。丈夫以前跟她說過，他喜歡小姑娘，還說女兒才是爹媽最貼身的小棉襖。他說這話的時候，眼光裡充滿了自信和微笑，讓她覺得幸福生活觸手可及。

三

房間的門和窗戶都關得嚴嚴實實，就連窗簾子白天也是拉上的。碎花格子的棉布窗簾，濾除了由外面照射進來的刺眼的日光，但那股炙人的熱

量似乎並沒有削減多少，房內的空氣裡有一種凝滯的燥熱始終浮懸著，使人有種喘不過氣的煎熬。

　　男人始終背對窗戶而坐，那條上面印有百合圖案的毛毯，此刻不合時宜地披在他身上，顯得十分怪誕。他就靜靜地坐在床上，身體間或略微地篩一下 —— 可以看出來，這種細微的篩動，完全是來自血液不均衡的流動，或是心靈深處的巨大恐懼在作祟。他的屁股總是坐得很虛，很輕，好像他身體的所有重量，並不是依靠屁股的力量來支撐著，而是被一根肉眼看不見的繩子，由房頂上方某處吊起來的，所以，即便別人猛不丁放個屁，他準會驚得從床上跳起來。他坐在那裡的確很靜，靜得可怕，跟熟睡中的老頭似的。而且，他能這樣一動不動地坐上一整天，不吃也不喝，更不會多說一個字。即便是新婚的妻子進來，坐在他身邊，關切而又焦慮地問這問那，他也是保持著這種古怪不變的姿勢，一言不發，頂多是很木然地點一下或搖一搖頭。

　　老家來人一再問起在那些天他們都對他做了什麼，他在這種反覆詢問中沉默了很長時間後，會很唐突地冒出一句，警察沒打我，是我先動手推了警察。如果他們再問下去，照舊是這句老話，是我先動手搡倒了警察，警察沒打我，真的，警察沒打我……周而復始，但聲音會越來越小，最後變得跟蚊蟲似的，誰也聽不清楚他在說些什麼。大夥兒面面相覷，便不敢再深問了，怕問急了，他會有什麼更加反常的舉動。誰都認定，他人確實受了巨大的驚嚇。

　　其實，他的靜坐只是一種表面現象，事實上，他的心一直懸掛著，從家人湊齊一筆錢，為他辦理了取保候審手續之後，他的心就始終沒有放下來。偶爾，窗外有什麼人打房子前面經過，或者，發出一絲很輕微的咳嗽或說笑的聲音，他都會立即驚覺地打個寒噤，眼睛水洗一樣明亮地睜開，

好像從來沒有那麼有力又有神地睜開過，但這種明亮顯然又是空洞無物的，腦袋總是神經質地偏向一邊，然後，將身上的毛毯更緊地裹兩下，生怕什麼東西會乘機鑽進身體裡去。倘若是那種很瘋野的蹦蹦車開過來，他會突然歇斯底里地大叫起來，他們抓我來啦，怎麼辦？他們抓我來啦！我哪都不去，我怕，我怕，快把他們趕出去，他們沒打我，是我先動的手……妻子聞聲忙跑進來，一把將他兒子似的摟進懷裡，輕輕地揉搓他的腦袋，讓他千萬別怕。這種時候，她往往也會淚如雨下、泣不成聲的。

男人從派出所回到家的當天晚上，妻子就跟小女兒似的，緊抱住他的頭，足足哭了半個鐘頭。連續兩個多禮拜的四處奔走和長時間的失眠，使原本身體嬌小的妻子變得更加脆弱，精神恍惚，情緒十分低沉，夜裡即使好不容易入睡，也常常會被可怕的噩夢驚醒，之後再也合不上眼。

雙方的親友接連從很遠的地方趕過來，圍著蓬頭垢面、一蹶不振的他，沒完沒了詢問情況，不時掉著傷心的眼淚，問得最多的話，還是他在裡面有沒有被人打被人欺負過。這顯然只是一種美好的希冀，大夥兒都希望他在裡面的那些日子，不被打不被罵，沒人欺負過他，甚至連頭髮也不會動一根的，一定是囫圇圇進去，又囫圇圇圇出來的，可這也只能是一種太過於美好的超越現實的想像。

他現在的精神面貌和身體情況，已經說明了一切。他比剛結婚那些天整整瘦了一圈，兩隻眼睛凹陷得很深，眼神裡絲毫沒有新婚丈夫所具有的那份喜悅和愜意。與此相反，他看人時的模樣總是怯怯的，不管是生人還是熟人，只要有人一走進這間房子，他都會下意識地朝床的最裡面迅速挪移過去，像是在躲什麼可怕的怪物。還有，他基本上不怎麼跟人說話，旁人問十句八句，他也不會吭一聲的，連妻子也拿他沒有一點辦法。親友們又大多都是老實巴交的鄉下人，尤其像妻子的父母，都是從遙遠的山區

趕來的，一輩子也沒遇見過這種場面。他們甚至到現在也弄不清楚，那「碟」究竟是個啥名堂，更別提什麼帶色的毛片了，在他們的認知當中，那「碟」就應該是吃飯盛菜用的盤子或碟子，僅此而已。所以，這種東西又怎能惹來大禍呢？他們當然不明白，只是默默抹著眼淚，為這從天而降的災禍，感到莫名的恐懼和憤懣，為女兒女婿的遭遇感到種種不平。除此之外，他們唯獨能說的就是一些愛莫能助的寬心話，誰讓咱們的孩子倒楣，偏偏遇上了這種事呢，硬把一雙新人攪和得雞飛蛋打狗跳牆的，這些個狗日的……

而他眼前，總是不停地閃現出一幅幅也許今生都難忘的畫面，它們猶如一枚一枚生了鏽的鐵釘，深深地戳進他的腦海當中，隱隱的疼痛一刻也不能停止。

按理說，那該是一個非常美好的夜晚才對。

那晚天空懸著一輪彎月，淡淡的月光足以照亮整條街道，喧囂了一個白天的小鎮子，正伴隨著日頭偏西和漸漸下沉靜了起來，熙熙攘攘的人流朝著不同的地方散去，街道兩旁大大小小的店鋪接連關起門窗，除過夜以繼日出售成人生活用品的小店、小酒館、足浴中心和美容美髮店，還在繼續招徠著進進出出的散客，街上那些做小買賣的，多數都收拾攤子回家歇息了。那幾盞昏黃的路燈，在夜色完全降臨到這條逼仄的小街的一刻，都零零星星閃爍起來。一群孩子正為某個感興趣的電子遊戲，或正時髦的玩具嚷鬧著，他們從街面上蹦蹦跳跳而過，間或，還能聽見某個嗓門細亮的女人，正站在家門口，一聲長一聲短地呼喚自己孩子回來吃飯 —— 這種女人的聲音，讓人感到親切。再有，就是某個影碟出租店裡，傳來的一陣沒頭沒尾的人物對白，或者哼哼唧唧的歌曲聲，彷彿睡著了似的呢喃不休。

　　有三五個操外地口音的女人，正慵懶地從街的一頭走過來，她們身上穿著那種又露又透的吊帶短裙，裙子的質地像睡衣一樣薄，能隱隱約約看出內褲和胸罩花花綠綠的顏色。她們用腳下的高跟涼鞋篤篤地敲擊著路面，腳趾甲塗了或紅或藍的油彩，看上去好像不是腳趾，而是別的什麼異物，渾圓的肩頭搭著的色澤鮮豔的坤包，隨著她們的搖擺的身姿一路前後晃動著。她們邊走邊饒有興趣地談論著什麼，比如，某個出手闊綽的客人，或英俊瀟灑的小白臉。後來，她們徑直去了那家麻辣燙店，這些晝伏夜出的像貓一樣的女人，幾乎每天都要光顧一次，而且，一般都是在黃昏來臨的時候，她們急需在這裡補充卡路里，以便維持即將到來的豐富多彩的夜生活。她們選擇在這家店裡吃麻辣燙的同時，其實也選擇了一種富有刺激的夜生活。只有她們一點兒也不在意那兩口子家發生的事情，她們只關心這個晚上自己能拿到多少小費。街上的人早就暗地裡說過：做她們這行也不容易呢，看她們幾個多能下苦，每天只吃兩塊半的一碗麻辣燙，可夜裡要出多少汗啊！本地女人注定吃不得這種苦，也丟不起這個人，所以，錢全都被外地女人掙跑了。這種說法似乎不無道理。

　　這個八月裡的白天，跟以往相比並沒有什麼不同，一切似乎都井然有序。如果非要說有什麼特別的地方，那應該是，有一對新人白天在街上的一家叫「有福來」的酒館裡辦了喜事，他們請來一些親朋和鄰居，在小酒館裡坐了坐，放了兩掛一千響的鞭炮，散了屬於他倆的喜菸和喜糖。也就是說，在這條街上，他倆的夫妻關係更加明朗化了，完全應該受到法律和道德的雙重保護。而實際情況卻是，那家「有福來」酒館，並不能給這兩個新人帶來什麼好運道。因為那件事情後來就發生在這天晚上，那時整條街都已昏昏入睡，只有幾隻流浪貓還喵嗚喵嗚地在垃圾站附近逡巡。

　　此外，就是那些特服行業了，比方說吧，孫二娘美容美髮中心的那幾

個外地來的小姐，她們每個人都或多或少地賺到了該得的小費，五十、一百，或更多。這兩個數字表明兩種意思：前者只是給客人摁摁頭捏捏肩捶捶背，並允許客人隨便在她們身體的一些部位摸上幾把；而後者卻是要有實實在在的付出，這條街也將此種勾當叫做「和尚洗頭」，說得既隱祕又恰如其分，跟前者有著本質上的區別，她們得到的回報才相對豐厚一些。另外，街上的一家名叫「獅子樓」的小酒館生意也很紅火，因為派出所的幾名幹警下班後，就躲在裡面猜拳喝酒，他們喝得是正宗的的「酒鬼」酒，據說這種酒喝了不上頭，越喝越海量。所以，他們一夥兒人一共喝下了六瓶，準備打開第七瓶的時候，有人提醒說，酒先別開呢，我們也該到街上轉轉去了。

於是，那個胖警察不耐煩地掏出自己的手機看了看時間。剛好是十點五十分。胖警察回頭就對站在一旁的女服務員擠了擠蛤蟆眼說，桌子先給我們留著，待會兒哥幾個還回來，接茬兒喝！

小姑娘打著倦怠的哈欠，懶懶地嗯了一聲。

四

丈夫頭一次從派出所回來的那個晚上，美髮店的老闆孫二娘，便氣勢洶洶地橫闖進來。孫二娘一進門，就劈頭蓋臉指著他破口臭罵起來。他媽的，你還算是個男人呢，你愛看下三濫片子，就說你自己唄，你憑啥把我家孫二也拉扯進去？還說什麼孫二拿給你看的，你又不是三歲孩子，孫二屙給你屎，你也吃嗎？難道你不長腦子啊！天底下咋還有你這種不要臉的人！你自己惹了一身騷臭，還硬把屎盆子往別人身上扣！丈夫當時嚇得臉

119

色灰白，自始至終不發一言。等孫二娘罵夠了人走了好半天，他才恍恍惚惚地對妻子說，快去，把門鎖上，趕緊去呀！

孫二娘原本是十分潑辣的女人，她是這條街上最早開理髮館的，聽說她還專程跑去廣州深圳一帶，深造過一陣所謂的美容美髮技術，她店裡的一面牆上，還明目張膽地掛著她弄來的學歷證書，尤其是她跟香港某高級美髮師的珍貴合影，她那證書上還有幾行中英文字，寫得龍飛鳳舞的，很少有人能認得出來。自打有了這兩樣法寶，孫二娘就一天天牛起來，竟然鳥槍換炮，把原先的理髮館重新裝修了一番，外間理髮美容，裡面搞成了幾個隱祕浪漫的按摩包廂，大廳裡添加了幾盞製造情調的彩燈，門口立起一幅時尚的美女噴繪廣告，另外還僱了一群從外地來的打工妹，年齡都在二十上下，她還把理髮店更名叫孫二娘美容美髮工作室，生意就一天天火起來了。丈夫後來拿回家偷看的那兩張碟片，確確實實就是從孫二娘的丈夫孫二手裡弄來的。

丈夫在派出所一五一十地交代了事情的前後經過，當然，也就不可避免地提到了孫二，和孫二在路上塞給他的那兩張碟片。他不會拐彎抹角。於是，派出所就把孫二也傳喚了去，讓他老實交代那兩張碟的來源，孫二只好承認是自己讓朋友從廣州那邊順帶捎來的，所裡除了沒收了他那幾張黃碟，又對他處以一千元罰款。有關被罰款的事，後來街上流傳著三種不同的說法：

第一種是，根本沒有罰那麼多，也就象徵性地交了二百元了事。

第二種，說一分錢也沒有罰，派出所只沒收了孫二的碟並給予警告。可是，那天有人親眼看見，孫二娘帶著從自己店裡精挑細選出來的兩名妖冶的小姐，徑直去了派出所後院的那個值班室，而且天色已經很晚了，她們從所裡出來的時候，天都快亮了。

這第三種說法最為普遍。據說，那天派出所的朱胖子帶了一夥人到孫二娘的店裡了解情況，警察一進去，孫二娘立即就讓人把店門從裡面反鎖了，還在門口支了個牌子，寫著「今日盤點，暫停營業」字樣。這是不是可以叫做關起門來打狗，還是另有別的什麼名堂？街上的人也都說不太清楚，可大夥兒都覺得孫二娘不簡單呢，這女人很有些手段，凡事都能擺平，官商兩道亨通。按理說，警察掃黃打非，最應該收拾的就是孫二娘的店了，可人家的生意絲毫沒有受到影響，反倒是開小食店的兩口子受罰──歇業整頓。

但是不管怎麼說，孫二還是一下子出名了，比他老婆的美髮店和店裡的美麗迷人的小姐還有名氣。人怕出名豬怕壯，他現在連街也不敢上，整天懶在家裡生悶氣，因為一旦上街遇到熟人，就會腆著臉向他借碟看。喂，把你珍藏的好東西拿出來瞧瞧，別一個人吃獨食啊！孫二簡直恨得不行。孫二逢人就說，我他媽的跳到黃河也洗不清了，世上哪有這種恩將仇報的小人！就因為孫二的這句話，街上很多人都開始有意無意地躲著他們兩口子，暗地裡都說，這個男人很陰暗，他一點兒也不講信用。所以，大家也輕易不會走進那兩口子的麻辣燙店裡吃東西了，好像生怕日後有所牽連。人們的這種謹慎心理，使她店裡的麻辣燙生意更是雪上加霜，幾乎難以為繼了。

就在事發當晚，丈夫連夜被帶進派出所去了，那些人說是要錄他的口供。一連幾天，都快把她急瘋了，父母親戚又都住得遠，遠水也解不了近渴。她就去找幾個平素要好的街坊想辦法，後來還是一個街坊給她出的個主意，說他們抓人，還不就是為罰幾個款嗎，再說，又不是犯了殺頭死罪，現在的社會，只要肯掏幾個錢，沒有擺不平的事。她就拿出家裡當時僅有的一千塊錢，去派出所找人疏通，她打問清楚了，負責這案子的，正是那晚用警棍打人的胖警察，旁人都說讓她去找那個朱胖子。

　　那天她站在派出所門口等了一上午，好不容易才把在外面應付飯局的朱胖子等了回來。她一開始也想請人家吃個便飯，可朱胖子打著酒嗝根本不理睬她。朱胖子還弄出一副凜然正氣的樣子，說吃什麼飯，妳男人犯的事可不小，知不知道，現在全國正開展黃毒賭專項治理行動？妳男人這叫撞在槍口上了！懂不懂？弄不好是要入大獄的！朱胖子說話的時候，沾滿酒精的唾沫星子，飛得哪哪都是，嘴裡不時泛出一股很濃的酒肉氣。她一聽就發怵了，心裡一點底也沒有了。她央求說，我們甘願交罰款，求你們不論如何把我男人放了吧，他以後再也不敢了，我們保證。朱胖子似有難處地想了想，看見門外有人來回走動，他就先去把辦公室的門關上，然後坐在靠背椅子裡，兩隻腳高高地翹在桌面上，僵持了一陣，他才翻著一雙三角眼，對她舉起三根手指。他說至少得這個數，妳考慮一下。她以為是三百，急忙點了點頭。說三百就三百，我現在就把錢交上，那你們啥時候放人？朱胖子噇地一下笑出聲來，他接著又打了兩記飽嗝，味道很衝。現如今他媽的三百也還能叫個錢？妳以為咱們的錢是美元呢，我說的是三千，這是最低價，少一分都不行！她一下子傻眼了，她身上只有一千塊，她上哪裡弄那麼多錢去？賣了他們那個小食店，也不值三千塊。況且，三千塊得賣出多少碗麻辣燙啊？於是，她就老老實實地，把那一千塊全都拿出來放在朱胖子的桌子上，她幾乎嗚咽著求他給上頭說說情，放他們一馬。我真的再一分錢也拿不出來了，就剩這一千塊，你就行行好，大人大量把他放了吧，你的恩情我們會記著的。

　　朱胖子一開始頭搖得跟菜心蟲似的，死活也不點頭，他說這罰款又裝不進我的腰包，妳想好，這可是救妳男人一條命啊。最後，她實在沒有別的辦法了，只好撲通跪在地上，一時聲淚俱下。這樣又過了一刻鐘，朱胖子大概有些犯睏了，接連打著哈欠慢慢站起來，說，現在是新社會，不要

動不動就下跪作揖告饒的，我們可不興這一套！妳的事情還是可以商量的嘛。說著，他徑直走到她身邊，把她從地上輕輕攙了起來。在這個過程中，她當然沒有注意到，朱胖子一臉色瞇瞇的樣子，他的手很巧妙地停留在她的屁股蛋上，並慢條斯理地摸索著，接著，又很詭祕地拍了兩拍，嘴裡說，妳呀，別哭了，快起來吧，妳們女同志一哭鼻子呀，我心腸就軟了，行行行！一千就一千，老哥今天給足妳這個面子，不過，妳怎麼謝我呢？她自然又說了一堆感恩不盡的話。朱胖子始終笑咪咪地說，光說感謝有啥用，怎麼樣，哪天有空陪妳老哥去歌廳唱幾嗓子去？說著，又伸出一隻肉墩墩的肥手，趁機去捏她的下頷尖。她茫然地閃躲著，可還是讓他捏了個正著。想想，畢竟人家肯出面幫忙，還替他們省了一大筆錢，她就忍了。

交完罰款的那個晚上，丈夫果然就被放出來了，小食店的封條也被朱胖子派人給撕掉了。女人滿心歡喜，特意給丈夫燒了一鍋開水，讓他在家裡好好洗一洗，去去身上的晦氣。雖說前後花了不少錢，費了不少周折，可總算能破財免災息事寧人了。她覺得人回來比什麼都重要。

丈夫頭次剛回來時，還跟她問這問那，一個勁說都是他不好，給家裡惹出這場禍事，他簡直後悔得想死，真恨不得剁了自己那隻手。女人倒也想開了，就開導他說，其實也不能全怪你，要不是那個孫二硬塞給你，咱們怎麼能攤上這種事呢。丈夫也就不再說什麼，第二天一早，他照樣去市場裡採購店裡所需的菜蔬去了。生活好像又回到了正軌。只是，一連好幾夜，他都沒有提出跟她過夫妻生活，以前幾乎每隔一半天，他都會很主動地，鑽進被窩跟她親熱一下的。

剛開始，她確實沒有往心上去，只認為他大概是累了或心情不太好，她想過一陣子，自然就會好的。直到半月後的一天下午，丈夫再度被那幾

個穿警服的人闖進來帶走了 —— 這次他們出示了刑事拘捕證，上面說丈夫涉嫌妨害員警執行公務，蓄意破壞掃黃打非專項行動，還給他戴上了鋥亮的手銬子 —— 她這時才回想起來，就在這半個月時間裡，他倆始終沒有做過那事。而且，她還發現丈夫的話越來越少，沒事的時候，總是用十根指甲撕拽自己的頭髮，成天唉聲嘆氣，一副痛苦不堪的樣子。

<h1 style="text-align:center">五</h1>

女人的心瘋得像長滿了野草。她覺得也許問題真的又嚴重起來了，一想起朱胖子曾對她說起的什麼嚴打治理，她就無法按捺心中的恐懼。無奈之下，她只好關了店門，先後回到自己的娘家和丈夫的父母那邊，給他們詳細訴說情況，本來她是想瞞著的，可現在她實在無路可走，只好讓大家一起幫她想辦法，好盡快把丈夫從裡面保了出來。

其實，就在丈夫第二次被抓走後，她又去找過那個姓朱的胖警察，看他能不能再給想點辦法，通融通融。不知什麼原因，那個朱胖子突然一反常態，總是躲著不肯見她。好不容易被她堵在街角了，朱胖子才吞吞吐吐地說，姑奶奶，這兩天形勢緊迫，你們的案子已經當成專項治理的典型上報了，這回天王老子也沒法子了。形勢確實嚴峻起來，就連她想去探視一下丈夫，也變得不可能了，人家告訴她說，非要等到案子審理清楚才能見面。

她回到家裡，人幾乎病倒了，接連在床上躺了三天，生意做不成，夜裡發燒，直說夢話，一想起男人受罪的樣子，眼淚就一刻不停地往下落。兩邊的老人和親戚都先後過來給她打氣，讓她別愁壞了身子，都說，天底

下總該有個講理的地方吧！丈夫究竟犯了多大的法？既然頭回也交了罰款，人也給放回來了，為什麼過後又二話不說就把人銬走了呢？親人的這些話，使一籌莫展的她漸漸省悟過來，她覺得這件事情肯定有問題，自己不能就這樣傻等下去，她開始不再相信派出所的那些人，誰的話她也不信，她一定要找個能說理的地方，她要給丈夫討一個說法。

　　幾天後，她拿著從親戚手裡湊來的幾百塊錢，匆匆忙忙地坐上了一輛開往省城的長途汽車，開始了她上訪求助的孤獨之旅。汽車開動的一瞬間，她透過車窗，長時間注視著眼前的窄仄的街道，和街道上來來往往的路人，她感到眼前的一切那麼陌生，好像她從來都沒有到過這個地方。陽光很刺眼，她的眼淚慢慢地溢出來，不過她沒有讓自己哭出聲音，她忽然有種很悲壯的感覺，有種想讓自己變得堅強一些的迫切願望。她知道丈夫正在裡面等著她呢，他可不能沒有她啊。正是那一刻，她突然對自己跟丈夫的結合有了更真實的體會，只有共同患難，夫妻才是同林鳥啊。

　　等到了偌大的省城，她一下車就懵了，看來，她把事情想得太簡單了，那種人地兩生的空茫感，出奇不意地將她攫住，使她感到恐慌，感到無助，她不知道該往哪裡去，該去找誰幫忙。她茫然地走進車站附近的一家郵局，大廳裡有一個專門替人代筆的瘦男人坐在那裡，看樣子近視得很厲害，眼鏡片子厚厚的，看人的時候，兩隻眼珠子像兩顆潮溼的黑豆一樣貼在鏡片上，發出逼人的亮光。

　　她上前跟眼鏡先生打聽，自己想去的地方怎麼走，對方用黑豆眼反反覆覆打量了她半天，才慢條斯理地說，姑娘我猜妳是想鳴冤告狀吧！這種事情一定得有狀子，就是書面材料，這樣妳去了人家才會受理的。她就說自己剛下車，還沒來得及準備。眼鏡先生才和氣地說他可以代筆，不過這種狀子很難寫，寫不好對當事人不利，官司就打不贏。她明白對方的意

125

思，急忙央求他，無論如何幫她寫一份，她正急著用呢。眼鏡先生讓她先把事情的經過講述了一遍，聽完後，對方接連感慨地說，這可是當今的第一大冤案啊，聞所未聞！一般這種案子，我是按千字300塊起價的，看妳是外地人，又是個女同志，那就收250塊吧！她為難地說，太多了，能再少點吧，50塊？眼鏡先生把眼白一翻，哪有50塊的價！妳以為買白菜呢，最低也得200，不想寫就算了。她只好咬咬牙又加了50塊。對方才搖著腦袋，做出一副很為難的樣子，他讓她先交50元押金，這才龍飛鳳舞地開始動筆寫起來。也就是她到外面吃了碗麵條的工夫，狀子就已經寫好了。她把準備好的另外50元拿出來，對方立刻氣憤地陰下臉來，妳是不是打發要飯的呢？我給妳寫了10頁，一共是3,300字，還不算標點符號，妳少說也得給我330塊，剛才我們說好的，一千字100塊的！她這才恍然大悟，好話說了一籮筐，也只少掉了30元，對方再一分錢也不肯讓了。

這份花300塊錢換來的狀子，後來當她幾經周折，終於找到信訪部門接待室，幾乎流著眼淚地遞上去的時候，一個面目庸俗的女信訪幹部接過去，隨便翻了幾翻就扔還給她，並說，這哪是上訪材料呀？純粹一個杜撰的傳奇故事！材料必須事實求是，有一說一，有二說二，這種胡謅八扯的東西，妳還是拿回去自己看吧，恕我們不能接收！在信訪幹部那裡碰壁之後，她又找到省城的一家法院，在這裡當然也遭到了更嚴厲的拒絕。理由很簡單，人家對她所提供的材料，同樣不屑一顧，最後答覆她說，法院的訴訟程序必須由下而上逐級受理，而她的事情應該先由地方司法機關先接受辦理，如果她對裁決不服，才可能向上級司法機關提出上訴請求。她徹底絕望了，等回到住的那家小旅館裡，出門時隨身帶來的五百多塊錢，也只剩下不足百元了。

整整一宿沒有闔眼，她就那麼呆呆地盤腿坐在床上，透過窗戶長時間

凝望著省城的夜空。這裡的午夜依舊燈火闌珊，附近街道隱隱傳來一些嘈雜的聲音，大大小小的汽車發動機在嗡嗡旋轉，在夜色中詭祕地排放著超標的尾氣，正在卡拉 OK 的飲食男女嗓音漸已沙啞，香菸和烈酒使他們的歌聲蒙上一層混合著尼古丁和乙醇的灰色，聽起來有種鬼哭狼嚎的感覺。不夜的省城和難以入眠的她，在這午夜時分彼此對抗：一邊是火焰，一邊是冰山。她覺得自己現在比戲裡那個竇娥還冤，比那個哭倒長城的孟姜女還苦，她整個人被一種欲哭無淚的惶惑與傷痛長時間浸泡著。直到東方發白的一刻，她終於像疲塌的牲口一頭倒在床上。她感到頭疼欲裂。她終於昏昏沉沉睡著了。

很快，夢見一片水天相接的河灘，河水湍急，岸灘上怪石嶙峋粗礪，她光著雙腳，在那些怪石上一路狂奔……她看見丈夫在前面的河中痛苦而絕望的掙扎著，河水很快就將他吞沒了，他的雙手和腦袋一直在水面上起起伏伏，慌亂搖晃，他的呼號聲聲悲鳴而淒涼。她一直呼喊著丈夫的名字，一路狂奔，救人呀，快來救救我男人啊！可是，她無論怎麼奔跑，卻總也抵達不了那條河，眼看著他就被河水吞沒了，腳下似乎是一段永遠也無法縮短的漫長距離。她的兩隻腳早被尖利的石頭磨破了，露出森森白骨，血流如注，河灘上一片赤紅和猙獰。

天亮之前，她滿頭大汗從夢中驚醒。對於這場噩夢她幾乎毫無記憶，夢一如洶湧的河水，從她沉沉的大腦中退卻了，她唯一能記住的就是紅色，只有紅色，是血，鮮紅奔湧的血。她接下來所做的一切，都跟這場夢給予的暗示有關。她抬眼看見，那苫在茶盤上的白色的小方巾，這種東西在各地大大小小的賓館飯店比比皆是，它們用看似的潔白和平整掩飾著旅館服務業的某些暗疾或通病。她把那種東西拿過來，上面印有省城某某旅館字樣，字跡已相當模糊了，但這也正是一個重要啟示，就像夢中出現的

紅色。接著,她幾乎毫不猶豫地,就用牙齒憤然決然地咬破了自己右手的食指——那根指頭這時候顯得那麼突出,它正躍躍閃動著豔麗的色彩和神奇的功用。她顫抖著鮮紅的食指,以指為筆,在那塊質地並不太好的白色方巾上,寫下了歪歪扭扭的血紅的文字,她的文化水平的確有限,她初中只念過一年,就因家境窘困輟學了,不過她能寫這麼多已經足夠了:父老鄉親們!求你們救救我男人吧!他是被人冤枉的……

在忍痛寫下這些時,一串長淚斑駁地落在方巾上,使她眼前的一切充滿了紛亂的潮溼和撲朔迷離的意味。

後來那塊被寫上血字的方巾,就落到了省城的一家媒體記者的手中。那時候她幾乎彈盡糧絕了,她被迫離開了那家小旅館,因為她實在付不起每晚 25 塊的床位費——儘管這個價目在省城已經低廉到不能再低的程度,否則,她只能去睡馬路。她在離開省城的前兩天,經常出現在這座城市的鬧市地帶,比如,人民廣場,步行街,百姓購物城,以及麥當勞餐廳門口,她長跪乞求,以頭磕地,引得過往路人側目。剛開始,她並沒有受到足夠的重視,人們普遍認為這個臨街下跪落魄女人,準是個外地來的女騙子或職業乞丐,她只是想利用人們善良的同情心,糊弄兩個盤纏罷了。這種人城裡的確見多不怪。八月末的省城,每天氣溫平均在 28°C 至 32°C 之間,高溫酷熱,加上連日的飢渴失眠和睏乏,終於讓單薄的她倒在了大街上,就像一隻被人遺棄的包袱捲癱軟下來。

當她迷迷糊糊醒來,很多陌生的目光投射在她的身上。他們中有很多人帶著斯文的眼鏡,脖子上掛著很專業的照相機,有的手裡還端著一臺很精巧的小攝像機,在不停地照她,拍她。

這次,嗅覺異常靈敏的媒體記者,對於她來說不啻為絕處逢生。從那一刻起,有一大群記者像被烈日烤化的驢皮膠緊緊黏上了這個可憐的女

人。這個世界上，似乎再也沒有比媒體更具有權威性的發言者了，媒體的突然介入，和人們的獵奇心態，使整個事情忽然蒙上一層柳暗花明的虛幻色彩。一對小鎮夫婦的名字，以及他們的前後遭遇如一夜春風，一下子刮遍黃河上下和大江南北。當然，這些媒體也因此獲得了前所未有的經濟回報和社會效應，急劇攀升的報紙銷量和網路點擊率，足以讓那些大老們，在這個季節裡好好偷著樂一陣子，而成千上萬的讀者，正捧著一份份印刷精美的小報，躲在空調良好的房間裡避暑消遣，或者，泡在網上，展開一浪高過一浪的所謂的支援和聲討。

六

丈夫總算是又回到了他倆的小窩。

朱胖子帶著幾名據說是臨時工的民警，親自登門給他們夫婦賠禮道歉，三萬元的精神賠償金，也一次性送到他們手裡。朱胖子語重心長地說，領導決定了，回去就開除這兩個不稱職的臨時工，請你們多多包涵，這些年輕娃娃業務水平太低，調查又不仔細，執法行為有些過火……總之，一切看上去，似乎都比女人最初的願望要好得多。

當初，她只不過想求他們盡快把人放了，她就是想讓自己的男人平平安安地回家，除此之外，別無所求。對於她來說，無論是賠錢，還是讓那幾個年輕民警受到的處分，都已經毫無意義了，因為這場噩夢終於在秋天來臨之後，紛紛擾擾地遠去了，包括她的右手食指，現在已看不出一點兒被牙齒咬破的痕跡。

有一天清晨，她剛起身不久，那個孫二就鬼使神差地出現在他們的小

店裡。自從事情鬧大以後，這個男人還是頭一次走進來跟她說話。他進來就口口聲聲嚷，媽的，你們兩口子倒落得實惠，我告訴你們，那錢至少得分給我一半，要是沒有我那兩張碟，哪有這種天上掉餡餅的好事！哼，要是敢耍賴的話，我叫你倆一天也別想安生！

此外，隔三差五，總會有一夥子報紙電臺或電視臺的記者，風塵僕僕地，不知從外面哪個陌生的城市撲趕而來。她現在對採訪這種事情已經輕車熟路了，不再像剛開始那樣惶恐無措，相反，她盡量很平靜地回答對方提出的種種問題，但每次說到動情之處，她依然會涕泗交流，使得記者們就此打住，並乘機摁動快門，抓拍下這極其生動極具說服力和感染力的好相片。她也並不介意。介意什麼呢，想想看，沒有這些閃光的鏡頭，沒有這些熱心熱腸的記者，鬼才知道丈夫現在能不能回家來呢？

七

眼下依舊是秋老虎發威的時節。他身上還裹著一條很厚的毛毯，就那麼木木愣愣地呆靠在床頭上，跟丟了魂似的一動不動。他一直近乎於倔強地，保持著這個固定不變的姿態，誰來勸他也沒有用處。一個人成天這麼古怪地坐在床上，不吃，不喝，也不說一句話。感覺好像是，他正將身上所有的力氣都集中在那條毛毯上，得了重傷寒似的，只顧拿毯子捲緊自己的身體，一坐就是一整天。原先一向白淨文弱略微帶些靦腆氣的那張臉，此時竟竄出些參差野蠻的鬍茬子，從前精神幹練的小平頭，也早亂成一蓬破鳥巢。他的眼神終日呆滯無神，彷彿兩顆沉浸在平靜海底裡的黑色石子。有時候整整一個上午，他的眼皮幾乎都不帶眨一下，只是用僵硬的目

光，死死盯著房中的某個角落。時間，就在這種死氣沉沉的呆視中，一分一秒滑過去的。

女人這種時候就一個人守在那間麻辣燙小食店裡。偶爾，會有一兩個客人進來吃東西，她像往常一樣，平靜地為他們端上鮮紅滾燙的麻辣汁子，青嫩新鮮的各種蔬菜。可是，那些吃東西的人，總是拿很奇怪的目光偷偷地盯著她，好像根本不是來吃飯的，而是別有所圖，間或發出竊竊的私語和詭祕的笑聲，使她有種背負芒刺的異樣感覺。

一直熬到夜深人靜，小店打烊了，她才轉身回到裡間屋去。上床之前，她會很精心地給丈夫洗臉、擦身、燙腳，就像在哄一個大男孩似的，好讓他盡快地進入夢鄉。有時候，為了能讓男人睡得踏實，她還得耐心地輕哼丈夫以前最喜歡聽的那首〈好人一生平安〉，而她自己卻伴著疲倦失眠和潮溼的眼淚，陷入一次次可怕的夢境之中。

丈夫時不時會在深更半夜突然醒來。那時他的面孔就十分猙獰，大口大口喘著粗氣，醉鬼般顛三倒四嚷叫，有時還發魔怔亂踢亂蹬。是我……是我打了警察……警察沒有打我……真的，是我先動的手……我該死，我有罪……

這種時候，女人再也忍不住了，一把將男人摟進懷裡，摟得緊緊的，跟要生離死別一般，她自己也像隻母狼，突然號啕起來。

街道上冷冷清清，只有兩隻發情的貓在窗根下聲聲嘶叫。

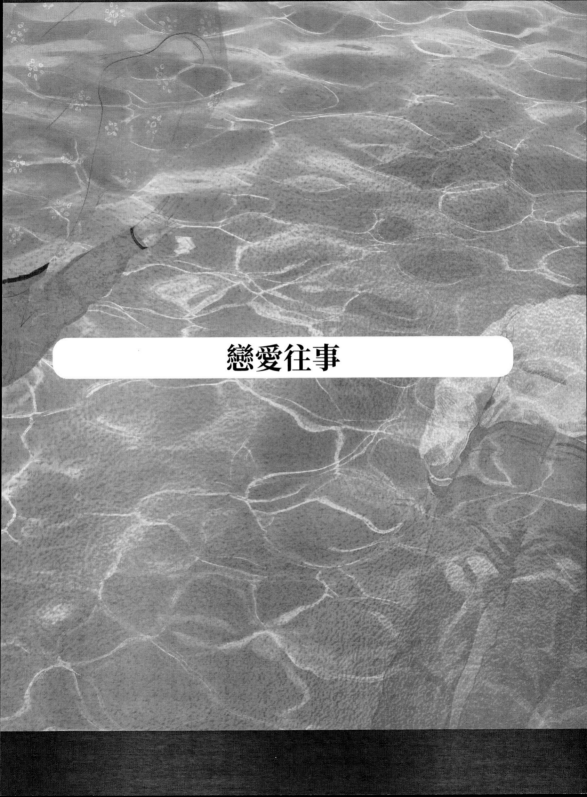

戀愛往事

一

方樂業頭一次上小米家的那個晌午，突然飄起了一場透雨。

眼看外面的雨越下越大了，雨點鼓錘般密集地敲打窗戶，屋簷下的四根雨槽簡直不夠用，大腿般粗細的雨柱快要撐破槽口了。方樂業心疼自己騎來的那輛半新不舊的自行車，他上班的那個機械鑄造廠離家太遠，沒有車子騎根本行不通。所以，他忍了幾忍最後還是又冒著雨跑出屋外，硬把車子架到了小米家的煤房裡。然後，他從車坐墊下面拽出一團油膩膩的棉線，十分愛惜地把車子從上至下、從車把、車梁、鏈瓦再到輪圈和輻條，都仔仔細細地擦了個遍，擦完了又將那團發黑的棉線拿到雨槽下，就著雨水用力投洗乾淨。這時他的褲角和鞋襪基本上溼了。

小米呢正漫不經心地待在屋裡，她一直站在窗前邊嗑著瓜子邊看雨。她多少顯得有些心不在焉，照理說今天她是主角，應該精神百倍、情緒飽滿才對。可小米就是覺得無聊，甚至覺得自己有些多餘，別人都在無序地忙亂著，唯獨她顯得礙手礙腳的。她注意到了方樂業對待那輛自行車的樣子，覺得這人心倒是很細，不像很多男人，對什麼東西都滿不在乎的樣子。但這也不能完全說明，他就是她所喜歡的那種類型，她對他的認識也許才剛剛開始，以後的路還長著呢，找對象不是件簡單的事。

整個上午，母親都跟大姐她們忙前忙後準備著飯菜，伙房裡一直叮叮噹當吱吱啦啦響。父親老早就坐在客廳的椅子上，滋滋地喝著磚茶水，他還打開了桌上的收音機，十二點半的評書連播節目，那是雷打不動的。雖說家裡已經有了一臺電視機，可父親多年養成了收聽廣播的習慣，恐怕這輩子也改不了了。自從剛才二姐夫進門以後，父親就瞇著眼邊抽菸邊跟二姐夫下象棋。二姐夫在學校當教師，象棋下得比父親好，每次只要他上門

來，翁婿間馬上就丁鈴噹啷幹將起來。有時候一直下到飯菜擺滿了桌子，母親跟姐姐們在一邊不耐煩地叫啊嚷的，他們還是遲遲不肯罷休的，一副魚死網破非得決出個雌雄的架勢。

至於三姐，也並不去伙房幫什麼手，她通常習慣於倒背著雙手，在屋子裡轉來轉去，這邊看看，那邊瞧瞧，好像幹部下基層那樣，慢條斯理踱著四方步。有時，她也會湊過去瞅一眼他們下棋，覺得父親真是老了，慢手慢腳，思維遲鈍，她就替他著急。爸你眼睛到底看啥呢？將呀，咋還不將他！父親聽了她的話，依舊如墜雲霧，將啥將，妳沒看見妳二姐夫還憋著我的馬腿呢。我是說讓你飛炮呀，那麼好的炮放在眼皮子跟前不用，留著下崽啊，真是活活急死人！這種情況下，三姐恨不得自己衝上陣去跟對方廝殺一場。在這個家裡，三姐確實有些特立獨行，她既不像大姐二姐那樣任勞任怨，幫著母親做做家務，也不像小米那種天生柔弱書生樣，沒有大的主見。大夥兒都叫她三尖尖，說她聰明得有點兒過了頭，說她身上沒有一點子女人味，甚至說她根本不像個丫頭，想必是錯投了娘胎，本來是個小子的命，偏偏叫她轉世做了女的。所以，做了女人也全沒個女人樣，大大咧咧的，脾氣又倔強，性情又不溫順，稍有不遂意的事情，就大聲嚷嚷起來，嗓門還特別高。還有一條，她總是喜歡指手畫腳的，家中任何人任何事情，她都是看不順眼的，總要發表一下她的那套奇談怪論。

比方說，眼下小米跟樂業的婚事，三姐私下裡沒少跟小米叨叨：都什麼年月了，你們還請人介紹對象，土不土？哼，居然還興師動眾地讓人家上門來相親，傳出去都笑掉大牙了。其實，三姐到目前為止還是個單身，經常住在外面不肯回家，誰也搞不清楚她整天都在忙些什麼，至於談戀愛的事情，她總是無所謂地搖搖頭，男人嘛，就那麼回事，結婚有啥意思，不就是給自己脖子上扛個沉重的枷鎖嗎，我才不那麼傻呢！她總是這麼一

副看透一切的嘴臉，惹得父母時不時要跟她生氣動怒，可她一點兒也不放在心上，依然我行我素。

在這個家裡，數小米最小，她比大姐將近小了一輪，每個人都可以對她的事振振有辭發一番教條和議論。用母親的話說，你們大姐是沒趕上好時候，可壞事情是一樣沒落都讓她撞上了，學沒上幾天，就風風火火搞啥串聯，串聯就串聯吧，偏偏又遇上了不三不四的男人，上了當受了騙，到頭來還不是草草嫁給妳大姐夫那樣三槓子打不出一聲屁的窩囊廢了事。二姐比大姐小不了幾歲，可她運氣就要好一些了，雖說也當過兩天紅小兵什麼的，可最後還是趕上了高考，二姐本來腦瓜子就聰明，窩在家裡複習了大半年，好歹念了個師範專業，她跟二姐夫算是校友，又是在學校裡自由戀的愛，日子過得也算安生愜意。現在，一家人把小米的終身大事提到議事日程上來，她跟方樂業是不久前經媒人介紹認識的，此前，他們已在公園約過幾次會，看過兩場電影，彼此也拉過手的。讓方樂業利用這個禮拜天來家中認認門，當然是父母的主意，主要是想讓小米的姐姐們也都幫著看一看，算是最後把把關，然後好把親事盡快定下來。

你看看，都怪這三尖尖在人眼邊瞎晃，成事不足，敗事有餘！父親自然又輸給二姐夫了，礙於自己的長輩臉面和尊嚴，所以想就坡下驢，也好乘機數落一下三姐。哪知三姐偏偏死拗，一點兒不給老人臺階下，反而噴著嘴皮子說風涼話。下不過人家就說下不過，非得拉上個墊背的才高興，今天我可是一言未發，不信，小米可以做證。小米一副沒睡醒的樣子，把目光從窗上收回，看著三姐那張意氣風發的臉，懶懶地說，我剛才看雨來著，你們說的我一句也沒聽見。三姐馬上噘起嘴扮了個鬼臉，沒好氣地說，喲，翅膀真的硬了，將來這家添了新女婿，老四還不知會世故成啥樣呢！父親接過話頭，說，誰都像妳樣的沒心沒肺，整天就知道遊手好閒不

務正業，班也不給人家好好上，三天打魚兩天晒網的！不是我說妳呢，眼看奔三十的人了，妳看妳大姐二姐她們，一進門就撲到伙房幫妳媽的忙去了，妳倒好，背手掌櫃似的，滿屋子給誰擺闊氣呢！看將來哪個敢娶妳當媳婦？

三姐狠狠白了父親一眼，說，老四不是也在家裡閒著嗎？又不是給我相親，我為啥那麼積極地要去幫手？再說，我又不會炒菜做飯，去伙房也不過是充個樣子靠邊站。說話工夫，方樂業已經把第一盤菜端了進來，因為雨還沒停呢，盛菜的盤子上還得扣一隻空瓷碟，走起來嘎啷啷響，看著有些危險。小米趕緊迎上去幫著把東西接過去，款款擺在飯桌上。三姐笑了笑，一副還在跟父頂嘴的架勢。她說，你們大家看看，哪裡還有我搭手的地方，往後啊，這個家再也不愁幹活的人！父親分明聽得不順耳，可因為小方在場，也就不便於當即發作。倒是二姐夫一面往紙盒子裡收象棋子，一面文謅謅地對三姐說，老三天生要做獨立女性，鍋碗瓢盆自然進不了她的眼眶，將來說不定還能做女強人，幹出一番轟轟烈烈的大事業呢！小米點了點頭，覺得還是二姐夫有見識。父親不以為然，撇了撇嘴，又去擺弄他的收音機，噪音吱吱扭扭很刺耳。三姐衝二姐夫挑了挑眉毛，壓低聲音說，姐夫你少來這一套，好端端地給我扣啥高帽子？有那份心你不如讓一讓咱爹，省得他輸了棋，又吹鬍子又瞪眼的，見我們誰都煩！二姐夫嘿嘿笑著，把最後一枚棋子擺進盒子裡，起身去放到六斗廚的玻璃推拉櫃裡，趁別人都不注意時，他慢慢地擦著三姐身體走過去，耳語一樣悄聲說，我是有那份心的，就怕人家不領我的情呀。三姐遲疑了一下，伸出右手三根手指，使勁在二姐夫的腰上掐了一下，嘴裡嬌嗔道，討厭！二姐夫鎮定自若，好像一點也不疼的，卻乘機從背後把三姐的手給抓住了。三姐暗中用力把手抽了出來，同時又還給他一腳。二姐夫齜了齜牙，他正待

還擊，見方樂業又端著菜匆匆進屋，忙上前一步接過去，說，小方你是貴客，快坐下來歇歇吧。三姐聽見了又接過話不依不饒地說，喲，二姐夫可真會做人呀，不愧是吃食分子！

說話間，大姐二姐還有小米，每人手裡都端著菜盤子，丫鬟似地連串進屋來了。一時間大夥兒都跟著忙亂起來，擺菜，發筷子和蘸碟，斟酒，搬椅子。母親自然是最後一個進屋，圍裙還繫在腰上。她一個勁嘮叨說，這鬼天氣，早不下雨晚不下雨的，偏偏今兒下。二姐接過母親的話說，媽，妳懂什麼，這叫風調雨順！大姐也隨聲附和，說就是就是，看來咱老四的事情老天爺都幫忙呢，沒道理不成的。三姐不以為然，說，就妳們瞎迷信，天要下雨，跟人有屁關係。父親在一旁忍不住插言道，狗嘴啥時候能吐出象牙！二姐夫聽了，忙打圓場說，謀事在人，成事在天嘛！三姐似乎並不領情，自己先找個凳子坐了下來，說，快開飯吧，都快餓死了！母親說，三尖尖，妳咋臉皮越來越厚了呢，客人還沒坐呢，妳倒先上桌子了！三姐咬著嘴唇，一副厭世忌俗不拘禮儀的樣子。二姐夫忙轉身去請父親過來上座。父親不無可惜地嘆口氣，說今天的書看來是聽不上了。母親接荏說，少聽一次身上能掉一塊肉？惹得大家呵呵笑起來，於是，紛紛找自己的位置坐下來。小方是最後一個坐的，他一直在旁邊忙著盛飯呢。父親好像很滿意，招呼說，小方你快來，飯讓你姐姐她們盛吧。小方這才端著飯有些扭捏地過來，地方早給他留好了，緊挨著小米身邊不無拘束地坐下來。

父親端起杯子一本正經地發話，說今天是個好日子，小方第一次上門，我看這小夥子人很樸實也本分，往後就把這裡當成自己的家，想啥時候來就來，我們隨時都歡迎。除了三姐，大夥兒都呼啦啦地起身舉了舉手中的杯子，跟小方象徵性地碰了碰。小方盯著自己杯中的酒，手微微顫抖

著，小米忙解釋說，他不太會喝酒。母親說傻丫頭，今天是喜慶日子，非得喝完這第一杯。二姐夫說男人得學會喝酒啊，才不枉來世上一回嘛。二姐立刻瞪了他一眼，說，小方沒關係，少抿一點兒也行。小方還沒喝酒，臉已掛了彩，大概是緊張的。小米望著他說，那你就喝一點兒吧。小方這才閉著眼端起杯子喝，好像不是酒，而是烈性毒藥，剛喝了一口，趕緊端起眼前的茶杯喝水，舌頭辣得直吸溜。大夥兒都笑了。三姐率先用筷子夾起一塊雞肉放在嘴裡，有滋有味地嚼起來。母親使了使眼色，想制止她，可已經來不及了。母親只好掩飾說，好了，大家快動筷子吃吧，菜都涼了。說著，先夾起一塊紅燒肉放到小方的蘸碟裡。小方誠惶誠恐地，屁股頓時離開了椅面，硬讓旁邊的小米拽了下去，她又把嘴湊到他耳邊嘀咕道，好好吃吧，別那麼緊張，跟在自己家一樣的。小方才低頭去對付那塊很肥很肥的燒肉。

這樣吃了一會兒，父親又第二次舉杯，說好事成雙，咱們再乾一個。小方趕忙起身，小米乘機迅速地把他杯裡的酒往自己的杯中倒掉一些，這個小動作被二姐夫看在眼裡，他說沒想到咱們小米很會疼人，現在就知道有難同當了啊！小米眨著眼衝二姐夫示意，意思是讓他千萬別說破。二姐夫偏偏不理她，反而拿過酒壺往小方的杯子裡續酒。等這杯子酒下了肚，小方的臉已經紅得沒法再紅了，像下了開水鍋的螃蟹。二姐夫卻又起身幫他添滿了酒。二姐用胳膊肘碰了碰二姐夫，小聲說人家小方喝不了那麼多，你幹嘛自作多情地一勁兒倒酒。二姐夫說此言差矣，酒最能證明一個男人的品性，今天非得讓他多喝幾杯才好。二姐說就數你廢話最多。這次，父親倒是很贊同二姐夫的觀點，也點著頭說，讓小方喝兩杯，問題不大。小方早已是滿臉的愁容了。小米對他說你不能喝就別喝，沒關係的。母親欲言又止，忙夾了一塊雞肉放在小方的碟裡。

　　小方還沒來得及吃完雞肉，三姐突然端起杯子走過來，說，小方三姐也敬你一杯，小米是咱家的老疙瘩，打小就嬌生慣養的，以後你到這個家裡，少不了要多多幹活，事事讓著她，反正你得有這個思想準備啊。說著，她一仰脖子，先乾了杯中酒。小方確實有些為難，喝也不行，不喝也不行。小米想接過杯子她自己喝，被三姐一把擋住了，說，我是敬給他的，妳不能喝，妳要喝了我跟妳急。小方左右看了看，只得紅頭漲臉地喝下去。父親這時發話了，說，好了好了，你們都別再難為他了，我看小方是真的不能喝。三姐有點兒不服氣，說，胃長在人家肚子裡，你們自以為他不能喝，人家說不定是客氣呢，真的喝起來不定誰先倒下去！這話讓父親很惱火，他說，熱飯熱菜就燙不住妳的嘴！三姐騰地一下把手裡的筷子扔在桌上，站起身看著父親說，沒見過這樣的，你們敬他就好，我一敬倒成了為難人家了，壞人全讓我做了，到底什麼意思？父親拉下臉子說，妳想幹啥，還反了妳不成？三姐說，話也不叫人說完，我知道你們都煩我，連我自己都煩我自己，我不吃了總行了吧？說著，嘩啦一下推開椅子，頭也不回就往門外走。大姐二姐急忙離開座位去攙她，父親說，眼不見心不煩，你們別管她，讓她滾好了，狗肉不上席！然後，表情不無難堪地看了看小方，說，咱們吃咱們的，由她去吧。母親也接過父親的話頭，說老三就那號驢脾氣，過一會兒就好了，吃吧，都快吃吧。

　　小米覺得又丟臉又委屈，真想一把拉起方樂業也跟三姐那樣跑到外面去，哪怕是讓雨淋成個落湯雞，也比這樣不尷不尬地待著強啊。她開始後悔答應父母請小方來家裡吃這頓飯，今天是個禮拜天，他倆在街上幹點兒啥不比這好呢？眼下，看著小方那副無所適從甚至有點兒可憐兮兮的樣子，小米真的很過意不去。她生三姐的氣，也生父親的氣，生今天所有人的氣。還有外面討厭的鬼天氣，下起雨來沒完沒了的，弄得人心情很鬱悶。

好在，這頓味同嚼蠟的飯，總算是吃完了。

大夥兒又是一陣忙亂，稀里嘩啦收拾桌上的殘局。父親連著打了兩聲哈欠，退休以後他就養成了午睡的習慣，吃完飯便沒了精神頭，早早回裡屋準備歇著了。母親要去伙房洗涮，硬讓大姐二姐擋住了，說媽妳也歇一陣子，都忙了一上午了。於是，母親又叮囑了她們一番，就脫了圍裙進屋去了。二姐夫跟小方又天上一句地上一句侃了一通，轉過話題又說，小方剛才的事別往心上去，老三就那麼一個人，風風火火慣了。小方本來已經暈頭暈腦了，禁不住二姐夫那張嘴叨叨，身體斜靠在沙發上，好像隨時要滑溜下去似的，也就不清楚二姐夫到底在談些什麼，只是不住點晃著赤紅色的額頭。小米趁這工夫把客廳的地輕描淡寫地掃了掃。二姐夫大概覺得無趣，也歪斜了身體往沙發上一躺，像是要迷糊著了。小米走上前輕輕拽拽小方，想叫他到自己的房間裡躺著去，怎奈小方頭有千斤重，抬都抬不起來了。小米心想，這人真是死心眼，叫他別喝他偏逞能，你死不喝看他們能把你怎樣呢。

這時，母親伺候好父親的事，又不放心地從裡屋走出來，叫二姐夫把小方攙到小米房間去，嘴裡一個勁埋怨，都怪你們，左一杯右一杯，硬把人家孩子灌醉了。二姐夫嘿嘿笑了笑，說醉一回也沒多大關係，都是自己人嘛！說著，趕緊把小方從沙發上架起來。小米也過來打幫手。小方嘴裡跟攪麵湯似的直著舌根嚷，我，我沒事，真的，二姐夫別管我，我沒喝多，我還能喝呢，不信咱倆再喝一頓。見他們仨跌跌撞撞出去了，母親的另一樁心事忽然又浮上了額頭，她緊皺著眉頭自言自語道，死丫頭，飯都沒吃消停，到底跑哪去了？唉，真拿她沒辦法！你說這丫頭的脾氣到底是隨了誰呢？

二

自然小米也得去方樂業家走一走，也好認個門，這叫禮尚往來。

方家只有一個女孩，好像在念小學五年級，兩隻眼睛跟黑豆兒一般圓，長得小人精樣兒，見了小米，姐姐長姐姐短叫得好親。小米急忙把準備好的禮物遞上去，是她跟樂業在鼓樓百貨商店特意挑選的一隻塑料文具盒，小女孩顯然很高興，使勁誇了誇小米人漂亮，說她長得像電影演員似的。樂業前面有一個哥哥，早就成家立業，因為住得遠也就沒有通知過來；樂業後面還有個兄弟，初中畢業應徵入伍在外地，隔三差五會寫信回來報個平安。

樂業的父親一副操勞命，腰彎得跟蝦米一般。小米頭一次去，就見他身上紮著勞動布圍裙，手上沾了一層白麵漿，眼睛好像近視得屬害，看人皺著眉眼很吃力。方母整天在外面抹牌，早出晚回，身上搽得香噴噴的，老遠就刺人的鼻子，說起話來總是喲啊喲的，還往出直冒兒化音，後來小米了解到，她老家在河北，離北京也就三個鐘頭車程，早年響應號召支援過來搞建設的。

方家跟自己家情形大不相同。小米登門這天，還是她到來以後，方父才臨時匆匆忙忙上街買了些肉啦菜的，然後他一個人鑽進伙房開始準備。聽說方母早上去中山公園跟票友們唱京劇去了，回來時臉上的氣色似乎還沉浸在唱過的劇碼中不能自拔。方母進屋先不緊不慢坐下，隨手拿起摺扇只顧自己搧涼快，也不問問小米。倒是小方過來提醒，說，媽，小米來咱家了，上禮拜跟你們說好的。方母拿鼻子哼了一哼，說，喲，瞧你說的，媽又不是一瞎子。小米趕快站起身，說伯母您好，我來了。方母還是不停地搧扇子，隨便用單鳳眼掃了她一掃，說，喲，小米姑娘來啦，那快坐吧。

小米紅了一下臉，覺得怪彆扭的。哎喲喲，你說這天熱的！說著，方母端起茶几上的杯子想喝水，杯到嘴邊才發現裡面空著，於是不無惱火地扯著嗓門叫起來，老方啊老方，你都忙些什麼呢，茶也不給人沏好！小米趕忙起身，從一旁拎起暖瓶過來倒水，水倒滿了，方母卻嚷著說，哎喲，這茶是隔了夜的，還怎麼讓人喝呀？小米臉更加地紅了，連聲說對不起對不起。忙端起碗杯準備倒掉再重沏。哪知由於緊張，剛才水又添得太滿，這陣只顧盯著手裡的蓋碗，又對方家情況不熟悉，過門檻時腳下就被擋了一下，人險些趔趄倒地，手裡的碗杯實實在在地飛了出去，嘩啦一聲，摔得粉碎了。小方聞聲忙過來扶她，一連聲拉著她的手問，翻過來掉過去看了又看。燙著沒有，到底燙著沒有？方母在一旁便看不慣，輕蔑地說，喲，端個杯子都端不穩，將來怎麼過日子喲？小米簡直無地自容了。

　　後來的飯也就吃得可想而知了。方母一開始動筷子，就嫌肉燒得太膩，後來又說雞蛋湯太鹹了沒法沾嘴。方父始終唯唯諾諾的，對方不論提什麼意見，他都報之以微笑，絕不頂嘴，非但如此，他還特意再嘗上一口，說，嗯，湯是鹹了一點兒，燒肉油也沒出盡。好像這一桌子菜根本不是出自他的手。小米覺得方父也是有點可憐兮兮的樣子。小方倒是比上次在她家時自如多了，不停地給她夾菜，一個勁勸說，吃，好好吃，多吃點兒，我爸很會燒菜的。方母說，好我的樂業喲，你別把人家姑娘當小孩子待！再說了，你用自己的筷子給別人夾菜，那是很不衛生很不文明的喲，當心傳染病啊。弄得小米渾身不自在，吃也不是，不吃也不是。

　　樂業的妹妹果然是個小人精，她竟敢接過母親的話，煞有介事地說，媽，妳這就老土了吧，我哥那叫獻殷勤，他們談戀愛的人都那樣，恨不得摘了天上的星星送給對方作禮物呢。說得方父也哈哈大笑起來。方母卻聲嚴色厲地說，你這當爸爸的，還好意思跟著笑，都是你把女兒給慣壞了。

轉過頭，又更加板起面孔對女兒說，妳小孩子家家的，懂什麼叫戀愛呀，好好吃妳的飯！方父滿臉堆笑道，是啊是啊，養不教父之過。小米也開始覺得樂業父親既滑稽又可愛。

方家倒是不提倡喝酒，埋起頭各吃各的，所以飯吃得很快。這是唯一讓小米覺得比較舒服的地方。想想上一回，樂業在她房間裡昏睡了大半天醒不來，自己都有些臉紅了。看樣子，真應了父母常掛在嘴邊的那句老話，家家有本難念的經。方母扔下碗筷，端了水杯站在院裡咕嚕嚕漱口，然後就回他們的臥室去了。忽然又記起什麼，把頭從門縫裡伸出來，對樂業說，也讓你爸好好睡一覺兒，他忙乎了一上午了，鍋碗你就看著辦吧。樂業雖然面有難色，可礙於小米在身邊，只是拿手摳著腦勺，噘起嘴點了一下頭。

這時，樂業父親打外面上廁所回來，聽他倆在伙房裡嘀嘀咕咕丁鈴噹啷的，剛想進去看一眼，就聽樂業母親趴在臥室窗前叫他，老方呀你快進來，我有話說。他只好低頭進臥室去了。小米悄悄對樂業說，你爸好像挺怕你媽的？樂業一邊漫不經心地洗碗，一邊看著小米說，我爸天生就那麼一個老實呆子，人家叫他朝東他不敢朝西。小米好奇地問，那你隨你爸還是隨你媽了？樂業想了想說，妳覺得呢？不會是有其父必有其子吧？小米壞笑著說。那妳喜不喜歡？小米臉騰地就紅了，羞赧地低下頭去，他這麼快就問到這個問題，而且又是在他家的伙房裡，她想他的臉皮可真厚，她一點兒也不想回答這個問題。樂業卻一副窮追不捨的架勢，依舊在問喜歡不喜歡他。

笨蛋，這還用問？傻瓜都知道，當然喜歡啦！隨著門外說話聲響起，樂業的妹妹擠眉弄眼蹦蹦跳跳地跑進伙房。不喜歡的話，小米姐怎麼會上咱家來呢？小米一時更覺得羞於見人了，更何況隔牆有耳，他倆的這種談話，居然叫未來的小姑子聽到了，而且，她還是個小學生。樂業故意裝作

很生氣地樣子，說，去去去，不去睡妳的覺，難道想幫我幹活不成。樂業妹妹狡點地看了看他倆，不無詭祕地說，哥，只要你肯借我一塊錢，不就是洗一次碗嗎，小意思。樂業聽了頓時喜上眉梢，他正想好好跟小米找個地方單獨待一會兒呢。不過，他又覺得一塊錢似乎有點兒太多，畢竟自己辛苦一個月才掙百十塊工資。五毛，最多給妳五毛！哥，你打發要飯的呢，最低一塊，少一分也不行，要不你還是自己洗吧！樂業妹妹倒背起雙手扭過臉去，作勢要走，卻又不動地方，一副胸有成竹的樣子。

　　小東西妳要那麼多錢幹啥？可仔細著我告訴媽拾掇妳！樂業還想跟妹妹討價還價。哪知小米早就從自己兜裡摸出兩塊錢，彎下腰遞到樂業妹妹眼前。對方樂得差點從地上蹦起來，連聲說，還是小米姐最大方！不像我哥，天生就是個小氣毛。說著，一把將錢抓過去，徑直塞進自己的短褲兜裡，又衝樂業吐了一下舌頭，才心滿意足地捲起自己的袖子。然後，她對樂業他們說，現在可以去外面了，好好談你們的戀愛吧。小米想這孩子真的比猴子都精明，拔根汗毛能當哨子吹出響呢。不過，她倒是一點兒也不覺得反感，起碼她會揣測別人的心思，直來直去，嘴巴又甜，也能說話算話。反正，比樂業媽強得多，這個渾身直冒香氣的女人，她是一點兒也不喜歡。轉念又一想，她不久以後要做自己的婆婆了，心裡更加恐慌，像她那樣橫挑鼻子豎挑眼，保不準雞蛋裡面都能找出骨頭渣滓來，將來的婆媳關係怎麼相處呢？

　　小米越想越害怕，直到樂業把她拉進他自己的房間，輕輕關上了房門，她也沒回過神來。樂業一直抓著小米的手，半天也不肯鬆開，還一個勁往她身前靠著，呼吸聲沉甸甸的，好像剛跑完一千米比賽。樂業靦腆地說妳可真好看。小米不好意思了，想把手抽出來。哪知樂業趁鬆手的工夫，卻又把她從腰裡一下子摟住了，他的嘴出其不意地在她臉蛋上親了一

口。小米一點思想準備也沒有，情急之下，竟胡亂叫了起來，你流氓，快放開我！一邊嚷著，一邊用上吃奶的力氣，猛推了對方一把。樂業也沒想到她會有那麼大力氣，竟一下子把他推了個屁股蹲，咣當一下，重重地跌倒在地，疼得他連著怪叫了好幾聲，半天都沒起來。小米乘機趕快拉開房門，正要跑出去，門一開，她簡直驚呆了，那個女人竟趴在門前。小米一時進退兩難。

你也好意思喲，自己不好好幹活，倒抓你妹妹當勞力啊！方母劈頭蓋臉數落起來，虧你們怎麼想得出來？真是白長了這麼大個子！樂業忍著痛早從地上爬起來，結結巴巴地說，我我我……妹妹她她。她什麼她？眼看都快結婚的人了，一點當大的樣兒都沒有！說著，方母用狐疑的目光掃了一下小米，又用鼻子輕哼了一聲，才扭扭搭搭回臥室去了。小米從來沒有覺得這麼難堪過，真恨不能找個老鼠洞鑽進去。

三

兩頓飯以後，雙方的家長又抽空碰了一面。當然，那個介紹人也要出面參加了。可情況卻不如當初預想得那麼順利，主要就卡在有關倒插門的事宜上。

最先介紹人確實跟方家打過招呼的，說小米家沒有兒子，她又是家裡的老疙瘩，父母一直都盼著能招個女婿上門。方家當時也沒太當回事，說不就是讓兒子到對方家去住嘛，在誰家還不都一樣娶媳婦過生活，也無所謂的。現在，問題擺到桌面上了，方母卻提出她大兒子婚後一直單獨過日子，小兒子又在外地當兵，萬一他將來不回來怎麼辦，他們老倆口指望

誰？介紹人說部隊復員一定會回來的，再說你們不是還有一個女兒嗎？方母說女兒有什麼用啊，將來遲早還不是潑出去的水。介紹人說，話也不能那麼說，兒子那是給別人養的，閨女才是爹媽的貼心小棉襖。方母聽了這話便有些生氣，撇著嘴角說，喲，什麼意思啊，敢情咱們養兒子的都白忙乎了。介紹人知道說錯了話，一個勁賠不是說自己該掌嘴。

小米父親說，樂業這個孩子很懂規矩，我們都很喜歡，他將來要是能插過來，我們準保當自己的孩子看待，肯定虧不著他。小米母親也說，就是就是，我們家小米上面有三個姐姐，我們打小也是最偏愛她，將來女婿過門自然也一樣不會虧待的。方母聽他們這樣說，又挑著眉毛道，話雖這麼講，可我看樂業將來過去怕是受累的命，小米這孩子樣樣都沒得挑，就是太嬌生慣養了些。小米父母一聽這話，臉上頓時訕訕的，一時語塞。介紹人見狀忙打圓場，說，好事多磨，好事多磨，咱們再慢慢商量嘛。

因為這件事，兩個人生分了好一陣子。

樂業好幾次想約小米出來，都被她拒絕了。這天下班後，樂業一直跟在小米後面，小米在前面快步走，樂業推著車子猛撞。小米說我嬌生慣養，手無縛雞之力，你找不嬌生慣養力大如牛的去。樂業說我可從來沒有說過這話啊！小米說我怕你來我們家要吃苦受累當牛作馬，所以我們乾脆趁早吹了吧。樂業額頭急出豆大的汗珠子，喘著氣說，小米只要為了妳，我啥活都能幹，我不怕吃苦。小米說那你媽還不活活心疼死呀？樂業哭喪著臉說，我媽就是那種刀子嘴豆腐心的人，妳千萬別在乎她說的話。小米說反正我算看出來了，打第一次去你家她就不太喜歡我。樂業說，可是我喜歡妳就行了。小米說這話你最好回去跟你媽說去。樂業還想說什麼，小米早轉身進家門去了。最後，樂業沒辦法，只好騎上自行車，一搖三晃有氣無力往回走，心裡甭提是種啥滋味了。

　　小米一進家門，見三姐正翹著二郎腿坐在沙發上，翻看最新一期的《遼寧青年》，雜誌當然是小米訂的，她沒事的時候喜歡看看這些東西，裡面很多文章都是談人生談理想談愛情的，讓人耳目一新。父親每天吃過晚飯就到外面散步去了。母親見了小米，忙問咋這麼晚才下班，小米沒敢說樂業一直纏著她的事，只支吾說，忙唄，加班。三姐在一旁察言觀色，然後煞有介事地說，你看人家《遼寧青年》上說得多好，戀愛自然是美好的，可婚姻卻是一系列煩惱的組合，所以，我才不那麼傻把自己早早交給別人。母親白了她一眼，說，就妳能，就妳最了不起！三姐不理母親的話，又回頭對小米說，如果姐沒猜錯的話，你們剛才肯定見過面，而且很不愉快。不過話說回來，倒插門，虧爸媽怎麼想得出來？落伍不落伍啊！小米妳想沒想過男同志的尊嚴，招女婿上門，這純粹是封建家長的傳宗接代思想在作祟，往後你們倆怎麼好抬起頭做人？這話簡直有些危言聳聽。小米使勁瞪了她一眼，想說句什麼懟她一下，終究沒能想出來，便甩手氣沖沖地跑進自己的房間去了。

　　母親也是氣不過，上前用力拍了三姐一巴掌，緊跟著又去叫小米吃飯。進去才發現，小米眼睛紅紅的，正默默流眼淚呢。母親嘆口氣，說，妳這丫頭有啥好哭的，說心裡話，樂業那個媽，我跟妳爸一點兒也瞧不上眼，沒個長輩樣兒，還妖裡妖氣的。小米賭氣道，反正我是不想招女婿了。母親馬上說，妳敢？婚姻大事哪能由著妳的性子！小米擤了擤鼻涕，紅著鼻尖盯著母親，一字一頓說，要不我就當老姑娘，一輩子都不嫁，就守在你們身邊。母親忽地舉起巴掌，手到半空抖了抖，又懸住了。小米已經像個淚人似的了，她怎麼忍心再打呢，再說這事也不能怨孩子，家長談不攏，孩子跟著受委屈了。母親放緩了語氣說，好了，先吃飯吧，車到山前自有路！媽這就給妳煮荷包蛋下掛麵去。

不等父親散步回來，三姐就準備離開家了。出門前，三姐跑到伙房湊到母親耳邊說，媽我那天跟妳說的事，妳到底想好沒有？母親本來正生氣呢，就十分不耐煩地說，我懶得管你們的事！三姐說照我看你們招女婿的事要泡湯，乾脆媽妳先幫我這個忙，將來等我掙了大錢一準兒加倍還妳。母親說天生一張狗嘴，妳能說出啥好話！又說，我真是弄不明白，放著好端端的班不上，又鬼迷心竅要去做啥生意，仔細妳爸知道打折妳的狗腿！三姐滿不在乎地說，我那餓不死的班又啥好上的，整天一點兒自由都沒有，處處受人管不說，一個月領那點可憐巴巴的工資，夠塞牙縫的呀？母親說反正我是一分錢也沒有，要想借就去跟妳爸張嘴吧。三姐還想糾纏，聽見外面騰騰的一陣腳步聲，就知道父親散步回來了，急急忙忙往出走。父女倆在院裡見了面，三姐故意低著頭走路，父親則高仰著脖子咳嗽，誰也不肯理誰。

母親見父親進屋來，沒好氣地叨叨起來。瞧你們跟無眼雞似的，老的不像老的，小的不像小的，你們哪有一個讓我省心的？父親坐下來喝了幾口茶水，放下杯子，問，三尖尖跑回來做啥？我以為她從此再不進這個家呢！母親沒工夫搭理父親，把手裡的飯直接端進小米的房間，見小米躺在床上，眼睛直愣愣瞅著天花板，心裡多少有些不忍，就放下碗，走過去伸手拉她，嘴裡說人是鐵，飯是鋼，別管那麼多，先起來給媽把飯吃了。

小米才懨懨地起身，卻站著不動。母親把她硬推到桌子跟前，又按她坐下來，筷子也遞到她手裡了。小米隨便扒拉了兩下，一點胃口也沒有。母親想了想，問，小米妳到底覺得小方人咋樣麼？小米說好壞又有啥用？母親在她旁邊的床沿邊坐下來，從後面摸著她的辮梢，說，我和妳爸一天天老了，將來這個家還不得指望妳，招女婿自古就有，妳可別聽妳三姐胡說八道，她那張嘴沒個把門的。小米放下筷子回過頭，猶如乞求一樣問

道，媽，咱們非招不可嗎？不招不行嗎？母親沒說話，只是拿眼睛仔仔細細打量著女兒，在小米印象當中，母親好像已經很久很久沒這樣盯著自己看了。我就算嫁出去，一樣還是妳的女兒，一樣還孝敬你們，就像大姐二姐她們那樣。媽，妳說對不對呀？媽……母親無聲地低下頭，過了一會兒才說，都說養兒防老，怪就怪我和妳爸命不好，一輩子也沒生下個兒子，招個女婿上門到底又有啥錯？說完，就默默起身出去了。小米覺得母親彎駝的背影真的有些蒼老了。

父親在搗騰他的收音機，調了老半天，也沒調出一個正臺，仍吱吱怪響。母親說快閉了吧，不嫌吵得慌啊，整天就知道聽那個，你就再不能幹點別的啥了？父親瞪著眼睛說，妳今天吃了炸藥，火氣大得很嘛。母親接連嘆了幾下氣，說，咱家小米好像喜歡上那個小方了，這可咋辦？父親接嘴說，廢話，不喜歡還跟他搞哪門子對象？母親說我不是那個意思，我是說怕萬一小方家不樂意該咋辦，那不是把咱丫頭坑了嗎？父親這才遲疑地哦了一聲，說，那倒也是的。母親就不想跟父親說話了，起身又朝小米的房間去了，嘴裡嘀咕道，跟你說也是白說，對牛彈琴，我這輩子就這個命！父親愣了一下，依舊坐在桌前，一門心思地調那臺紅燈牌收音機。自從小米頂替父親參加工作以後，收音機就成了他最親密的夥伴。再早上幾年，三姐先按政策頂了母親的工作，母親就開始整天待在家裡圍著爐臺轉了。

小米的飯還沒吃完，就聽見院子裡一陣急促的腳步和車輪聲，自行車哐當一下碰到牆壁上，鈴鐺也跟著響了幾聲。接著，她聽見母親大驚小怪地在院裡跟誰問話。小米疑惑地放下飯碗，還沒走到門口，又有一串嗚嗚的哭泣聲傳來了，她這才聽出，好像是二姐的聲音。小米覺得好奇，二姐突然哭哭啼啼跑回娘家，不知發生什麼事了。小米想把碗送回伙房，順便

去問問，剛走到伙房門口，就聽母親在裡面不滿地問道，有啥好哭的？他到底怎麼妳了？姑奶奶妳快說話呀，急死人了？小米趕忙止住腳步，回頭一瞅，二姐的自行車果然躺在院子的牆根底下，一隻車輪高高翹起來，好像剛發生了一場車禍。這時，她聽見二姐邊哭邊講，媽，這日子我一天也過不下去，反正我要跟他離婚……小米簡直大吃一驚。因為在她眼裡，二姐跟二姐夫的婚姻是最最美滿的，他倆同過學又是自由戀愛，小米甚至還清楚地記得二姐當年結婚時的情形，大紅的喜字，繽紛絢爛的撒花，震耳欲聾的鞭炮聲，還有二姐夫志得意滿的笑臉，二姐好像是昨天才從這個小院子嫁出去的。那一天小米還收到了二姐夫的一個紅包，她親自做伴娘送姐姐上轎的，可是才幾年工夫，二姐居然哭著跑回家說她要離婚了！小米感到十分震驚和迷惑，她不清楚二姐夫對二姐做了什麼，惹得一向溫文爾雅的二姐回娘家，眼淚一把鼻涕一把地哭訴衷腸。

院子裡已經黑了，有點兒涼颼颼的。小米站在伙房外面，似乎有些膽戰心驚的，既對二姐也似乎對自己的將來感到些許擔憂。這時，她又聽見母親說，行了行了，妳也別哭了，哭能解決啥問題，也不嫌丟人呀，想讓左鄰右舍都過來看咱家的笑話？倆口子過日子，要互相忍讓著點兒，別動不動就大哭小鬧的！他做的是不對，好歹也是個人民教師，跟自己的女學生黏黏糊糊像啥樣子！二姐的哭聲漸漸低下去了，說起話來也比剛才理智多了。小米聽見二姐說，他這也不是第一回了，上次就把一個女學生領回家來，說是要給人家輔導，我就知道他沒安好心，他還嘴硬說我把事情想歪了，今天正好又讓我撞到家裡，對那女生動手動腳的。沒等二姐話說完，母親說妳也活該，都老大不小的，我勸過妳多少次了，趕緊生個孩子，死活聽不進去，要是有個孩子在家裡晃著，我就不信他能當著孩子的面那樣胡來？二姐似乎有些理屈詞窮，半晌咕噥道，也不光是我不想要，

主要是他不想。母親說男人都是屬貓的，哪有見了葷腥不叼一嘴的？最後，母親說明天妳把他給我叫來，我跟他好好說說，看他還翻了天不成？她們正說到這裡，小米隱隱聽見院門口有些動靜，扭頭一看，正是二姐夫推著車子呆呆地站在門外面，模樣有些落魄，一副進退兩難的架勢。小米忙上前幾步，問道，你來了怎麼不進來啊？沒等二姐夫推車子進院門，母親早已聞聲從伙房出來了，她見小米手裡端著碗筷，便氣沖沖地說了句，吃了包子還等湯呢？越大越不懂事，我為妳們姐妹幾個，心都快操碎了！說完，逕自回堂屋去了。

小米衝二姐夫吐了一下舌頭，故意加重語氣說，這回你可闖大禍啦！二姐夫一句話也沒說，灰溜溜地把車子立好，又轉過身去，把牆根下倒著的自行車扶了起來，也那麼規規矩矩立好，才慢吞吞地往堂屋那邊走。小米突然有些忍俊不禁，想笑，她還從來沒看到二姐夫這副低三下四的模樣呢。眼見二姐夫走到屋門口，就聽二姐猛不丁地從伙房跑出來，擋住他的去路，大聲嚷道，你還有臉進去？我要是你，這輩子都不敢見人了！小米見情況不妙，忙上前解勸，說二姐黑燈瞎火的，先讓姐夫進去再說嘛，站在外面像什麼樣子。二姐看了一眼小米，眼淚禁不住又流下來，一時無語。小米又回頭看了一眼二姐和二姐夫騎來的自行車，它們並排立在院裡，彼此靠得很近很近，默默無語，跟他們此刻的狀況相去甚遠。

這時，就聽見堂屋裡有人乾咳了一聲，然後叫道，他二姐夫，你別總站在外面，進屋來說話。小米聽出那是父親的聲音，甕聲甕氣的，落地有聲，不無命令的。仔細聽，收音機好像也關掉了。小米乘機把二姐拉到自己的房間裡。二姐一副氣憤填膺又十分羞赧的樣子，她對小米說，這回不管怎麼說，我都要跟他離的。小米覺得離婚無論如何是件很嚴重的事情，可也不知道該跟二姐說什麼，只好勸二姐先消消氣。二姐用潮溼的目光盯著小米看了

一下，隨即又耷拉下腦袋，有些底氣不足地說，小米妳還小，很多事情妳以後慢慢就明白了，男人的確都不是什麼好東西。小米聽得一臉茫然。後來，小米隱約聽見隔壁房間啪啦啪啦地響動起來，她以為發生了什麼衝撞，急忙站起身準備跑過去瞧一瞧，卻被二姐一把拽住了。二姐幾乎是咬牙切齒地說，妳緊張什麼？那是在下棋！他居然還有臉跟爸下棋？！

四

又飄過兩場雨，時令就快入秋了。

父親像往年一樣，早早就託了熟人，要給家裡買一車煤。這天傍晚，煤運回來了，卡車就停在院門外面。卸煤是件又髒又累的苦活。以往都是臨時把大姐夫他們叫來幫忙幹活，二姐夫好像只卸過一回，據二姐說他累得屁滾尿流的，第二天渾身疼得快給學生上不了課了，打那以後家裡再有重活基本上不怎麼叫他。今年實在不巧，大姐夫生病不能來幫忙了，二姐夫他們又剛吵過架沒幾天，就算不吵，也指望不上二姐夫幹活。

母親望著山頭一般黑乎乎的滿滿一車煤，著實有些發愁。父親說等小米下班回來，咱們仨再一起弄吧。母親哼了一下鼻孔，說，小米能幹啥？稍微刮個三級風都能把她吹趴下。說著，母親就去廚房套上圍裙，戴好帽子，然後端起鐵皮簸箕，就往車後的煤堆上去了。父親見母親嘩啦嘩啦用簸箕開始裝大點兒的煤塊了，他也就放下架子，趕緊去煤房裡取出那面大篩網，在門口的空地上支撐起來，又拿了把鐵鍬，費了老大的勁，總算是爬到車廂裡，哼哧哼哧地打開了車廂右側的門，然後用鐵鍬一下一下把車裡的煤往下推。

正在這時,小米下班回來了,母親端著簸箕正往回走,扭頭看見小米身後還跟著一輛車子,才知道樂業也來了。母親一句話也沒說,端著滿滿一簸箕煤塊往院裡艱難地走去。樂業見狀,趕快把車子推進院裡,隨便一扔,然後就像《鐵道游擊隊》裡的人那樣,三兩下飛快地爬到了車廂上,一把從父親手裡接過鐵鍬,說,伯伯,您下去歇著,還是我來吧。沒等父親從車上爬下來,母親已由院裡端著空簸箕出來了,她見樂業正用鍬一下一下往下卸煤,就批評父親說,你可真是個木頭人,也不知道讓讓人家孩子先進去吃飯。然後,她和顏悅色地對樂業說,小方呀,你先回屋跟小米吃飯去,肚子吃飽再幹不遲。樂業搖著頭說自己一點都不餓,還是先幹活當緊,怕過一會兒天黑了不好幹。這時,小米也換了身舊衣服從屋裡出來,手裡端著簸箕,跟母親一起往煤房裡運煤。

父親回屋喝了兩口茶,稍微歇了一會兒,又找來另一把鐵鍬,開始篩煤了。幾乎每年都是如此,大塊的搬回煤房堆起來,剩下碎的要用篩子細細過一遍,指頭蛋大小都放在伙房裡,每天生火做飯必用,那些篩出來的煤灰,稍後要攪上沙土脫成煤餅子,一冬天屋裡生爐子是離不了的。在小米的記憶中,許多日子都是這麼過來的,從小到大,一年又一年,黑色的煤沉澱在記憶中,還有父母姐妹忙碌的身影。今年幹活因為大姐二姐和三姐他們都不在場,未免顯得冷清些,但看到樂業站在車廂的煤堆上,幹得熱火朝天,心裡多少又添一絲的安慰。再聯想到母親前些天跟自己說過的那番話,加上此刻的情形,似乎都是有道理的,她幾乎不能再怪父母什麼,難道他們的想法真的太土了、太自私了嗎?她有點兒拿不準了,誰知道呢。特別是,當她再想到老人們會越來越老,總有老得端不動簸箕拿不起鐵鍬的那一天,到時候那可真是個大問題呢。這樣一氣想來,小米覺得心裡一下子豁朗多了,彷彿幾天前那個牛角尖猛然被什麼東西給頂破了,

能看到了外面的一線光明。

　　三姐也是突然跑回家來的。遠遠瞧見那輛黑黝黝的卡車，不由地皺著眉頭停下腳步。可她心裡確實有急事，等不得他們把煤搬完，只好硬著頭皮走過來，專伺母親從院裡出來的機會，趕忙上去一把拉住母親的胳膊，小聲說，媽我今晚就要坐車去外地進貨，妳能不能先給我拿上一千塊錢，就算我跟妳借的，以後賺了錢就還給妳好不好？母親氣喘吁吁地看了看她，然後扭回頭二話不說就往車後的煤堆走。三姐急了，又緊走兩步拽住母親的衣袖，說我求妳了媽，好歹借我點兒錢嘛！母親頓了一下，說，妳快放手，我正忙著端煤呢，沒工夫跟妳在這磨蹭。三姐急得原地使勁跺腳，說，媽妳到底借還是不借，也給我句痛快話吧？那口氣像是在下最後通牒了。母親用力一甩胳膊，咣噹一下，竟將手裡的簸箕摔在地上，我沒錢，再說就是有錢我也不借給妳這白眼狼！三姐愣住了，怒瞪著雙眼看母親。

　　這時，父親聞聲從一旁走來，見她們娘倆在這裡糾纏，沒好氣地問道，她又跟妳借啥錢呢？母親忙掩飾似地彎腰從地上拾起簸箕，說，你耳朵不行，還盡愛聽個新聞，誰又跟誰借錢了，我咋啥都不知道。父親將信將疑地掃了她娘倆一眼，用黑乎乎的手指指著三姐，不滿地說，妳還算不算是這家裡的人啊？長著倆眼睛出氣的，回來了也不說幫著家裡幹幹活，整天就知道衣來伸手飯來張口！三姐苦於借不到錢，正無處發洩，聽父親這樣當著小方的面數落自己，想也不想就懟了父親一句，你說我不算，那我就不算，就當我是你們從垃圾堆裡撿回家的野種！父親當即怔住，隨後猛地揚起巴掌，照準三姐的臉啪地抽了一下。妳還造反不成？！父親幾乎破口大罵起來，都叫妳這死老婆子慣的！看看她都變成啥樣子了？簡直就是大逆不道！

三姐的半拉臉剎那間黑成一面鍋底，淚水直在眼眶裡撲閃。小米老遠就聽到父親憤怒的咆哮聲，趕忙放下手裡的活跑過來，車上的樂業也嚇呆了，有點兒手足無措。藉著昏暗的路燈光，小米依稀看到父親臉色鐵青，再加上一層很厚的煤灰，那張臉簡直像戲裡的張飛了。她還從來沒有見父親發過這麼大脾氣呢。她既感到害怕，又覺得很難為情，畢竟樂業還是個外人，讓人家看見這些多不好。這到底算怎麼回事？最近家裡的人好像都變得火氣很大。

三姐非但沒從家裡拿到一分錢，又當眾挨了父親這一記耳光，她氣急敗壞地扭頭就跑開了。小米聽見父親依舊在罵，滾滾滾，滾得越遠越好，老子眼不見心不煩！母親抬起頭，簸箕也隨手丟在煤堆邊上，眼看三姐跑遠了，回頭埋怨父親道，你們爺倆就不能消停一次，跟前世冤家似的，一見面就鬧得臉紅脖子粗的，讓外人不笑話？說著，長長地嘆了口氣，兩眼又出神地朝路口張望了一會兒，便轉身進屋去了，她邊往回走邊將雙手在圍裙上不停蹭抹著。這回，父親沒有言語，只顧低頭篩煤，又像是跟那堆煤有深仇大恨似的，鍬頭鏟得嘎啦響，煤灰揚得滿天飛。

很快，母親就打屋裡出來了，趁父親不注意的時候，她偷偷地把小米拉到旁邊，很神祕地把一捲兒用橡皮筋捆好的錢塞到她的褲兜裡，悄聲叮囑她趕緊騎上車子去找找三姐。小米有些為難，不知道這種時候上哪裡能找到三姐。母親像是猜到了她的心思，說妳去汽車站找找看。小米更加迷惑了，她不清楚三姐這陣子怎麼會在車站，她要出遠門嗎？可是，母親的樣子分明是十拿九穩的，容不得小米再多想什麼。倒是她正推著車子要出門的時候，被父親無意中發現了，叫住問她幹啥去。母親忙打圓場，說是她使著小米出去買個東西。父親也就不再多問什麼了。

小米騎上車子，飛快地趕到北門汽車站。候車廳已經沒有多少乘客

了，裡面稀稀拉拉的。小米幾乎一眼看見掛在入站口的一面鐵牌子，上面寫著開往蘭州長途字樣，一名胖墩墩的車站檢票員正站在入口處，扯著嗓門衝大廳的乘客招呼，有去蘭州的同志，趕快上車啦，汽車馬上要開了，動作放快一點兒！小米目光在大廳掃了個來回，也沒有發現三姐的影子。小米只好走過去跟那名胖票員說自己要找個人有很急的事，能不能讓她進站去。檢票員上下打量了打量她，見她臉上身上都黑乎乎的，不無狐疑地問她找誰，有啥事，小米就說是找她姐送錢的。檢票員說進去行，不過妳得趕快出來，車馬上要開了。小米連聲道謝，就從鐵欄杆中間的窄道裡鑽了進去。站裡果然有一輛汽車已經發動起來了，前車燈把站內的一面牆壁照得雪亮，牆上寫著斗大的紅字：行車萬里，安全第一！一股很濃的白煙正從車尾源源不斷地噴出來。小米踮著腳圍著那輛車轉了一圈，也沒有瞧見三姐的影子。她剛想進車裡看看，就聽車門喀嚓一聲關上了，接著汽車嗚嗚叫著向前開走了。

小米失望地站在一片嗆人的青煙裡，她下意識地將雙手插進褲兜，摸索著母親剛才塞給她的那捲兒錢，都是大團結，至少有幾百塊，三姐要那麼多錢幹什麼？想著，心裡越發變得沉甸甸的了。就在這時，她發現汽車的後玻璃上似乎有誰在向她招手，很用力的樣子，因為天黑看不清面孔，但大模樣還是依稀可辨的，好像是個女的。小米慌忙跟在汽車後面緊跑起來，邊跑邊揮手，汽車已經出了車站，並迅速駛上前面的一條馬路。小米跑得上氣不接下氣。好在，汽車總算是在路邊猛然煞住了，車門吱喳一下打開了，接著三姐的頭探了出來，小米急忙上前把那捲兒錢掏出來遞給三姐，並十分不解地問道，三姐妳這是要去哪兒？三姐攢著那捲錢叮囑道，老四妳快回去吧，叫咱媽放心，這錢我回頭一定會還給她的。話還沒說完，就聽司機師傅嚷嚷起來，開車了開車了。小米只好退後幾步，目送汽

車鳴地一下跑遠了。三姐究竟在搞什麼名堂？好端端地惹得父親發那麼大火。往回走的時候小米一直在想，三姐這人怎麼總是跟別人不一樣呢？按理說她也老大不小的了，就不考慮考慮終身大事？整天風風火火的，說話和做事越來越讓人感到奇怪了。

人一旦上了年紀，生怕累著，當然更怕的是生氣和動怒。這次父親算是又出力又窩火，當天夜裡就發起高燒來，一個勁說胡話，硬把母親吵醒了。母親摸黑把手掌搭到父親的額頭，一摸，嚇得她一骨碌翻身坐起來。父親的額頭簡直就是一塊剛從爐子裡夾出來的火炭，都燒手呢。母親忙下床去抽屜找阿司匹林和安乃近，又倒了大半杯開水，水太燙了，她又找了另一個空杯子，來回過了六、七遍，嘗了不很燙，才端來，把父親從床上扶起來，餵他把藥喝下去。父親哼哼喲喲呻吟著。母親又去臉盆架跟前，把擦臉毛巾在盆裡投涅，對疊了兩下，拿過來厚厚地平搭在父親的額頭上。父親好像不太樂意這樣，掙扎著想拿開，被母親硬摁住了。老不死的，都快燒糊塗了，還要逞能！母親坐在床沿邊，若有所思地嘆息道，唉，人啊說話就老了，幹一把活就累成這樣。父親迷迷糊糊地說，我沒事。母親的心事似乎更重了，想了想，又說，我看小方這孩子挺懂事的，幹活也是踏踏實實，小米跟他將來準錯不了。父親始終不搭話，只不時地哼呻著，像個老小孩似的虛弱。

沒想到病真的重了，第二天早晨，父親高燒依舊不退。母親慌了手腳，趕忙把小米叫起來，娘兒倆忙亂了好一陣子，總算是把父親送到門診，檢查了一下，血壓高得嚇人，還有點肺炎的跡象，大夫讓住院觀察治療。辦完手續以後，小米就從醫院直接去單位上班，中午又早早溜回家，準備把父親需要的衣服、飯盆、茶杯、毛巾和牙刷等收拾一下送過去。

小米趕到醫院的時候，大姐二姐也都已經來了，消息還是小米上午用

單位電話臨時通知的。病房包括父親一共住了六個病人，顯得十分擁擠，又趕上吃午飯的時候，病人家屬三三兩兩再一來，房間就連插腳地方也沒了。父親的床頭櫃上擺著大姐二姐她們提來的水果、罐頭和糕點什麼的，再加上小米剛從家來帶來的那堆東西，簡直放不下了。大姐二姐一個勁怪小米，說家裡拉了煤也不說給她們吭一聲，硬把父親累垮了。母親就站在小米這邊說，還多虧了小米跟小方，小方那孩子幹起活來像模像樣的，看著叫人喜歡。二姐笑著說，他不好好幹才怪呢，正是撈表現的好機會啊。說得小米臉上頓時浮出兩團粉紅的雲霞。大姐突然問老三今天怎麼面也不露一下？母親趕忙給她遞了遞眼色，大姐才止住話頭。

過了一會兒，母親跟小米去醫院食堂打了飯回來，讓大姐二姐和小米統統回去，說她一個人留下來照顧就可以了。大姐說也好，她下午做好飯再送過來。二姐說她這兩天怕是來不了，學校這週要聽老師的課，她得好好準備準備。母親說妳們忙自己的事，我和小米還能顧得過來。父親一直躺在那裡打點滴，半天只嘟囔了一句他聽不上收音機的煩心事。母親說都病成這樣了，成天還惦記著那個破玩意，依我看啊，你乾脆鑽進那個收音機匣子裡去過日子吧。一時說的大夥兒都笑了起來。

大姐她們臨走時，母親不放心，又緊跟了出來。她在走廊裡拉住問二姐他們的事。二姐始終吞吞吐吐地，只說了句還不就那樣，狗一下子哪能改得了吃屎。母親白了二姐一眼，說，妳也跟人家好好說話，都是有文化的人，別老是吵呀鬧的，像個啥樣子，知識都灌到狗肚子裡去了。大姐也隨聲附和說就是就是，倆口子哪有隔夜仇。二姐大概不想再討論這件事，很無奈地點了點頭。母親這才把昨晚父親跟三姐之間的衝突簡單說了一下，大姐二姐聽了都憤憤然，都說三尖尖越來越不像話了，竟敢跟老爹頂嘴。母親當然沒敢說她讓小米去車站送錢的事，只說她天生就那個壞脾氣。

　　樂業是第二天才從小米嘴裡知道父親住院的事，本來他是想約小米去看一場電影的。小米現在哪還有那種心思。所以，下班後，樂業匆匆忙忙回了一趟家，隨便扒拉了幾口晚飯，就跟父母打了聲招呼，直接來醫院了。樂業一進病房，就從褲兜裡掏出半拉磚頭塊大小的無線電收音機，說是特意拿來給老人解悶的。父親見了這東西，病好像一下子輕了許多。樂業忙著給父親打開，調好了父親每天都要聽的那個臺，然後擺放在他枕頭邊上。父親緊鎖了兩天的眉頭，終於漸漸舒展開了。小米問樂業哪弄來的。樂業說是他當兵的弟弟去年探親時從外地捎回來的，專門給他母親收聽戲曲用。小米說你肯定是背著你媽偷出來的吧。樂業靦腆地笑了笑，說，反正她也不是天天都聽，也就偶爾想起來了才拿出來聽聽。小米不無感激地衝樂業眨了眨眼睛，真沒想到他考慮得那麼周全，懂得老人的心思。

　　這樣沒幾天下來，惹得那些同房的病友好像都很羨慕，一個勁誇讚小米父母是有福氣的人。大夥兒紛紛說關鍵時候就數閨女最親，知道冷暖，會疼人，還有你那個小女婿，整天忙前跑後的，真是比兒子都要好呢。小米聽了趕忙低下頭，或者，溜到外面去避開。母親臉上似乎很有光彩，嘴裡卻打哈哈說，好啥喲，閨女再好畢竟是別人家的人。這話小米不愛聽。小米私下裡對樂業說，反正我可不想變成你們家的人，尤其是一想到你那個媽，我恨不得馬上跟你吹了算了。樂業一聽就急了，說妳又不是跟我媽過一輩子，別老在乎她。小米說你說的輕巧，不在乎行嗎？將來受氣的還不是我？樂業忙賭咒發誓說，放心放心，我會好好對妳的，看誰敢氣妳。

　　小米聽他這樣說，心裡稍微舒暢一點兒了，況且，從他倆認識以來，樂業確實對她真心實意，這一點她還是能感覺到的。不過，對於將來的事，小米也並沒有十分充滿信心，因為問題還是可以預見到的。比如，樂

業最終能不能順利地入贅過來？方家又會抱著什麼態度？讓樂業倒插到她家裡，真的就是萬全之策嗎？還有，三姐曾灌輸給她的那些稀奇古怪的觀點，多少還是對小米有些觸動的，她不能不去想。想得太多，未免會使她左右搖擺：一會兒想，天要下雨娘要嫁，隨它去吧；一會兒又覺得自己的前途真的是一片渺茫。

五

　　三姐從外面回來的那個晚上，小米正躲在自己的房間裡，早早就拉上了窗簾，一門心思學著織毛線手套。天氣快涼了，她想給樂業趕織一雙，好讓他冬天騎車子時戴上暖和。三姐突如其來，把小米嚇了一跳。三姐的樣子有些奇怪，不論是穿著，還是打扮，都有些叫人大吃一驚。當然，最讓小米吃驚不小的是，跟在三姐後面的那個男人，大概有三十歲左右，頭髮比三姐還長還亂，瀏海飄散散地耷拉在額頭，幾乎遮沒了兩隻眼睛，在不羈的髮叢下面，深藏著一張瘦削如匕首般的長臉，穿戴也是奇奇怪怪的，不知道的人肯定以為他是個搞什麼繪畫藝術的家呢。他肩上扛著一隻碩大無朋的包，進屋就旁若無人地將那大包咣地扔在地上，砸起一片淡淡的灰塵。正是這一舉動，讓小米堅信他絕對不是搞藝術的人。總之，這兩個人給小米的印象彷彿一對孿生兄妹，他們從頭到腳透出一股很新鮮又很危險的信號。

　　小米根本來不及掩藏手裡的毛線活，三姐就撲上來雙手使勁拘了一下她的兩腮，她哈喇子都快流出來了，這是三姐從小就愛做的小動作，為此沒少挨父母的責罵。我回來了，怎麼樣？你們還好吧。說著，她在小米面

161

前逕自轉了兩圈，彷彿要極力展現她那身不倫不類的奇裝異服。小米的思緒一下子就回到了那天傍晚，她急急忙忙跑去車站給三姐送錢的情景，也正是從那時起，她心裡替三姐暗捏著一把冷汗呢。現在，三姐猛不丁跑回來了，她反倒很不適應，好像她不應該這麼快就出現在自己面前，或者，至少不該是眼下這種樣子。可具體該是哪種樣子，小米也說不清楚。

三姐不顧小米發呆，又一把將她身後的男人拉過來，給小米介紹道，認識一下吧，這是我的新搭檔長毛，他比妳大好幾歲，妳得叫他長毛大哥。小米微笑地點了下頭，長毛不置可否地用力朝一側猛甩了一下頭，那頭亂髮暫時被甩向一邊，整個額頭忽地露出來了。小米這才看清楚，在那片額頭靠近髮際的地方有一道發亮發白半寸來長的疤痕。小米心裡頓時產生了一種莫名的懼怕，連笑容都迅速凝固了。她聽見三姐說，我這一路都多虧了他，要是沒他這個好幫手，我非空手跑一趟不可。小米乘機又瞥了一眼地上那隻鼓鼓囊囊的大包，漸漸地似乎終於相信，沒有眼前這個長頭髮男人，三姐確實不太容易把這麼大的傢伙扛回家裡的。小米乘機又把父親生病住院的事簡單說了說，三姐說咱爸也真是的，為一點兒雞毛蒜皮的小事就生氣上火的，值得嗎？小米說爸這次好像真的生妳的氣了。三姐輕描淡寫地說，氣大傷身，到頭來還不是他自己受罪，我又不是誠心要氣他。然後又說，等過幾天她忙完手裡的事情，再專門找爸賠禮道歉。小米說這樣最好不過。

當下，三姐非要讓小米幫她一個忙。據三姐自己說，長毛是她初中時的同學，兩人當時就挺談得來的，長毛家不住在縣城，上學時他一直是住校的，三姐還去他宿舍玩過幾回呢，他吉他彈得不錯，會唱崔健的很多歌曲。今年長毛的父母託親戚在縣城給他好不容易謀了份在機關打雜的工作，長毛根本受不了單位條條框框的約束，那些領導尤其對他的穿戴和頭

髮很有意見，所以還沒幹幾天他就溜了。這次倆人是在三姐去往蘭州的那輛汽車上不期而遇的，一路上彼此越談越投機，等到了蘭州以後，他倆就形影相隨了，三姐覺得長毛的出現簡直就是老天爺對她的一種恩賜，她終於找到了一個跟自己趣味相投、一拍即合的生意夥伴。現在，三姐把他帶回來，晚上睡覺的地方當然得解決一下。三姐向來是快人快語，說她合計來合計去，還是想讓長毛跟小方先湊合著住一陣子，然後他們再去想別的辦法。小米覺得十分唐突。方家倒不是沒地方，樂業弟弟參軍後，他一直一個人睡一間房。問題是，小米對這個長毛一無所知，怎麼好意思把他推到樂業家去呢，何況樂業母親又是那種十分計較的女人。可三姐畢竟是小米的親姐姐，她哪能一口就回絕呢？小米真的感到左右為難。三姐威脅說，老四妳要是不幫忙，我們仨只好擠在這一間房裡了。小米覺得三姐出門跑了一趟，臉皮已厚得驚人。

實在沒有別的辦法可想了，小米只好帶著三姐和長毛悄悄地離開了家。當然，依舊由長毛扛著那隻巨大的包，三個人躡手躡腳出了門，生怕讓父母知道了。快到樂業家時，小米說她先去找樂業說說，讓他倆在路燈下等消息。三姐叮囑道，老四妳可別光顧著談情說愛，讓妳姐我在這喝一宿的西北風！小米說了聲討厭，就很為難地去了方家。

樂業根本沒想到她這麼晚還會來，高興得跟什麼似的，拉著她的手半天也不鬆開，見小米一籌莫展的樣子，才知道有事。小米把事情簡單一說，樂業笑著說哪有啥呢，叫他來住就是了。小米不無擔憂地問，你媽要是過問起來咋說？樂業想了想說，我就說是我過去的一個校友，反正跟妳沒關係就是了。小米還是不放心，說我總覺得這事挺荒唐的，我三姐也真是的，虧她怎麼想出來的，你乾脆拒絕了算了！樂業勸她別想那麼多，說都是一家人，妳三姐肯定有她的難處。又說，咱們還是趕快去把那個長毛

接進來再慢慢說吧，總不能讓客人站在馬路邊乾等著。小米見樂業如此爽朗又通情達理，心裡彷彿滲進一股蜜水，甜絲絲的。

　　一連許多天，小米守口如瓶，沒有將三姐偷偷跑回來的事告訴家裡人。父母也都蒙在鼓裡。不過，小米確實有些擔心，平白無故地讓一個陌生人住在樂業家裡，終歸不是件好事。翻過天見到樂業的時候，發現他人有些恍惚，一副沒睡醒的樣子。樂業打著哈欠說，那個長毛打呼嚕，我一宿基本上沒怎麼闔眼。這一點兒小米真還沒有想到。小米說那該咋辦？你睡不好覺白天會影響工作的。樂業強打起精神說，沒事，習慣就好了，以後晚上我早點睡著。小米沒有這種經驗，不知道打呼嚕有多嚴重，父親好像也打的，但母親好像從來也沒有埋怨過什麼，可能是習慣了吧。反正，小米就是覺得這事無論如何都很對不起樂業。樂業趁路邊沒人注意，突然靠近小米親了她一下。小米立刻嗔怒道，你真壞！樂業並不介意，反而嬉笑著說，妳沒聽人家都說，男人不壞，女人不愛嗎？小米用手摸了摸剛被他親過的痕跡，覺得那裡像被什麼東西猛地蟄了一下似的，說不上好，也說不上壞，感覺還有些麻酥酥的。

　　樂業最近老是衝她動手動腳的，見了面就猴急猴急抓她的手，再不就乘機抱一下她的腰，或突如其來地親一下她的臉蛋。談戀愛真的非得這樣嗎？小米說不好。但每次跟樂業分手回去以後，走在路上，或者躺在自己的床上，閉上雙眼，樂業的那些親熱的舉動，又都過電影似的在眼前閃現。小米想也許這就是戀愛的滋味吧。這滋味是很特別的，兩個原本再陌生不過的人，忽然相識了，忽然無話不談，忽然親密地拉起手來壓馬路，忽然又被對方親吻了一下，忽然……這一切彷彿風一樣，不經意間就吹到她身上來了。

　　這天吃晚飯的時候，母親突然問小米跟小方的事情怎麼樣了。小米還

沒有想好該怎麼答覆，父親在一旁也插話進來，說你們談得也差不多了，該早早把婚事定下來才對。父親一言既出，母親自然雙手贊成，連聲說就是就是。小米說你們幹嘛那麼著急？我們認識還不到半年時間，再說，我自己還沒想好呢。母親說傻丫頭，我跟妳爸當初也就前後認識一個來禮拜，就把婚結了，認識時間長短不重要，重要的是人要好，我跟妳爸都覺得小方這孩子頂好的，怕錯過了可惜。小米的思緒卻又不由自主地想到招女婿的事上，於是，嘆著氣說，光你們覺得好有啥用？人家爸媽可不一定那麼想。母親說這事我們跟媒人囑咐了又囑咐，無論如何得讓小方上咱們家來，這一條雷打不動。小米輕哼了一下，說，那你們是不知道小方他媽那個女人，她要是非橫插一槓子，這事保不定要黃。母親馬上制止道，烏鴉嘴，啥黃啦黑啦的！小米衝母親撇了撇嘴，說本來就是嘛。母親不再說什麼了，但心事似乎一下子都爬上了額頭的皺紋堆裡。母親像是在自言自語，強拗的瓜不甜，要是他們實在不樂意的話，我看趁早跟他斷了吧。小米一時怔住了，母親嘴裡那個「斷」字，聽起來很刺耳，也很絕情，有點兒斬釘截鐵的。

　　扔下碗筷，本來打算是要繼續織那雙手套的，可小米忽然心血來潮，很想去一趟樂業家，而且，一時半刻都不能再等。小米沒有跟父母打招呼，悄悄離開了院子。初秋夜風微涼，小城街巷裡的燈光若明若暗，自行車在同樣昏沉不明的小路上循序漸進，小米的心情似乎從來沒有這樣迫切過。前面一團稍明的燈光底下，聚集著一夥人，看不清他們的臉，七長八短的影子搖搖晃晃，烏鴉一樣扎成亂糟糟的一堆兒，在路燈下吸著菸，或者喝酒猜拳什麼的，遠遠看去就有種光怪陸離的味道了。小米從他們旁邊經過時，一串呼哨突然響起，像學校的啦啦隊似的，夾雜著流裡流氣的嬉笑聲。小米實在受不了這個，只好暗中加把勁蹬車子，以便盡快離開是非

之地。很多時候，小米夜晚是不敢輕易外出的，街上總有一夥一夥遊手好閒的小年輕，他們的氣味和模樣時常讓她戰戰兢兢，他們一見到姑娘準會發出那種可怕得怪叫聲，呼哨打得震天響，這讓她對夜色充滿了恐懼，正如小女孩害怕聽到大灰狼，這種情形持續了很多年，直到樂業出現以後，才稍稍減弱了一些。

去方家撲了個空。樂業妹妹幫她開的門，說是哥哥今晚要臨時加班，媽媽天剛黑就去趕工人俱樂部的舞會了。小米簡直失望透了，本來有一肚子話想跟樂業說的，現在只好憋在自己心裡。樂業妹妹跟小米早已經很熟了，兩個人可以說無話不談。人小鬼大，這話安在樂業妹妹頭上，一點兒都不為過。她非要讓小米進屋去坐坐，小米呢又生怕叫眼前這個小姑娘輕看自己，說她整天就知道黏糊樂業，好說不好聽。所以，儘管不情願，但還是覺得有必要進屋待一會兒，再走不遲。小米無話找話地關心了一下樂業妹妹的學習情況，對方早推開了桌子上完成了一半的作業，卻神祕兮兮地搶過話頭說，小米姐，有件事我一直想告訴妳呢，不過妳得保證，千萬別說是我說的呀。這似乎有些突然，弄得小米著實緊張了一下。小米說我保證不對別人說。樂業妹妹似乎還不夠信任，又說，也包括我哥他在內。小米連忙點頭，心裡面越發感到某種不安了。

樂業妹妹一本正經地說，我哥以前交過一個女朋友，妳還不知道吧？小米茫然地搖著頭，她確實從沒聽說此事。樂業妹妹接著說，好像是我媽一個老鄉的女兒，我媽可喜歡她呢，說她這也好那也好，都快把她誇成一朵花了，她也挺會來事的，把我媽阿姨阿姨叫得可甜呢，還經常上我家來玩呀吃飯什麼的，我哥也對她挺好的，每回她要回家，都是我哥親自騎車子去送。也不知為啥，有一陣子，那個姐姐突然就再也不上我家來了，我哥好像也成天無精打采的，他一回家就把自己關在屋子裡，多一句話也不

166

跟我們說。聽到這裡，小米忍不住問道，那他倆到底怎麼啦？是吵架了嗎？樂業妹妹說，我後來還是偶然從媽媽嘴裡聽到的，原來是那個姐姐全家都要遷回河北老家去了，所以他們就吹了唄。小米聽完心裡頓時有些酸，說不出是嫉妒，還是失望，或者，多少有點兒上了當受了騙後的羞惱。她不知道，這件事若是直接從樂業嘴裡說來，她會是怎樣的心情，可現在這個祕密卻讓樂業的妹妹一股腦說出來了，這對於她來說無疑是一種不小的傷害。她覺得無論如何樂業不該瞞著她，她還記得他們初次見面時的談話，有關對方談沒談過朋友的問題，當時樂業說得很乾脆，他說還沒談過，而她也確確實實是第一次。

從樂業家出來，小米始終木木地推著自行車往前走，好像忽然忘記了該怎樣駕馭身邊這輛車子了。小孩嘴裡掏實話，她完全相信樂業妹妹所說的話。現在，她似乎終於明白了方母之所以那樣對待她了，一句話，小米不是她理想中的未來兒媳，不想接受她。最可恨的是樂業，他竟然從一開始就想好要欺騙她。小米想，即便當初見第一面他說了實話，她也不會太計較什麼的，誰沒有過去呢？可問題恰恰就在這裡，他有意對她隱瞞了過去的那些事，她卻準備毫無保留地把自己交給他，而且，就在剛才從家裡出發的那一刻，她已經想好了，她要告訴樂業，他倆的事該有個結果了，她不想再不明不白拖著了。這樣邊走邊想，小米覺得前途一片黑暗，她多少有些心灰意冷了。

迎面瘋瘋癲癲相擁著走過來倆人，幾乎快要撞到她肩膀上了。小米這才猛然回過神，趕緊往路邊躲了躲。感覺有個女人的笑聲那麼耳熟，再扭頭仔細一聽，竟然是三姐的聲音。不用猜，摟著她的那個男的就是長毛，他倆好像一對結伴同行的蝙蝠，在夜色中肆無忌憚地說著笑著，雙雙正快樂無比地往樂業家的方向而去。

　　小米很是吃了一驚。如果不是親眼所見親耳所聞，這種事情發生在三姐身上，就是打死她，她也是難以相信的。一向對婚姻戀愛持否定態度的三姐，一向對男人不屑一顧的三姐，怎麼會突然來了個一百八十度大轉彎呢？而作為一個正處在戀愛時期的女孩來說，小米深知三姐分明已經喜歡上那個長毛了，要不然她不可能跟他那樣依偎在一起，可小米依舊百思不解，三姐怎會如此迅速地陷入其中的？她過去對自己說過的那些話都是假的嗎？還是，那個不修邊幅的長毛有著什麼神奇的法術不成！

六

　　這回二姐鬧離婚的事，全家人都很緊張。一石激起千百層浪，連大姐倆口子都跑回娘家來幫忙拿主意了，這一整天父母臉色都陰沉沉的。

　　聽說起因是二姐夫動手打了二姐一個耳光，二姐一氣之下連著砸了家裡的兩隻漂亮的花瓶和一隻白瓷茶杯，然後，二姐夫又用力甩給她更響亮的一記耳光。二姐回家哭著說他倆從認識到結婚，二姐夫還是頭一次動手打人的，而且，是為一個什麼女的。具體情況小米也沒有徹底弄清楚，反正逃不出二姐夫沾花惹草的那點兒事。小米一直覺得奇怪，表面上看，二姐夫是個很斯文很冷靜的男人，怎麼偏偏就愛那樣呢，聽著都叫她覺得噁心了。父親的態度比較明朗，說二姐是自由戀愛結的婚，事到如今該說的話也都說盡了，離不離的全由二姐自己做主。母親自然長吁短嘆，說她當初就覺得小白臉是靠不住的，死丫頭偏就不聽勸。大姐添油加醋地說，不能便宜了那個四眼子（指二姐夫），得找個人好好拾掇拾掇他，再不然索性就告到他學校領導那裡，到時候叫他好看。父親皺著眉頭說你們女人就

知道火上澆油！把他告臭了，往後還叫他怎麼在學校抬頭做人？一日夫妻百日恩，不看僧面看佛面嘛！他也不是一點兒好處都沒有。小米也覺得大姐的說法欠妥當，難道教訓一頓，他當真就能悔過自新破鏡重圓？再說又何必非撕破臉彼此難看呢。

　　不管怎麼說，二姐死活不想再回她自己的家了，晚上就跟小米睡一個屋。這些年小米已經習慣了一個人住，有二姐睡在她身邊，總覺得有些彆彆扭扭的，幹什麼都不自在。那雙毛手套已織好了一隻，另一隻才織了半拉，戳著兩根竹籤子胡亂扔在床頭櫃上。二姐心細，拿起手套看了又看，回頭便嘆息說，老四，妳可別像二姐一樣傻，恨不得把心都掏出來給了人家，男人啊都不是啥好東西，妳對他越好，將來他傷妳越深……說著說著，淚水禁不住又吧嗒吧嗒滴下來，落在那隻手套上。小米忙搶過東西掩飾說，我那也就是瞎織著玩呢。嘴裡這樣說，心裡卻格外地難受，是為自己？還是為了二姐的事？她自己也說不清楚。二姐少不了又東拉西扯說了二姐夫許多的壞話，小米聽得如墜雲霧，以前二姐也沒少在她面前誇過二姐夫。小米心裡也有事，可她卻不知道該對誰講。男人都像二姐說得那樣沒心沒肺嗎？樂業也是見一個就喜歡一個吧，過去他喜歡過別的姑娘，如今好像很喜歡自己，那麼將來到底又會怎樣呢？他還會去喜歡別的女人嗎？小米覺得這一切彷彿複雜的幾何題目一樣費神費解，她稍微一想，立刻感覺到頭都大了一圈。還是不想為好。

　　這些天樂業也曾約過小米兩次，說有個外地新來的雜技團，正在縣城燈光球場表演飛簷走壁的摩托車絕活，非常精采，他想請她一起去觀看，卻讓她一口就拒絕了，她根本不想再見他。弄得樂業滿頭霧水，不知道自己哪點兒出了差錯。問她，她又什麼也不肯說，再多問她就眼圈發紅了。樂業當然不會知道是自己的妹妹出賣了他，其實，他也應該能想得到的，

他最近確實狠狠地得罪過妹妹，因為她又要跟他借幾塊錢他沒答應，還劈頭蓋臉地奚落了妹妹好一頓。

樂業只好在傍晚下班的路上去堵截小米。小米遠遠看見他站在馬路對面，故意低下頭騎上車子往前趕路。樂業快步穿過下班時分擁擠的人群，徑直衝上前去拽住她的車把。小米說你鬆手。樂業偏不鬆，兩隻手死死抓在她車把上。小米說你這是幹啥？拉拉扯扯的，成何體統！樂業反問那妳為啥非得這樣？小米說你心知肚明。樂業說妳簡直讓人摸不著頭腦。小米說你一直把別人當傻瓜。樂業說我不明白妳的意思。小米沒好氣地突然鬆開車把，撇下樂業自顧步行離去。

一口氣走到路邊一排黃了葉子的白楊樹底下，小米終於止住腳步。見樂業從後面推著兩輛自行車，歪歪扭扭十分艱難地跟了上來，小米才強忍住淚水不動聲色地說，方樂業同志，這下該把車子還給我了吧。樂業並沒有把車子推過去，他的身體夾在兩輛自行車中間，活像一個戴重枷的犯人，他故作笑臉說，小米先別忙著走呀，我真的有話跟妳說。小米說可我不想聽。樂業猛地提高嗓門問道，到底為了啥呀，妳突然就不理人了？小米本來想說回家問你妹去，可轉念想起自己的承諾，於是說，反正你媽也看不上我，咱們還不如趁早算了呢，省得將來再打麻煩。樂業聽她這麼說，似乎是真的急了，咣噹一聲，竟把兩輛車子同時推翻在地，瞪著眼對小米大聲嚷，我都跟妳說過一百遍了，我媽是我媽，我是我，是我結婚又不是她結婚！我喜歡誰她管不了！

小米聽他這樣衝自己吼，一時怔住，感覺眼前的這個男人不像是方樂業本人，好像換了個人似的，有點鐵骨錚錚的味道。一時間眼淚又很不爭氣早奪眶而出，小米心裡委屈得要命，又不能一吐為快，又不想出賣別人，唯有抹著眼淚嗚咽起來。樂業見狀，知道自己語氣太重，可能把小米

嚇著了，忙湊過來賠不是，又從自己口袋裡掏出一塊半新不舊的手絹，遞給了她。小米開始不肯接，只顧一味地哭泣抹淚，弄得樂業左右為難。後來，等小米漸漸平靜下來，樂業才壓低聲音說，我覺得妳來我們家跟我上你們家，其實還不都一樣，只要我們倆真的好就行，我一定會說服我媽同意的，妳就放寬心好了。說著，又硬把手絹塞到小米手裡，這次小米默默接了，拿它輕輕擦了擦眼睛，還擤了幾下清鼻涕。

　　小米忽然之間似乎明白了一個道理，她覺得自己實在有些可笑，為一個已經遠去不在的影子，竟然跟樂業彆扭了那麼多天，實在是不值得。想來，戀愛的確會讓一個女人變得異常神經質，甚至於不分青紅皂白的。更重要的是，剛才樂業發火的樣子讓她覺得可愛也可信，她不喜歡男人太過於懦弱，關鍵時刻沒有主見。此時此刻，她似乎開始有理由相信，樂業一定不會辜負她的，就憑他剛才「吭唧」那一下子，真的很有氣勢。

　　他們倆面對面在路邊站了一會兒，樂業從上衣兜裡摸出兩張門票，在小米眼前晃了晃，說人家好心好意排了長隊買的票，妳要實在不願意看的話，咱就丟了各自回家吧。說著，便做出撒手要扔掉的樣子，小米破涕為笑，早一把搶過來，說，誰說不看的？錢都花了不看白不看！樂業聽了忙跑到旁邊，迅速地將躺在地上的兩輛自行車扶起來，小米也抿著嘴唇低著頭，有些不好意思地慢吞吞跟了過去。

　　二姐回家住了兩個晚上，二姐夫也始終沒有現身，更別說是像以前那樣來登門負荊請罪了。父母你一言我一語勸二姐，讓她最好還是先回家去，有啥矛盾兩個人應該心平氣和地坐下來慢慢說。二姐頭搖得跟撥浪鼓似的，賭氣說，他就是拿八抬大轎抬我，也休想請我回去。父母看著乾著急，一點兒辦法也沒有，二姐這回的確是一副吃了秤砣 —— 鐵了心的樣子。

　　小米的心情倒是好多了。她跟樂業觀看了那場前所未有的雜技表演，兩名摩托車手在巨大的鋼筋網特製的圓球體裡，上下翻騰或比翼雙飛，簡直讓她眼花撩亂又驚心動魄。當時，她的心兒都要飛出嗓子眼了，黑暗中她緊緊地抓住了樂業的手，樂業也乘機把她摟住了。小米沒有任何抗拒，相反她覺得要是沒有樂業在身邊，她根本就沒有勇氣繼續觀看下去。因為有他陪伴，這種驚險和刺激就變成了一種幸福的元素滲透內心。戀愛的過程其實更多是要彼此考驗的，有時甚至跟耍雜技一樣，有些懸乎，戰戰兢兢的，叫人揪心。

　　眼看天色擦黑了，三姐猛不丁從外面回來了，小米隔著窗戶一眼就瞧見了那個長毛，心裡不由地打起鼓來。母親正在準備晚飯，三姐就直奔伙房裡去了。小米忙從屋裡出來，也急忙往伙房去了。三姐叫了聲媽我回來了。母親抬頭吃了一驚，說死丫頭，嚇人一跳，一走就這麼些天？連個音信都沒！三姐說我這不回家看妳老來了嘛。母親沒好氣地說，妳看看我還有口氣沒？三姐說，媽誰又惹妳老生這麼大氣？是不是老四，看我怎麼收拾她？小米忙插話說哪是我，是二姐要離婚。三姐睜大眼睛噓了一聲，問小米真的假的。小米還沒來得及表態，母親說啥蒸的煮的，妳們統統給我出去，站在這礙手礙腳的，心煩！

　　等到快吃飯時，父親才踱著步子從外面溜達進來，一見三姐臉色馬上沉下來。母親生怕父親還因上次的事遷怒二姐，趕緊上來打圓場說，三尖尖回來看我們了，又指了指三姐旁邊的那個長毛，表情不無為難地介紹說，這是老三的朋友。父親幾乎沒多看三姐一下，卻把眼光瞥向長毛，上上下下打量了半天。不知此刻三姐心情如何，小米倒是暗暗替三姐捏著一把汗。今天的長毛，比上次她見到時稍整齊了一些，衣服褲子都是乾淨的，顏色樣式也不算太誇張，當然，頭髮還是老長老長的，不過能看出來

剛剛洗過的，梳理得比較順溜，也沒有上回那麼蓬亂無章。三姐見父親老盯著長毛看，就無話找話說，他這人優點可多了，特別能吃苦耐勞，還很有思想。父親卻沒搭理她。三姐就不好意思再說什麼了。這時，母親已經把飯菜都盛好了，就招呼大夥兒坐下來一邊吃飯一邊說話。

接下來的整頓飯，父親還是一言不發的，只顧埋頭吃東西。小米覺得父親的樣子很奇怪，按理說他該衝三姐發一通脾氣的。母親倒是煞有介事地把三姐從頭到腳數落了一頓，也就是裝裝樣子給父親看的。最後她說，妳也老大不小的了，也該懂懂事了，以後別再讓爹媽替妳操心了。這話似乎又引起二姐的不自在，她隨便扒拉了幾口，就悄無聲息地離開飯桌，一個人回房間去了。母親便愣了一下，大概覺得自己說錯了話，不由地嘆了口氣，心事忡忡地扒拉飯菜。

好容易吃完了，小米為三姐繃著的那根神經才算鬆弛下來，她正在收拾桌上的碗碟筷子，聽見父親叮囑母親說，伙房的事就讓老四去弄吧，妳也過來坐著，我有話跟老三交代。小米一聽頓時緊張起來，甚至覺得屋子裡的空氣都有些異樣了。三姐倒是一副很坦然的樣子，說，爸、媽，我也正好有話要對你們倆說呢。母親臉上一副如坐針氈的痛苦表情，嘴裡囁嚅道，到底有啥大事嘛，爺倆一個賽著一個著急忙慌的。父親轉過臉又對一旁的長毛說，小夥子你要是沒事就先回吧，我們家裡有些事要說說。長毛猶豫著起身看了看父親，又轉臉用目光去徵求三姐的意見。三姐對父親說，爸，你就讓他也待著吧，因為我要說的事情跟他有直接關係。父親嚴厲地看了三姐一眼，接著又不溫不火地說，他怕是還沒有聽我說話的資格吧。三姐說咋就沒有？他是我的男朋友。

這話一出口，母親的眼睛立刻睜得老大老大的，好像發現了什麼怪物。父親也是有點兒要被怔住的架勢了，半晌無言。母親的嘴張了幾張，

她又拿手掌捂了一捂，才狐疑地問，妳這丫頭到底搞啥鬼？剛才妳可沒這麼跟媽說啊！怎麼突然就冒出個男朋友來了？到底咋回事？！三姐乘機往母親身邊靠了靠，把一隻手搭在母親的手背上，笑著說，媽，我剛才是沒說，就是想等咱爸回來一起說嘛，省得說兩遍麻煩，是這樣的，我和長毛呢，就要準備結婚了！

那一刻，小米覺得屋裡簡直就像轟隆一聲扔下一顆重磅炸彈。父親、母親、還有她自己，全都快暈過去了，無論如何三姐的決定都太讓人驚訝了 —— 儘管此前，小米確實目睹了三姐跟長毛在一起的情形，但那離談婚論姻畢竟還是有距離的。三姐說話做事確實太離譜了。

<h1 style="text-align:center">七</h1>

媒人突然捎話過來，說方家提出三個條件，如果小米家能夠答應，他們才重新考慮讓樂業入贅的事：一，小米婚後所生男孩必須姓方，女孩另當別論；二，考慮到樂業下面的弟弟現役未婚、妹妹年幼上學，樂業結婚所需的家具電器擺設床具等均由小米家負責置辦，方家只陪送一些基本生活用品和衣物等；三，方家原則上不再給小米家彩禮錢及其他費用。

父親聽完依舊心平氣和的，母親卻忍不住衝媒人皺起眉頭說，他們也太欺負人了吧，這叫啥條件，天底下哪有這樣做父母的？媒人始終陪著笑臉，說，好事多磨嘛，一切都可以再慢慢商量的。母親說，照我看呀，他們乾脆把兒子光著身子攆出家門算了。父親說話也不能那麼說，將心比心，人家養兒子一場也不容易。母親反過來詰問，那咱們把閨女拉扯這麼大就容易啦？媒人說都不容易都不容易，可話又說回來，畢竟將來你們這

邊添了一口子人，添丁增旺，大吉大利，人家提些條件也在情理中的。母親的眉頭依舊深鎖不消，恨只恨自己這輩子沒有生出個兒子來。媒人起身準備告辭了，父親便張羅著相送出門，他讓媒人儘管放心，說世上沒有過不去的坎。媒人誇讚還是老爺子通明事理。

小米下班回到家，見母親臉色很不好，問了兩三遍，母親也不言語一聲，只當是還在為二姐和三姐的事心煩。尤其是，自打三姐冒冒失失跑回家提出要跟長毛結婚的事後，母親的臉上就籠罩了一層憂鬱而又驚恐的顏色。儘管三姐在這個家裡總是顯得那麼言行奇特，可結婚這種人生頭頂大事一出她的口，還是叫人驚詫不已，她戀愛的速度似乎快得讓人應接不暇。按理說，像三姐這樣的大齡女青年，能不能找上對象已然是個令人頭疼的未知數了，如今她好不容易才找到了自己如意的，家人應該萬分慶幸才對，可現在的問題卻是，非但沒人感到一絲欣慰，反而叫所有人陡增了某種擔憂 —— 好像三姐不是在談婚論嫁，而是在一意孤行，硬拿著自己的終身大事當兒戲。

小米把三姐的事偷偷告訴了樂業，他沒有表現出特別的驚訝，反說那妳怎麼感謝我呀。小米當然明白他的意思。小米說你不覺得我三姐這人太荒唐了嗎？樂業說愛情本來就有神奇的魔力，有時會叫人變得瘋狂的。小米覺得樂業言之有理，幾乎說到事情的本質上了，在全家人看來，三姐的確有些發瘋了。後來，小米跟樂業抽空到街上瞎轉悠，特意溜達到西城的綜合市場，在成排的藍色鐵皮櫃檯前，找到了三姐跟長毛的那個服裝攤位。當時長毛正在同顧客討價還價，他穿一身牛仔服，再加上那頭披散不羈的長髮，的確很顯眼，櫃檯後面的椅子上，放著一臺磁帶答錄機，時下正在流行的費翔和齊秦的幾首新歌正反覆播放，招徠到不少年輕人駐足觀望，生意似乎很紅火的。聽三姐說她整天吊吊拉拉上著班，時不時就跑過

來關照攤子上的事，兩個人似乎是情投意合地開起了夫妻店。

眼看早過了吃晚飯的時間，父親依然遲遲不見身影。母親生氣地說，咱們娘仁先吃吧，那個老東西一下午不知上哪野去了。家裡就小米、二姐跟母親吃飯，光聽著幾根筷子碰碗碟的叮噹聲，母親和二姐都吃得很沉默，弄得小米也很無趣。她本來是想跟她們講講那個雜技團表演的精采之處，見她倆都那樣只好作罷。吃完飯後，二姐主動去伙房拾掇，母親懶懶地坐下來打開了電視機，這些天正演連續劇《渴望》呢，母親簡直被裡面的那個劉慧芳迷死了，看得眼淚一把鼻涕一把的。也許是電視機一直擺放在父母房間的緣故，小米通常不怎麼喜歡看。樂業倒是跟小米提起過，說他們廠的男同事這些天都在議論，說誰要是娶了人家慧芳那樣的媳婦，這輩子就算燒高香了。小米覺得男人都怪可笑的，看個破電視劇就開始想入非非的，那些片子畢竟是人編人演的東西，怎麼就全都當真了呢，難道他們自己的媳婦或女朋友個個都是夜叉不成，幹嘛要吃著碗裡的還看著鍋裡的好？所以，小米就跟樂業說自己可不是什麼劉慧芳張慧芳的，讓他最好想想清楚。

因為怕母親一個人悶得慌，小米也湊過來陪她一起看。母親像是不經意地問她，這幾天怎麼也不見小方過來轉？小米說要他天天來咱家幹啥？母親又問妳聽沒聽到他爸媽有啥態度？小米搖搖頭。母親不滿地說怎麼跟個木頭人似的，一問三不知，戀愛到底咋談的？小米嬌嗔道，媽，我一個姑娘家，咋好意思問這些嘛！母親這才說了媒人今天來過的事，和方家提了一堆苛刻的條件。小米說是嗎？都咋提的？母親說給妳說了又有啥用？總之，他們家太那個了！小米想難怪母親臉色不好看，再加上她早已領教過方母的為人，那些條件即便母親不說，她也就可想而知了。

於是，小米故意說，大不了吹了，我又不是老得嫁不出去，連我三姐

不是都要結婚了嗎？母親立刻打斷她的話，說，妳少提那個三尖尖，一提她媽的心臟病都要犯了！那個海獸越來越像個瘋子了！小米知道不該拿三姐說事，忙朝母親跟前靠了靠，撒嬌似的摟住她的脖子，說，媽妳別為那些雞毛蒜皮的事生氣了好不好。母親回頭看了她一眼，說，別摟得這麼緊，都多大的人了，弄得人怪癢癢的！又十分愛惜地摸了摸小米的臉蛋，說，媽還不是看在小方這孩子的好上，才忍氣吞聲的，唉！話說到底誰叫媽沒本事呢？小米覺得母親這種樣子，實在讓她有些難過，難道沒有生兒子真的就那麼不如意嗎？可小米既不是二姐，也不是三姐，從小到大她已經習慣了父母對她的安排，諸如上學啦、待業啦、招工啦、頂替啦，也包括即將到來的這場婚姻。在她的成長道路上，每走一步父母都替她想好了，小米自己的想法已經沒有任何意義了，說了也是白說，她想做的事情就剩下言聽計從了，當好乖順的女兒比什麼都重要。再說她確實不想再惹老人生氣。

母女倆正有一搭沒一搭邊嘮著邊看電視，外面突然傳來一陣重騰騰的響動，小米就猜到準是父親回來了，忙出門去迎接。放眼一瞧，頓時愣住了，父親一改往日嚴謹穩重的家長模樣，好像是喝醉了酒，竟然讓人連攙帶架地送了回來，看著有些狼狽不堪，而送他回來的人，竟然是久不露面的二姐夫。看來他也喝得夠嗆，腿腳前後直打晃，想必這倆人就是這樣跌跌撞撞一路從外面走回來的。小米情急下忙大聲喊二姐。二姐從小米的房間跑出來，一見到二姐夫，臉子馬上吊下來，本想扭頭回屋，見小米已經上前攙父親了，她才勉強走過去幫忙。這時，母親也被驚動了，正站在堂屋門口嘟囔著，這老東西不回家吃飯，去哪灌貓尿灌成這副熊樣兒？二姐夫搖晃著身子走到門口，直著舌根對母親說，媽，爸……他……他沒……沒事，我……們……爺……爺倆——在外頭……搓了一頓。

　　趁大夥兒扶著父親進屋的工夫，二姐猛不丁給了二姐夫一胳膊肘，他毫無防備，加上本來頭重腳底又發飄，咣當一聲，就跌倒在屋簷下，臉朝下趴在磚墁地上，疼得直哼哼，半天也爬不起來。把父親扶進屋放在床上，母親又指使小米和二姐去看二姐夫。二姐說他摔死活該！母親聽了當即就舉起巴掌，作勢說妳這丫頭，咋這樣說話呢？二姐嘟曠說，反正他死活都跟我沒關係。這時，小米已經出了屋，彎下腰去拉趴在地上的二姐夫，拉了幾拉也沒弄起來，他簡直比死豬都沉，而且軟得像團麵。小米無奈，只好連聲又叫母親又喚二姐出來幫忙。

　　三個女人七手八腳，好不容易把二姐夫從院裡弄起來，見他不知是鼻子還是嘴巴跌破了，血流得汩汩的，再加沾上灰塵，臉面模糊而又齷齪，地上也有黑黑一攤血。二姐才著了慌神，趕緊跑進屋去又找毛巾又倒開水，還讓母親把家裡的酒精棉和紅汞藥水找出來，她忙不迭地替他擦血止傷。小米發現，原來二姐這些天盡是嘴上的功夫，她把二姐夫恨得咬牙切齒的，可在這種關鍵時刻，她好像比誰都緊張，比誰都盡心盡力，簡直就是那種救死扶傷的人民好大夫。此刻，小米似乎理解了電影電視裡女人動不動就把男人叫「冤家」的意義了，二姐倆口子似乎也是這樣一對，戀過，愛過，恨過，有時甜言蜜語，有時劍拔弩張，相親相愛的時候風和日麗，吵鬧時又雞犬無寧不可開交。小米甚至開始懷疑，他倆到底還會不會離婚呢？夫妻倆過日子，怎麼有時候跟小孩子過家家鬧著玩似的？

　　這一夜，二姐當然得跟二姐夫睡在小米屋裡，小米只好去跟父母湊合擠在一起。記憶中，父親好像從來都沒喝過這麼多酒，鼾聲如雷，胡話連篇，一會兒蹬腿，一會兒伸胳膊，惹得母親好一通嘮叨。小米幾乎一宿沒闔眼，滿腦子都是樂業的影子，思前想後，一會兒覺得很滿足很幸福，一會兒又莫名地傷神，對未來沒有一點兒把握。父親半夜裡起夜，大概又想

吐了，都是母親披著衣服下地服侍的，然後還給父親沏了醒酒的糖茶。母親親手端著餵父親喝下去，父親總算是安生些了。小米覺得這種時候，母親比那個劉慧芳要賢慧一百倍，母親偌大年紀了，照顧起父親來就像照顧自己的兒子那樣精心。

第二天一早，二姐夫騎著二姐的自行車，兩個人雙雙出門上班去了，他們在學校工作總得去早些。小米不用著急，慢騰騰洗漱完畢，才開始吃母親準備好的早點。吃飯時父親已經醒了，母親冷不丁問道，我說五斗櫥裡的那瓶汾酒咋不見了？父親支支吾吾說保不準那酒長腿飛了。母親說你就知道跟我裝神弄鬼！父親嘿嘿笑笑，捋了捋下頜灰白色的一撮短鬚，感嘆道，啊呀，有好些年沒這麼大醉過了！母親故意拉下臉子說，下回再灌那麼多貓尿，你乾脆就別回這個家，省得夜裡禍害人。父親照樣不搭訕，漫步往屋外走，到院裡就開始慢條斯理地伸展胳膊腿腳。母親隨後跟了出去，一隻腳踩著門檻低聲問道，喂，你昨晚都跟老二女婿說了些啥？父親回頭說妳打聽這些作啥，那都是咱爺們間的話，說了妳老娘們也不懂。母親連連噴著嘴，說，看把你日能的！到底咋說的嗎？父親似乎有些不耐煩了，收了晨練的架勢，轉身說，我說妳這老傢伙咋跟孩子一樣，嘮嘮叨叨問個沒完！我跟他說呀，你小子要是趕明早不把二丫頭接走，我就豁出老臉告到你們校長那裡去！說完，父親一臉詭祕的笑容進了屋。

小米就猜到父親肯定是在撒謊。不過，她又實在是很佩服父親，未動大的干戈，只用家裡珍藏多年的一瓶老汾酒，就把二姐夫給馴服了，夫妻矛盾再次化為玉帛了，真是不簡單啊！所以，小米的心情一下子好得難以形容，出門上班前，她突然湊過來在父親的額頭上親了一口，倒把父親嚇了一跳。小米雙豎大拇指，一臉燦爛的笑容，說，好樣的老爹！父親依舊木訥地張著嘴，望著小米年輕美麗的背影在院裡漸漸消失，半天才回過味

來，又嘿嘿地笑了起來。母親見狀，也笑咪咪地說，老不死的看把你美
的，這回孩子們都走了，你總該對我說實話了吧。父親皺著眉頭，半晌
道，我說妳到底還有完沒完了？

八

　　方家母子大吵了一架。主要原因是，樂業下班回家不經意聽到了媒人
跟母親的一番談話，才得知了他家跟小米家提出的那些條件。

　　樂業簡直氣不打一處來，他萬萬沒想到自己的母親會是這種人。樂業
當著媒人的面對母親嚷，媽妳太過分了吧！妳把我當成啥了？妳這樣做人
家該怎麼看我？妳太自私了，從來只顧妳自己，妳有沒有替我想過一次？
要是按妳說的那樣，我寧願這輩子打光棍，不結婚了！方母也是沒想到兒
子會這樣指責她，而且，又是當著外人的面，她一下子就惱羞成怒了，破
口大罵樂業是個吃裡扒外的東西，是個白眼狼、沒良心的軟骨頭，天生一
輩子受氣。樂業本來就血氣方剛的，又趕在火頭的，難免說出些過激的
話，他說媽妳讓我覺得丟人，以後沒臉再見小米家的人了。方母簡直快氣
糊塗了，撲上來就甩給了兒子兩耳光，後來，幸好被媒人硬拉開了。

　　羞憤之下，樂業幾乎含著眼淚扭頭跑出屋外，方母緊跟著又攆出去，
不依不饒跳著腳罵他，說就當沒生這個兒子，讓他趁早捲舖蓋滾蛋。於
是，樂業氣衝衝地騎上車子，頭也不回就離開了家。他越想越窩火，越想
越傷心，越想越覺得對不起人家小米，可又沒地方撒氣，就卯足了勁猛蹬
車子，埋著頭只顧往前衝，跟整個世界都有仇似的。耳邊都是風的嘶叫，
好像一群討嫌的女人滿路追著罵他。

當時天色已經昏暗了，車子飛駛到一個十字路口，樂業一點兒意識也沒有，滿腦子只想著逃離那個家，越遠越好，越快越好，所以，他根本就沒有注意路口還有紅綠燈，更顧及不到從另一個方向突然橫穿而過的摩托車了⋯⋯

小米得知情況已是第二天的事了。樂業的左腳打了石膏，腳踝骨嚴重骨折，臉背上蹭掉了兩塊油皮，後腦勺還鼓了個拳頭大的血包。小米一見他，就忍不住哭出聲來。樂業痛苦地齜著牙勸她別哭，說自己沒事，一點兒都不疼，眼圈卻不知不覺紅了。小米淚汪汪地抽泣了半晌，直到方母進來，她才算是止住了。

方母對樂業說，以後我懶得管你，別動不動就尋死覓活的，我和你爸還想多活兩年呢。樂業始終閉著眼，把臉撇向窗戶那邊不瞧母親。方母又對小米說，讓樂業去妳家也不是不行，可妳也看到我們家的情況了，樂業下面還有弟弟妹妹，將來還不知道怎麼樣呢。樂業接過話頭說，媽，妳跟小米說這些幹啥？方母說，喲，還沒結婚呢，就開始護著她了，好好好，媽啥話也不說了，我當啞巴行不行？你的事自己看著辦吧，可媽把醜話先說在前頭，上門女婿的日子你可想好了，將來可是沒有賣後悔藥的地方！說完，便氣呼呼地轉身出去了。

樂業才正過臉看著小米，說，我媽就是這種人，刀子嘴豆腐心，小米妳千萬別往心上去。小米忙靠過來拉著樂業一隻手，心裡別提啥滋味了，半天只囁嚅道，你好好養傷吧，我一下班就來看你，給你送好吃的。

原來打算「十一」過後，兩人先把婚訂了的，可樂業的腿腳怎麼也得在家靜養三個來月吧，事情只好就這樣拖著了。倒是三姐雷厲風行後來者居上，國慶節放假，她陪長毛回了趙老家，據說長毛的父母好像很喜歡三姐，一個勁囑咐她要好好幫他們管一管長毛，把他的野性子收一收。從長

毛家回來，三姐再次正式提出要結婚的事，父母考慮再三，多少是有些猶豫不決的：一方面，老人都不太喜歡長毛那個樣子，又沒有正經工作，整天在市場上倒買倒賣的，覺得不可靠；而另一方面，又想到三姐年齡實在老大不小了，女大當嫁，怕萬一錯過了機會，以後她真的要當老姑娘該怎麼辦。三姐見父母這樣，果然打出了她的最後一張王牌，說她這輩子要麼跟長毛在一起，要麼就誰也不嫁。父母思前想後，總算是痛下決心了，不過也提出了一個要求，就是三姐完婚後得先在娘家這邊住一段時間，等將來小米結婚時，他倆再搬出去單另過。三姐是個聰明人，反正就是晚上回家睡個覺，白天他倆都是在市場裡耗時間磨生意的，再說，要真的在外面住，當下還得花錢租房子不划算，生意人最講實惠，也就點頭了。

父親急忙找人，把家裡靠西邊的一間閒置的耳房拾掇一新，裱糊頂棚，粉刷牆壁，又鋪了地板，裝了新窗簾，安了壁燈，就算是新房了。至於家具電器等結婚用品，都是長毛家出的錢，為這事長毛父母特意跑來縣城住了兩天，陪著三姐他們採購齊全。

三姐的喜事辦得很簡單，也就雙方的親戚朋友在縣城的民族飯莊喝了頓喜酒。婚後第三天，兩人就南下去了廣州，說是一邊旅行結婚，一邊可以去那邊進一次貨，這叫愛情事業雙豐收。父母也漸漸地認識到，這兩個人還真是天造地設的一對，他們大概做夢也沒有想到，三姐的婚事竟然是幾個孩子中最最省心的一個。左鄰右舍都以為家裡招了上門女婿，見了面就誇他們老倆口有福氣，弄得父母一時不知說什麼好了，只是模稜兩可地點頭笑笑。

小米跟樂業的關係似乎更進了一步，特別是樂業養傷期間，小米幾乎天天下班後都去方家照顧他，現在兩個人如膠似漆，誰也離不開誰了。恰恰就在這個節骨眼上，部隊裡突然給方家拍來一份特急電報，樂業的弟弟

在南方抗洪搶險中因公殉職。這個天大的噩耗一下子就把方家打垮了，樂業母親哭得死去活來。當天，樂業跟父母在有關部門的協調安排下，連夜乘專車奔赴出事地點了。

這天晚上，小米沒有回家，她當然得留下來陪著樂業的妹妹，小傢伙摟著小米，眼睛都哭腫了。小米也是忽然間才意識到的，樂業不可能再做她們家的上門女婿了，他這輩子注定沒有那個命。

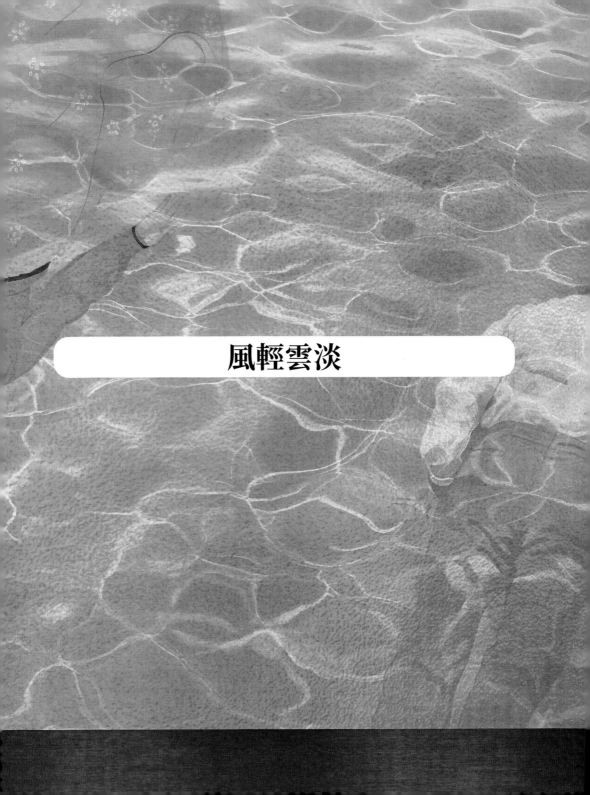

風輕雲淡

耀眼的陽光下面是姐妹倆乖巧親密的一雙影子。三杏正用自己細細的手指從背後拽姐姐的花布衫。這是她一貫的伎倆。三杏知道這件碎花布衫跟了姐姐好多個夏天了，顏色早都發白了，原先漂亮的小碎花兒也看不清在什麼地方，可姐姐就是捨不得為自己去縫件新的。三杏的手指輕輕一觸就能感覺到布料已經洗晒得又脆又薄，稍微一扯就會撕破的。

於是，三杏就不忍心用力去拽，而是張開雙臂猛不丁將姐姐的腰摟住了。姐姐的身體暖烘烘的，散發出太陽和花草的香味，三杏覺得把姐姐摟在懷裡很舒服。

二桃呢生來就是一個怕癢的身子，被妹妹這樣冒冒失失猛地一摟，真就受不了了。她使勁扭著身體，拿手著急地掰著三杏的手指，想把妹妹從自己身上甩開。可是，三杏偏偏不放，摟得越發緊了。

三杏還把臉貼在姐姐的後脊梁上，將嘴唇和鼻子裡的熱氣全都哈在姐姐的身上，兩隻手也很不老實地在姐姐的胸脯那兒輕輕觸弄一下。這樣一來，二桃更加受不住她，後背彷彿爬滿了發了高燒的毛毛蟲，一刻不停蠕動著。她的身體打著擺子，腰也彎下來，兩隻腳失去控制一般往兩邊出溜著，眼看這姐倆就要一屁股坐在地上了。

地上還是一片鮮嫩紛繁的陽光，樹枝和葉子的暗影兒在上面輕輕晃動，彷彿有什麼預謀似的緊緊地圍繞在這姐倆的腳下。

姐姐有點生氣，三杏不許鬧了，妳再鬧我就把妳的話原原本本告訴給爹，到時候有妳的好果子吃。

姐姐的話無疑是殺手鐧。三杏果真就像司機煞車那樣一動不動了。只是，摟著姐姐的手還遲遲不肯徹底鬆開，像是一撒手姐姐就會雀兒一樣飛走了，不再聽她的話，不管她了。

這世上誰都可以不聽三杏的話，可姐姐不行，姐姐是三杏的伴兒，是

三杏的良師益友，是三杏的全部精神寄託，甚至，還是三杏的半個娘。媽是生三杏的時候得產褥熱歿的，那時姐姐二桃剛念小學五年級。姐姐心甘情願輟學回家的，然後尿一把屎一把將三杏一手拉扯大了。這些年爹一直也沒有續弦的念頭，旁人倒也有勸說遞話的，爹只是木訥地搖搖頭。爹後來才跟二桃說我就怕找個後媽來對你們兄妹不好。

三杏從學會說第一句話的時候就傻傻地管姐姐喊媽媽，一直喊到她自己進了學堂那天，才被姐姐強迫著改了口。那一天姐姐把三杏送到學校，姐姐前腳一走三杏就哇哇地哭著攆上來死死抱住腿不讓姐姐走。姐姐說三杏乖三杏最聽姐的話，三杏要念書識字學文化，三杏將來還要給姐考個大學生，讓姐也好好歡喜歡喜呢。三杏不喊姐，一聲一聲地喊媽。姐姐就不理睬她，使勁掰開她的小手，氣氣地撇下她說我不是妳媽我是妳姐，三杏妳這個小傻瓜，媽早就死了，妳沒有媽，我也沒有媽，妳只有一個姐，聽清楚了沒有！我是妳姐姐不是妳媽，往後妳再媽啊媽啊地喊我，就叫爹把妳送別人家去，送得遠遠的，讓妳永遠也看不見姐姐！那次在學校門口眼望著姐姐生氣的樣子，三杏也真給嚇壞了，半天不敢再說一句話，也就不敢喊媽了，可雙手就是不肯鬆開姐姐的腿。

三杏打小就這樣，要求姐姐幫她做什麼事情或讓姐姐答應她的某個重要的請求時，她一準會上來抱緊姐姐的腿，抱住就不放開，像是一撒手姐姐真的會雀兒一樣飛走了，不再聽她的話，不管她了。習慣總成自然，養成了就難再改掉了。現在也是如此，只是年齡和個頭都增長了，抱腿不方便了只好改摟姐姐的腰，有時還壞壞地對姐姐動手動腳，拿鼻子和嘴拱姐姐的後背，用指頭蛋子摩挲姐姐的胳肢窩或別的什麼敏感的地方，就連姐姐的兩隻飽滿的乳房有時她也敢碰一碰，試圖用這種方法達到自己的目的。其實，三杏很小一點的時候，也沒少吮過姐姐的乳房，那通常是她哭

187

得驚天動地而姐姐又毫無辦法的情況下，就抱她到懷裡給她吮上兩口。所以，姐倆有時一起在家裡洗澡的時候，三杏經常嬉笑著惹姐姐玩，她說姐妳的咪咪真大呀。姐姐沒好氣地擰一下三杏的臉蛋，罵她還不都是讓妳這個小饞嘴貓吮大的。她呢更壞，明知道姐姐最怕癢的，卻變著方兒想要胳肢姐姐。

三杏說除非妳替我保密，不說給爹知道。

姐妹倆一般鬧到這種程度也就差不多了，二桃眼看笑得快要岔氣了，三杏還不肯甘休。這種時候姐姐就要投降，說不鬧了不鬧了，聽妳的就是。

誰教二桃是姐姐呢，二桃從來也拗不過自己的妹妹。妹妹高興了二桃就高興，妹妹哭了二桃也跟著著急上火，妹妹說怎樣怎樣的二桃也就順著意思幫妹妹在爹面前一個勁打圓場。二桃不是怕妹妹，二桃是疼妹妹，總覺得疼不過來疼不夠。有時候她真的發現自己似乎從來都沒有把妹妹當作一個普普通通的妹妹來看待的，妹妹簡直就是自己的心頭肉和眼珠子，應了那句話，頂在頭上怕嚇著，含在嘴裡又怕化掉。妹妹若是為些雞毛蒜皮的事情鬧了脾氣幾天不開口跟她說話，二桃就傻眼了，一整天心裡不著不落的，夜裡覺也睡不踏實，想出千般的好聽話，主動找妹妹纏磨，不惜講個在地裡幹活時聽到的讓她臉紅心跳的野笑話給妹妹聽，只要妹妹咧嘴撲哧一笑，當姐的心裡比過年穿身新衣服還美呢。

事實上，即便過年二桃也是盡可能把心思花在妹妹的身上。領她到街上，緊著妹妹的心願挑選購買，罩衣要成品的蝙蝠衫，裁縫做的樣式太土，穿上怕同學笑話，褲子選巴拿馬的斜紋纖維料子最好不過，鞋子得稍微有點坡跟的才夠漂亮，總而言之，妹妹是念書的人，穿在身上有許多眼睛盯著看呢，馬虎不得。特別是妹妹身上的兩隻乳房一天天發育起來，不

罩個東西總是覺得在眼睛前面晃悠著，妹妹又不好意思去街上買，也不會主動跟她說一聲，當姐姐的卻看在眼裡，夜裡趁妹妹睡著了，悄悄地用手比畫了大小，第二天趕緊去買回來一隻胸罩，神不知鬼不覺又掖在妹妹的枕巾下面。妹妹晚上睡覺前發現了，自然又感動又害羞，紅著臉抱著姐姐親近一番。至於她自己，穿著好點賴點都無所謂，反正臉朝黃土背朝天，誰也不會褒貶什麼。關鍵是，要是穿得新新展展的怎麼捨得下地幹活，所以，自己可以省儉的地方盡量省儉著，妹妹花錢的地方多，事事得優先著她。

但是，眼下的事情似乎是不同於以往的。二桃做不得妹妹的主，也不敢輕易做這個主。所以，儘管三杏死乞白賴地央求了她半天，做姐姐的還是鬆不了口。非但不鬆口，三杏覺得姐姐對自己簡直恨得要咬牙了。

二桃做夢也想不到，自己十來年盼星星盼月亮好容易有個盼頭了，卻被三杏的一通喋喋不休的長篇大論給從頭頂到腳跟澆了個透心涼。那種感覺一點兒也不亞於妹妹親手搧了她一記耳光來得迅疾和突兀。上學怎麼能是想上就上，不想上就不去上的事情呢，也不知道三杏這丫頭是怎麼想出來的！二桃越想氣越不打一處來，盡心盡力地供養三杏這些年，臨到頭她卻說出這麼沒心沒肝的話來氣她。

二桃最後還是撇下妹妹到湖裡幹活去了。

過些天稻田裡該灌水了，她要和爹再去好好耙一耙地，等耙抹平整了，

好趕在立夏前插秧呢。爹這陣子先去金成那邊看育下的秧苗去了，秧苗可是天大的事情，稻田侍弄好了就等秧苗，秧苗長勢好壞直接影響著一茬莊稼。想一想，金成已經替她們連著育過好幾年秧苗了，每年要是沒有金成打幫手，二桃真不知道這些年的農活自己跟爹是怎麼幹下來的。金成

話雖不多，人卻活泛，田裡大大小小的活幹得有鼻子有眼的，爹也就格外信得過金成。爹昨天晚上吃飯時還一個勁衝二桃念叨，等妳妹妹考完學，你們的事也急忙辦了吧，別讓人家孩子再等了。二桃當然明白爹的意思。爹打心眼裡喜歡金成。她該怎麼說呢，有點說不上喜歡還是不喜歡的，倒是總覺得欠著人家的情，感激的成分似乎占去很大一頭。可要說一點感情也沒有，那純粹是假話，畢竟這些年金成一直苦苦等著她呢。她跟金成的事是經過媒人搭橋才開始談的，她大概並不喜歡這種古老的方式，覺得彆彆扭扭的，所以，從一開始她的心裡多少是有些不願意的。當時她並沒有想太多，媒人來牽線，爹就讓她非去跟人家見面，見了兩次，她也沒有多少感覺，可金成似乎早就認準了她，很快就成了二桃家裡的常客，隔三差五跑過來幫著她幹這幹那，時間一長，她也就慢慢地接受了他，至少試著接受對方。這事對她來說好像沒有什麼選擇的餘地，儘管她還沒有挑明了說自己一定會嫁給他。

二桃當然懂得金成的心思，可是，二桃有二桃自己的想法。爹老了，胳膊腿腳眼見著一天比一天重了，三杏還得繼續念書，至於大草，那是沒有辦法的事情。翻過年就整整三十歲的大草，其實還只是個瓜孩子。大草比二桃大四歲，可大草三歲上就被高燒燒壞了腦子，是半個人，永遠也長不大的。爹常對二桃說只要妳跟妹妹兩個人都好好的，大草有我呢，不讓妳們操心。二桃聽了就一陣心酸，眼淚嘩嘩的，急忙把臉扭到一邊，可心頭的想法一天比一天堅定。

二桃說妳老老實實給我上學去，這件事情妳想都別想。

見姐姐真的發火了，三杏也就變得服帖一點了，急忙鬆開手。姐姐並不經常給三杏吊臉子看的，可今天卻一反常態，好像她真的說了什麼大不敬的話而觸犯了姐姐。

不過三杏並不服輸，她也是想先試探一下姐姐，她已經想好了，考大學是一條路，可也不能一點退路也沒有呀。再說，考上考不上大學還兩說呢，考上了她反而要發大愁，現在學費那麼高，聽說稍微好點的學校每學年一萬塊還下不來，最次的也得六七千吧，她不想再給姐姐和爹添什麼負擔。姐姐也該去過屬於她自己的生活了。她決定晚上就去找金成哥說說，讓他趕快準備好把姐姐早些娶回去。三杏想等姐姐過門到了金成家，這邊的事情姐姐自然也就管不著了。

三杏不想再說什麼，背上書包出門走了。

出門時看見哥哥大草正趴在地上跟一群螞蟻自言自語地玩耍著。她就蹲下來用手摸了摸大草毛茸茸的腦袋，大草衝她吐了吐舌頭，憨態可掬地笑著，舌苔綠得發黑。大草有事沒事總愛嚼那些綠綠的樹葉子，就像一隻溫順的小綿羊那樣無所事事。她看大草又自顧拿手裡的樹葉子撥弄那些螞蟻去了，螞蟻很快活地在地上蠕來蠕去，或者是驚惶不安的樣子。

三杏站在大草旁邊發了會兒呆，然後心事忡忡地轉身走開了。

地在湖裡。

這裡管莊稼地叫湖田。一般，又都把下地去了說成是去湖裡了，外人乍一聽當然是聽不懂的，覺得有些蹊蹺，可明白了其中含義倒又感到幾分詩意在裡面，好像去湖裡不是勞動受苦去了，而是觀光玩水很愜意的事情。

湖還是很久以前的事，據說當初這一帶大大小小要有十幾個湖泊縱橫相鄰著，一望無垠，又叫十二連湖。因為湖水清澈透明，風一吹湖波粼粼，陽光下微微晃動著的湖面就彷彿灑遍了碎銀子一般晶瑩耀眼，閃閃發

亮，所以，大夥兒給十二連湖想了個極好聽的名字，白銀湖。早先，湖中是一叢又一叢茂密的蘆葦，那時野鴨成群百鳥紛飛，大大小小的魚兒在水中嬉戲游弋著。

那些年人們幹勁十足，動不動就喊著要跟天鬥跟地鬥的，剛學完了大慶又要學大寨，上面一句話派下來，說要把這裡的十二連湖全給填平，要讓這裡變成名副其實的百畝莊稼園地。二桃他們的爹就趕上了當年的那場大會戰，二十四小時沒命晝夜幹，人心齊泰山移，最後硬是把湖埋在地底下了。

一晃將近二十年過去了，有幾塊窪地開始慢慢地沉陷下去，每年一到開春時節水不斷往上漲，漸漸恢復了昔日的湖光水景，一年裡春夏秋三季都水量充沛，蘆葦葳蕤蔓生，經常有人來這裡垂釣。冬天又結成了大塊的冰面，吸引著許多愛好冰上運動的年輕人從城裡趕過來。那些窪地顯然是種不得了，只好空著，田主的腦子活泛，索性在湖裡拋撒些小魚苗，到這裡垂釣的來者不拒，釣一斤鯉魚收三塊，鯽魚五塊，生意很是紅火。

二桃家的幾塊稻田正好跟這片魚湖緊鄰。

她還很小的時候，那陣田還沒有分給私人種呢，水田是生產隊和大家的。二桃家裡就靠爹一個人去掙工分，別人家少說都有三五個壯勞力，唯獨二桃家情況特殊，媽歿得早，哥哥偏又是個幹不得活的瓜子，妹妹年紀小需要人領，一家日子過得可想而知。二桃那時就很懂事了，白天身上背著妹妹，手裡拉著哥哥就去湖裡了。春天裡，田埂上和溝壩邊長滿了艾蒿、灰苕和苦苦菜，二桃手裡攥把小鏟子，一邊走一邊挖，她在前面挖，哥哥妹妹跟在後頭撿，一會工夫就裝了半隻籃子，晚上提回家淘洗乾淨，自己不會做著吃，就跑去鄰家打問，人家知道二桃媽走得早，一堆孩子可可憐憐的，熱著一副心腸過來教她蒸煮，二桃也就學會了，以後每年都帶著哥哥妹妹去湖裡

挖那些野菜回來吃。剛一入夏，那些沒有來得及填平的小湖裡就開始飄動著魚兒細細黑黑的影子，蘆葦也一天天茂盛起來，野鴨子這時候就成群結隊鑽進蘆葦蕩中坐窩產卵。二桃知道在什麼地方能找到野鴨子的窩巢，她把褲腿捲得高高的，手裡拄一根比她自己還高的木杆子，摸索到蘆葦蕩中，用手裡的杆子撥弄蘆葦，哪裡忽然撲稜一下飛出幾隻野鴨子，她就循著牠們起飛的方向輕輕趟過去，果然在蘆葦根部最稠密的地方找到用鴨絨和雜草編製的窩巢，一堆青綠色帶碎點的鴨子蛋就深藏在裡面。一天下來，最多的時候能找到百十個呢，拿回家煮熟，哥哥和妹妹吃得不亦樂乎，二桃心裡便有股美滋滋的味道，儘管她的腿腳和胳膊被蘆葦葉子劃出一道道的血絡子，臉蛋也被蚊子咬出十幾隻疙瘩。一旦等到秋天，湖裡和溝裡的水漸漸淺了，尺把長的泥鰍和核桃般大的田螺隨處可見，隨便一撈就是一臉盆，端回家用清水足足泡上一個晚上，泥鰍和田螺就把藏在牠們肚子裡的汙泥全部吐乾淨了。三杏最愛吃二桃用辣椒炒出的田螺，她還要在裡面放些大蒜和醋。大草似乎對吃沒有多少興趣，他喜歡用手去抓盆子裡的那些狡猾的泥鰍，有時候盯著臉盆一整天也不挪窩。所以，二桃每次都用一隻大罐頭瓶子挑出幾條稍小一些卻又十分活泛的給大草精心養著，直到大草把牠們一條條抓弄著玩死為止。有時泥鰍死了，大草咧著個嘴哇哇亂叫，二桃看著不忍心，第二天趕忙去湖裡再給哥哥撈幾條活的回來。二桃有時候覺得大草才是這個世上最可憐的人，她對大草也就格外憐愛，幹什麼事情都要把他拉在身邊。因為，經常有一些比大草小許多歲的孩子會找大草的麻煩，他們或者抓一條毛毛蟲或驢糞蛋餵給大草吃，或者把大草當毛驢子一樣騎在胯下，用柳樹枝條抽打他，駕啊駕地吆喝著。大草身上經常青一塊紫一塊的，二桃每天晚上都要悉心查看一下，她怕大草在外面受了人欺負自己卻不知道，大草對疼痛的感覺似乎很麻木的。

　　到如今二桃時常還會想起那些陳年舊事。想著妹妹從貓咪那麼小一點長成一個水靈靈的大姑娘了，哥哥雖是半個人也總算平平安安地活到現在了，日子畢竟一天天好起來。想起那些年缺吃少穿竟也熬過來了，二桃心裡就對腳下這片廣袤的湖田充滿了說不盡的一種溫情，一份感念。那些出自淤泥中的酸澀帶甜的三稜果，那些帶有歷險經驗的野鴨子蛋，那些拌了麵粉蒸出來香甜可口的艾蒿和灰條，還有大片大片翠綠繁茂的蘆葦以及像夢一樣紛紛飛舞著的奶白色的蘆葦花鋪天蓋地，這一切都曾帶給予她和自己的兄妹們豐富難得的給養和甜美苦澀的回憶。

　　一連幾天，二桃在田裡幹活都心神不寧的。三杏那天的一通話彷彿在她心裡撒了一粒草籽，被潮溼的心緒浸泡著一忽兒就生了根發了芽。二桃對三杏是了解的，這個妹妹身上的確有那麼一股子勁，很任性，別看平時愛嬉嬉鬧鬧的沒有什麼正經，可遇到事往往會有自己的一套想法，一旦認準一條路，誰也別想拉回來。正因為這樣，二桃也才更是擔心。早在清明的時候二桃領著妹妹到母親的墳頭燒紙，她當時在心裡默默向母親念叨著，她讓母親放心，自己一定要讓妹妹把書念成，將來過那種不用風吹雨打太陽晒的好日子。

　　妹妹這兩天倒是不再跟二桃說什麼混話了，她呢也不想再跟妹妹談起那件不愉快的事。可是，姐妹倆都這樣把各自要說的話悶憋在心裡，或者說，雖然說了卻沒有徹底說開說透，兩人之間就難免會出現了一些生分。當姐姐的不想再聽，而做妹妹的也似乎明白姐姐的心思，知道自己說了也是白說，索性不再說的好。

　　從小到大一直都是爹跟大草睡一個屋，二桃跟三杏睡另一個屋。晚上妹妹要寫作業溫習功課，睡得當然就要晚些。二桃通常忙乎一個白天到黑就睏了，洗把臉就匆匆睡下。有時，妹妹會把學校裡發生的有意思的事情

喋喋不休地講給二桃聽，做姐姐的即便睏得眼皮都打架了也是要勉強聽完的。聽妹妹講故事已經是二桃睡覺前的一種習慣。妹妹到現在還改不了一個毛病，就是睡著睡著突然就鑽進姐姐的被窩裡摟她，胳肢她。二桃每每都假裝生氣，說眼看快要嫁人了，整天還是沒個正形，將來看誰敢要妳。三杏一點兒也不在乎，嬉皮笑臉地哄姐姐，說我從來就沒想過要嫁人，我這輩子都要跟著姐姐，我是姐的小尾巴，姐到哪我就跟到哪。二桃故意拿話噎她，說我嫁給別的男人，妳也好意思跟姐去啊。三杏就啞口了，好半天不想再理識姐姐，好像明天姐姐真的要離開她遠走高飛似的。三杏怕姐姐嫁遠了，有時又好像替姐姐嫁不出去犯愁。

姐妹之間諸如此類的小動作明顯減少了，幾乎沒有，連話也不肯跟對方正經多說兩句。有的只是彼此的沉默或一兩聲無謂的嘆息。夜變長了，瞌睡輕薄得像窗戶紙，月亮光灑在雙人床前的地面上，像落了很厚很厚的一層白霜。

耙田倒也不是多累人的活，金成又開著他家的小四輪過來幫著一起幹的，用四輪頭掛著寬鋼耙子也就半個下午，稻田就耙平整了。幹完活她跟金成在鄰家魚湖的壩邊坐下來緩了一陣，這陣釣魚的人已經明顯多起來了，三三兩兩聚集在湖邊，不知疲倦地盯著銀光閃閃的湖面，時不時聽見一串嘆噓聲或驚喜的笑從垂釣者沉默良久的嘴裡或尖或粗地傳過來。

金成像是有心事的樣子。三杏真的不想再上學了？他問。二桃說你別聽她胡說八道，上學又不是耍家家，哪能由著她呢。金成說那天三杏找過我。二桃就明白了。她心裡有點生妹妹的氣。金成畢竟還是外人。再說，金成知道了又能怎麼樣。金成沉默了一會兒卻說，依我看三杏的想法也對……

咋對？那麼多年心血都讓白費了！金成話沒說完，就被二桃頂回去了。

三杏也是為妳著想呢。

二桃瞪了金成一眼，說你和她啥時間穿成一條褲子了，你也這麼想的吧。

金成臉一下子紅了。

他吞吞吐吐地解釋，我是覺著咱倆也老大不小了，我爹媽成天嚷嚷著要抱孫子呢。

二桃沒話可說。

她知道這幾年確實委屈了金成，依著別的男人恐怕早就忍耐不住了，村裡有幾個男人像金成這樣三十好幾還是一條單身漢的。當然，她也從來沒有讓他一門心思等著自己，她以前跟他說過她的想法，她非要看著妹妹考出去她才肯考慮自己的事情。她說你要是等不住，你就去找別的女人，我不會怪你的。

金成呢偏又是個死心眼，非要吊死在一棵樹上。這就有點周瑜打黃蓋的意思了。可是，二桃也知道等待必須是有期限的，讓人家金成空等一場，她也於心不忍。事實上，她跟金成最主要的問題集中在她最初的一個想法上，那就是讓金成倒插門過來。金成家對這件事一直持堅決反對的態度，好像讓金成上門簡直是世界末日，根本想也別想。所以，她倆的事情一直不冷不熱地吊著，有時候她也勸金成實在不行就散了，你再好好找一個，省得到將來互相埋怨。可金成每次都說我就是覺得妳心地善良，我怕錯過了妳將來自己後悔呢。

要不咱倆先把事辦了，實在不行就把妳爹接來一起過。

那大草呢？

就是大草不好辦麼……他們說像大草這種人可以送到那種地方去，人家專門有人照顧他……

金成你再別說了！我跟你說過多少遍了，就是讓我死我也絕不把大草送出去！

……

魚湖有人釣到一條很大的鯉魚，線沉甸甸地往下墜著，竿子彎得弓一樣顫個不停，魚被拽出水面的一瞬間眼前出現一道銀白色的弧線。

垂釣者興奮不已，嘿嘿地笑，一臉陽光。

他倆很長時間沒有再說一句話。

二桃一直盯著那條被拽上岸依舊活蹦亂跳的魚。

金成從小就喜歡看魚，一看到大魚蹦蹦跳跳的樣子，金成的嘴就合不攏了，一個勁喊著真大啊。嘴裡雖興奮地喊叫著，心裡卻沒著落。

頭兩天分明是大太陽，到插秧的那天清早突然變了天氣，灰沉沉的，還飄過幾場小雨。兩條腿長時間泡在秧田裡，身上的東西偏偏又在這個時候不請自來了，一來就跟天上的小雨一樣哩哩啦啦沒完沒了，這樣一天熬下來，二桃就病倒了。先是打噴嚏和發熱，她沒有太在意，想著抗一抗就過去了。可是第二天反倒更加嚴重了，高燒持續不退，一個勁咳嗽著，人也昏昏沉沉的，走起路來腿腳左右直晃。金成硬把她送到醫院裡，一查，說是急性肺炎，大夫要她留下來觀察治療。

眼看著秧剛剛插了一半，爹蹲在埂上直皺眉頭。三杏這時竟從學校裡偷偷溜回來。爹看見三杏就說妳來能幹啥？不去好好念妳的書。三杏一副不甘示弱的樣子，說姐姐能幹的我照樣能。爹不願意跟她多廢口舌，盯

著空蕩蕩的水田發愁。金成安置好二桃又回家把自己的弟弟妹妹叫過來幫忙一起幹。爹繼續用背篼往田裡一趟一趟運著秧苗。三杏生手生腳地跟金成他們排成一排站在水田裡。

別看三杏是個農家長大的女孩子，重活實在是沒有幹過幾把，一向都是姐姐疼著她慣著她的，每次即便是她想主動過來打幫手，姐姐也會說妳個書生能幹啥？妳的任務是好好念書，田裡的活有我呢，用不著妳插手的。所以，這些年三杏也就插過一兩次秧，幾乎都是半途中就讓姐姐使回家去了，充其量也就是讓她往田裡送送乾糧和茶水什麼的，所以，三杏純粹是個外行，幹起活來笨手笨腳的。

說起來這插秧雖不是什麼重活，卻也是很耗人精力的，兩條腿朝水田裡深深地一陷，腰身壓得又彎又低，一檔子插下來，腰和脖子跟崴了似的，痠痛難忍，動也動不得。這還不算，腿腳一直深埋在涼的泥水裡，像是被泥裡的什麼怪物緊緊地吸住了似的，拔也拔不出來。插一會兒就得往後挪兩步，三杏從泥水中往出拔腳太困難了，平衡也掌握不好，一不小心便會趔趄著險些栽倒，渾身上下盡是黑泥點子，漂亮的臉蛋子也跟討飯的差不多少了。有幾次要不是金成手疾眼快拽住她，恐怕早就躺在泥水裡打滾了。

晚上三杏去醫院看姐姐。金成已經把她沒有去上學的事給姐姐說了。姐姐手腕上還掛著吊瓶，見三杏白白的臉蛋上露出紅紅的兩團，心裡別提多難受了。三杏一直捏著姐姐的手，姐姐的額頭和手都燙燙的。姐妹倆已經很多天沒有像以往那樣親暱地在一起說說笑笑了。此時，姐姐用手百般愛憐地摩挲著三杏那張僅僅被風吹日晒了一天就變得紅通通皺巴巴的臉，她說都怪姐不好，偏偏這時候生病。又說，百日苦好受，一天罪難熬，這次妳該知道姐姐為啥非要妳好好念書了吧！三杏心裡當然是明白的，可嘴

裡還在逞強，說我喜歡插秧，不像整天坐在課堂上那麼難受。姐姐拉下臉說，妳要是不聽話姐再也不理妳了。三杏不想惹姐姐生氣，她答應姐姐明天就回學校上課。

往年都是金成先幫二桃家的忙，等這邊一忙完，二桃就去金成家幹活。可今年二桃病倒了，非但不能幫金成家的忙，還得讓金成惦記著一趟趟往醫院跑。金成爹媽多少有些意見，覺得吃了大虧似的，同樣都是大忙的日子，金成卻傻乎乎地只顧給二桃家打短工，把自家的事情撂在一邊。其實，金成爹媽的意見主要集中在金成和二桃的婚事上，他們把金成數落了不知幾回，說她二桃讓咱們這樣沒年沒日子乾等著，算咋回事嘛，這究竟要等到啥時候才是個頭呢？實在不成就早早說話嘛，咱們可等不起她！金成當然沒有把這些話原原本本說給二桃，他知道自己要是真的那麼一說，二桃肯定會提出跟自己分手的。金成知道二桃的脾氣，可他夾在爹媽跟二桃中間總是很為難的。

其實，金成家也有一片魚湖，所以，家裡剩下的稻田並不多一點，有一天工夫也就把秧全部插好了，倒也不會因為二桃來不了就耽誤活的。金成知道爹媽的怨氣不是在二桃沒有來家裡幫手，爹媽的病根子害在他跟二桃的婚事上。這樣一想，金成也就理解了爹媽的心思，誰家養兒不圖個早些成家立事抱孫子呢。

當初要是依著金成的想法，乾脆把那兩塊稻田全都掏成魚塘子算了，可爹媽死活想不通。莊戶人把田撂了養什麼魚，簡直就是大逆不道，再說不種糧食拿啥交公糧，一家子人吃風扒煙去不成。金成說糧食有什麼好種的，辛辛苦苦一年忙下來，一斤大米也只不過換來塊兒八毛的，還不夠化肥種子和血汗錢呢。城裡人越來越吃不動米了，大米純粹變成白糖一樣的東西，只是用來調劑調劑的，誰能把糖當飯吃呢，大米的位置也是這樣

的，少了不行，稍稍多一點就吃不下了。人家如今主要吃的是蔬菜水果雞蛋牛奶鮮魚大肉。金成還說看看城裡人盛米飯用的碗，也就蓋碗盅子那麼大點。

金成打小就愛鑽到白銀湖去摸弄那些尺把長的魚。金成摸魚是有一絕的，他不像別的人用金屬鉤子耐著性子一整天一整天去釣，而是通常在湖灘的逼窄處兩頭各插一根木杆，杆子中間拉一道細密的網子（網子也是他用一些撿來的舊網兜改製成的），自己一個猛子扎到湖裡盡興去了，又是狗刨又是青蛙游的，湖裡的魚兒就被他轟得四處逃竄，等他耍夠了，把湖水攪了個天翻地覆，又一個漂亮的猛子栽到先前下網的地方，頭露出水面的時候嘴裡噴出一簇白色的水花，拉在水裡的網子也被他順勢提溜起來，六七條活潑亂蹦的魚兒也就落在他的網子裡了。要說金成最拿手的還屬烤魚，他把網到的魚破了膛，肚子裡塞些乾辣椒片、鹹鹽調料末或蔥頭蒜瓣什麼的，再用湖邊的草泥將魚身子團團裹了，架在柴火堆上燒，一陣兒工夫就熟透了，皮焦裡嫩，香味濃郁，別有一番野趣。這些年，看著別人的稻田變成一片魚湖，金成也就心動了，養魚的念頭老早就有了。關鍵是，打前年一開春，金成家的幾塊稻田也開始神奇地往出滲水，水越積越多，到了插秧的時候竟變成汪汪洋洋的一片淺湖了。金成看著滿心歡喜，他悄悄給二桃說這可是老天想要讓我富呢，看來我這個人命裡注定是要在水裡鬧騰呢。金成不會說如魚得水的話，可二桃能聽出來是這個意思。二桃自己卻是本分的，她只想著把田裡的莊稼一茬一茬種好，至於開魚塘養魚她從來沒有想過。二桃不是不能吃苦。二桃什麼樣的苦都受過，這些年她拉扯妹妹，照顧哥哥，農忙時節連天晝夜地幹活，心裡還得時時惦記著哥哥妹妹和爹的吃吃喝喝，不管有多忙多累，飯是要煮的，雞雞狗狗是要餵一把食的，爹和哥哥妹妹的衣裳也是要由她來洗洗補補的。所以，她早已經

習慣了自己生活的種種樣式，換句話說，只要能把一家子人侍候得周周全全的，二桃就很知足了。

可是，金成有金成的打算，金成要把自己的光陰往人前面撲騰呢，尤其是他認識二桃以後，這種念頭就一天比一天強烈了。前年秋後，金成好說歹說算是說通了爹媽的老腦筋，除了留下二畝地繼續種糧，就把那幾塊出水的窪地多餘的土方一車一車運到外面的工地上換錢，稻田本來就地勢低窪，起出一米半深的泥土後，魚塘就算是挖成了。第二年春天，水源源不斷地滲出來，又借來抽水機連夜蓄滿了塘子，金成用賣土方的錢買回第一批草魚苗撒進去。看著那些柳樹葉子一樣的小魚兒整天在湖中成群結黨自由往來，水面泛點點銀光，金成的心裡別提多敞亮了，好像看到了富裕的日子像鯉魚跳出水面一般朝自己飛撲過來，閃著雪白的光芒。一開始爹媽根本吃不準，可後來證明金成的想法是對路的，不足三年光陰，金成家的日子一下子撲到人前頭了，院裡起了五間一磚到頂的新房子，還添置了一臺小四輪。爹媽樂得合不攏嘴，一心等著二桃過門他們好趕緊抱個胖孫子呢。

太陽剛剛浮到湖面上，還晃著從黑夜帶出來的那張因慵懶嗜睡而過於漲紅的臉龐，金成已經把兩大捆青草打回來投進魚塘裡去了。魚兒像是有先知先覺似的早就從四面八方湧集在老地方等待著，時而急不可耐地跳出水面翻著筋斗，間或發出飢餓的叫聲，那些新鮮碧綠的青草剛剛一落水，就被牠們靈巧的小嘴一根一根啄下去了。那些草葉通常會被魚兒拖著滑行一陣，水面上劃過一道彎彎淺淺的波痕，非常好看，宛如一葉葉綠色的小扁舟輕輕划過水面，但隨即就消失了。魚兒餓了吃起草葉跟綿羊一樣快。

金成蹲在自家的魚湖邊，兩眼盯著波光粼動的水面，剛才還飄浮在水面上的青草似乎一眨眼就被分散開了，魚兒啄食草葉時不斷發出唧唧呱呱

的歡快聲響。可是，此刻金成的腦子裡一直惦記著爹媽頭天晚上說過的話，老人非要讓金成去跟二桃把話挑明了，爹媽說你們的婚事再不能拖了，再這樣拖下去，我們兩個老幫子該入土了。金成不敢跟爹媽頂撞，可他實在不知道該怎麼跟二桃說這些話才好，二桃的心思他一清二楚。金成在魚塘邊蹲了半個上午也沒有想出好的辦法來。太陽已經辣辣地跳到頭頂上，張牙舞爪地噴著滿腔的火氣。吃飽的魚兒開始在水中孩子一樣嬉鬧起來，彷彿受人指揮似的時不時從一個地方集體竄躍到另一個地方，把平靜的湖面砸出一個個銀光耀眼的水坑，紛繁的漣漪一圈一圈地朝著湖邊蕩漾開去。

金成從湖裡撈出一尾三斤來重的草魚，用柳樹條繫好拎在手上。魚兒一路上都在無望地叫喊並不停地擺弄著溼漉漉的尾鰭，陽光很快就蒸發了牠原來的鮮活和靈動，到二桃家的時候魚已經奄奄一息了。

田裡的秧苗還都焦黃焦黃的樣子，跟月子裡的產婦那樣軟綿綿地趴在水面上。這段時間其實一點兒也不比插秧時輕鬆多少，這一個月時間人就得整天盯著，像服侍月子裡的女人那樣把心思全放在田裡，哪塊需要補補苗，哪塊苗子太稠得間稀些，哪些地方需要扶秧，還要注意田裡的水有沒有及時跟上趟，等等，這些活往年基本上都是二桃一個人包攬了，可今年二桃就有點力不從心，她身體還很虛弱，儘管她從來沒有嬌慣過自己，但兩隻腳片子一沾田裡的水，立刻就感到冰涼冰涼的，滲骨頭呢。爹說爹要去的，二桃偏不肯。爹就在家裡精心侍弄院子前面的那塊自留地，那地雖不足一畝，裡面卻從春到夏都要種些玉米、菠菜、蘿蔔、扁豆、蔥、蒜和西紅柿之類的，到了秋天還有白菜和土豆，都是莊戶人過日子的日常菜

蔬，一般不賣，只是留著自己慢慢吃的。

　　二桃從小就有一股子犟脾氣，這一點她倒是有點男孩子氣，不會輕易認什麼輸。又因為心裡窩著一團氣，不去幹活就越發顯得堵得慌，使鍬的時候似乎格外的用力，發狠似的，一鍬下去像是非要把埂掘斷不可。人無精打采地站在田裡，心卻像風箏一樣在很高很高的地方悠懸著，一時飄近了，一時又飄遠了，拽一拽，好像還是拉不回來。

　　自打吃過那頓魚，金成已經有些日子不再露面了。二桃自然也沒有去找過金成，兩個人突然間弄得有點勢不兩立。想一想，自己那天是不是有些過分，是不是真的傷了金成的心？這樣想的時候，二桃覺得心兒好像又被一陣風呼啦一下吹遠了，想拽也拽不住了。她跟金成認識也有三四個年頭了，那樣大動干戈還真是頭一回。

　　那天本來也沒有什麼的，金成從塘裡捉條魚來家看她，說要好好露一手給她燉草魚湯補補身子。二桃剛從醫院出來，身體確實虛得很，她就沒有動手，聽金成的話老老實實在床上躺著。金成蹲在院子裡霍霍地刮著魚鱗，三杏放學回來鬧著要去給金成幫手，兩個人在伙房裡你一言我一語嘀嘀咕咕地說著什麼，二桃根本不會在意。事情後來發生在吃飯的時候，三杏那天嘴上像抹了蜜，一個勁當著姐姐的面誇金成能幹，魚做的很好吃。三杏說姐妳可真有福氣呀，我將來要是能碰上像金成哥這樣的人，我二話不說就嫁給他。二桃默默地聽著，覺得三杏的目光也怪怪的，說話的時候老是拿眼睛不時地看著她。二桃一開始沒吭氣，低著頭很仔細地剔著魚刺，說實話金成的魚湯燉得的確又鮮又香。過一陣三杏見姐姐不開口，又說金成哥對妳是真好，姐妳怎麼也不誇誇他，人家可是好心好意忙乎了大半天。二桃這才拿眼睛乜斜了妹妹一下，說熱飯燙不住嘴，好好吃妳的魚，當心待會兒叫刺卡住又要喊叫。三杏衝姐姐調皮地伸了伸舌頭，又神

祕地跟一旁的金成交流了一下眼神，這個細節正好被二桃抬頭的一瞬間捕捉到了。二桃心裡就多少有點氣了，她覺得妹妹好像跟金成私下裡有什麼串通，擺明了針對她的。偏偏三杏還是不肯閉嘴，她對金成說，你娶了姐姐可得對她好，要經常給她做好吃的，你要是敢對姐姐不好，惹她生氣哭鼻子，我就跟你沒完。金成接連說好，好，我一定聽三杏的話。說著，金成又朝二桃偷偷遞個眼神，正好跟二桃瞥來的一束目光撞在一起。二桃臉早已羞紅著，很不自然地看了他一下，隨即氣沖沖地對三杏說妳小孩子人家沒大沒小的，趕緊吃完飯做作業去，大人的事情輪不著妳來操心。三杏一時啞口了，半天不敢吱聲。姐姐的臉色好像變得很不好看。後來問題就出在金成的最後一句話上。金成也是想替三杏打個圓場，同時也想表明一下自己的立場，就說，二桃妳也別怪三杏，她這還不都是為我的事著急呢。二桃一下子就明白了，明白了二桃就撂下手裡的碗，想都沒想張口就說，怪不得要來燉魚呢，我早知道你沒有那麼好心麼。金成愣怔地看著二桃因為惱羞變得通紅的臉。金成的臉上也有點掛不住了。金成氣惱地低下了頭。爹聽著二桃的話不對，趕緊說吃飯，都好好吃飯，有啥話吃了慢慢說。爹又扭頭對二桃說，妳這丫頭咋說話沒輕沒重的，我看金成心眼實著呢，沒啥不好。二桃正在氣頭上，忽地站起來說，金成你有啥直接跟我說，別拐彎抹角的，當著爹面，我還是把那句老話放在這裡，你能等就等著，實在等不急了就找別人去，我沒啥話說。二桃說完轉身頭也不回進自己屋去了，門咣當一下關上。三杏半天不敢言語，驚慌地看看爹又看看金成，知道自己惹了禍。就在那時，大草突然哇哇地叫起來，一個勁把自己的手指頭往喉嚨裡抓撓著。爹和三杏嚇得臉全變灰了，二桃也從自己的屋裡聞聲跑來，知道大草喉嚨裡卡了魚刺，大夥兒七手八腳地圍著大草一陣忙亂。二桃心情很不好，就連連責怪金成，說都是你，好好地非要弄魚來

吃，這下該咋辦。說得金成的臉紅一陣白一陣的。

　　旁邊的魚湖又來了一群垂釣的人，他們是開著小汽車來的，車停在土路邊，那兒捲起一團煙塵。裡面有老頭，也有小夥子和女人，他們煞有介事地在湖邊或站或坐著拉開架勢，手裡攥著各種樣式的魚竿，鉤子和繩線刮地一下拋進水裡，聲音很響亮，就像是趕車的把勢朝奔跑著的馬的屁股上美美地甩了一鞭子。

　　二桃好像還看見一個戴著紅色太陽帽的小夥子，二桃看不清他的臉，他的眼睛也被黑色的太陽鏡遮著。紅色太陽帽好像不是來釣魚的，他有點特立獨行的樣子，一開始只是在附近轉來轉去，還不時手搭涼棚朝四面觀看著什麼。二桃後來發現紅色太陽帽果然不是來這裡釣魚，他一個人站在火辣辣的太陽下面，身上的黃色 T 恤衫也跟被太陽點燃了似的，把二桃的眼睛狠狠地刺了一下。二桃看見他正在那裡擺弄著一件她不知道用來做什麼的物件，那東西就像二桃在照相館見到的支架似的，又似乎不太像，那物件有三條橘黃色的腿子，很扎眼，傲然地立在水田中央，紅色太陽帽的目光就是穿過那支架頂端上的某個鏡頭一樣的東西朝她這邊投射過來的。當二桃發覺對方似乎也看見她的時候。她急忙把頭低下去了。那一刻她感覺那個紅帽子的臉上有一絲微笑。也許這只是她的錯覺，她也急忙朝對方輕輕點了點頭，接著又繼續把手中的一塊秧苗分成一撮一撮的，齊整地插進那些空白著水裡。田裡的水放的並不深，剛剛沒過腳腕，水已澄清了，能清清楚楚地看到黃褐色的泥土和秧苗浸泡在水中的根系，偶爾會有一兩隻很小的青蛙從腳背輕輕地躍過去。

　　以往看見這些釣魚的人，二桃似乎並沒有特別留心，可剛才她的心像是被那些沉在湖水中的看不見的一隻隻精巧的鉤子輕輕地鉤住了，拖著在水中游來蕩去，七上八下的，她很長時間都擺脫不了這種心神不定。當她

站在水田中發呆凝望著遠方的時刻，竟感到一種從來沒有過的牽牽掛掛的東西在心中翻來覆去不停穿行。這裡離金成家的魚塘還有很遠呢，眼睛根本看不到的，而她的目光只是順著那個方向飄過去，拉得又細又長了。

二桃看不見金成家的魚塘，但好像又能看得很清楚似的。金成一下子離自己遠了起來，本來是身邊一個再司空見慣不過的人，突然就隱匿了起來消失了蹤跡，像跟自己捉起了迷藏。彼此似乎都在期待著對方能做點什麼，盡快去黑暗中的某個角落裡找出那個深藏不露的人，可彼此又都矜持著，心有芥蒂地守著各自的一份心境和堅守，不肯輕易邁出一步。

媒人是天黑前來家裡的。金成爹媽看來都很重視這樁婚姻，專門讓媒人跑一趟來把事情跟爹徹徹底底談一通，結婚用的新屋床上的鋪鋪蓋蓋屋裡的箱櫃擺設一樣一樣都置辦齊了，只等著這邊給個日子好吹吹打打紅紅火火地把新人接過去。爹的想法是單純的，對方的誠心誠意讓這邊不容忽視，而且，確實也該給人家一個滿意的答覆才是。

爹正滿屋急得轉圈子呢，二桃從外面懶散地走進來。爹迎上前說妳咋一出門就是一天，那邊媒人等著要日子來了。二桃一臉木然地盯著爹，好像不認識爹，好像爹在跟她說著別人的什麼不打緊的事情，唯獨跟自己無關。爹也看見二桃臉蛋兒瘦去了一圈，眼神中霧濛濛的不清爽，更沒有什麼好心勁，爹也知道這人見天佇在稻田裡受著大苦呢。爹說，二桃聽爹的話別再跟金成拗著了，妳遲早都是金成的人，還是爽爽快快把事情應了吧。二桃一聲不吭進了屋，爹心事重重地跟在後面聽信呢。三杏已經把飯盛好端上桌來，是連湯麵，裡面特意調了很豔的辣椒油（姐姐愛吃的），碗在三杏的手裡泛起燦爛的紅光。三杏放學回家早，就主動做了飯。二桃默然地吃飯，吃完了就收拾碗筷要去洗，被爹擋了。爹說，往後這些事再不用妳操心了，家裡還有個三杏呢。三杏就接過去收拾了。爹的話讓二桃

感到有點難受，她也就沒有再堅持，整個人不著邊際地僵在桌前。淚珠兒婆娑地在眼角跳動，她沒去理它們，任由那些不爭氣的東西一顆顆寂寞地落下。二桃在想爹剛才說的話。二桃想爹說得對，自己遲早是外面的人，妹妹也不再是個小丫頭了，妹妹長大了，妹妹可以做自己能做的事情了，爹再也用不著二桃了。這樣一想二桃就覺得心像玻璃一樣碎裂開來，閃著冷冷的微光。

爹等著二桃說話呢，可二桃就是站在那兒一言不發。最後爹大概等急了，爹似乎從來沒有這般急不可耐而且不無惱火地說過話。妳跟金成的事就訂在秋後吧，再一天也不能給人家拖著了。彷彿這已是最後的通牒，爹說完便急急火火地出門去了。爹在院裡使勁地咳嗽著，人一上年紀咳起來總是有點摧枯拉朽的味道。二桃想爹也確實老了。

秋天。二桃想著關於秋天的一切東西，樹上的葉子一片片黃了，地裡的玉米棒子跟小夥子腿肚上的腱子肉一樣鼓起來硬硬的，稻穗沉甸甸的像金色的月牙似的厚實地彎下腰來。還有，院子裡的葡萄也該圓熟了，晚上睡覺的時候一股清香從門縫裡鑽進屋去，連做夢都是香香甜甜的，還有一點誘人的微酸。秋天還有什麼，二桃實在想不起來了，她能想到的就剩下這麼多了，當然還有金成和她將來一起的日子，但這些她都似乎無法想像。金成在這一刻變得那麼虛無縹緲，他的一切都模糊起來，在她的想像中顯得十分可疑了。

二桃越發地沉默和早出晚歸，一門心思都鋪灑到水田裡的秧苗上。回到家端起碗筷就悶聲悶氣地吃，不輕易說一句話，像是故意迴避著爹和妹妹關切的目光，頂多是把大草拉過來，摸摸他的腦袋，掀起布衫看看他身上有沒有添下新的疤痕。或者，在倉櫃裡抓一把小米去院子裡餵餵廊簷下的雞，這時她嘴裡才若有若無地叫著雞，咕咕咕的。雞是用來下蛋的，當

初從雞販子手裡捉回來的時候只有拳頭一點大，現在個個都吃得膘肥體闊，走起路來左右搖擺著，顯得很艱難的樣子，跟鄰居家的大胖嫂似的，可這群雞都能給家裡下蛋呢，收下的蛋從來不賣的，二桃隔三差五要給大草和妹妹煮了吃，爹不愛吃煮的雞蛋，爹最愛吃二桃做的西紅柿炒雞蛋。爹一吃臉上就笑咪咪、樂滋滋的，有時吃著吃著，爹會無端地想起媽，短嘆一聲，一串熱騰騰的淚就吧嗒吧嗒地落在飯桌上了，溼溼的，彷彿陳年的老酒滴灑在上面，凝聚出一種搜腸刮肚的憂思。這種時候，二桃也會跟著爹一起難過一陣子，可大草不會，大草反倒看著她跟爹的樣子嘿嘿地笑著。大草的腦子裡沒有一絲媽的輪廓。三杏也是，三杏對故去的媽也沒有半點印記，那時候她實在忒小了。媽在她的記憶中完全是個符號，抽象得很，或者，在她的腦海裡媽跟姐姐是同一種人，她對姐姐的情感有時候很像女兒對待母親那樣。

這些天爹不便於再說什麼，三杏也不敢再提一個字。一家子人似乎隔閡著，像住在同一家車馬店裡，各自忙著屬於自己的事情，回到家照樣埋頭吃飯，黑了照樣躺下睡覺，天亮了照樣走出門去。

窗外月亮高懸出來的時候，二桃正靜靜地坐在澡盆裡，水嘩啦嘩啦在她的身體上流動。一連許多天都泡在水田裡，身體確實吃不消的，她的病才好沒幾天，氣息還很弱，總覺得乏乏的，幹什麼都沒有心勁。三杏非要過來幫姐姐搓背，二桃沒有拒絕。三杏喜歡跟姐姐一起洗澡，從小都是這樣，三杏非常熟悉姐的身體。三杏說姐妳瘦多了。二桃默不作聲，用雙手輕輕地摩挲著自己的脖頸。三杏說姐妳的脊背上咋生出好多小疙瘩，一點兒也不光溜了。二桃依舊不說話。三杏突然一下子把姐姐溼漉漉的身子摟住了，眼淚熱乎乎地黏在姐姐的皮膚上。妳說句話呀姐，妳是不是跟金成哥結了婚就不要三杏了。說著，三杏就哇哇地咧開嘴號起來，越號越傷

心。二桃用手緊緊地捧住妹妹淚水漣漣的臉蛋，一眨不眨地盯著看，看不夠似的，不停地把眼淚替妹妹揩去。那些眼淚如決口的溪流怎麼也擦不乾。

二桃說三杏是姐姐的心肝寶貝，姐姐啥時候也惦記著妳呢。妹妹還是不停聲地抽泣著。二桃索性將妹妹孩子似的也抱緊了。三杏的上衣眼看溼透了。

屋外，月亮漸升漸高了，好像也更加空遠了。昏黃的燈光把姐妹倆的影子映在四面的牆壁上，也映在薄薄的窗簾上。月光比剛才濃稠了許多，厚厚地鋪滿窗臺，也充滿了彌漫著淼淼水氣的屋子。

天上好圓的一個月亮啊，又到十五了。

二桃洗完澡就一個人出門去了。

三杏聞到姐姐一身的幽香。那種味道讓三杏很長時間都忘不掉，即便在睡夢中三杏也能清晰地感受到，好像從姐姐身體中散發出來的那股隱隱的又淡淡的野百合一樣的香甜氣息完全凝固在三杏的記憶當中了。

●－－－－－－－－◆－－－－－－－－●

湖面靜而且亮。

月光太明了，水上鍍了一層油亮水滑的幽光，像漂浮在大海碗裡的一層辣椒油。月亮也彷彿豔羨地溜進湖水裡沐浴著，漂洗得越發晶瑩透亮、一塵不染。蛙類在湖中時而聒噪地叫過一陣，震得月光在水面綢子般一顫一顫的，偶爾拂過一陣涼風，把明亮的湖光吹皺了，層層疊疊的漪紋神祕地朝著湖心快速移去又歸寂於曠寥的岸邊。一隻野鴨撲啦啦地從一片深色的蘆葦叢中飛出來，像是要從夜色中一直飛向黎明去了，很久也未降落下來。間或，會有一條不甘寂寞的魚嗖地躍出湖面，脊背拋光打蠟般鋥明發亮，魚兒落水時的聲音又脆又響，就像鞭鞘抽打出來的餘音。

　　靠近魚湖的那間低矮的棚子裡沒有亮燈，一直黑沉著。唯獨一明一滅的菸頭在黑暗的空氣中慢慢張開又悄然閉上。菸頭紅亮起來的時候，四隻眼睛在微光中對視著，誰都不想說話。金成無聊地把嗆嗆的氣息一口一口噴出來，二桃的神情在看不見的煙霧中凝固不變。煙霧裡彌散著淡淡的香味，那是從二桃的身體裡綿綿不斷飄溢出來的氣息。

　　過了一陣，二桃幽幽地站起來朝出走，她遲疑的腳步剛落到棚口，金成突然啪地一下摔掉了手指縫的菸頭，一條絮然的弧線由紅變暗，棚子裡瞬間有種靈動。他從後面猛地抱住了她。二桃感到金成的口鼻一起往出呼著滾燙的熱流，像是要把自己點燃似的。二桃心驚膽戰地閉上雙眼，同時用手去掰纏在自己身上的那雙有力而熾熱的大手，可是她怎麼用力也是徒勞的。金成的喘息讓她感到焦躁，感到驚慌，感到從來沒有體驗過的羞澀難耐。她渾身每一隻毛孔都在出汗，出火。

　　二桃終於停止不動了，整個人都像火把似的驟然燃燒起來。棚子裡頓時不再黑暗，相反，彼此都能清清楚楚地看見對方了，眼睛，嘴唇，鼻尖，光潔柔軟的脖頸，老鼠一般竄動的喉結，砰砰直跳的胸口，以及汗水和汗水融合在一起的滋滋的細小聲音。裡面發出的呢喃聲從棚口悄然爬向深黯的湖面，聲音在湖水上如同一束奶白色的蘆葦花輕輕地蕩漾開來，白銀湖所有的水田在夜色和皎潔的月光中連成一片，彷彿回到了二桃和金成他們童年的記憶當中。那時候這裡就是湖天一色，月光如銀。

　　黑暗裡，二桃的身體緊緊地貼在金成的脊背上。此刻金成的身體是鐵水澆鑄的，還是那麼火燒火燎般的燙手。二桃幽幽地說，金成要不你來我家吧。

　　金成一怔，半天也不說一句話。

　　二桃又說，你上我家也是一樣的，你要想養魚就把那幾塊湖田改了魚

塘，我沒意見。

金成摸索著點燃一根菸，使勁地吸了兩口。

棚裡又有了厚厚的煙霧，男人就變得飄渺起來。二桃看不清他的樣子，可她分明聽見他在一聲聲嘆息。

妳又不是不知道爹媽根本不樂意我倒插門，再說我一個男人家，旁人會說閒話的……唉！

二桃還想說什麼，可終究沒有說出口。二桃知道有些話說明了還不如沒說的好。說得太明白，自己心裡難過，別人也受了傷害。

二桃流著淚水，默默地走出去。她的身體好像變輕了，腳步細碎起來，整個人彷彿一根羽毛在月色中輕盈滑行。她的臉上爬滿了月光，加上透迤著的兩行淚，看上去倒是格外生動了，哭著，又像是在微笑，那笑容中又分明透著幾分酸澀，任憑那些一路追趕著的月光在臉上波光粼粼地晃動不止。

那隻野鴨終於飛回來了，像是在外面飄蕩了一個漫長的冬季，此刻，牠撲簌簌地落在棚前的蘆葦叢中，巢穴中也立刻有了生氣，那些幼雛發出一連串呷呷的聲音，很久都不能平息。這裡才像是真正的家啊。

月亮已趨於圓滿，正朝著更高遠的天空和雲層馬不停蹄。

白天，那個紅帽子照常準時地出現在二桃家稻田附近，時遠時近。有時候紅帽子也會跟另外三兩個人一同來，他們似乎對這裡很有興趣的樣子，不停用手指一陣兒指指那邊，一陣兒又指指這邊，只是他們從來不釣魚的。更多時候，只有紅帽子一個人，他好像永遠都在擺弄那隻橘黃色的三角架子，目光筆直地朝著某個方向投射過去，彷彿在遠方有一條大魚正

等著他去捉捕呢。有時,紅帽子會在陽光下面攤開一張幅面很大的白紙畫子聚精會神地盯著看,看一會兒又抬起頭像尋找似的在那些水田間望來望去。風把畫紙吹得一陣陣脆響,如同一面旗。二桃發現紅帽子還有一頂很小的帳篷,軍綠色的,矮矮地趴在路旁的樹蔭下。有時候她眼看著紅帽子祕密地消失在帳篷裡了,過了很長時間又爬出來,站在帳篷前伸著懶腰或接連打著哈欠。

二桃不知道紅帽子究竟在做些什麼。二桃有時會把紅帽子想像成電影裡的一個很神祕的人物,比如暗哨,比如特務或地下黨什麼的,總而言之,二桃覺得這裡好像要發生點什麼,或者,那個紅帽子必定是有些來頭的。二桃的世界很小,家,湖裡的幾塊稻田,年邁的爹,以及哥哥大草和妹妹三杏,除此之外,好像再也沒有什麼了。當然,這裡面還包括金成,只是,想到金成,二桃的心裡就會不好受,因為她和金成的事好像一時半陣不會有什麼結果的。沒有結果的東西就像春天開過的某些花,雖然美,卻很短暫,留不住該有的果實。莊戶人向來都更注重結果,沒有果實的耕耘和漫長等待會讓人感到絕望和悔恨不已。

水中的秧苗已顯露出茁壯來,不再像先前那樣焦黃蔫耷著,而是一律健康昂揚地碧綠成片,但那些稗子、三稜葉、鴨屎草之類也會應運而生,跟著秧苗葳蕤起來,施進去的肥給這些雜草提供了難得的養分,它們的生命力天性旺盛,瘋野不羈地竄起來。二桃的活也就跟著來了,那些草得趕著薅呢,要不那些化肥白瞎了不說,稻子也被草欺得長不好了。而且,往往都是頭一遍剛剛薅過去,另一茬新草又雨後春筍般快速瘋長起來。薅草最費的是眼睛和腰,那些很細小的草會化裝似的摻藏在秧苗中間,不仔細辨認有時很難準確地拔出來。所以,接連兩個禮拜二桃都泡在水裡,中午也不回家吃飯,有時爹或三杏會把飯送過來,更多時候二桃一早出門時就

帶好了餅饃和茶水，就在埂邊的樹蔭下對付著吃了繼續幹活。

　　那個紅帽子這天終於來到二桃身邊，當時二桃正在埂上歇緩吃乾糧。紅帽子像一陣不經意的風悄然飄到二桃眼前。二桃先是看見眼前水面上一團紅色的東西朝自己這邊矯健地移動著並最終停泊在自己面前。那不是太陽，太陽走起來沒有那麼快。太陽也沒有那麼紅，太陽在水面上晃動的時候更像一隻油光水亮的蛋黃兒。

　　紅帽子在二桃旁邊站定，說話前他先摘掉了鼻梁上的墨鏡。二桃在濃稠暖燥的水草氣息中聞到一股很特殊的味兒，二桃說不清那是一種什麼味兒，但她覺出了某種與眾不同，他就站在自己身邊，然後他蹲下來跟她搭訕，他一蹲那種味道更濃地向她撲過來。除草呢。他這樣說。二桃抬頭看了他一眼。紅帽子的臉明顯是被晒黑的，兩隻眼睛圈卻是明亮的黃色，跟其他部位相比很白。這樣看上去就有點突兀，好像滑稽小丑故意用白粉塗抹了兩隻眼圈。二桃很收斂地衝對方點頭笑了一下，並把手裡的半拉餅向對方禮節性伸了伸，還沒吃吧。她說。紅帽子絲毫沒有客氣的意思，順手就在二桃的手裡掰去一半往嘴裡塞，大口嚼著，艱難地吞咽，二桃急忙把水壺也遞過去。這次，紅帽子沒直接去接，看了看水壺又衝她搖搖頭，好像在徵求她的同意，由於嘴裡塞滿著未咽下去的餅，所以他說什麼她聽不太清楚。她還是堅持把水壺給了他，她看見他的喉嚨油老鼠似的上下竄動，他的嘴角沾著許多水珠。他終於吃完了那塊餅，說真香啊，妳自己烙的吧。二桃含羞地點點頭。紅帽子今天換了一件黑色的老頭衫，上面有一隻女人頭和白色的英文字母，她不明白那是什麼意思，只是覺得又刺眼又陌生，他腿上是一條發白的牛仔褲，她記得三杏也有一條這樣的褲子。三杏好像很喜歡穿這樣的褲子，儘管一條要花百十塊錢，她還是同意給妹妹買了。這些都是妳家的稻田？他指著眼前問。二桃再次點頭，說就是的。

又說，你好像每天都來這裡。紅帽子把眼鏡端正地架在鼻梁上，說對，我們是來白銀湖搞測量的。測量。二桃暗想著，大概就是用那隻三角架子在水田裡望來望去的吧。二桃原本還想問搞測量到底做什麼用場，可紅帽子已經站起來了，同樣一股氣味風一樣向她拂過來。這次二桃有一點頭緒了，他身上的味道完全不同於這裡的水，不同於這裡的花花草草，更不同於這裡的風和土地，完全是另一種氣息，陌生，乾淨，莊重，根本不像莊稼人那樣渾濁和拖泥帶水，而是充滿了街道樓房和柏油路才有的那種堅硬與沉著，甚至有點像妹妹每天從學校帶回家的那種書本味兒，完全來自她所未知的某個領域。紅帽子朝前面的路上張望了一下，他說車來了我得走了。即而又衝她大大方方地笑了笑，說謝謝妳。謝謝。這個詞同樣陌生和高不可測，就像紅帽子手裡所擺弄的三角架子和被風吹得撲啦啦作響的大畫紙。他對二桃說謝謝的時候，二桃心頭有一種很微妙的酥癢感覺迅速爬過。

之後的幾天裡，二桃沒有看見紅帽子，她想他大概去了別的什麼地方，白銀湖多大啊，一眼根本望不到頭。但有一天，她剛從水田裡走上來，紅帽子便像一隻靈巧的鷺鷥似的落在她面前，並客氣地遞給她一瓶晶瑩透亮的水。她知道那叫礦泉水，但她還從來沒有喝過呢，她把水拿在手裡，稀罕地盯著同樣清澈透明的塑料瓶子，瓶身上的一圈塑料包裝紙上同樣也有一個女人手裡抓著這種水，只是那個女人的表情比自己誇張多了，有點張牙舞爪的。二桃將水在手裡輕輕搖晃著，那水永遠是那麼清澈無比，她的腦海中充滿了關於水的種種遐想。也正是這天，二桃從紅帽子的嘴裡得到了一個巨大的祕密。這個祕密在二桃看來有點離奇，甚至有種恐懼的意味了。當然，二桃對紅帽子整天長時間痴迷於三角架跟前東張西望的迷惑也終於有些許釋解了，儘管紅帽子跟她說起很多她聽不太分明的詞

兒，什麼溼地啦，回歸啦，生態保護啦，還有旅遊資源開發啦，等等等等，她只是模稜兩可地聽著，但她還是隱隱約約從中獲得了一個重要的信息，那就是白銀湖將要發生一次大的變化，而且，這種變化就在眼前了，誰也不可能阻擋。

白銀湖這一帶的莊戶大多數都是依靠水田謀生的，這裡產出的稻米顆粒飽滿，色澤晶瑩光亮，用這種米蒸出的白米乾飯雪白雪白的，吃起來香香甜甜，滑膩爽口，比那些南方大米不知要好吃多少倍呢。可是，就是這樣的稻穀送到糧庫交公糧，通常也拿不到什麼好的價錢，有時驗不上好等級，眼見著一年的辛苦白白費了，苦沒少下，種子、化肥、農藥和水利費都刨掉，拿到手的卻只有很少一點，實在划不來得很。所以人們種糧的積極性就日漸垮落了，種稻米遠遠不及搞搞副業或養幾塘魚來得快。其實，這兩年金成沒少在二桃耳邊吹過風，他一直勸她乾脆也把稻田改成魚塘學著養魚算了。金成說，反正我這輩子是不想再種糧食了，把人苦得說不成，臨了還是兩手空空的，要啥沒啥。二桃知道金成說得不是沒有道理，可要讓她一下子把莊稼撂了去幹別的，她還是轉不過那個彎子。再大的苦吃慣了也就不覺得苦了。這是二桃的想法，一輩輩人不都是這樣活過來的。況且，二桃已經習慣了這種生活方式，倒也沒有特別感到種田的日子有多苦的，有時候她甚至很迷戀待在水田裡的那種感覺，清清涼涼的水，稻葉兒不停摩挲著自己的腿腳，太陽將脊背烤得暖烘烘的，濃稠的青草和泥土的氣息把人團團圍繞著，呼呼拂過耳際的風，還有陣陣鳥鳴夾雜在野花的香味中迎面撲來，那種感覺真是很好啊。前幾年像薅草、灌水、噴農藥這樣的活，金成都會屁顛屁顛地跑過來幫著二桃一起幹的，想趕他走都不行，二桃絕對不是那種哼哼唧唧、凡事都得靠男人幫襯的女人。她跟金成的關係又一直是那種若即若離的樣子，所以，金成有時太過於主動和殷

勤，反倒讓二桃覺得很有負擔，總覺著欠著人家什麼。二桃後來也慢慢習
慣了，她想或許找對象的男人都是這個樣子，總是要有所表現的。可這個
夏天從插完秧後金成就再也沒有到田裡找過她，二桃有時看著自己在水田
裡形單影隻的模樣，再聯想起以往的種種情形，二桃心裡會突然泛起一股
酸，好像又澀澀苦苦的，很不是滋味，眼淚和汗水順著面頰熱乎乎地滑下
來，悄無聲息地落在水田裡。

　　六月天，雲團翻捲得飛快，雨說來就來了。

　　一整天都悶熱悶熱的，沒有一絲一毫的風吹過，灰濛濛的天上看不見
太陽的臉，卻比平時被太陽炙著還讓人難受，田裡的一切綠色全都失去了
光澤，軟綿綿地低垂著顯得沮喪不堪，水面上籠罩著一層熱氣，火苗似的
直往人的胸口和臉面上撲竄。二桃昏頭漲腦地泡在田裡，兩隻腿腳一點兒
也不聽使喚。臨近傍晚好容易吹過一陣風，二桃才稍微清醒了些，大雨卻
頃刻間砸下來。雨一下子就把先前燃燒在水田上的那層騰騰的火氣澆滅
了。世界突然變得像冰凌花一樣清冷晶亮起來，田地正在急速退隱和深
陷，眼中一片汪洋，白銀湖像在夢中一般波瀾起伏、迷濛蒼茫。二桃跑上
埂邊的時候整個身體彷彿一條剛剛露出水面的魚，也那麼晶瑩透亮了。二
桃在暴雨中飄搖不定無處藏身。可她忽然覺得自己真的猶如一條魚被什麼
東西牽引著了，身體變得異常輕盈，腿腳變成魚寬大靈巧的尾鰭，在漫漶
的雨簾中一路滑行著，她從來沒有過這種身輕如燕的感覺。後來，二桃覺
得自己像是猛地一下完全跌入了大湖，這裡再也沒有風雨的侵襲，有的只
是自己魚一樣溼淋淋的身體在不停地顫抖著，她聽到更加狂亂浩瀚的雨點
擊打在自己的頭頂，可那些雨再也落不到她的身體上。除此之外，二桃覺
得戰慄的身體被什麼東西裹住了，身上漸漸有了一絲熱氣，她一連打了幾
個噴嚏。此時她才看清這個能遮蔽風雨的港灣裡並不是就她一個人。那個

紅帽子也在。裡面的空間很有限，她跟他幾乎是緊緊挨在一起的。他沒有戴那頂紅色的太陽帽，她想帽子也許是被風吹跑了。

　　看樣子雨一時半會兒還停不下來，她坐在他的帳篷裡聽著雨打篷頂的響聲，聽風呼呼吼叫著一次次撞擊著帳篷。他遞給她一條乾毛巾，她想那是他每天擦汗用的吧。她拿在手裡矜持地擦拭著頭髮，她又清晰地聞到那股特殊的氣味，她完全被籠罩在其中了。他呢，正用塑料布將他每天擺弄著的那些東西一件件裹起來，他做這些事情的時候一副小心謹慎的樣子。過了一陣他倆開始說話，一說話帳篷裡的氣氛就顯得輕鬆起來，剛才二桃的心還砰砰亂跳，現在好多了。紅帽子一直和藹地看著二桃。我怎麼看妳天天都是一個人來。他問。二桃說爹上年紀了，水田裡的活幹不得了，妹妹還要念書，更不能耽誤了她。紅帽子點點頭，目光中有了一些敬重的意思，他又好奇地問那妳還沒成家嗎？二桃臉紅了，急忙低著頭說還沒呢。紅帽子露出理解的一笑，說知道了，一定是家裡離不開妳。二桃沒應聲。都沉默了一會兒，空氣就顯得有點緊張了。外面依舊雨聲嘈雜，小帳篷一直在瑟瑟抖顫不止。

　　不知為什麼，二桃後來竟跟紅帽子說起了自己的心事，說起了自己的妹妹，還提到了金成。話一出口，二桃多少覺得有點後悔，雖然自己心裡確實舒服多了。二桃不知道自己怎麼會跟一個陌生人說這麼多。也許是這些天以來心裡憋得太久了，真得需要找個人說一說。在二桃眼裡，紅帽子是那種很有文化的人，二桃對他有種與生俱來的仰慕之情。二桃沒有念過多少書，所以二桃把希望全部寄託在妹妹身上。

　　雨稍微小點的時候，三杏來了，是爹打發三杏到湖裡看一看姐姐的。三杏站在田埂上大聲喊姐姐的時候，二桃才從小帳篷裡鑽出來。三杏聽見姐姐應聲就是一愣，急忙打著雨傘朝帳篷那邊跑過來。這時，紅帽子也從

裡面爬出來，三杏又是一怔。三杏奇怪地看看姐姐又看看姐姐身後的男人，說姐下這麼大雨妳咋也不回家，爹快急死了。姐妹倆相偎著站在同一把傘下，二桃轉身對站在帳篷口的紅帽子說真是多虧了你。二桃說這話的時候，三杏看見姐姐的臉上有一團淡淡的緋紅色正在靜靜地蕩漾開來。三杏就回過頭，見身後那個男人正友善地衝自己笑呢。對方笑得很燦爛，三杏卻沒有笑。妳們姐倆長得挺像的。男人說。三杏也沒跟對方搭話，只是用帶著警惕的目光上下打量著他。二桃急忙拉起妹妹的手對紅帽子說那我們先走了。

等回到家，二桃才發現自己身上竟還披著紅帽子的一件夾克衫，那衣服早就溼透了。她趁三杏不注意的時候悄悄地把它用衣架撐好晾起來。這樣似乎又覺得不妥，就把它取下來泡在臉盆裡，撒上洗衣粉，洗完鍋的時候她就蹲在伙房裡把紅帽子的衣服認真地搓洗了一遍，這才晾出去。

三杏做完作業躺下來的時候，姐姐好像還沒有睡著。三杏聽見姐姐在床上輕輕地翻動著身子，床很有些年頭了，稍微一動就會吱吱地叫。

窗外轟隆隆地響過一陣雷，三杏嚇得在被子裡一縮。姐姐知道三杏從小就怕聽雷聲，這時就把手伸過來攬在三杏的被子上面，像哄小孩似的輕輕柔柔地拍著。妹妹很快就進入夢鄉了，可二桃似乎一點兒睡意也沒有。

天快亮的時候，二桃才迷迷糊糊睡著了，沒頭沒尾地做了個夢。

……夢裡出現了一面大湖，又有許許多多的小湖相連著，都明鏡似的蕩漾著銀光。一個女孩在湖邊寂寞地走來走去，一臉的迷茫，她好像迷了路，怎麼也走不出這連連綿綿的湖田。這時她聽到了一陣哭聲從遠處傳來，她循著聲音奔跑過去，她看見一個男孩子在湖水中不停地掙扎著，快要沉下去了，男孩子的兩隻手和腦袋在水面上一伸一伸的，她走過去一

看，竟是自己的哥哥。她立刻急哭了，站在湖邊大聲喊快來救人啊，救救我哥哥呀……可是她喊破了喉嚨，始終沒有一個人聽見，眼看著哥哥跟石頭一樣沉進湖裡。就在女孩徹底絕望的時候，忽然看見湖面劇烈地晃動起來，一條很大很大的魚呼嘯著躍出水面，她從來沒有看見過那麼大的一條魚，通體發出油亮的黑光，尾鰭像笤帚似的連續拍擊著水面，魚一直在叫，叫聲痛苦而又可憐。震驚之餘，女孩猛地發現那魚並不是自己躍出水面的，而是被一根很粗的繩線由對岸拽了起來的。接著，她發現被繩子拽著的並不是魚，而是自己的哥哥，像一條被釣住的魚在湖面上鞦韆一樣蕩來蕩去。她還看見對岸站著一個虎頭虎腦的小夥子，手裡有力地拽著繩線，正衝她得意地嬉笑呢。她聽見小夥子衝她喊話，妳要是肯答應嫁給我，我就把妳哥哥拉上來。女孩又急得大哭起來，她媽媽媽地喊了半天，沒有一個人回應她；她又滿世界叫爹，可爹也不知到哪裡去了。後來她就不喊了，也不哭了，她抹著眼淚朝對面的小夥子義無反顧地走過去。再後來，女孩看見哥哥被人從水裡魚一般拉上來，哥哥的臉上一點兒也沒有懼怕，而是嘿嘿地衝她撇著嘴笑呢，那笑聲恐怖極了……哥哥說死丫頭妳就嫁給他吧，我們不再要妳了。

二桃就是被這種突兀而且怪誕的笑聲給驚醒的。三杏睜大眼睛盯著姐姐，二桃喘息著說，我夢見大草被人推到水裡去了。

三杏卻猛不丁問姐姐，昨天那人是誰？

誰也不是。

那妳還跟他在一起？

他是個好人。

所以妳就給人家洗衣服。

死丫頭，不准亂說。

姐妳跟金成哥到底咋辦？

咋辦也不咋辦，涼拌。

……

爹對二桃說，從今兒起就別去湖裡了，在家好好歇兩天吧，順帶也該想一想嫁妝的事，日子一晃就到了，妳尋思尋思該給自己添備些啥好。

二桃說稻田裡的草還厚著呢，我想再去薅一遍。

不薅了不薅了，爹一連迭地說。

爹定定地看著二桃。二桃不看爹，而是穿過敞開的屋門看著院裡的葡萄架。一行麻雀撲稜稜落在葡萄藤葉上，俏皮地喧鬧著，或用尖細的喙撓癢似的啄著胸脯上的羽毛。爹看見二桃比一開夏整整黑瘦了一圈，心裡就不著不落的。爹默默吸著菸，菸還是金成以前買來孝敬他的。二桃平時不讓爹多吸的，爹的肺不好。

二桃還是要出門，被爹一把擋住了。爹說妳這丫頭咋就犟得很，草厚就厚，讓它有著，妳哪都別去，這兩天稻田的水我去灌。說著，爹抖抖縮縮地從枕頭底下拿出一個折疊著的存摺遞給二桃。這摺子上的錢妳拿去，看著給自己好好添兩身像樣的衣裳。

二桃沒有伸手去接，是爹硬把摺子塞進她手裡的。

錢還是留著三杏上學時用吧。

二桃又將摺子款款地放在爹眼前的桌子上。

爹把眼瞪起來。

妳跟金成結婚當緊，還是三杏上學的事當緊？

爹，我不想結婚了，我跟金成，怕是吹了……二桃的聲音很小，可爹

還是聽得清清楚楚的。

　　二桃偷著看了一眼爹。爹的山羊鬍子一抖一抖的。二桃知道爹生氣了。爹很少對她吹鬍子瞪眼的。

　　妳敢！

　　爹霍地從椅子上站起來，鼻孔冒著青白的煙。爹鏗鏗不停地咳嗽著，鬍子抖得彷彿勁風掠著的一把雜草。

　　二桃不想再看爹的樣子，更不想跟爹拌嘴，她扭頭跑出了屋子，把爹一個人孤零零地撇在裡面。爹也隨即撞出去，可爹腿腳不好，根本撞不上二桃，眼看著二桃頭也不回地朝湖裡去了。

　　爹站在路口長長地嘆了口氣。爹忽然想起那句老話，兒大不由娘啊。爹長時間站在路口，渾濁的目光飄向遠方。爹想起了二桃媽去世時的情景，爹想起自己親口答應過二桃媽要把三個孩子拉扯大的，爹還想起二桃小的時候就很聽話，也很懂事，爹這樣想著想著，眼皮就酸澀得抬不起來了，往回走的時候兩行老淚撲簌簌地灑在小路上。

　　回到家，爹徑直進了院子前的菜地裡。爹拿起钁頭悶著聲一下一下刨著玉米地，其實玉米只種了幾行子，青綠的玉米葉子已沒過小腿肚了。爹刨得很仔細，那些討嫌的小草爹一株也不放過。玉米每年開春都種的，也不賣，爹是特意種了給三杏他們吃的。二桃和三杏還有大草都喜歡吃，爹就一年一年地種著，從不間斷的。刨完了玉米，爹的頭臉和身上已經溼漉漉的，汗衫溼透了，緊緊貼在脊背上。

　　爹在樹蔭下坐下來。菜園裡很靜，油菜花正黃澄澄地盛開著，那些蜜蜂在花叢中間一時起來一時落下。爹的目光也茫然地停留在油菜花上，一動不動地望著那些忙著採花蜜的小東西。爹還看見大草正從一棵蘋果樹底下呻吟著爬起身，好像剛剛睡了一覺醒來，兩隻眼珠魚一樣呆滯。通常，

那棵蘋果樹下面就是大草的樂園，樹蔭又濃又大，地上是厚而且軟的一層青草，整個夏天大草都待在那棵樹下面。爹在園子裡幹活，大草就一個人叨叨咕咕地跟自己說話，跟那些草兒花兒和偶爾飛來的一兩隻蝴蝶或蜜蜂說話，還跟枝頭上的麻雀和布穀鳥說話。大草跟它們似乎有說不完的話，至於他究竟在說些什麼，爹是永遠也弄不明白的。家裡沒人能明白這些的。但是爹知道大草喜歡待在那裡，所以，爹從來不把蘋果樹下的草鋤掉，爹讓那些草枝枝蔓蔓地瘋長著，一直長到來年春天，好讓大草每天待在那裡快活地玩耍。在這裡，大草顯得無憂無慮的，沒有人會給他白眼。大草膽子很小，爹怕他出門受外人欺負，所以，爹幹活的時候只要看著大草在身邊他就放心了。有時候幹累了，爹也會到蘋果樹下跟大草一起坐一會兒。這種時候大草顯得更加快活，他還會把自己剛剛捉到手的一條蠕動著的毛毛蟲子拿給爹看，放在爹的手心裡一起看蟲子爬來爬去。爹就摸著大草的腦袋一個勁誇他。大草就嘿嘿地給爹笑。

看得時間久了，爹的眼睛也晶亮起來，水水的。爹用袖子沾了沾眼角，慢慢地起身去鋤韭菜溝裡的草。

二桃一口氣跑到湖裡。她沒有下田去薅草，而是一個人呆呆木木地坐在埂上。

後晌，漸漸地起風了，風很大，前面的幾叢蘆葦在風中飄搖著，湖裡的水被風吹捲著，發出一種奇怪的水浪聲，從一邊飄向另一邊，一直飄到很遠的地方。

二桃一味地坐著，整整一個下午也沒挪窩，她像是種在地上的一株花草。到了黃昏時風才小了些，蚊子就嗡嗡著上來了，一團一團地在她身邊盤旋著。二桃一開始還思前想後的，一陣想妹妹，一陣想大草，一陣又想自己的事情，到後來二桃就什麼也不想了，腦子裡一片空白，只是靜靜地

聽風在耳畔嗚嗚地來來去去，聽湖裡的水浪聲時疾時緩起起落落。二桃的內心就慢慢平靜下來了。

靜下來以後二桃朝四周本能地張望了一會兒，目光散漫地滑過透著綠意的水田和疊起層層波光著的湖面，她沒有看見他，也沒有發現那隻小帳篷，到處都沒有那個紅帽子的影兒。二桃的心裡怪怪的，她甚至渴望能夠再突然下一場大雨。這樣想的時候，二桃猛地記起一件重要的事情。二桃想著那件依舊晾在屋裡的夾克衫，心裡泛起一股顫動著的暖流，她用雙臂把自己的身體輕輕地環抱著。

爹什麼時候領著大草走過來坐在她身邊的，二桃一點兒也不知道。爹點燃了一堆半乾半潮的雜草，濃煙滾滾地升起來，鼻子嗆得直想打噴嚏，眼淚也湧出來了，可蚊子、小咬卻一下子散開了，不敢輕易飛過來。看到了火光，大草就顯得有些緊張，一個勁朝爹身邊挪著屁股。

父女倆有多久沒有這樣一起坐過了，他們誰都記不清了。此時此刻，一老二小安詳地坐在橘黃的暮色中，不為一切所動。四周是大片的水田和魚湖環繞著，水面晃動著點點金光，太陽就要在西邊沉下去。大草把自己緊緊地偎在二桃的身上。爹呢半天也不說一句話，只是悄無聲息地吸著菸，間或是一陣劇烈的咳嗽，上半身抽縮下去。二桃心裡也不無愧疚，很長時間也不敢看爹的臉。

別吸了，爹。

二桃終於開口說話了。

爹想了想，還是把菸掐了。

爹說，我尋思了半天，妳跟金成的事妳自己拿主意吧，爹老了，往後啊，大草跟三杏的事，妳能多操個心就多操個心。

二桃說，爹我聽你的……嗚嗚。話一出口，二桃就哽咽起來。

爹用手裡的乾樹枝輕輕劃拉著面前的火堆，一串串紅的火星子不安地竄躍起來，朝著漸暗的天空紛湧而去，很快就消失不見了。

二桃竟越哭越厲害了。

爹不勸，只是坐在繚繞的煙霧中聽著二桃的哭泣聲。最後，爹說哭吧，哭哭就好了。大草卻不明就裡地跟著二桃咧嘴乾號起來。大草哭的時候嘴巴跟鯰魚那樣扁扁地一張一翕著。

二桃看著哥哥憨態可掬的樣子，自己竟又驀地破涕笑了，眼淚和清鼻涕溝溪一樣閃著紅亮的光。

眼看著三杏高考的日子一天天臨近了。

當姐的暗暗地替妹妹著急捏汗。可妹妹還是以前的老樣子，什麼時間該上學了，什麼時間該回家吃飯了，什麼時間該複習功課上床睡覺了，這些絲毫看不出有什麼大的變化。唯一的變化就是，三杏似乎不太願意待在屋子裡，每天下午回到家就急急忙忙地拿了書本散著步走出去，禮拜六和禮拜天的上午也是，大清早露水還沒落盡就夾著一摞書出門走了，過了晌午吃飯的時候也不見回來。爹似乎並不著多大的急，爹說妳別管，由著她去吧，學好學賴都是她自個的，旁人帶不去。

果然連著幾天二桃沒有再去湖裡，爹隔一兩天會去看看稻子的情況順帶往田裡灌水，她跟大草待在家裡。她倒也想好好給爹和妹妹做做飯，這樣妹妹就能把做飯的時間省下來用在學習上了。

好容易等到三杏從外面回來，天色早昏暗了。姐姐連忙把留給她的飯菜端上桌，催促說快吃三杏，餓壞了吧。三杏捧起飯碗就吃，姐姐站在一旁看。二桃覺得三杏的飯量這些天倒是好了，吃東西也不挑揀。但是，二

桃幾乎同時又發現妹妹似乎變得不怎麼愛說話了，也不衝她隨便笑，一個人坐在寫字桌前，無緣無故地就發起呆來。有時臉上的表情也很奇怪，像是遇到了什麼特別有趣的事，微微露著一絲笑；有時又好像滿腹心事，情緒莫名奇妙地低落和煩躁，眉頭擰著一股勁兒長時間不肯散開。二桃不敢多問，即便問了三杏也會淡淡地說姐我沒事的。二桃當然不懂得什麼叫考前綜合症，可她想妹妹八成是複習緊張的，一天到晚腦子裡要裝那麼一大堆東西，給誰也會吃不消的。二桃沒有別的辦法，只是在心裡默默地替妹妹打氣，她想等考完試也許就好了。

端午節二桃包了粽子，粽子包得又大方又精巧，個個像牛角似的，用發白的馬蘭藤子一纏，粽身兒透著股靈秀氣。每個粽子裡面都有三顆紅通通的棗兒。粽葉是爹從湖裡的蘆葦蕩中披回來的，爹也是每年都去湖裡披那種寬寬大大的葉子。白銀湖的蘆葦一到端午前兩天，葉子就瘋長到極限了，豆綠豆綠的，每一片都有鞋面那麼大，披回家煮了，再用涼水浸上一宿，葉子就變得韌性十足，濃濃的香味四處漫溢著。二桃的粽子好看又好吃，她包的粽子拿到街上去，很搶眼的，一個一毛錢，轉眼就賣光了。早些年家裡日子緊巴，手裡委實沒有什麼閒錢，給妹妹買個本子鉛筆啥的都需要錢的。那時二桃確實賣過粽子的，頭天晚上就煮在鍋裡，再用文火煨上一宿，第二天天剛濛濛亮就用紅柳筐子提著上街去了。出門前爹一再囑咐說路上小心，走慢點，往路邊走。二桃眨著黑眼睛衝爹噯一聲。那時二桃也就十幾歲，一個人拎著裝滿熱粽子的提筐兒，邊走那筐還滴滴答答往下滴水呢。二桃沿著曲曲折折的小土路朝公路方向去了，走上一陣，手痠了，就把筐子換到另一隻手上，再走一陣又換到原來的那隻手上，這樣換來換去就來到街上了。二桃通常站在北門的汽車站附近，那裡人多，一早就有開到外地去的長途車。一開始二桃不懂得吆喝的，只是紅著臉蛋站在

人們進進出出的地方，一雙黑眼睛衝那些陌生的面孔不無期待地張望著，又好像生怕別人會搶她的東西。後來，二桃就學聰明了，她是跟車站門口那個賣瓜子糖果的老頭學會吆喝的。二桃把筐子擱在地上，揭去上面的苫布，嘴裡一聲聲喊著，賣粽子嘍 —— 誰要粽子，又大又甜的熱粽子喲！這樣連著好幾年，那些賣粽子的錢爹不拿，讓二桃攢著，幾乎都用在妹妹學習上了。有時二桃也會花一毛錢買兩根冰棒，妹妹一根，哥哥一根，自己頂多象徵性地舔上一口，嘴裡卻說我最怕涼，你們快吃吧，要不化了。看著哥哥和妹妹吃得不亦樂乎，做姐姐的心裡也透著甜。

二桃特意給金成留了一串最好的粽子，想著他來了帶回去給那邊的老人和弟弟妹妹們嘗嘗的，也是自己的一片心意。可是，金成還是沒有露面，石沉大海似的沒有絲毫音信。二桃看著那串飽飽滿滿的粽子，心漸漸地跟粽子一起涼了下來，情緒多少有些懊喪，連著兩天人都沒有一絲神采。依照這裡的老規矩，端午節男方應該拎著粽子和禮品上女方家拜節的，也叫追節，金成那邊的悄無聲息實在讓二桃有些傷心和失落了。二桃想起金成前段時間告訴她家裡要再開兩個魚塘，所以忙吧，把節日的事情忘了也是有的。二桃原本是打算去金成家送粽子的，都推著自行車走出很遠了，思前想後又悄悄折回來。爹看在眼裡，只是一連聲地嘆氣，並不跟二桃說什麼理兒。爹自然知道這種時候二桃上金成家的門恐怕是說不通的，再怎麼著也不能讓鼻涕往眼窩裡流吧。

二桃忽然想起一件事來，打開櫃子一看那件夾克衫果然還疊得平平整整地放在裡面，彌散著太陽和洗衣粉的淡淡暖暖的氣息。二桃急忙把衣服用塑料袋裝好，出門前她又從留給金成的那串粽子裡挑選了最漂亮的兩個帶上。二桃給爹說了一聲，就騎上車子出門去了。爹納悶地坐在角落裡依舊不言不語。

幾天不出門，二桃似乎被眼前的一切怔住了。湖裡有了翻天覆地的變化，水綠得油一樣黏稠起來，蕩漾著油膩的光，密密麻麻的蘆葦叢遮住了半個太陽，稻田裡再也看不見明晃晃的水窪了，稻葉兒全都綠得泛黑，一叢一叢直挺挺地衝著天空。二桃想，再過些日子稻子該揚花了，稻花一落盡，穗子就開始灌漿水，秋天的腳步也就跟著近了。路過金成家的魚塘時，二桃忍不住遠遠地朝那邊張望了一下，她看見金成爹正站在岸上朝湖裡添撒著餵魚的青草，只是沒有看見金成的影子。那間她再熟悉不過的看魚棚子此刻空寂著，棚口橫著一攤耀眼的白光。二桃的心裡泛起一些說不清道不明的東西，倏地在胸口膨脹起來，堵得她心口發悶發慌了。她就再也不敢朝那裡張望，急疾地猛蹬兩腳車子，把目光果決地撇到另一邊的水田裡。

紅帽子見到二桃的時候衝她禮貌地伸過手來，二桃有點不好意思，也很不習慣，但她還是伸出一隻手去讓他握了一下，就像電影裡的兩個革命同志見面那樣。二桃覺得紅帽子的手比自己的還要細膩呢，不乾也不溼，握住的一瞬間有種陌生的溫暖厚厚地裹住了自己的手。

我以為妳失蹤了呢。

紅帽子一直衝二桃微笑著。二桃打心眼裡喜歡這種溫溫雅雅的笑，她覺得有文化的人笑出來就是跟莊戶人不一樣的。其實金成好像也是愛笑的，可金成的笑遠不是這樣的，有點大大咧咧的，笑起來粗聲粗氣，一點兒也不懂得節制，聽著總有股傻乎乎的勁。二桃不無歉意地把衣服從車把上摘下來，連同那兩隻粽子一併遞給紅帽子，說早就洗乾淨了，一忙就忘給你送來了。紅帽子接過去，一連聲對二桃說著謝謝。二桃更覺得難為情，倒成了自己幫了人家的什麼忙，臉也微紅著，不知該說些什麼才好。她覺得他說出謝謝的那一刻，自己的心間忽然有一種奇妙的漾動，就如灼

熱的陽光輕輕流淌在鼻尖上，又像一根羽毛飄飄蕩蕩地從赤裸的手臂上滑落下來。這時，紅帽子卻說妳的粽子很好吃，我已經嘗過一個了。二桃頓時一愣。是妳妹妹給我帶來的，紅帽子接著說，其實妳家三杏挺聰明的，她跟我問過幾道物理題，我一講她就懂了。二桃如夢方醒般地點了點頭，想說什麼卻又一時間不知從何說起。紅帽子說看來妳妹妹也很關心妳，她跟我說了許多妳的好話呢，她還說妳就像她的母親一樣。二桃的臉更紅了，心卻是暖的。

再過些天我們就得走了。

去——哪？

當然是回去，你們這裡的測量任務完成了。

二桃的眼神幽幽的。

那以後還來嗎？

說不一定，估計是不來了。再說就算來，那時候這裡肯定大變樣了，水田全改造成湖了，還有一條高速公路要從這裡橫穿過去。

說著，紅帽子用手指著未來那條公路的方向。他告訴二桃，田裡挖出來的泥土正好用來墊路基。

二桃心裡一驚，因為紅帽子所指的地方正好包括她家稻田所在的位置。

湖裡的田是不是再也種不成了？

是啊，這裡原先就是一片大湖，妳應該知道的，現在只是要把它恢復到當初時的模樣。等把湖改造好，路也修通了，你們這裡就變成一個風景優美的旅遊區了，到那時候，說不定妳還能在白銀湖划著小船做導遊什麼的呢。

聽完紅帽子的一番話，二桃的目光極力飄向遠方，彷彿眼前的這一切

忽然變得異常遼闊起來，怎麼也望不到邊際。一種懵懵懂懂的感覺浮上心頭，有些事情二桃不太懂，有些事情二桃想也不敢去想的，她只是聽紅帽子描述著一個她從來也沒有想過的白銀湖，或者，那個大湖是有的，只有在她的夢中才會出現，只有在二桃回想往事的時候，白銀湖裡清澈透明的水才會在記憶最深處熠熠閃亮。

一隻布穀鳥在前面的蘆葦蕩中咕咕咕咕地叫起來，聲音斷斷續續地在水面上滑行，悠長而且空靈。很快，又有一大群的鳥在寡藍色的天空裡飛過，然後壓低了黑黑小小的身體輕盈地掠過豆綠色的水面。布穀鳥已經飛遠了，有點淒婉的叫聲像是從天邊飄過來的。二桃和紅帽子一直在聆聽鳥的聲音，兩個人之間離得很近，近得能聽清彼此的心跳聲。

等將來呀，這裡肯定會變成鳥的天堂。

將來。二桃聽見紅帽子有些動情地暢想著。可在二桃聽來這是一個多麼深奧而又遙遠的詞啊，像是深深地埋藏在曾經的那片浩浩森森的大湖之中，又像是一下子將二桃帶到了一個完全陌生的天地裡面，那裡的風，那裡的水，那裡的一草一木，甚至於一隻幼小的鳥兒，都是二桃所不熟悉的。二桃似乎已經沒有勇氣再去想將來的事情。二桃的心忽然變得空茫起來，彷彿被完全掏空了似的，失去了重心，也失去了目標，對將來沒有絲毫憧憬。

當一陣風從北面吹過來的時候，二桃覺得自己快要從地上飄起來。

回家的路上，二桃的心裡還是悵惘著。碰巧遇見了妹妹，妹妹手裡拿著書本朝這邊慢慢走來，一忽兒把書搭在嘴上，一忽兒又拿開了低著頭看，腳步踟躕著。二桃知道妹妹是在背書呢，妹妹背書的樣子真好看。看見妹妹用功二桃就高興，二桃想等妹妹以後考上大學是不是也跟紅帽子一樣了，說話動不動就謝謝謝謝的，笑起來也那麼溫溫雅雅，這樣想的時候

二桃心間便悄然滲進一絲甜蜜。二桃不想打攪妹妹，只體恤地安置了她一句，三杏別太晚了，天黑就回來。妹妹衝二桃的背影嗳了一聲。

夕陽正在二桃身後靜靜地遊走。

風輕輕一吹，湖裡就開始飄蕩那種甜甜香香的氣味，濃得像剛剛燒開的一壺醪酒。

爹的笑容卻明顯減少了，心事重重地背著雙手進來了又出去，腳步遲疑而又沉重。到湖裡看一看稻子，穗兒全都黃澄澄地低垂著，爹本該樂得合不攏嘴，莊戶人就等秋天有個好收成呢。可爹的心情也像稻穗兒沉甸甸的，怎麼也抬不起來。二桃倒是比爹想得開明些，二桃現在擔心的並不是自己，而是妹妹。妹妹高考只差幾分，二桃想好了，無論如何也要讓妹妹再去複習一年，二桃就不相信再下一年的功夫找不回來那幾分。妹妹變得沉默寡言，整天窩在屋裡不肯出門，就是趕也趕不出去。這一點二桃竟沒有想到，她一直以為妹妹根本不在乎考上考不上呢。

發榜那天是二桃陪妹妹一起去看的。二桃忘不了妹妹當時的神情，妹妹從來也沒有那麼認真過，眼睛倏地紅了，淚水小溪一樣汩汩地湧出來，頭也不回地扔下姐姐自己跑開了。妹妹到家就把自己反鎖在小屋裡，整整一天，飯不吃，水也不喝一口。二桃真是給她嚇壞了，一時不知道該怎麼辦。眼巴巴地趴在窗臺上，一聲聲衝裡面喊三杏，讓她把門打開。妹妹就是一動不動躺在床上。二桃就趴在窗臺上嗚嗚地哭，哭一陣勸一陣，大草也過來跟著二桃一起乾號，最後惹得街坊鄰居紛紛擠進院子裡觀望，以為家裡發生了多麼大的事情。爹後來把二桃喝住了，爹說哭啥哭，我還沒死呢。二桃就不敢再哭了。天黑以後，小屋的門終於開了，妹妹從裡面默默

地走出來，二桃急忙上去把妹妹緊緊地抱住。二桃聽見妹妹一抽一抽地
說，姐我對不起妳，我沒臉見人了。二桃哄孩子似的摩挲著妹妹溼漉漉的
臉蛋，說傻丫頭，真是個傻丫頭，姐姐不怪妳，只要妳用心了姐姐就高
興了。

爹背著二桃悄悄去金成家探聽口風，才知道金成跟他爹到外地採購新
品種的魚苗去了，得些日子回來。爹就不便於同金成媽談論什麼，女人家
的說了也不算數。爹又去尋那個媒人說話，想從媒人那裡得到些消息，哪
知媒人自己新添了孫子，正樂顛顛地伺候兒媳婦坐月子呢，根本沒把二桃
和金成的事裝在心上。爹快快地回來，卻不跟二桃透露什麼，只是閒下來
的時候一個人思量，不知道那隻疙瘩結在什麼地方。夜裡一閉上眼睛，就
能隱隱約約看見二桃媽的臉，還是那樣蒼白虛弱，還是那樣汗浸浸的，還
是那樣目光迷離，還是放心不下地睜開著雙眼。爹烙餅似的把身板翻過來
翻過去，一聲一聲嘆息。大草在一邊呼呼地熟睡，響亮地磨牙，豬崽兒似
的哼哼著。爹在黑暗中的嘆息大草是聽不到的。

秋日苦短，撒泡尿的工夫就挨到盡頭。照說稻子收回倉，二桃就該出
嫁了。當初日子就是給在這個時候的。可是，金成家還是沒有過來人，連
媒人的影兒也不見。二桃反而越發平靜，從收割到打場，二桃不緊不慢地
幹著活。而且，對待今年的這成莊稼，二桃是格外地用心，稻茬子留得低
低的，捆子紮得緊緊的，田裡的穗子收拾得乾乾淨淨、顆粒不落，打完場
她又把稻穀美美地晒了一天才拉回家。往年等所有活都幹完了，人也就疲
塌下來。可這次二桃一點兒也沒有覺出累，相反竟有點異常的興奮，搜騰
著把爹跟哥哥妹妹的髒衣服全都找出來洗了一大盆。

傍晚時，二桃又常常一個人獨自走到湖裡去，像城裡人散步似的四處走
來走去。秋後的湖裡明顯蕭瑟起來，大片大片的稻茬子猙獰地裸露出來，完

全看不出曾經的一季茂盛，蘆葦花早就敗了，葉子萎靡著，失去了往日秀美
的容顏。那些零零散散的魚湖也寂寥起來，水面上灰濛濛的，倒映著樹木瘦
削的黑影兒。天一涼，來釣魚的人明顯少了。一切似乎都安排好的，突然靜
下來，天地間有種無遮無攔的空洞。這種時候，二桃能遠遠地看到那片寂靜
的閃著銀光的水面，還有那間低矮的深褐色的棚子，那是金成家的魚塘啊。
二桃的眼底漸漸泛起一層微紅，迎著風，晶晶亮亮的浪花就在裡面跳動著。
這種時候，二桃耳邊會很奇怪地響起紅帽子以前說過的那些話：將來呀，你
們這裡會變成一片浩瀚的大湖，變成真正的鳥的天堂。

　　……這一年眨眼就過去了。也許是兩年或者三年，都像是這麼眨眼間
溜過去的，沒有留下絲毫痕跡。現在的白銀湖卻是大不相同了，寬闊的沒
有方向，接天連日，湖水靜謐著，一開春，水便綠得泛藍，成群結隊的魚
兒在湖中嬉戲，一年四季垂釣者絡繹不絕。那些蘆葦叢齊頭齊腦的，一看
便知是經過一番精心修剪過的，像一囤囤綠色穀倉凸現在湖面，大小的摩
托艇魚鷹一樣在水面上呼嘯著飛來飛去。湖心還有人工堆起的一座島嶼，
密密麻麻地植滿了樹，數不清的鳥兒棲息在島上，把這裡聒噪成另外一片
天地，遊人若想去參觀，得多花十幾塊船票，而且絕對不允許帶火種和獵
槍。站在高速路的空架橋上望過去，那些廣袤的水田是再也看不到了，永
遠沉沒在龐大的湖底，還有許許多多條迂迴曲折的小路和溝溝渠渠，路上
曾經留下的成千上萬的人和牲畜的足跡以及丟落在上面的一粒粒稻穀和一
顆顆牲畜糞便，都埋藏在水裡，世上有多少過於尋常的事物都掩蓋在表明
的平靜和繁盛之中了。

　　一切都彷彿風輕雲淡了。這一年，抑或是兩年三年，二桃倒也學會了

很多東西，學會了順其自然，也學會慢慢地忘卻。她身邊發生過椿椿件件的事情，比如金成到底還是跟另外一個女人結婚並生了一雙女兒；比如三杏終於考到南方一所地質學院念書去了，三杏說自己將來也要像紅帽子那樣到田野裡無拘無束地工作；再比如爹有一晚吃過飯坐著坐著突然就一頭栽倒再也沒有醒來……只有二桃和大草還相依為命著。二桃在湖岸的停車場擺了個小貨攤，賣一些旅遊紀念品、游泳衣和飲料什麼的，旺季時候生意相當不錯。大草現在似乎懂事多了，幫二桃看攤子時兩隻眼睛盯得緊緊的，遇見想買東西的客人過來，他就朝人家嘿嘿地憨笑不停，還會慢吞吞地說些歡迎、謝謝、下次再來的話，客人見他像個孩子似的好玩，再一看站在大草身邊的二桃，似乎從中看出了什麼名堂，也不顧著挑揀和砍價，大大方方拿了東西便走。

　　唯獨黑夜顯得冗長，多少年來好像沒有一絲變化。天空像深黯色的湖面在二桃的窗前閃著微光，有月亮的時候星星總是稀少。二桃不喜歡月亮，二桃更喜歡在睡不著的時候看那些細碎散漫的星光。大草的瞌睡永遠又厚又濃，大草在夢裡呼喊爹媽的時候，二桃的眼裡會溢出一行清淚。妹妹隔三差五寄一封信回家，二桃常常會把信仔仔細細看了一遍又一遍，晚上睡覺前還要把信輕輕壓在枕頭下面，唯獨這樣，二桃才能睡踏實，可一旦睡著了，二桃又會重複以前不知做過多少次的那個夢。

　　夢裡還是一面大湖，周圍還是許許多多的小湖緊緊相連，都明鏡似的蕩漾著銀白的光。一個小女孩在湖邊寂寞地行走，她總是一臉的茫然，好像迷失了方向，永遠也走不出這連綿不絕的湖光水色……

向葵頭上的野煙

甲

向葵那年頂多也就是七歲過一點。身子骨細細瘦瘦的，頭髮又稀又焦，皮膚蠟黃蠟黃的，一年四季面皮跟屁打了似的不受人看。

向葵的頸根是一截藕白色的嫩肉，跟個小姑娘似的，頸根上面懸稜著一顆乾巴巴的大腦袋，而整個腦袋上最引人注意的又是那雙招風耳。兩片耳葉整日間呼搧著，像一對在太陽光底下揮舞著透射出赤紅色翅膀的蝙蝠。冬天的時候，一雙亮晶晶的清鼻涕總是懸掛在兩片嘴唇之間，一吸一垂地動著。

通常，別人講話的時候向葵總喜歡站在一旁，偏著腦袋一門心思看著對方，模樣十分的謙卑。向葵的個頭又是孩子群裡最矮小的一個，他所採取的這種比較特別的站立或傾聽的姿勢，正好給人一種葵花向太陽的粗淺印象。

儘管向葵聽話的樣子又謙卑又乖巧，但事實往往不以他虔誠的意志為轉移，他一直無法擺脫被別人欺凌的命運。在我們的每一次玩耍或集體行動的過程中，向葵總是讓我們中的任何一個人吆來喝去做這做那，而他只有唯命是從。

比方說吧，我們要去溝裡鳧水，向葵就得用手支撐著下巴頦悄悄蹲坐在岸上給大家夥兒看好衣服和鞋子；我們如果打算去園子裡偷摘一些梨、蘋果、葡萄什麼的，他就得老老實實替大家夥兒站崗放哨；若是我們耍跳馬或騎毛驢之類的遊戲，他必定又是馴服的馬或小毛驢，隨便我們在他身上胡亂折騰一番並且任勞任怨；假如哪次運氣很差的話，我們做了壞事又恰好給社員們發現了，我們兔子一樣拔腿就跑，唯獨將向葵落在身後。

向葵身體本來很瘦弱，跑起來慢吞吞的，像一隻病乏的羊羔，眼看被

看管園子或菜地的社員當場捉住，他就只好替大家背黑鍋當替罪羊了。有過那麼幾次，那些社員似乎明白了其中的原委，明明放下跑在最後頭的向葵不捉，卻反拚了老命攆上來逮我們。這種時候，我們都罵向葵真是沒用。

　　總而言之，向葵是一個既無關緊要又不可或缺的角色。

　　這一點上又頗有些類似於村子裡的某種人事格局，儘管那時間我還不大明白成人世界裡的種種規則。在社員們中間，有一個人的存在的確跟向葵生活在我們之間的情形有點相似，也是既無關緊要又不可或缺。

　　我這裡說的這個人就是住在隊部那間低矮的小窩棚裡的癩呱子臉。其實，癩呱子臉當然不是他的真名，大夥兒不知曉他姓甚名誰，只知道他是個外來的窮困潦倒的流浪漢（那些年像他這樣的流浪漢到處都是，他們經常出沒在村子周圍，哪個隊裡缺重勞力就會將他們收留下來給口飯吃），年紀在四十歲上下，或者更大一些。至於癩呱子臉，主要是形容他那張奇怪的花花臉。他的臉遠比戲裡的人物的油彩花臉還要稀奇古怪。

　　事實上，到現在我對癩呱子臉的印象已經十分的淺淡了，倒也不是說我是個很健忘的人，我相信沒有幾個人還會記得住他這樣一個人。

　　在一個村子裡，的確有許許多多重要的人物，我所深深記著的多半是這些有頭有面的人。之所以說他們非常重要，是因為他們在當時的農業社裡舉足輕重，我們吃的糧食或蔬菜都得由他們一一分配，一戶人家的吃食全在他們的手心裡緊緊攥著。糧食多一粒少一粒，完全取決於這些重要人物的喜樂和心情，而分配的標準往往又是由每家每戶全年的勞動力及工分總數目所決定的。那些重要人物在掌管糧食和菜蔬的同時，他們更是一年四季都像駕馭牲口的老把勢那樣，牢牢地拽著套在大人們脖子上那根看不見的繩索，吆喝大家往東往西幹這幹那，他們則悠閒地倒背著雙手，在田埂上吸著紙菸轉來轉去。

向葵頭上的野煙

　　那時我們既戰戰兢兢地做著一些偷雞摸狗的事兒，又格外擔心那些重要人物會抓住我們的一些把柄而要脅大人們。但是，那時候我們除了揣著一顆惶惶的「賊膽」之外，滿腦子和滿肚子裡都是饞涎和飢餓。我們什麼都想吃，瓜果、玉米棒子、毛豆秧子，反正，只要是地裡長出的東西，樹上結出的果實，成熟的或半生不熟的，沒有一樣能逃出我們的視線和胃口。不過，我們還是很害怕那些大人物的，因為一旦惹火了他們，我們的日子肯定會很難過的。

　　至於像癩呱子臉這樣一個卑微的外鄉人，我們幾乎沒有怎麼正眼瞧過他。很多時候，我們覺得他像一條猥瑣的老狗，寂寞地守在那裡。我到現在已很難清晰準確地描述他的相貌，或者說，他在我眼裡只是一團非常模糊的印象，是濃霧一樣的謎團。唯獨還能記起來的恐怕就是他那奇異的膚色。他的兩隻袖子總是很長，幾乎苫住了手背，不論春夏秋冬，他從來不把袖子捲起來，更沒有穿過一件短袖子的汗衫。偶爾露出來的手背在人眼前迅速一閃，像黑夜中的一道電光，刺目驚心的慘白。他的頸根和兩隻耳葉的後部以及多半個臉龐也都被那種刺目的慘白曲曲歪歪籠罩著，他的頭皮就像白色的搪瓷缸子那樣雪亮雪亮的，頭髮也不是普通的黑色，而是像電影裡外國人那樣赤黃著。沒有人告訴我們他的皮膚是怎麼了，為什麼會弄成那樣瘆人的白色。

　　當然，等長大以後我才知道，那只不過是一種病，一種常見的皮膚病而已，沒有什麼可大驚小怪的。但那時候我們卻認為問題一定十分嚴重，嚴重程度一點兒也不次於當年「蘇修」和「美帝國主義」對我們的虎視眈眈。

　　與眾不同的奇怪模樣使他的存在成為一種白色的不祥，一隻白色的神祕幽靈。癩呱子臉原先並不是村裡的人，據說他是在許多年前的一個深夜

悄悄來到這裡的，誰也不知道他為什麼會來到我們這個村莊，正如誰也不清楚他那可怕的白色皮膚究竟是怎麼一回事。

那一年冬天好像特別寒冷，村子裡的那口老水井都凍死了，井臺子周圍結了山丘一樣巨大的冰團，將井口圍困在當中，離水井稍遠一些的地方是一道一道蜿蜒開去的冰凌子。水井忽然間成為一隻發著白光的險惡的冰洞，使人望而卻步。那口井就打在隊部那排土房子前面，那幾間房子就是隊裡的那些重要人物經常出入的地方，其中有一大間是庫房，常年掛著一隻將軍不下馬的黑鐵鎖，鎖頭有些生鏽了，顯現出鮮豔的氧化物的鏽斑。庫房的兩扇柳木門平時是很少打開的，一旦敞開了門，必定有重要的事情發生，而且多數情況下是很好的事，是可以讓大夥兒為之歡喜一陣子的，比如分糧分肉分果子菜蔬什麼的。分東西是天天都期盼著的事情，否則，家家就得喝西北風餓肚皮。

冬天的日子最難熬啊，糧食沒有了，蔬菜也沒有了，就連生了一扠多長綠芽子的土豆都吃得精光了。日子眼見就快撐不下來了，可庫房門上依舊整天掛著冷冰冰的黑鎖頭，讓人感到無比沮喪。

我還記得懸掛這把半尺長短的將軍鎖的鐵門鐐子（鏈環）有一個十分顯赫的作用，這在當時幾乎是一件無堅不摧的瑰寶。我們這些孩子因為白天胡亂找東西吃，不管是樹上的還是地裡的，只要可食，都被我們想方設法弄到手，生生地吞進肚子裡去，可隨之而來的是上火和令人難以忍受的潰瘍，嘴唇口腔內壁和舌苔上都生滿了大大小小的水疱，一到天黑回到家裡就疼得齜牙咧嘴哭爹喊娘。

那時候可不比現在，有很好的醫療條件，生了病多數情況都得乖乖忍著。有時候實在忍不住了，便被母親拽著手臂去隊部刮那種包治百病的鐵門鐐子。掛著將軍鎖的鐵門鐐子又長又粗，母親們都相信它能刮去孩子

舌苔上的水疱。通常要用鐵門鐐子在舌苔上刮七七四十九下（為什麼非要刮四十九下，我從沒有考證過，估計是一種迷信的說法），但心一定要誠。心誠則靈。刮舌苔的時候得默默數著數，絕不能有半點聲張和不敬的言詞。

我小時候舌苔上經常生那種惱人的水疱，沒少受過這種冰冷的「刮療法」。母親一般都是選擇夜深人靜的時候帶著我悄悄出門的。在寒氣逼人的夜色中被母親緊緊拽著小手，腳下踩著硬邦邦的土路，有時頭頂會有一圈皎潔的月光在深黯的天空裡幽幽地閃耀著。我走得極不情願。母親卻是滿臉的肅然，像是要去做一件多麼神聖的事情。一路上母親都不跟我說半句話。等走到隊部庫房門前，母親早迫不及待地將我推搡到那高高的門檻上。

母親站在門檻下，用雙手穩住我的小身體，生怕我會掉下來似的。

她說你快刮吧，聽話，刮完就不疼了。

我幼小的心委實惶惶惴惴的，一隻手已經摳到了那冰冷的門鐐子，我甚至還有意碰了碰那把黑黑的鐵鎖，它竟紋絲未動。鎖身在月光中浮著一層清冷的霜輝，似在不屑地嘲諷我們的愚昧。母親又在下面催促了，還死站著幹啥？你倒是快點刮啊！

我便顧不得許多，手裡的門鐐子已經在伸出來的舌苔上慌忙刮動起來。

我在心裡默默地數著。母親也在輕輕地替我數數。通常，我數著數著就數忘了，不知道下面該是第幾下。只記得堅硬而又冰冷的金屬在自己的舌苔上一下一下刮摩著，唾液都是鹹澀的，舌頭漸漸木了，僵了，最後完全變成一塊硬撅撅的石頭，動也不能了。

當母親宣布結束的時候，舌頭好像完全不是我自己的了，怎麼也收不回嘴裡來。回家的路上，母親問我還疼不疼。我木訥地搖搖頭。我說舌頭

好像胖胖的。母親說那是麻了，麻了就不疼了。果然，第二天那疼痛似在減輕，吃東西也覺不出什麼味道，像在嚼一團棉花。再過上三兩天，舌苔上的瘡疱竟自動消失了。好了傷疤就忘了痛，接下來，我又開始跟著大夥兒一起尋找一切可以吃的東西，以抵禦無處不在的飢餓。

但是，我永遠也無法忘卻那個寒冷的臘月天。那天夜晚，似乎星星很稀少，月光灑滿了結霜的土地，我和母親踩著薄霜覆蓋的青白色小路，影影綽綽地朝隊部的方向走去。這大概是我最後一次跟著母親去刮自己潰瘍得一塌糊塗的舌苔，那天晚上以後，我再也沒有採用這種古怪而又荒唐的治療手段。事實上，那晚之後，就連一向虔誠之至的母親也不敢輕易再帶我去那個地方了，她一定是受了巨大的驚嚇。

那是我第一次碰見他，那個卑微的癩呱子臉。

這之前，我從來也不曾見到過如此可怕的一張活人的顏面。母親一定是被他的樣子嚇壞了。女人的膽子畢竟很小。母親後來一直近乎頑固地認為那晚自己撞到了鬼，就是傳說中的白臉無常。所以，在相當長的一段時間裡，天色稍微黑沉一些，母親斷然不敢出門走動了，就連上茅房也要我們幾個孩子陪著她出去。

許多年過去之後，當我讀到維克多・雨果的《巴黎聖母院》，真正見識了卡西莫多那副醜陋無比的怪相貌：「……那個四面體的鼻子，那張馬蹄形的嘴，小小的左眼為茅草似的棕紅色眉毛所壅塞，右眼則完全消失在一個大瘤子之下，橫七豎八的牙齒缺一塊掉一塊，就跟城牆垛子似的，長著老繭的嘴巴上有一顆大牙踐踏著，伸出來好似大象的長牙……這一切又都表現出一種神態，狡獪、驚愕和憂傷……」，我這才試著重新回憶起那年和母親在隊部庫房門前的一次遭遇 —— 這對於年幼的我或膽怯的母親都不啻為一場噩夢。

向葵頭上的野煙

　　我得承認見識貧乏或愚昧無知通常是人最致命的問題，它無端地給很多原本稀鬆平常的人或事塗抹上神玄乃至恐怖至極的色彩。人們總是習慣性地將自己想不明白的事情跟神啦鬼啦的荒唐東西連繫在一起，對所有反常的表像統統以人死後的陰魂之類的想像物來替代或加以描述，使人們談之色變，避之唯恐不及。回想那些年整個村子裡的老老少少都是怎麼對待一個皮膚病患者的，我依然感到心驚肉跳，感到頭皮發麻、汗毛倒豎，也感到了一絲羞愧，彷彿過去的一切真的又在眼前重演了。

　　那天晚上，當我和母親躡手躡腳來到庫房門前並開始虔誠地進行一次潰瘍治療的時候，我和母親不約而同地看到了那個猥瑣的怪人，那個白花花臉的外鄉人。或者說，他突然像一條伺機而怒的老狗從旁邊的窩棚裡警覺地竄了出來。這之前，我們已經依稀聽說村裡新來了一個外鄉人，就住在隊部的窩棚下面，而且，是經過隊裡某個重要人物批准的，他可以住在這裡，同時幫忙看管隊部的房物，可是我們一直還沒有看到他長什麼樣呢，因為白天他極少出門，總是蜷縮在窩棚裡，不知在做些什麼。

　　天氣實在太冷了。當時我剛剛伸出自己的舌頭，手裡的門鐐子和舌苔稍微一碰，我立刻覺得它們之間似乎膠性極強地黏接在一起了，就彷彿一塊塑料落在火紅的爐蓋上，頃刻間便融化了並合為一體。

　　而癩呱子臉正是這時出現在我和母親面前的。他的貿然出現使這個寒冷的冬夜突然產生了某種虛幻，產生了一種前所未有的空洞。或者說，我和母親猶如失了魂魄的空殼忽然凝固在這虛幻的夜色當中。我們像兩隻失去操控的皮影兒，又因為失去控制而變得僵死和手足無措。我看到母親的臉在月色中發出刀背一樣的一層青輝，她的嘴巴一下子就張開了，好像已張到了極限，有一種撕裂般的疼痛與惶悚在臉上迅速彌散開來。

　　……我不願記起卻又不能忘懷的還是他那張可怕的臉，在月光中，那

242

是怎樣的一種白啊！那種慘白越發顯得鬼魅飄忽、毫無邏輯，甚至於白得有些生冷和鮮豔了，那簡直不屬於常理中的一種顏色，使人無法想像這一面孔竟會是一張活生生的人臉。

後來能記住的就是自己奔跑時慌亂的聲音。我和母親拚了命在冬夜中狂奔，鏗鏘又雜沓的腳步聲鼓點一般響徹黝黑闃寂的村巷，快到家門的時候，早就氣喘吁吁的母親，佝僂著身體接連用一隻手背捶著腰身。我的舌頭似乎有了知覺，我使勁咽著充滿鐵鏽味的唾沫，嘴裡有股令人作嘔的腥味隨著急促的呼吸不斷彌散出來。

待回到家方才發現，我的舌苔上似乎少了點什麼。我對著一塊鏡子照了半天，舌頭上露出一隻鮮紅的血窟窿，顯得十分荒謬，彷彿被什麼東西咬去了一塊。原來，當時自己大概太緊張了，竟被那該死的門鐼子黏去了一塊舌肉。我疼得哭鬧了整整一宿，劇烈的疼痛和嗚嗚的哭號聲使這個冬夜變得漫長而又不同尋常。哭聲的背後是無邊的恐懼陣陣襲來。那晚母親摟著我睡，直到天亮，她的身體仍在一個勁兒地抖著。

翌日清晨，父親到井邊挑水的時候，遠遠就看見一柱濃濃的黑煙從隊部門前升騰起來。井口旁燃燒著一堆熾烈的柴火，火光伴隨著嗶嗶啵啵的聲響在晨空中飄搖和咆哮著，封凍的井口正在慢慢地融化。融化中的冰在火光中熠熠生輝。父親看見一個陌生的黑影正蹾在火旁，他的臉上閃跳著奇異而又古怪的紅光。

父親挑著空桶回來的時候好像說隊部裡新來了一個老啞巴，奇怪的是，他沒有描述那張慘白陰森的鬼臉。也許父親並沒有完全看清楚。也許像父親這樣的男人是不會感到有什麼恐懼的。

母親依舊一聲不吭，過了好一會兒，她才對我說，往後不許去那裡耍！

　　當天下午，人們陸續從隊部挑回來要吃的水，封凍的井口終於被燒化了。大夥兒的議論依舊跟那張醜陋的花臉無關。

乙

　　整個夏天，我們都把時光浸泡在清涼的渠溝裡。水才是這世間最神奇的東西，水可以包容人的身體以及身體中的所有汙垢和缺陷。它看似無形，卻以巨大的浮力拖舉著我們赤裸而單薄的身體，讓人感到無比的涼爽和愜意，感到自由自在，也感到夏日對於我們孩子的真正意義。

　　我那時候甚至開始懷疑自己是不是魚類或泥鰍什麼變成的。我是多麼迷戀這種在水中徜徉的感覺，同時，也痴迷於這種胡思亂想。在水裡我們可以自由地鳧來鳧去，活像一隻隻無憂無慮的野鴨子，如果給我們插上一雙翅膀，我們一定能飛了起來。可很快，我的這種猜測和妄想就不攻自破了，自然老師在課堂裡口口聲聲說我們人類是由一種叫做類人猿的傢伙演變過來的，也就是一種比較高級的猴子。很長一段時間，我感到非常失望，甚至有些淡淡的憂傷。這憂傷彌漫了整個夏天，像水一樣在我腦海中流動，讓人悶悶不樂，幹什麼都打不起精神。

　　猴子會鳧水嗎？我想牠們肯定不會。牠們只會在樹上爬來爬去，只會傻乎乎地翻跟頭做鬼臉！

　　在夏日陽光的炙晒下，我們每個人的皮膚都開始發紅並由黃變黑，黑得有點不可思議。你可以清楚地聽到陽光滑過水面和人的肌膚時所發出的細微的沙沙聲，那種聲音溫暖而又舒緩，就好似一隻慵懶的蟬蟲蟄伏在茂密的樹枝裡的一聲聲輕輕地鳴叫。把盛夏無限制地拉長。在水裡待得時間

久了，往往又會感到肚子裡空落落的，會呱呱地叫，聲音很聽起來很齷齪，彷彿流動的水會迅速消解腹內的食物並裹挾身體的熱量，使人感到一陣一陣的暈眩或腸胃痙攣。

我們只好空虛無奈地爬上岸，懶洋洋地仰躺在晒得發燙的沙土上，兩隻手不停地將很柔軟的細沙土捧起來撒在裸露的身體上。通常，大家都會先用沙土掩埋自己的陰部，好像那個地方是一種奇恥大辱。在水裡時我們一點兒也不在乎，好像它並不存在，可一上岸，我們立刻就感到陰部是多麼的醜陋。將鬆軟滾燙的沙土堆積在上面，使我們原本孱弱的軀體看上去更像一具具氣息奄奄的女屍。

向葵那陣子一直都沒有下過一次水。他的膽子忒小了，小得恐怕僅有黃米粒大。有時候我們動手燒死一隻老鼠或捏死一隻青蛙，他都顯出惶惶不安的樣子。看來，向葵也就只配老老實實蹲在岸邊給大夥兒看看衣服或站崗放哨，他恐怕做不了什麼大事情了。

在村子裡，向葵媽更是一個謹小慎微的女人，她走路輕巧得有點異乎尋常。你根本不能確定她是用兩隻腳一步一步走過來的，還是像一片輕盈的雲彩慢慢悠悠地飄移過來的。那個沉默的女人在人前很少大聲講話，和社員們一起出工的時候，她總像是被誰遺忘在身後的一隻寂寥無助的影子，扛著一把短鋤或鐵鍬悄無聲息地走著，腳步十分細碎、輕穩，彷彿一隻巨大的雌性昆蟲。

向葵媽的頭上老愛遮一塊大花格子的棉圍巾，顏色已經捎得發白，她的瀏海兒麥穗一樣齊整地在前額上輕輕飄動，一雙幽憂的眼睛恰到好處地藏在黑黑的瀏海兒叢裡，讓人覺得她的眼神也是那麼飄忽無常。向葵的性格也由此可見一斑，這讓人相信書上說的那句老話，有其母必有其子。社員們當然說不出這麼光鮮和深奧的話，他們只會講啥樣的蟲子拉啥樣的

屎。雖然這是一種較為樸素的說法，但我不喜歡聽他們這樣談論向葵和向葵媽。

那些閒散的時光裡我們總是感到空虛和無聊。無法滿足的食慾在體內像許許多多細小的蛇游來游去。我們從地裡捋來剛剛灌漿的麥粒，每個人的口袋裡都裝滿了這種青嫩的穀物，還來不及剝去皮已經被嘎吱嘎吱嚼在嘴裡，乳白色的汁液墜滿了嘴角，一個個都像是剛從母親的胸懷裡鑽出來的奶娃。

這種東西吃多了以後，便有一種腹漲的感覺，很不舒服，肚子裡依舊咕咕地叫著，有些鬧哄哄的，依舊餓得心慌，而且，還不停地放很響亮的屁，但不臭。我們知道，我們也許更需要吃上一點像樣的東西，比方說，肉（想吃肉的念頭也許又表明我們真的不是魚或泥鰍之類的東西變的）。可天空中空無一物，看不到任何一隻鳥的影子。

或許這不能怪我們，我們還沒有殘忍到將天上的鳥全部吃盡。麻雀被民兵們用槍一隻一隻幹掉了，那些僥倖沒有挨槍子的鳥兒早就跑得不見了蹤影，現在空餘下瓦藍瓦藍的一片天空。

天氣熱的時候，我們甚至感覺不到一絲風吹過來的痕跡。我們感到無比的悲哀和絕望。天空沒有鳥，地裡的莊稼還沒有成熟，渠溝裡沒有魚兒游動的影子，有時候甚至連隻青蛙也找不到，你簡直沒有理由不絕望不悲哀的。

那天晌午，我記得非常清楚，換句話說，凡是跟食物相關的事情，我都能記得清清楚楚。那天我們從水裡疲憊不堪地爬上岸來，用雙手撫摩著空癟癟的肚子，每個人都以最優秀的想像力拚命在想吃肉的感覺。可是，我們都對這種奢侈的感覺無比陌生了。換句話說，我們幾乎忘了肉的香味，忘了肉汁滑過喉嚨時的那種油汪汪的激動。我們已有相當長的時間沒

有聞到過肉腥味了，更別提吃。

都說無事生非。而我卻相信，無「食」同樣可以生非。

我們疲憊地穿著各自的衣褲，無意間卻發現坐在岸邊的向葵嘴裡似乎咕噥著什麼，他雖然咀嚼得很隱蔽，嘴角連一絲縫隙也沒有露出，就像沒牙齒的老太婆那樣。但他魚一樣鼓起的腮幫子已經說明了一切。這個誘人的細節還是被大夥兒發覺了。誰也不知道這傢伙究竟在吃什麼。這讓大夥兒感到異常憤怒。

有難同當，有福同享。這是一條最起碼的原則。眾人紛紛提著褲子圍過去的時候，向葵似乎已經將嘴裡的東西迫不及待地咽進肚子裡去了，他當著大家的面翻了一下白眼，面皮顯現出因咀嚼食物和躲躲閃閃所帶出來的一抹羞澀的紅光。他接著竟做了一個非常惹人的動作。

向葵用粉紅色的舌尖在自己的嘴唇周圍做了一個三百六十度的滑轉，然後使勁抿了抿嘴唇，頸根向上抻長了一下。這標誌著他圓滿完成了一次食物由咀嚼到吞咽的全過程，而且，還表現出某種意猶未盡的回味的快感。

當幾隻鳥爪一樣骯髒的手粗暴地掰開向葵緊閉著的嘴巴時，有人甚至將鼻孔湊在向葵的嘴巴上面貪婪地嗅了又嗅。

向葵的嘴臉被扭曲得很難看，或者酷似一隻茹毛飲血的小怪獸。

是好吃的！

挺香挺香的東西呢⋯⋯

他媽的，好像是什麼肉！

快說，你他媽偷吃的是什麼？

說不說！

說呀？

揍他！看他老實不老實！

要不你搜搜他的兜，說不定裡面還有呢。

連個屁也沒有的！

往死裡打這狗日的小氣毛……

事實就是這樣，眾人沒有從向葵身上找出任何可吃的東西，這是一件十分令人沮喪和懊惱的事情。正因為大夥兒不知道他吃進肚子裡的是什麼東西，所以由此而引發的誘惑和憤怒也更加明顯和強烈。

我想，該死的向葵必須為自己的齷齪行為付出代價。

那天我們並沒有揍他，甚至沒有動他一手指頭。

向葵本來就又瘦又小，跟豆芽菜似的，根本經不起幾下拳頭。不打倒也不是想便宜他，關鍵是我們正站在渠邊，有更現成和直觀的懲罰手段，而且不費什麼勁。況且，大夥兒肚子正餓得急，又經受了某種未知食物的無端挑逗，確實沒有多餘的力氣再浪費在這傢伙的身上。我們只要將這個吃獨食的小氣毛剝光了衣服扔進水裡就夠他喝一壺的了。

向葵後來在水裡呼天喊地撲騰時的樣子才稍稍平息了大家夥兒滿腔的憤怒。

當時，我只是感到有點害怕。我並不屬於那種膽量過人的男孩，很多時候，我表現出的多是一些優柔寡斷和鬱鬱寡歡。說心裡話，我並不很讚賞這種有些殘酷的懲罰方式，反正我是不會親手去做的，可我也沒有能力左右我身邊的其他人。我只是忐忑不安地看著他們將可憐巴巴的向葵精溜溜地丟進水裡，像往水中拋一顆蔫了吧唧的大白菜，眼前倒是激蕩起很大一片浪花，令人多少感到有些興奮。

向葵的尖銳的哭號聲很快被流淌的渠水吞沒了。

向葵的求救聲開始變得斷斷續續，他的兩隻細瘦的手臂和大大的腦袋

不時露出水面，拍擊出的浪花也有氣無力。看起來，剛才吞進他肚子裡的不明食物並沒有立刻轉化成熱量來支援他此刻艱難無助的掙扎。

他不會淹死吧？

淹死活該！

誰讓他要吃獨食呢。

我看算了，還是把他拉上來吧……

要拉你去拉，我們可沒有勁了！

一夥人站在岸上七嘴八舌著，誰也不肯再次跳進水裡管他，眼見著向葵在水中像一具浮屍那樣越漂越遠。

當向葵的半拉腦袋在遠處的陽光裡最後一次浮現出來的時候，我們幾乎全部慌亂起來。情況不妙！看來這傢伙連狗刨也不會啊。

向葵好像真的不見了。

就在千鈞一髮之際，我們看到前面岸邊的樹林裡有個黑影忽地一閃，緊跟著一條黑色的弧線輕盈地落入向葵剛才消失的地方。幾朵巨大的浪花立刻噴湧出水面，倏忽便又風平浪靜了，彷彿眼前的情形只是一場夢境。

向葵當然沒死。

向葵是被穿黑汗衫和黑褲子的男人從水裡撈上對岸的。

我們躲藏在樹後面，朝對岸遠遠觀望。那個穿一身黑的男人正像拎一隻兔子似的倒提著向葵的兩隻細瘦的腳脖子。向葵被倒懸著的腦袋，嘴巴死魚一般張開，渠水白花花地從裡面淌出來。

我們一個個全都看呆了。又過了一會兒，大家隱約聽到向葵哇哇的嘔吐聲，活像個醉鬼，他還接連打了一串響亮的噴嚏。記憶當中，向葵從來都不曾打過那麼響的噴嚏。這似乎不太符合他的個性。

這時，終於有人恍然大悟地喊了一聲。

是他！是鬼臉！是他救了向葵！

眾人面面相覷著。

這一突破性發現，使原本屏聲斂氣的大夥兒頓時騷動起來，每一個人都開始踴躍地發表自己的見解。

我爸說癩呱子臉的那張白臉比鬼都難看。

扯謊！你爸真的見過鬼？

聽說他一年到頭從來不洗一次澡的，不換一身衣裳，他比豬還要髒呢！

他的臉和身體都是白顏色的，就像……就像……像咱們公社飼養場的烏克蘭大白豬那麼白，我媽說他是上輩子做了孽，所以才遭這種報應的！

你們狗屁都不懂，他根本就不是人，是個鬼，是專門吃小孩的那種白臉吊死鬼，他白天從來都不出門，一到黑夜才出來捉小孩！

……那他現在為什麼跑出來了？而且，他還救了向葵。

又是片刻的沉默。

這時，我們卻看見他已經將向葵背在自己身上，然後搖搖晃晃地朝前面走去。

你們都看到了，我沒有說錯吧！狗日的向葵今天有他娃娃的好果子吃！

我們茫然地站在岸邊，眼睜睜地看著那隻黑色的背影在面前漸行漸遠，我們的目光也被越拉越長。

我們大眼瞪小眼地相互對視著。說心裡話，大家都開始替向葵提心吊膽起來，都覺得他還不如被水沖走好呢，特別是一想到癩呱子臉那副可怕的怪模樣。

機靈一點的當即提議，我們還是趕快去找向葵他媽吧，興許她有好辦

法呢，她不會看著向葵被那個傢伙活活吃掉的！

於是，我們個個都張開雙臂，像一群驚弓之鳥朝村莊飛奔而去……

丙

往事竟然會那麼不堪回首！穿越時光的悠長隧道，自己依稀又回到了那年夏天的午後。想一想，如果當年沒有我們聯手製造的那場惡作劇，沒有那次致命的驚嚇，當然也沒有我們對於食物那種近乎瘋狂的貪欲以及對無辜者的不擇手段，可能向葵完全會是另外一種人生。向葵或者會像我們中的許多人一樣坐在整潔舒適的辦公室裡一邊喝著飄香的茉莉花茶，一邊慢條斯理地瀏覽當日的新聞晚報，而向葵媽也可能會被向葵接進城裡過上十分幸福的晚年生活。

向葵上小學一年級的時候，他的語文老師堅持要把向葵這個名字改為向陽，因為用土話叫他的名字聽起來總是像鬼像鬼的。老師說萬物要陽光，葵花向太陽，向陽這名字又順嘴又革命！老師當著學生說這段話的時候自鳴得意地扭著頸根。

其實，那時候村裡經常放映一部叫《平原游擊隊》的戰爭片，裡面就有個雙槍李向陽，向葵改名以後，多少讓我們擠懟過他一陣子。都說，向葵看你他媽瘦得跟麻稈似的，你憑什麼叫向陽！所以，輪到我們玩打仗的時候，向葵可就慘了，我們另外選一個高個子的扮演威風凜凜的英雄李向陽，而向葵本人只有當漢奸和小鬼子的份了。從那時候起，向葵的憂傷似乎與日俱增，他逐漸開始離群索居，我們玩耍得起勁的時候，他通常貓在很遠的角落裡觀望。

向葵頭上的野煙

有些事情要說起來難免會有點神神怪怪的，向葵那次被從水裡撈上來之後，大概只剩下半條命了，突如其來的極度驚嚇和恐懼使他從此簡直跟換了個人似的。

那時我們幾個驚慌失措的壞小孩土撥鼠似的站在向葵家的院子裡，因為一路跑得太歡，每個人都大口大口喘著粗氣，臉上的熱汗漫漶不清。

那時向葵媽正在自家的伙房裡和麵，我們已然聞出空氣中十分誘人的味道。我們的鼻子太靈了，就像一群饞嘴的狗或貓。向葵媽準備用粗稗子麵攙上少許黑麵粉給向葵烙幾張餅。稗子其實是西北田野間極其常見的一種野草，牛羊牲畜都喜歡吃它。那些年地裡的正經收成捉襟見肘，可稗子長勢卻蔚為壯觀，稗子落下的籽有黃米粒一般大小，去殼碾成粉末後可以跟麵粉餐攙和在一起食用，味道雖然有些苦澀，可聰明的母親們會在裡面加一些糖精、蔥花或幾滴清油，這樣烙成的餅一樣讓孩子們吃得津津有味。祖母還在世的時候，也經常給我烙這種稗子麵的蔥花餅，有時候她還會想方設法地弄來香蒿菜末和在麵裡，吃起來就別有一番滋味。祖母笑咪咪地看著我不顧餅熱燙嘴地嚼著，嘴裡嚇嚇溜溜叫喚著，她就說吃了稗子麵饃饃，你可別做敗家子（這種說法大概源於敗子和稗子諧音吧）。我當然不是什麼敗家子，可小時候壞事情確實沒有少做，自然也少不了這一次對向葵造成的精神和肉體上的傷害。事實上，這傷害已經蔓延到向葵媽的身上，也蔓延到從水中搭救出向葵的癲呱子臉身上。

我相信有那麼一刻，向葵媽根本沒有弄明白我們在唧唧喳喳嚷嚷些什麼。她站在自家伙房門前，灰色的圍裙紮在腰間，兩隻汗衫的袖子捲得老高，露出很白的兩截胳膊（向葵的膚色跟她很接近），她的雙手沾滿了麵泥。但我感覺到她那探詢的眼神正在我們當中一遍遍搜索著，我知道她一定是在找她家向葵。尤其是，當她的目光終於停留在我溼漉漉的臉面上

時，我的胸脯開始劇烈起伏，就彷彿我們做的壞事全被她發現，而我躲躲藏藏的目光幾乎不敢再同她對視。

我的嘴角抽搐了幾次，但我始終沒有說出一個字來。我不知道是什麼原因迫使自己這樣「守口如瓶」。我其實完全可以說出一切的。

你家向葵掉進渠裡了！

不對！你家向葵是讓那個癩呱子臉推進渠裡的！

可他又把你家向葵背走了⋯⋯

我媽說那個白臉鬼專門吃孩子的小牛牛！還喝小孩的童子尿！

⋯⋯

眾人的表述就是這樣雜亂無章。

我清楚地看見向葵媽愣怔了一下。她一把推開我們，拔腿朝門外跑去的時候，她沾滿麵泥的手正好碰觸在我的臉上，我覺得自己的臉像是突然被白色的蛇咬了一口，臉頰有一絲微微的涼意，彷彿傷口正在慢慢往出溢血。我用手摸了摸自己的臉，那並不是血，黏溼的稗子麵泥顏色略有點發青，我湊近鼻孔聞著，覺得很香呢。

也許這世界上沒有什麼殘疾比不會說話更為痛苦的了。即便是雨果先生筆下那個醜陋無比的卡西莫多也會對美貌絕倫的舞女艾斯美拉達爾說上一句最最簡單而真摯的「美」，而癩呱子臉卻不能。他是個相貌醜陋的啞巴，什麼也不能說，或者，他根本什麼也不想說吧，他住在隊部的那些昏暗的日子裡，我們甚至沒有聽見他像別的啞巴那樣哇哇亂叫過。

基於此，我們完全可以想像當向葵媽突然間闖進他那間又黑又矮的土窩棚裡，並以母狼般的凶狠的目光表達了她作為一個母親的極大憤怒時，他一定感到莫名其妙，同時，為了不讓眼前的女人目睹他那張陰森醜陋的臉面，他只有選擇沉默並盡量躲閃在窩棚裡最黑暗的一隅。

向葵頭上的野煙

　　向葵媽在表達了她必要的憤怒之後，立刻撲向平躺在一堆柴草中的赤著身體的向葵，她把向葵抱起來便衝出了那間狗洞一樣的窩棚。出來的時候她帶著哭腔對窩棚裡人說，你往後少碰我家向葵！這是我們所聽到的這個女人發出的最憤怒最響亮的聲音。而此前和之後我們再也沒有聽到她這樣說過話。

　　那天傍晚吃過飯，我背著我們中的另外幾個人悄悄地將向葵的衣褲鞋子送回去。向葵媽堅決不讓向葵出門，並把他反鎖在房裡。向葵媽大概為了表示對我的感激，從伙房裡拿出半塊稗子麵餅塞給我，她說這是給向葵烙下的，你也吃上一口。

　　我走出向葵家院子的時候，驀然轉過頭，卻看見向葵正趴在堂屋的窗戶前，方格子紙糊窗中央有一塊小方玻璃，向葵整張臉都貼在那玻璃面上，神情顯得非常哀傷和虛弱，他的目光猶猶豫豫的，彷彿失去了看我一眼的勇氣。

　　那塊稗子麵餅我終究沒有捨得吃，不知為什麼，一想起向葵媽和向葵的樣子，我就感到一陣心慌，竟忽然對美味的食物喪失了濃厚的興趣。稗子麵我一直揣在衣兜裡，後來是母親清洗衣服的時候才從我的兜子裡面摸出來，它已經硬得像一塊石頭了。母親把它搗碎和在豬食裡餵豬吃了。

　　向葵被癩呱子臉惡毒地推進渠裡的事情很快在村裡傳開。那時人的腦子似乎都是一根筋，誰也不願意問個究竟，只是一味地指責癩呱子臉的居心叵測，有人甚至認為他是個十分危險的間諜或國民黨特務，而他醜陋的外表只不過是吸引別人注意力的幌子，他是故意將臉弄成那樣的（說這話時，有人還提到了老戲裡的苦肉計），真正可怕的是他不可告人的目的。

　　那些家裡尚有小孩子的母親主動去隊裡找某個重要人物，她們希望癩呱子臉滾得越遠越好，省得她們整天為自己的孩子提心吊膽。

這年秋天，向葵光榮地坐在村小學校一年級的課堂裡，雙手服服帖帖背在身後，他的坐姿非常拘謹，像是被捆綁著似的，臉上很少有快樂的時候。同學們也不怎麼愛跟他一起玩耍，他看上去一天比一天孤獨。

秋天的最後一些日子，癩呱子臉被指派去外面燒野炕了，這大概也是村裡為了消除民憤吧。隊部的那間窩棚整天空著，看著更像一隻狗洞子了。

丁

燒野炕，其實是一種製造農家肥的原始方法，那時候上頭供應的化肥十分有限，種莊稼自然離不開豐足的肥料，地裡除了要上牲口圈和家家戶戶茅房裡的積下的那點糞土之外，每年秋後都要在地裡大規模地「打炕」燒肥。

所謂的野炕，就是在地裡臨時搭擺起土坯檯子，模樣跟家裡的土炕相似，最長的大概有十來米長，檯子裡面設計有迂迴通暢的煙路。燒野炕的人像在家裡燒炕一樣往土坯檯子下面填進大量的秫秸柴火和騾馬的糞便，然後點火燒炕，從炕洞裡冒出的濃煙遮天蔽日，整個蕭瑟的田野頓時煙霧彌漫，甚至有股殺氣騰騰的味道。

這種時候，每個生產隊都在組織下面的人燒各自的野炕。所以，一眼望去，大片大片的廣袤土地都被濃厚的一層青煙所籠罩著，偶爾有一兩隻黑影在其間微微地晃動著，大多是那些負責燒野炕的社員，又讓你一時間分辨不清他們是在天上還是在人間。

這樣每日持續不斷地燒上十天半個月，炕基本上就燒熟了，炕土便有

向葵頭上的野煙

了一定的肥力，然後隊上再組織社員們一起拆炕，炕拆了還要用榔頭將那些早已燻得發黑發焦的土坯塊和炕麵子全部打碎。這種使榔頭敲肥塊的活兒多半是由女人去完成的，女人們手裡一上一下掄著木榔頭，嘴裡不停地謅著張家長李家短的閒傳，用不了兩天工夫，炕坯全部敲得粉碎了。可這並不算結束，接下來還得把這些肥土用鍬瓷瓷實實地垛積起來，垛得高高的，這叫焐肥，就是讓肥土再充分發酵，直到來年春耕前使用。於是，地裡一時間鼓起來無數隻圓圓的土丘，深秋的土地猶如哺乳期女人的胸脯頃刻間豐盈起來。

癩呱子臉整天在濃煙彌漫的田野裡走來走去，彷彿是上帝派來的信使，虔誠地守護著這些看起來像一座座寂寞的墳墓一樣的野炕，不時地用他手中燻得漆黑的木杈子朝炕洞裡續填著秫秸柴火。一道道閃耀的火光隨著木杈子的來回運動越發肆虐不羈，癩呱子臉整個身體都沐浴在跳動不休的火焰之中。當然，奔放的火光偶爾也會十分鮮亮地映紅他的臉，那些可怕的慘白似乎被火光倏忽消解了，使這個長時間保持沉默的醜陋的鰥寡之人像是迎來了自己生命中某種意想不到的重要時刻。但他也許並不覺得，他的生活注定是暗淡無光的，被火光照亮的臉龐也只是稍縱即逝的一絲溫暖。默默無聞、任勞任怨、埋頭苦幹才是他的生活全部內容和意義。他似乎必須服從老天的這種安排，或者說他喜愛這樣的安排。

有過一次落水的遭遇，向葵對水始終充滿著巨大的恐懼。向葵媽拿著向葵的生辰八字四處去占卜，他們說向葵五行中缺火，忌水。所以，向葵後來一直是個旱鴨子，不會鳧水，成為大夥兒嘲笑他的一個致命的把柄。一個鄉村裡出生的男孩子不敢去耍水，事實上他已經嚴重脫離了群體，或被這個群體排斥在外。

向葵跟自己同齡的孩子越來越疏遠了，總是一個人行走在回家的路

上，像一隻迷失了群體的羊羔。其實，向葵自己開始喜歡沉浸於這種迷途之中了。這也許是一種比較令人擔心的狀況。可向葵自己肯定不覺得。

向葵認乾爹的事情就發生在這一年秋天。

實際上，給孩子們認乾親的方式在鄉下十分普遍，大凡哪家的小孩生下來就多病多災的或是獨生都要在附近尋一戶人丁興旺或比較投緣的人家作為這個孩子的乾親，為的是庇佑孩子一生平安、長命百歲。像向葵這樣的孤苗苗認個乾爹是再正常不過的事情了，隊裡很多人見了向葵媽的面都會不無憐恤地說，向葵媽妳該早早地給娃娃攀下個乾親才對。

但是，讓人們始料不及的卻是，放著好端端的一村人不認，向葵居然認了癩呱子臉這樣的一個外鄉人做了乾爹。這幾乎成為當時一條極具殺傷力的爆炸性新聞。據說，向葵媽是聽從一個頗有名氣的神婆子的話才這樣做的。

我記得向葵認乾爹那天天氣很好，那是秋天裡少有的一個陽光燦爛的日子。隊部前面的一排整齊的鑽天楊在秋風裡搖晃著微微發著金光的葉子，葉子雖然變黃了，卻沒有要凋落的意思，瓦藍的天空因此透著幾分懷舊的韻致。

癩呱子臉一早就被請到向葵家去了，很多人過節似的尾追了過去，想弄個究竟，我們更是把這一切當作稀罕來看待。我們早早衝進向葵家的院子裡，個個像賴皮狗似的趴在他家的窗臺上，久久不肯散去。兩隻腿腳空懸著，眼皮一眨不眨地透過玻璃朝裡面觀瞧著，生怕錯了某個重要的細節。

我們看見癩呱子臉人模狗樣地坐在桌子的上崗子位置，神情還是那麼的卑賤和委瑣，眼神中閃動著憂鬱和茫然的白光，也可能他根本不知道自己為什麼會坐在那裡。坐在他旁邊的是隊裡幾個重要人物和向葵媽的娘家人，他們有滋有味地抽菸或啜著缸子裡的熱茶。

　　而向葵卻獨自一個人躲在裡間屋的炕上，像一隻被囚禁的兔子，面色惶惶的，彷彿隨時要嚇得哭出聲音來。當我們趴在窗戶上向他招手叫喊的時候，他越發顯得惶悚無助了，最後他完全將自己的頭臉掩埋在被垛中去了，好像村裡即將出嫁的姑娘似的，再也不肯抬起頭來。

　　向葵後來硬是讓他媽從裡間屋的炕上連拉帶拽弄了出來，他當著很多人的面給癩呱子臉行了大禮。向葵跪在地上磕頭的時候，他媽在旁邊一個勁往下摁他的腦袋。那種樣子的確很滑稽。不管怎麼說，向葵有了自己的乾爹。這該算是一件好事情吧。

　　我後來一直認為，向葵認癩呱子臉當乾爹並不是毫無理由的，畢竟人家救過他一條命啊。也許還有另外一個原因，在鄉下小孩子多被喚作狗娃、鐵蛋之類的，人們篤信賤命好活的說法，而向葵之所以認一個鰥寡卑微的人作乾爹意思大概也在於此吧。可那時，我們沒有一個人這樣想過，至少我沒有，我們除了有種幸災樂禍的衝動和快樂之外，更多是覺得向葵這傢伙也許要倒大楣了。

　　癩呱子臉在外面燒野炕的那段日子裡，向葵默默地承擔了一個乾兒子應盡的義務，雖然他的默默付出很多情況下都是很無奈的。向葵媽也許出於憐憫，她總是想方設法地從自己的口糧中擠出一些食物，和麵的時候多舀一小勺麵粉，燜乾飯的時候多下一把碎米，盛飯前總是預先留出一份，等向葵散學回來吃過飯，就囑咐向葵給在地裡燒野炕的癩呱子臉送去。

　　後來向葵送飯的事情還是沒有逃過我們的眼睛。那天傍晚我們跟蹤了向葵去地裡給癩呱子臉送飯的全過程。向葵手裡拎著他媽用藍花格子圍巾包裹好的飯碗獨自朝地裡走去。那時天色已漸近昏黃，路邊的楊樹枝頭不時飄旋下來幾片發紅的葉子，向葵細碎的腳步伴隨著沙沙作響的樹葉被踐踏的聲音在我們前面移動。向葵胳膊上的力氣很小，因此，他每走上一

會就要將手裡的東西更換到另一隻手上，這時我們便能清楚地聽見碗碟之間發出的碰撞聲響亮地從藍花格子圍巾中飛濺出來，使我們不得不放慢腳步，生怕被向葵發覺。

很快，我們幾個就跟隨著向葵來到煙霧繚繞的地裡，那些酷似一排排墳園般的野炕正在飄搖的青煙中靜默著，它們的存在使秋天廣袤無垠的土地變得更加蕭瑟寂寥，甚至有股淒涼的味道。

向葵在前面的行走也突然變得飄忽不定了，那些距離地面很近的一層薄薄的野煙正在波浪似的微微浮動，它們宛若一縷悠長的青白的柔紗，隨著暮晚的最後一絲涼風在天地間柔柔弱弱地起伏縈繞著。有時候，那層煙霧又突然停滯不動了，靜默在天地間了。唯有向葵嫩聲嫩氣喊叫乾爹的聲音，在空曠的田疇中迴盪。

此時，我們看見癩呱子臉跟幽靈似的從一片濃煙中慢慢地鑽出來，他的嘴裡發出十分暗啞的咳喘聲。向葵一步步向他靠近。向葵大大的腦袋在野煙中輕輕地飄移著，如同一隻即將升空的氣球那樣輕盈。當然，我們無法看清向葵臉上的表情，我們只是隱約覺得他從來沒有這樣輕快過，當他站在癩呱子臉面前將手裡的東西遞給對方的時候，我們看見癩呱子臉蹲下來用他那隻慘白的手在向葵的頭上親密地撫摩了一陣。那一刻，我們都感到無比驚訝，甚至於目光都有點恍惚不定了。

說心裡話，如今回想起這段往事，我不得不為向葵在癩呱子臉跟前所表現出的從容和親近而感到羞愧難當。

遺憾的是，自那以後，向葵又重新成為大夥兒打擊的對象，不論在什麼時間，或什麼場合，見了面總要拿送飯這件事情來戲謔他一番。

向葵咋還不給你乾爹送飯去？

乾爹都要餓扁了，你還不快回家給我端羊肉麵去！

向葵我的娃，今黑我要去跟你和你媽睡一個炕頭上……

向葵就死活也不肯再去給癩呱子臉送飯去了，後來我們發現這項工作徹底由向葵媽一手包攬了。向葵散了學就急急忙忙往家裡跑，好像屁股後面跟著一群惡狼。他似乎越來越怕我們，這種怕彷彿是從一個人的骨頭縫裡鑽出來的，一如我們曾經異常懼怕窩棚下面的那張慘白的癩呱子臉。

補丁

二〇〇一年夏天，我在北京的八里莊魯院進修，週末通常是一個人待在寓所裡寫東西或看書。北京的初夏時節已顯得異常燥熱難耐了，窗外的梧桐樹耷拉著葉子，無數蟬蟲憋足了勁，在枝頭一刻不休地聒噪著，爬山虎在對面的樓牆上懶洋洋地沉睡。外面一絲風也沒有，正午的陽光白花花的一片熾烈，鋼筋混凝土的氣味不斷升溫並橫衝直撞地湧進寓所裡來。

二十多年前的那個夏天並沒有現在這樣燥熱，可二十多年前的那個夏天我們卻終日感到飢腸轆轆，因為飢餓難忍，那時候我們幾乎可以不顧一切，甚至可以做任何壞事，包括將一個弱不禁風的孩子剝光了衣服扔進渠裡並袖手旁觀。

那天偶然收到一封家書，竟是我弟弟寫來的，信的內容並沒有什麼特別，無非是向我說說家中瑣事、母親的身體情況以及他自己的工作和人生大事（弟弟已經到了談婚論嫁的年齡），等等，倒是信的最後一段話使我忽然陷入某種痛苦而惻隱的回想之中。

我不知道弟弟寫下這段跟家事毫不相干的話的真實意圖，信裡說：「……哥你還記不記得以前那個向葵？前一陣子他媽來過我們家，說他很

想見你一面，她還向我打聽你在北京的通信地址。可最近聽說他又住院了，眼看命快保不住了，他媽整天哭哭啼啼很可憐……」

我一時愕然了。驚愕之餘，不免感到有些難受，心裡不著不落的，像是被什麼人猛不丁在後腦勺用力擊了一掌，而拍我的人卻故意躲藏了起來，我感覺好像懾懾的，又似乎有所警醒。

那一年我從北京回來的時候天氣正熱。那種暑氣逼人的熱浪快要讓我喘不過氣來了。看來，我的打算根本就是錯誤的，我原以為老家這邊要比北京涼快許多的，事實一點也不是這樣。全球一體化，也可能首先是全球一起熱吧。燥熱異常的空氣無處不在，有時真讓人感到絕望。

這天下午，我在弟弟的引領下去見向葵。當然，我們不是在鄉間小路上行走，這同樣也是一個令人憂傷的變化，雖然這變化是那麼翻天覆地和不可抗拒，它讓城鄉差距似乎一夜之間縮小。和我母親一樣，向葵家也分到了一套單元樓房，所以，我永遠也看不到那些曲曲彎彎的覆蓋著泥塵的小路，看不到遮蔽陽光的成片綠蔭，看不到鄰里之間相互依偎著的院落，也看不到從遙遠的地方飄飄蕩蕩而起的鄉村野煙，而曾經被那些柔慢飄渺的煙霧所團團包圍著的羸弱的身體和大大的腦袋，此刻正懨懨地躺在病榻上，他看上去似乎比過去更加瘦小，又彷彿他從來都不曾長大過。

向葵已經不會說話了，不是不會，而是不能。他的目光斷斷續續地在我的臉上滑過，似在尋找什麼，又好像只是一次空洞乏味的眼皮微跳。大概是因為這些年我離開得久了，向葵媽幾乎沒有認出我來，弟弟把嘴貼近她的耳旁反覆給她介紹我，她才恍恍惚惚記起世上確有我這樣一個人。從少年時期至今，向葵始終被各種各樣的病痛糾纏著，腦膜炎、肺結核、肺

氣腫、肝炎、膽囊結石以及可怕的哮喘等，向葵媽為了保住向葵的命，這些年算是吃盡了苦頭。在我看來，向葵身上最大的病根或許正是那種無邊的憂鬱和恐懼。

許多年前的一個晚上，向葵無意中發現了自己的母親跟癩呱子臉的私情，向葵也許整個人都傻了，他必定無法接受眼前發生的一切。那一年向葵就要離開小學校了。那天晚上向葵媽做了一頓很好吃的羊肉臊子麵，向葵注意到母親特意先盛出一大海碗並用碟子扣放在鍋臺上。我無法想像向葵發現母親往那隻他曾給癩呱子臉送過多次飯的碗裡盛麵時的複雜心情。中間，向葵自己到伙房盛麵的時候忽然瞥見了母親放在牆角下的一攤鼠藥，藥的顏色紅紅綠綠的，好像一堆被孩子們遺棄的糖果。

癩呱子臉在死後大約第三天早晨才被人發現，那同樣是一個夏天的早晨，隊裡當時正準備給麥地淌水，每年淌水都涉及到一個水源優先使用權問題，生產隊之間總要爭得你死我活，所以，隊上就得派一個硬棒的人去看閘。他們看準了癩呱子臉，認為他是最合適的人選，他是個醜陋無比的啞巴，別人拿他沒轍。可是，當隊幹部探身去喊窩棚裡的癩呱子臉時，一股濃烈的腐臭從棚口漫溢出來，數不清的綠頭蒼蠅呼隆一下朝人面撲過來，人臉一陣生疼。

顯然，對於像癩呱子臉這種人的死亡，沒有什麼值得驚奇的。人們只是覺得鰥寡人就是可憐，死了那麼多天也沒一個人知道。癩呱子臉被葬在村外的一片荒灘上，每年清明節，他的墳堆上都有一些燒化的紙錢，他們說那是向葵媽給他燒下的，可是，我一次也沒有遇見過，大概是偷偷去燒的，她不想讓旁人看到。

向葵在彌留之際終於把自己那年往麵碗裡投鼠藥的事情說了出來。向葵媽死也不相信，她哭著說，我娃娃的膽子比針尖還小，你聽他滿嘴說胡

話呢……說著，她一把摟緊依舊瘦瘦小小的向葵哭得一塌糊塗。

那一瞬間，我的眼淚也止不住淌下來了。

父親的婚事

父親的婚事

　　若不是讓小妹半夜三更打電話吵醒，父親的那檔子事他還一直蒙在鼓裡。寡廉鮮恥！程仁腦子裡閃電般蹦出四個字來。想到當事者究竟是自己的老父親，馬上又覺得，這種思想苗頭來得太過尖刻，甚至不無惡毒。但是，他又分明聽出小妹的傾訴聲裡，還帶著那種蒙羞後的難堪、震怒後的餘火，以至於跟他這個長兄講電話時，還有些怒不可遏的火藥味道。

　　大哥，你說說看，老爺子他咋變成這鬼樣子了，虧他做出這號丟人現眼的事……我都替他感到害臊！

　　縈繞在程仁眼皮周圍的朦朧睡意，頓時讓電話聲震得無影無蹤，他後背不無頹廢地斜靠著床頭，下意識地從床頭櫃上摸出一根香菸，又盡量側過腦袋，手機夾在耳朵和肩膀頭之間，火頭一亮，第一縷煙氣就從兩隻鼻孔噴了出去。迷幻的煙霧在黑色的空氣中有些黏稠滯澀，跟現實糾纏不清的樣子，半天也不願意輕易散開似的，一味地籠罩在寬大的紅木床頭上方。唯見天花板的吸頂燈上的那幾串水晶玻璃珠子，在菸頭明滅間，閃射出一絲詭譎的亮光，隱約可見一隻小小的人影，像隻幽靈，不露一點兒聲色。

　　這是他的老習慣，不管何時，只要從床上爬起來，頭等大事就是先點一根菸熏上再說，離開了這個興奮劑，他的大腦就會一片空白，無法運轉，更不能集中精力去思考那些棘手的問題。習慣成自然，這世上幾乎每個人都是依賴性動物。老婆被菸嗆得咳嗽兩聲，猛地翻身坐起，頭髮葳葳蕤蕤披散著，活脫脫電影裡詐屍女鬼的樣態。讓不讓人睡覺？三更半夜接電話，還抽菸？你可真夠煩人的！老婆滿嘴嘟嘟噥著，忽又怒氣衝衝地下地奔向衛生間去了，他們住的主臥有個單獨的衛生間，嘩嘩的一股細水聲從

隔壁傳來，清晰入耳，接著就是馬桶噴水的轟鳴聲，帶著一股女人的怨氣，徹底打破了這午夜中的沉寂。電話那頭，小妹程信還在不停嘮叨，簡直跟那個著名的祥林嫂一模一樣，程仁卻始終不置一詞。大哥，你倒說話呀，咱們得連夜想出個法子，不能由著老爹這樣瞎胡鬧！好了好了好了，我知道了，妳先睡吧，有啥話咱天亮再說，行不？天塌不下來！他可不想惹得老婆半夜裡跟自己置氣，就急匆匆掛了小妹的電話，想了想乾脆連手機也關掉為妙。

可事情並不能都像手機那樣隨時掛斷或關閉，相反，它就懸在半空，不明不暗，不陰不陽，不上不下，或者就像一把利刃，閃著銀光，隨時會掉下來，在自己的臉上或身上，砍出一道深深的血口，留下永久的疤和刻骨銘心的痛。很快，老婆就從衛生間踢踢踏踏回來了，程仁趕忙在菸缸裡掐滅了菸頭。煩死了，剛才誰的電話？老婆的身體氣哼哼地埋進被子裡。他輕描淡寫地回了句，還能是誰，程信的唄。老婆倒是不再糾纏此事了，卻很用力地往她那邊拉了一把被子，像是要故意報復一番他似的。程仁的半拉身體立刻就裸露在外面了，他那汗毛濃密的大腿，活像一隻古怪的道具，突兀地擱在被子外面，顯得格外醜陋。房子換大了，床也變寬了，可被子似乎還是那麼大點，兩口子擠蓋一床被子，就像愛情電影裡的那些痴男怨女似的，想想實在是很荒唐的一件事，他早就想刷新舊弊，搬新家前就放話出來，說還是個人蓋個人的被子來勁，誰都別影響誰，睡得舒坦些。可老婆卻死拗死拗的，說什麼你要造反嗎，想換被子，乾脆連我這個黃臉婆也一起換掉吧，要不咱就分床，各睡各的好了。女人總是這樣：小題大做。男女結婚圖什麼呢？不就是圖個天天睡在一起，一床被子蓋著多貼心，收拾起來也方便啊，弄兩床厚被子堆在那裡，鼓鼓囊囊收拾起來不嫌煩啊！老婆總是常有理。這種時候他只能委曲求全了。

父親的婚事

　　現在，程仁不得不把身子往中間靠攏，盡量去遷就老婆。他知道有時遷就女人，就等於遷就了婚姻，遷就這個家，結婚有二十多個年頭了，兒子眼看就要大學畢業了，他當然懂這個理，凡事都要認真計較起來，準得搞得雞飛蛋打、家破人散。老婆本來背對著他，見他無聲地靠攏過來，才把自己的身子柔柔軟軟地擺平了，她連著打了兩個哈欠，一股女人的香酥氣息，就在程仁的鼻息間遊走起來，老婆的一隻手曼妙地落在他的胸口上，稍作停留，指尖便若有若無地撓動起來，他的胸大肌微微地顫了幾顫，老婆便熱乎乎地側過身子朝他黏來。老夫老妻了，對於彼此的需求都太熟稔了。這自然是老婆發出的信號，放在往常他準會興奮起來，就勢翻身，將對方壓在下面，程式化地瘋狂一番。可今夜，或者說此時此刻，程仁一點兒心思也沒有，非但沒有，甚至都厭惡起那種事了。

　　小妹的話幾乎密不透風，灌滿了他的腦殼和每一根神經。根據程信那通頗為露骨的描述，他能想像老爹在家都幹了些什麼。一個六十五六歲的老頭子了，那方面還蠻有需求的，在外面找了女人不說，還明目張膽地往家裡帶，壓根兒不把自己的兒女們放在眼裡。看來，這回是要動真格的了，聽程信說那女人還拖著個小油瓶子，這叫什麼事啊？小妹今年也是奔四的年紀了，因為她家住的離老爹最近，又是小女兒，自從母親病逝後，照料老人的任務就自然而然落在她肩上。其實，老爹的身骨腿腳都還硬朗，平時小妹也就是隔三差五過去看上一眼，順帶買點生活用品，再幫著拾掇一下屋子。等到節假日，大夥兒才會一起過去，給老人做頓好吃的，陪他說說話聊聊天。幾個人事先講好的，程信主要負責出力，他和程禮兄弟倆則每年都拿出點兒錢來交給小妹，權作是大夥兒一起孝敬老人的。今天已是臘月二十三，小年了，再沒幾天就是除夕，小妹當然得惦記著過年的事，想去問問老爹需要置辦點兒什麼年貨，過兩天她好一併去採買。沒

想到那個小寡婦和小油瓶子都在，瞧那意思，他們仨已經其樂融融地過上小日子了。房間好像收拾得一塵不染，最可氣的是，陽臺上居然晾晒著一套豔粉色的胸罩和內褲，一看就知道是新買回來，剛過了一水，連標牌都沒來得及剪掉，這八成是老爹給那個小狐狸精買的唄。還有讓人感到氣憤的，本來程信是想等那女人走後要跟老爹好好談談，可老人竟然當著外人的面說，沒啥事了，早點兒回去吧，這裡用不著她操心。這無異於下了逐客令。小妹回到家後覺得實在窩火，躺在床上翻來覆去睡不著，越琢磨越覺得事態非常嚴重，後來終於忍不住爬起來給大哥打了電話。

　　像是要逃避老婆突如其來的溫存，程仁也裝模作樣地上了一趟衛生間，順手帶了菸躲在裡面一個人抽起來。尼古丁的氣味迅速聚集在有限的空間裡，他彷彿置身於不久前去北京出差所遭遇的那種無所不在的霧霾當中，整個人忽然失去了方向感和平衡度，思緒都變得漫漶而又滯澀了。母親離開他們時的樣子又艱難地浮現在眼前，那實在是不堪回首的，若不是今晚情況特殊，若不是事情趕著，程仁是不願意再去想這些的。病入膏肓的母親，早被大夫判了死刑，一次次可怕的放療化療，幾乎把一女人徹底摧毀了，沒有頭髮，沒有眉毛，沒有女人最起碼的樣子，皮膚蒼白得得像一層薄薄的窗戶紙，渾身上下盡是乾柴樣骨頭，劇烈的痛疼如影隨形，每日就靠注射鹽酸嗎啡或杜冷丁來緩解。有那麼半年光景，兄弟姐妹都不停奔走在醫院和各自的家庭之間，憂愁、嘆息、無奈和眼淚一刻不曾停止過，後來還是父親做了個斷然的決定，說別讓你媽再受這號罪了，讓她痛痛快快走吧。至今想起，那最後一幕還有些驚心動魄的罪惡感。大妹程智大學畢業後，一直留在外省工作，成家以後每年春節舉家回來一趟，那次應該是程智在這個家裡度過的最長的一段日子。程智一直都不贊成安樂死，她甚至為這事跟父親拌過幾次嘴，照程智的意見，應該立即帶著母親

去外地尋求更好的醫院和治療，但父親死活不依，說既然是絕症，何必讓你媽那麼遭罪，甚至還說，將來要是他也有那麼一天，你們幾個趕緊讓我走，千萬別花那冤枉錢。後來還是開了個臨時家庭會議，就在住院部樓下，那個簡陋的小涼亭裡，還能怎樣，他和弟弟程禮後來也都點了頭，男人總是更理智一些。小妹其實也不忍心，只是一個勁兒地哭，不表態。父親就說，那就算三比二，少數服從多數吧。大妹恨得咬牙切齒，不等父親把話說完，就扭頭跑回母親的病房了。母親走後，連著幾個春節，程智都不肯回家過年，只是在三十那晚，給程仁他們發發短信，或打個電話拜年……

　　討不討厭，進去老半天不出來，你便祕啊。老婆的抱怨聲再度響起時，程仁才慌忙摁下沖水開關，水流聲咆哮著，像個頹廢的中年男人，被誰惹火了正在找地方發洩。他磨磨蹭蹭走到床邊，老婆的身子居然移到他睡覺的位置上，顯然，她還在等他，看來緩兵之計未能奏效。他猶豫著在床沿上坐下來，床墊像個嬌氣的女人吱扭了一聲，他還沒來得及脫掉拖鞋，老婆的手臂又藤條樣纏繞到他的腰胯上，三十如狼四十如虎，到了他們這種年紀，事情好像都顛倒過來了，十年前總是他猴急猴急地一遍遍纏磨她，也不管她情緒好賴；十年後也許真的有些審美疲勞了，很多時候都是她先發出信號，而他更多是在支支吾吾或順水推舟。今晚的情緒已經被嚴重破壞了，那個小寡婦，那套豔粉色的胸罩和內褲……一切都讓他感到噁心，對，就是噁心，一不小心吞到了綠頭蒼蠅，只想找地方嘔一通。他突然甕聲甕氣地說，妳能往裡挪點兒嗎，讓人咋睡？老婆顯然愣了一下，隨即用鼻子哼了一聲，對他的裝傻和冷淡給予鄙視，睡睡睡，就知道睡！隨即猛地一翻身，幾乎把整床被子都捲跑了……更年期的女人最是難以琢磨。

第二天上班的路上，剛一開機便嘀嘀地彈出一串未接來電，全都是小妹打的。程仁一邊開車，一邊皺著眉頭回了電話。小妹的口氣依舊火急火燎，怎麼辦，大哥你到底想出好點子沒有？真是急死人了！又說，我剛給二哥去電話了，你猜這傢伙咋說的，他說天要下雨娘要嫁，還是順其自然吧，這個沒良心的，怕是早就忘了咱媽在世時多疼他了。這倒是事實，做母親的總是疼愛自己的小兒子，加上程禮自幼就很乖巧，很討母親歡心，功課成績也不大用人操心，母親就緊著把家裡的好吃的留給他。後來有了兩個妹妹，母親偏心依舊，常常惹得程智和程信都很有意見，總戲謔說，母親重男輕女思想嚴重，她倆就像是路邊撿來的。

　　程仁的腦子還懵懵的，夜裡睡得太差，加上老婆跟他嘔氣，冷屁股對著他，還故意懲罰他不給被子蓋，最後他只好灰溜溜鑽進兒子的房間，迷糊了一覺，兩個人竟然破天荒地鬧起了分居。分開睡也好，省得為那點事拌嘴窩火。老婆起床後鼻子不是鼻子臉不是臉，連早餐都沒給他準備，她自己只喝了一袋牛奶，就不辭而別了，唯獨客廳的盼盼防盜門被甩得山響，這是老婆發出的一次嚴正的抗議。有什麼好抗議的，不就是沒有響應她一下嗎，過去她不是也經常用這種方式對待他的嗎？誰規定的，男人就不能偶爾合理地拒絕一次？可見，所謂的男女平等，不過是句口號，喊喊罷了，永遠不可能平等。由此，他又想起身邊那些已經離了婚的傢伙，冠冕堂皇的理由都是什麼感情不合啦，長時間分居啦，說到底還不就是為了那點兒擺不上桌面的破事。程仁倒是想跟老婆解釋解釋，可話到嘴邊又艱難地吞咽了，畢竟那是自己的老父親，在老婆面前隨便發議論，自己也覺得臉上無光。最近以來，他確實發現老婆越來越自我了，晚上他習慣於躺在沙發上看新聞看體育節目，而她總是低著頭擺弄那隻蘋果手機，不外乎上微信、發留言、看視頻，那種嘟嘟的提示音不絕於耳，間或，能聽到她

嘿嘿發笑像個痴人，讓他覺得莫名其妙。不過有時，他又覺得這樣挺好，省得有人跟他搶遙控器，跟他嘮叨什麼狗血劇情，智能手機讓每個人都擁有一臺便攜式電腦，想看什麼就看什麼，想玩什麼就玩什麼，真是太自由了。

小妹最後不無狡點地囑咐他，反正眼看就過年了，要不這樣，大哥你抽空也去老爹那邊打上一頭，假裝關心一下嘛，順便也好摸摸底啊。程仁覺得言之有理，不能單單憑著一套狗屁內衣，就給這件事情蓋棺定論，那未免太草率了，萬一情況不像小妹描述的那樣，只是一場誤會呢，到頭來再惹得老頭子動了怒傷了身，大夥兒誰也別想消消停停過這個年。小妹的性格他還是了解的，平時眼裡揉不得一粒沙子，遇到一點雞毛蒜皮的事，就愛瞎吵吵，嗓門比誰都大，啥事一到她嘴裡，不免有些誇張的味道。至於程禮，在姐妹們心目中的地位本來就不太高，一方面過去母親在的時候事事都偏向他，時間長了兩個妹妹多少有點妒忌他；另一方面，程禮這個人嚴重懼內，媳婦的話就是聖旨，逢年過節大夥兒聚在一起，但凡屁大點事，他都要早請示晚匯報的，簡直離開媳婦就沒了主張。

在程仁看來，弟弟這種做派還不都是母親當年慣出來的，從小衣來伸手飯來張口的，長大了對家庭其他成員漠不關心，有時甚至表現得相當自私。時隔多年，程仁依然記得，當初在醫院討論母親病況的情景，父親讓程禮發表意見，他說什麼還是聽大夥兒的，大妹就不客氣地問他，難道你不是家裡的成員，難道你沒有自己的思想，小妹也說你是兒子當然得拿個主意，他半天支支吾吾才冒出一句，我媳婦的意思是，別讓媽太煎熬了。這話一出口，大妹首先就氣憤難平地說，笑話，媽是你自己的媽，跟你媳婦有啥關係，她說這話是怕到時候讓你們掏腰包吧。兄妹倆為此大吵了一架，一個臉紅，一個脖子粗的，那天若不是在醫院裡，說不準真就動了手。

二

　　年味漸近漸濃。街道和生活區裡時不時傳來劈劈啪啪的一串爆竹聲，間或，還有那種暴躁如雷的二踢腳，呼嘯著直躥到半空中，驟然炸裂，空氣裡的火藥味裹挾著一股兵荒馬亂的氣息，非要打破現有的那些穩定秩序不可。發明爆竹的傢伙八成有點兒心理陰暗，很擅長惡作劇，或者純粹是吃飽了撐的，偏搞出這麼個鬼名堂來嚇唬人。從昨晚到現在，心裡一直裝著事，程仁下班後就沒回家，而是直接開車奔父親這邊來了。正好，單位工會發了一盒帶魚，一桶色拉油，外加一塑料罐正林瓜子，他都讓門衛師傅幫忙扔進車後備箱裡。想著瓜子留給老婆享用，女人總是喜歡坐在沙發上，用它們劈哩啪啦打發時間，這樣也省去了她沒事找事地跟他瞎叨叨；至於帶魚和色拉油，乾脆都提溜到父親家裡，正好算是個由頭。每年三十傍晚，大家都要聚在父親家裡吃團圓飯的，這樣也省得小妹再去採購這些了。

　　父親住的這個地方年頭不短了，那還是二十多年前單位分配的，六十來平方米的老式福利房，如今小區四周早被拔地而起的酒店和寫字樓團團包圍了，巨大的樓影如烏雲一般很險惡地投射下來，走進這裡，路人不由得心裡直發寒氣。家屬樓的外牆皮脫落得不成體統，遠遠看去，竟活像一條奄奄一息的老癩皮狗；僅有的一小片空地上，幾乎見不到一絲陽光，臘月裡飄過的兩場大雪堆積如故，一條被人見天踩踏過的甬道，顯得髒兮兮的；背陰處被誰隨便潑了髒水，凍成很厚很硬的冰蓋子，幾攤狗屎或小孩糞便很扎眼地凍結在上面，仔細瞧，還有人丟棄的避孕套和帶血的衛生巾，真是叫人噁心得想吐。

　　程仁始終眉頭緊蹙，兩隻手裡拎著年貨，像雜技演員那樣，踮著腳

尖，左撐右閃，半天總算是屏住氣息突出了重圍，然後一頭衝進眼前的樓門洞裡。當初母親就是從這裡，被兒女們七手八腳抬出去的，直到她生命的最後一刻，再也沒能回來。一晃幾年過去了，作為長子，他除了每年清明節開車載著弟妹們，去山邊的公墓給母親上上墳燒燒紙錢，似乎再也沒有為母親做過什麼。至於那個被母親撇在世上的孤零零的老頭子，有時幾乎快被做兒子的給淡忘了，一如眼前這棟破敗不堪的老樓，被有關方面遺棄了一樣，如果今天不來，他簡直快記不起它齷齪的樣子了。究其原因，不外乎是忙孩子忙工作忙家庭忙事業，可忙來忙去又能怎樣呢，自己不過是個庸庸碌碌的常人，既沒生出三頭六臂，更不可能叱吒風雲，不過飽食終日，得過且過，無所用心，說來真是慚愧啊，到頭來竟連老父親什麼時候有了新歡也全不知曉。

給程仁開門的不是老人，而是一個四五歲光景的陌生男孩，小臉蛋肉嘟嘟的，耳朵稍有點兒招風，但眉眼鼻子還算周正，清澈懵懂的眼神裡，透著一股小孩子特有的好奇和稚氣。門剛拉開一道窄縫，這張小臉蛋就鮮活地探伸出來，嫩生生地問了句，叔叔，你找誰呀？因為小妹已經提前給他打過預防針了，所以程仁倒也不覺得特別驚訝，他的目光只跟孩子稍一碰觸，便徑直越過小傢伙頭頂，朝屋內探尋而去，從他這個方向可以看見，廚房裡有人影在裊裊的熱氣中晃動。他隨手將兩件年貨放在緊靠鞋櫃前的地板上。

小男孩的興趣立刻被地上的東西所吸引，他先拿小手提了提色拉油的紅色手環，油桶紋絲不動；孩子有些失望地嘟囔了一句什麼，又撒尿似的蹲下身子，抻長脖子，去仔細研究那隻扁而長的紙盒了，盒面上印著銀灰色的帶魚模樣，魚的眼睛又黑又亮，孩子似乎看懂了，突然激動地叫了起來，哦，魚魚，魚魚！隨即，小傢伙便一溜煙地跑進北面正在轟轟作響的

廚房裡去了，同時小嘴不停嚷叫著，媽媽，媽媽，是魚魚，妳快來看魚魚呀。

　　直到此時，一個腰間紮著花布圍裙、頭上套著一隻普通的藍色塑料袋的女人才從廚房走出來，她手裡掂著個油乎乎的鍋鏟，顯然是在裡面做飯。她倒是生得眉清目秀，嘴唇塗過粉紅色的唇膏，兩彎眉毛也是精心地畫過的，身材不胖不瘦，僅從面相看，也就三十五六歲的樣子。女人也盯著程仁上下打量著，但很快她的臉上就浮出一層自帶熟的笑意，顯然沒有把他當陌生人看待，而是對他不無熟悉的樣子，她嘴裡一連聲說，你是程家的老大吧，跟照片上的人一模一樣，剛剛不好意思，油煙機太吵了，我沒聽到敲門聲。然後，她又很客氣地讓他，你快坐吧快坐吧，我鍋裡還炒著菜呢。說罷，就急忙轉身回廚房忙去了。

　　程仁愣了一愣，心想，看來小妹所言說還真是一點不假，這女人儼然一副女主人的姿態嘛，這讓他心裡很有些不自在起來。他沒有立刻在沙發上坐下來，而是倒背著雙手，心情複雜地從客廳走到南面的臥室，又從這裡走進北面的次臥，然後像是被什麼東西牽引著徑直去了陽臺。這時，他才留意到，家裡包括陽臺在內的窗戶，都被擦得透亮透亮的，所有的家具床鋪也都收拾得整整齊齊。陽臺的衣架上倒是晾著幾件外衣，能看出來，多數是父親的，也有一兩件女人的，當然還有那個孩子的小衣褲。不過，小妹電話裡所說的嶄新的女人內衣，他始終沒有看見。八成是小妹敏感的目光引起了女人的警惕吧，或者，人家早已經穿在身上了也說不定。這樣想時，他眼前兀自閃現出那個女人只穿著豔粉色貼身內衣的婀娜模樣，心裡竟有股不可抑制的純屬於男人的幽暗漾動，他忙掩飾什麼似的乾咳了兩聲。

　　男孩像隻乖戾的小哈巴狗，猛不丁就竄到他腳邊來了。此刻正抬起毛

275

茸茸的小腦殼，很吃力地盯著他望。很久沒有被這麼點兒小孩盯視了，自從兒子讀了大學以後，程仁覺得身邊一下子清靜了，孩子的成長過程太快了，幾乎一眨眼那隻小鳥就羽翼豐滿了，學會單飛了，再不需要兩隻老鳥的庇護了。眼下，這個小孩子讓他多少有些想多看幾眼的衝動，甚至想跟他說說話。於是，他就地蹲下身子，這樣一來，孩子就不用總抬著眼皮費勁地瞧著他了。

喂，幾歲啦？程仁拿那隻被煙燻得焦黃的手指勾了勾對方的小鼻子。

我……我……我媽媽說，我過了年就……就五歲了。孩子鼓著小紅嘴，一本正經地回答。

他嘿嘿地笑了，覺得真逗，小孩子說起話來總讓人忍俊不禁。

叔叔怎麼只看見你媽媽，那你爸爸呢？

這個問題看似漫不經心，實際上是他此刻最關心的。孩子卻有些猶豫起來，像是識破了對方的奸計，一隻小手慢慢地爬上腦殼，輕輕撓個不停，同時，斜著身子轉動小眼珠，好像這個問題太大又太難，又或者是要等大人授命才能回答。

怎麼？你連爸爸在哪都不知道？

他死死盯著孩子的眼睛，好清澈透明的眼珠，簡直像水晶製成的，黑白分明，乾乾淨淨，一塵不染。

媽媽說，媽媽說……孩子有些膽怯地連連往後縮退著小身子，活像隻小雞遇見了居心叵測的老鷹，但似乎又無法避開對方追詢的目光，媽媽說，要是有人問起爸爸，我就說爸爸他……

亮亮！

沒等孩子把話說完，那個女人猛不丁衝過來，一把抓起孩子的小手，嘴裡說，亮亮就知道纏人，快去衛生間洗洗手，準備吃飯了。

說這話的工夫，女人像是很不經意地瞥了他一眼，眼神多少有些慍怒。他還注意到，對方頭上的藍塑料袋沒了，頭髮是悉心縮了髻的，用一隻漂亮的琥珀色的髮簪束著，看著不失雅致。很快，女人又微笑著說，這孩子有點兒人來瘋，對了，你怕是也沒吃呢，待會兒老程回來，你們爺倆乾脆一起吃吧。

　　老程？程仁心裡頓時泛起一股被人冒犯的不悅滋味。這個不足四十歲的女人，居然管自己年邁的父親直呼老程，也太沒大沒小了，真是豈有此理，媽的，她到底憑什麼？又一想，幸虧自己按照小妹的意思過來了，否則的話，接下來的這個年，真不知該怎麼過呢，到時候年夜飯上，猛不丁冒出這麼一個奇奇怪怪的女人，大夥兒該叫她什麼，阿姨，還是小媽？這實在太荒謬了！

　　女人倒是壓根沒有注意到他此刻的情緒波動，接著說，老程他呀，每天雷打不動，不到鐘點是不會下班的！程仁完全聽懵了，下班？什麼意思？他可從沒聽小妹說起過，父親在哪裡兼職上班。女人這次倒是猜出了他的疑惑，忙堆起笑臉，用幾根雪白的手指做了一個搓摸的動作，嘴裡說，你爸每天上午，都在街邊的老年人棋牌室搓麻將，跟上下班一樣準時，不到飯口不回家。他遲疑地哦了一聲，眼睛卻盯著女人塗了紅色指甲油的手指，那手很白，也很細膩，不像是長期操持家務的樣子，右手的中指和無名指上，都戴著黃燦燦的戒指，看那成色應該是 24K 純金的；隨即，他又注意到耳墜同樣也是，燦然鮮亮，勾勒出成熟女人特有的風韻。她整個人簡直被這些行頭裝飾得比新娘子也不差，哼，興許這些玩意都是父親拿退休金買給她的吧？他又禁不住胡思亂想了，父親每月的退休金少說也有兩三千塊，給女人買買衣服化妝品和首飾，還是綽綽有餘的。一想到父親的退休金，竟都花在這個女人身上，他簡直嫉妒得夠嗆，雖說他並

不指望花父親的錢，可也不忍心這些錢都打了水漂。

衛生間的水流聲嘩嘩響著，女人詫異著想起什麼似的，突然丟下他，快步循著水聲跑去了。很快，程仁就聽見女人提高了八度的尖嗓門，亮亮，你又玩水，怎麼那麼不聽話，弄得滿地是水，都能養魚了，看媽媽揍你！隨即，就聽到啪啪兩聲，一準兒是巴掌打在屁股蛋上了，孩子嗚哇一聲號啕起來，這聲音來得異常刺耳。程仁很久沒有領教過小孩子那種歇斯底里的哭鬧聲了。他忽然覺得，這個女人也許並不像表面看上去那般和顏悅色，相反，某些時候她會很凶的。

果不其然，牆上的石英鐘當當地指向十二點的時候，父親準時準點用鑰匙打開房門進來了。這時程仁正翹著二郎腿，心事重重地坐在沙發上，若有所思地吸著菸，女人剛才給他倒了熱茶，不過他連碰都沒碰茶几上的杯子。父親似乎一點兒也不感到吃驚，只是淡淡地瞅了他一眼，就逕自低下頭去鞋櫃裡找拖鞋，色拉油正好擋住了半拉櫃門，父親動手往開移油桶時才問了句，是從班上直接過來的？又說，我不愛吃這種油，寡得很，沒啥味道，待會兒還是拎回去，你們留著自個吃吧。

程仁沒接父親的話茬，而是把最後一口菸一絲不落全部吸完，才用力在菸缸裡捻了捻菸頭。他又聽見父親咕噥道，你呀，就不能把那個菸少抽上點兒，對自己身體沒啥好處！他這才掩飾似的開口說話，再有幾天就過年了，我順路來看看，你這裡還需要啥，到時候也好去買。話一出口，連自己都覺得虛偽古怪，似乎是，完全按照小妹給他事先設定好的路數在笨拙地出牌。也沒啥需要的，今年三十，你們幾個過來吃現成的，我們能對付得了。往年，父親可從沒說過這樣的話，今年似乎底氣十足，而且，父親還用了「我們」，顯然是指他跟那個女人吧。程仁一下子竟沒了措辭，父親太過直言不諱了，看來小妹說得一點不錯，他們在這裡正兒八經過上

幸福的小日子了，已無需兒女插手。

　　父親剛換好拖鞋，先前哭過鼻子的小傢伙，便虎虎式式地蹦到他跟前，跳著腳問，給我買好吃的了沒有？父親聞聲，立刻跟換了個人似的，精氣神都大不一樣了，彷彿年輕了二十歲，他笑顏逐開地彎下腰去，一把將孩子抱在自己懷裡了，同時騰出一隻手，從褲兜裡摸索出一隻包裝花哨的棒棒糖，舉在孩子眼前輕輕晃動著。亮亮，喜不喜歡這個？快拿小嘴嘴親親我這裡，不然就給媽媽吃了。孩子幾乎毫無保留地把那小紅嘴以及肉臉蛋都貼在父親臉上了，那個親暱勁兒讓人牙根都要冒酸水了。老人喲喲地叫喚著，很受用地一個勁兒拿下巴頦上的灰白色的鬍茬，蹭那張肉嘟嘟的小臉，邊蹭邊親，笑聲哈哈不斷，完全沉醉於天倫之樂中了。孩子趁機拿到了自己喜歡的糖果，迫不及待地用小手撕扯上面的塑料包裝紙。父親旁若無人地抱著孩子，向臥室走去。

　　整個過程，程仁都看在眼裡，父親對待小傢伙的架勢，如同自己親生的，他腦子裡不由得又瞎琢磨開了：父親到底在給這孩子扮演一個什麼樣的角色，爺爺？伯伯？抑或是爸爸？這樣一想，越發讓他感到渾身都不自在，一個兒子的尊嚴前所未有地受到了褻瀆和侵犯，假如真是那樣，那未免太荒唐了，他們兄妹四個又算什麼呢，難道讓這小不點管他們叫哥哥姐姐不成，真他娘亂了套了！想到這裡，他簡直氣不打一處來，便憤憤地起身大步走進父親的臥室。

　　爸，這個孩子到底是……問這話時，程仁又多少有些猶豫了，照他的脾氣應該直截了當，比如父親跟這娘兒倆到底是什麼關係，可一時又不想問得那麼露骨了，畢竟面對的是上了年紀的老父親，萬一哪句話嗆著，終歸不妥，可不問問清楚，又實在是憋得人難受。小傢伙旁若無人地坐在床沿邊，兩隻小腳不無得意地晃動著，小嘴有滋有味地吮吸糖果，腮幫子一

279

鼓一鼓的，甜蜜的滋味讓人羨慕，他可完全不在乎大人們說些什麼。父親窸窸窣窣脫掉了外套，裡面是一件手工編織的煙灰色毛衣，針腳很細密，圖樣也很新潮，使整個人看上去精神煥發。

你是問亮亮吧，他是那個小蘇的兒子。對了，我還沒來得及跟你細說，小蘇男人出車禍沒了，孤兒寡母過日子不容易，她一直在咱們這裡做著鐘點工，就是上門做飯洗衣服那種。說起來，小蘇還是居委會介紹給我的，說她人可好了。你看，每天三頓三晌給我做飯吃不說，屋子也是她拾掇的，這女人手腳勤快得很，閒不住，待會兒你正好留下來，嘗嘗她的手藝，保準你也愛吃。父親一股腦地說著，幾乎沒有半點卡殼，像是練過好多遍的臺詞，一切似乎都合情合理，程仁實在尋不出什麼破綻。

程仁始終在悄悄地察言觀色。這中間，他又一次看了看眼前那幾扇明亮的玻璃窗，不用問，一定是那個叫小蘇的女人的功勞。也許，小妹真的有些敏感過頭了，不就是父親從外面請來的鐘點工或月嫂之類嗎，作為兒子，他倒是舉雙手贊成的，老人家確實應該僱個人，照顧一下自己的生活和起居。心裡這樣想著，腦子裡那根神經已不再如先前那樣緊繃著，繼而，換了另外一種和緩的口氣，甚至笑著對父親說，爸，這事你做得對，我們幾個都不常在身邊，小妹家裡還有個婆婆要照顧的，你這邊是得有個像樣的人給操持操持。

父親聽到程仁這麼說，也就會意地點了點頭。爺兒倆拉話的工夫，客廳那邊傳來女人熱情洋溢的招呼聲，老程，你們快過來吃吧，我都弄好了。

這次，程仁倒是沒有再去挑那女人的理。

三

一接到大妹的電話，程仁便開車往機場趕，航班延誤得一塌糊塗，他在候機廳幾乎迷糊了一覺，那娘兒倆才拖著箱子拎著包，從國內到達口昏昏沉沉擠出來，這年頭回家過年還真是有種逃荒的味道。大妹依舊留著的短髮，永遠都是一副假小子樣，不過看上去還是挺幹練的；女兒嬌嬌的個頭躥得快攆上她媽媽了，面頰和眉眼多少透著一股程智少女時代的味道。但嬌嬌的性格一點兒也不像她媽媽，有點兒害羞，含蓄，嗓門小得跟病貓似的，她大概招手問了聲大舅好，程仁壓根兒什麼也沒聽到。

程智倒是直言不諱，說大哥你看到了，嬌嬌這孩子一點兒也不隨我，說起話像蚊子嗡嗡。程仁說，女孩子家嘛，總是溫柔點兒好。程智馬上敏感地反問道，那大哥的意思是嫌我不夠溫柔？這種時候，當大哥的只能打哈哈了，難得大妹心情不錯，能主動帶著孩子，不遠千里地飛回來，跟大夥兒一起過年，僅憑這一點，他就得高挑大拇指了。於是，他忙轉移話題，說她事先也不通報一下，怎麼搞突然襲擊。這時，嬌嬌總算伸過腦袋再次出聲了：我媽她就是想給你們一個驚喜呀！程仁就輕摸了一下嬌嬌的額頭說，呵呵，這個驚喜好啊，姥爺要是知道咱們嬌嬌也回來了，不定多高興呢……

他的話剛出口，程智就把話插了進來，口氣卻是淡淡的。對了，她姥爺人還好吧？程仁依稀覺得大妹似乎話中有話，便想到幾天前的事，說不定小妹嘴快，早已跟她通過電話了，不然依照程智的性子，怎麼可能突然跑回來，要知此前的幾個春節，她可都是缺席的，理由不外乎是，嬌嬌假期要參加課外補習班，或者，孩子感冒很嚴重還在打吊瓶，再不就是，她和丈夫節日需要值班，諸如此類。可轉念又想，做女兒的回家探望老人，

父親的婚事

還需要什麼理由嗎？她不回來情有可原，她能回來也是本分，自己可別再節外生枝。他思忖著，嘴裡說，老爹他呀，能吃能睡也能玩，放心吧。程智坐在副駕駛位上，她把目光瞥向他，有種不無質疑的味道，好像在問，真像你說的那樣，還是別有隱情？好在，她還沒來得及再詢問什麼，嬌嬌又好奇地從後排探過頭說，姥爺真的也愛玩？那他都玩些什麼呀？程仁回頭看了嬌嬌一眼，笑道，還能玩什麼，當然是搓麻嘍。嬌嬌聽後嘟了嘟嘴，連著打了兩個哈欠，半天不說話了。大妹顯然有些亢奮，回來的路上嘴巴幾乎沒停過，不是問這就是問那，程仁覺得自己活像個新聞發言人。

安頓這母女倆睡下，早已過了凌晨一點，人還有點兒興奮，一時半會兒睡不著。這時老婆忽然提起兒子的事，說晚上兒子來過電話了，下學期就要參加畢業實習，所以，這個寒假他想在外地跟同學一起過。程仁聽了就有些不高興，這小子，不是說好了晚幾天回來嗎，怎麼突然又變卦了，難得嬌嬌跟她媽回來一趟，可真不懂事。老婆卻不以為然地說，這事怨不得兒子，她們不也是突然決定來的，再說不就是過個年嗎，沒幾天的事，少咱兒子一個，也沒什麼大不了的。程仁覺得老婆就是太縱容兒子了，早知道這樣，元月分一放假，就該讓兒子趕緊買票回來。現在木已成舟，說什麼也晚了。兩口子難免又為此事口角了幾句，搞得彼此心情很不爽，後來誰也不想搭理誰，就背靠背賭氣睡了。

早晨大妹一起床，便不顧旅途勞頓，提出要帶嬌嬌去看姥爺。程仁聽了，心中的一塊石頭總算落了地，他生怕大妹還記恨當年的事，不肯好好去見老爺子呢。可他因為單位例會脫不開身，說只能把她倆送過去，到時候他就不進去了。其實，他也是有意要避開這場時隔多年的父女會面，好給他們點兒單獨的時間，彼此好說說話。程智笑著說，你可別把我當外人了，其實用不著你送的，我閉上眼睛也找得到老爹家的門。但程仁還是堅

持把這娘兒倆拉上了車，路上，他覺得很有必要再囉嗦兩句。大妹，老爺子的性格妳是知道的，這幾年妳都沒回來過，說不準他心裡還堵著什麼疙瘩呢，到時候要是嘟囔妳兩句什麼，只當左耳朵進右耳朵出，千萬別跟他拗著勁，畢竟大過年的嘛。程智聽他這麼說，只好吐了吐舌頭，放心吧，大哥，我也不是三歲小孩。嬌嬌聽大舅這麼一說，還真有點兒緊張，問萬一姥爺挑了理，該怎麼辦。程仁忙安慰道，放心，不會的，姥爺只要見了咱嬌嬌，高興還來不及呢，還生哪門子氣。等她倆下車的時候，程仁又忽然想起兩天前在父親那裡見過的女人，又簡單地跟程智交了個底。大妹聽後，半開玩笑似地跟他說，除了女鐘點工，還有別的貓膩嗎？他嘿嘿一笑說，妳這張嘴啊，還是這麼不饒人！程智便撇著嘴道，這就叫江山易改，本性難移嘛。

　　這天後來發生的一幕，程仁壓根沒有料到，還是嬌嬌在電話裡原原本本向他學說的。原來，大妹剛一下車，就給小妹撥通了電話，兩個人約好去老爹家見面。事實上，從程信家到父親那邊步行也就二三十分鐘，知道姐姐突然回來了，小妹激動得什麼似的，急忙打的趕了過來。姐妹倆好久沒見面了，當街抱在一處，又是笑又是哭的，惹得嬌嬌都差點兒流淚了。小妹一個勁兒拿手掌拍打著程智說，姐妳真沒良心，待在大城市裡，把我們都忘光了吧。大妹則紅著眼圈說，忘了誰，也忘不了妳這個死丫頭。嬌嬌打圓場說，我媽平時最惦記的就是小姨。小妹這才把嬌嬌摟在懷裡，說好孩子都長這麼高了，快讓小姨稀罕稀罕。隨後，她們娘兒仨才興高采烈地往老爹家走去。

　　小妹身上常年都揣著這邊的家門鑰匙，進屋自然是不用再敲門的，再說這天早晨她們去得確實很早，又想著要給老人一個天大的驚喜。所以，就用那把鑰匙輕輕打開了房門，三個人提溜著大妹從外地帶回來的禮物，

徑直走進屋去。小妹大嗓門慣了的，進門就嚷嚷起來，爸，爸，你快出來瞧瞧，看誰回來了！可是，她連著叫了幾嗓子，始終沒見老爹的人影，卻忽然聽見臥室裡傳來一個女人含混的聲音，妳爸他下樓買早點去了。大妹簡直吃了一驚，當即愣在客廳裡，像是大白天撞到了女鬼。小妹二話不說，上前一腳，便踹開了臥室門，氣沖沖地闖了進去。

那個叫小蘇的女人，顯然剛被她們吵醒，正迷迷糊糊從床上爬起來，手忙腳亂地往身上套羊毛衫呢。那個小不點兒，就躺在媽媽身旁，還在睡夢中呢。小妹見狀，早已火冒三丈高了，如果說上一次僅僅是在陽臺發現了女人內衣什麼的，這回她可算是真正抓到了現行，證據確鑿。

喂，誰讓妳睡在這裡？起來，快給我起來！小妹氣急敗壞地衝上去，一把就扯開了女人身上的被子，一雙白皙的大腿就毫無遮掩地裸露出來，在晨曦中閃著刺眼的白光。我就知道妳不是個好東西，沒想到妳臉皮這麼厚，賴在這裡了！

起初，那個叫小蘇的女人確實有些戰戰兢兢，可事情發展到這一步，尤其是小妹完全撕破了臉，不管不顧地跟她叫嚷起來，她反倒讓自己鎮定下來，甚至不再慌亂什麼了，而是慢條斯理地往腿上套著褲子，嘴裡不緊不慢地解釋著。事到如今，我也不想隱瞞啥了，妳也都看到了，我和老程確實好了一陣子了……這話一出口，小妹的肺管都要氣炸了，她忽然失去理智像犯了歇斯底里症。狐狸精，不要臉，真不要臉……她一面惡狠狠地謾罵著，一面順手抄起床頭櫃上的一隻搪瓷茶杯，用力砸在地板上，水花濺起老高，牆壁都溼了一大片。睡熟中的小男孩終於被驚醒了，一頭鑽進媽媽懷裡，嗚哩哇啦哭個不休，身體哆嗦得像隻受了驚的小兔子。小蘇趕緊抱過自己的孩子，一邊寶貝寶貝地哄著，一邊憤憤地說，有啥話最好找妳爸說去，犯不著衝我們孤兒寡母使性子發火的，但凡老程發句話，我們

立馬捲舖蓋走人，一刻也不多留……說著，她竟也失聲號咷起來，彷彿受了天大的委屈。

這種時候，大妹當然什麼都看明白了，不過，她始終沒有像小妹那樣闖進去大吵大鬧；嬌嬌長了這麼大，還是頭一次經歷這種糗事，而且，是在多年沒有回來過的姥爺家裡，本來滿心期待親人重逢的美好一刻，現在心情簡直鬱悶到極點。換句話說，眼前這戲劇性的一幕，完全讓這對歸鄉省親的母女感到震驚了。大妹在公司做白領多年，頭腦當然比小妹清醒得多，她知道這樣無休止的吵鬧，根本無濟於事，也許還會適得其反，畢竟父親不在現場，而且男女問題向來又是一個巴掌拍不響的。所以，關鍵時刻，她還是把小妹從臥室裡生拉硬拽了出來，妹妹妳冷靜點兒好不好，有啥話咱等老爺子回來再說也不遲。小妹後來離開時，恨恨地撂下一句，我真想不通，老爹他咋就能墮落成這樣子，把我們兄弟姐妹都當成傻子了！接下來，姐兒倆幾乎怒氣衝衝地跑下樓去，那陣子也就八點半光景，外面冷颼颼的，西北風捲起空地上紙屑和雪末子胡亂飛舞，她們寧願在外面受凍，也不想再踏進那個房間半步。

嬌嬌在外面凍得鼻青臉腫，兩隻腳不停地在原地踩來踩去，媽媽和小姨都在一旁呼呼地生悶氣，誰也不肯理睬她。好在沒站多久，嬌嬌就看見了姥爺搖搖晃晃朝樓洞方向走來，他兩隻手裡都拎著食品袋，裡面裝著兩盒豆漿，還有油條和雞蛋攤餅。姥爺走過來的時候，也明顯愣了一下，以為自己眼花了，先抬起手背揉揉眼睛，見真是自己的女兒和外孫女，一時喜出望外，臉上跟開了花似的，笑咪咪地朝她們快步迎上來。可是，沒等老人開口說話，小女兒早就劈頭蓋臉衝他嚷鬧起來，好啊，你現在扯起謊來，眼皮都不眨一下，那天你跟我咋說的，後來你跟我大哥又是咋說的？！還說什麼一個鐘點工做飯的，我看你倒是成了人家娘兒倆的保母

了！嘖嘖，你也老老幾十歲的人了，讓兒孫們說你點兒啥好呢……

嬌嬌事後在電話裡對程仁說，大舅，你是不知道，那一刻真是要多尷尬有多尷尬啊，小姨幾乎指著我姥爺的鼻子，就跟我們學校教導主任修理最淘氣的下差生一樣不留情面，而媽媽呢，盡量把臉撇向一邊，一副事不關己高高掛起的樣子，或者，她壓根就不打算過去認姥爺似的。嬌嬌很有些忿忿不平，她說姥爺當時的模樣真的挺悲摧的，愣在那裡像隻木偶。透過嬌嬌的電話講述，程仁完全能夠想像當時的情形，小妹倒是先放在其次，大妹畢竟遠道歸來，偏偏遇上這種糟心事，她的心情可想而知。至於老爹，也真是自作自受，就算有了這種事，也不該掖著藏著吧，紙裡能包住火嗎？早早跟兒女們溝通一下，也不至於搞得如此被動。他倒好，跟兒女們玩起了明修棧道暗渡陳倉，還想搞什麼金屋藏嬌，連他這個長子也都被矇騙了。這下有戲看了，大過年的捅出這麼大個婁子，看他到時怎麼收場。

這次，小妹的革命立場異常堅定，她當著老爹的面急赤白臉又振振有詞，要是你不把那個狐狸精攆走，從今往後你就當沒有我這個女兒。大妹倒是什麼話也沒有說，這多少有些奇怪，放在以前，她的嘴可是最不饒人的，但這次她卻自始至終沒有發言。

程仁暗想，也許這些年來，大妹內心深處承受了眾叛親離帶來的苦果，表面上看，是她不願意回來跟大家團聚，可實際上呢，她恰恰在為自己當年的決絕離去忍受了太多的寂寞和別愁。時過境遷，她應該更成熟些了，畢竟連女兒都跟她個頭兒一般高了。

四

　　下班回來，程仁便覺得家裡的氣氛有些不妙。大妹和小妹正在客廳裡不鹹不淡地嗑著瓜子，表情似乎都有些凝重。後來快吃飯的時候，程禮也急匆匆被她倆召喚來了。說心裡話，別看兄弟倆同居一城，可程仁至少有大半年沒跟程禮照過面了，所謂兄弟情義，不過是每年過節才互相走動那麼一下，平時都在忙各自的生活，誰也見不到誰的面。

　　時光彷彿倒轉了，姐妹們又急吼吼聚在一起，開這種臨時性家庭會議。跟幾年前有所不同的是，上次的氣氛特別沉痛和悲哀，可以說每個人心裡都溼漉漉的，甚至是在滴血；這回氣氛雖說也有那麼點兒沉重，但更多的還是作為子女心理上所承受的那種蒙羞後的尷尬。對於要討論的這件大事，或者乾脆叫做醜聞吧，除了程禮一人之外，對於其他三人可以說都已是眼見為實了，證據確鑿，鐵板釘釘。小妹之前也在電話裡把情況跟程禮簡單交代了，所以，大夥兒坐下來稍微寒暄了一會兒，主要是因為程智昨晚剛回來的緣故，總得象徵性地拉拉家常吧，之後便直奔主題。

　　這種情景還是會讓人下意識地要去回想傷心的過往。母親去世後，這一大家子人，在很多時候像是失去了主心骨，喪失了家庭凝聚力，儘管他們的關係沒有發生任何變化，哥哥還是哥哥，妹妹還是妹妹，但曾經那種完整無缺的家庭氛圍，遭到了某種不可逆轉的重創，說分崩離析似乎過了，可多年來就那麼一蹶不振的，像一艘舊船搖搖晃晃地擱淺在時光的河灣裡。況且，幾年前的那個歷史節點，對於每一個人來說，又都是不堪回首的。當年主持家庭會議的是父親，如今變成了這次會議的重要議題或聲討對象：老爹的事咱們得好好合計合計。作為長兄的程仁，只能將這個問

題擺在桌面上，好讓大夥兒一起討論。大夥兒你看看我，我看看你，彼此都有心事，又都忍無可忍。

程信說：依我看，這事沒商量，明天咱們就讓那女人滾蛋！

程禮說：就是，小妹說得在理，她算老幾呀，敢大言不慚地賴在老爹家裡。

程信說：二哥，你可別小看那個狐狸精，你們沒見她說話時的樣子，好像我們老爹離不開她似的！

程禮說：問題就在這裡，老爹要是鐵了心跟人家好，咱們幾個就算說破了天也白搭。

程仁說：我真是搞不懂，老爹咋會喜歡這種女人，就算他想找個老伴過日子，也得歲數大小各方面都相當吧。

程信說：誰說不是，老牛啃嫩草，老不正經，讓人不知該說他什麼好呢。

程仁說：這女人確實還不到四十歲，長相也過得去，你們說她跟老爹在一起到底圖啥呢？

程信說：明擺著的，還用問嗎？老爹有退休金，還有那套房子，再不值錢也得三十來萬，萬一將來人家老城區統一改造的話，怕還遠遠不止這個數呢！現在的女人，一個比一個現實，老爹要是個窮光蛋、撿破爛的，傻子才會死乞白賴地跟他好！

程仁說：那天我還真是親眼所見，那女人手上戴著兩隻黃燦燦的24K金戒指，還有耳墜和項鍊，都是一色金子的，說不定都是咱家老爺子花的錢。

程禮說：小妹和大哥說得一點兒沒錯，那女的說跟老爹好了一陣子了，老爺子能不在她身上花錢嗎？俗話說，手裡沒把小米，恐怕連雞也哄

不住，我擔心到時候，她會不會乘機再訛咱爹一筆損失費？

程信說：做她的大頭夢去吧，白吃白喝白住老爹的，還想要錢，門也沒有！

程仁說：你們可千萬別小覷了那女的，我覺得她可不是什麼省油的燈。

程信說：這麼說我們還怕她不成，大不了上法院告她！

程禮說：乾脆明天一早，就去跟她攤牌。

程信說：對對對，事不宜遲！

……

七嘴八舌頭吵到最後，大夥兒甚至開始摩拳擦掌了，恨不得馬上就衝進父親家裡，把那個小寡婦轟跑為快。

直到這時，一直坐在那裡沉默不語的程智終於開口說話了。

程智說：還有一個最重要情況，不知你們都考慮過沒有 —— 萬一，我只是說萬一啊，他倆偷偷辦了手續，就是領了結婚證，咱們現在跑去跟人家攤牌，是不是很可笑？這種情況電視裡早就播過，往往都是做兒女的極力反對，到頭來人家照樣走到一起了。

程信說：姐，那照妳的意思是，就任其發展下去，我們全都裝聾作啞？

程智說：其實，有些話我真的不想說，說了我知道會惹你們不高興，會傷姐妹間的和氣。可這件事情我實在是感到很奇怪，也很痛心。奇怪的是，老爺子跟一個女人好了這麼久，甚至已經到了同居的地步，大家居然才剛知道；痛心的是，老人眼裡完全沒有兒女，沒有這個家，這麼大的事，他居然也不跟任何一個子女說起。老話說父慈子孝，看看我們這個家，現在都成什麼樣子了！當然我說這話也沒有逃避責任的意思，我也是

這個家裡的一份子，這幾年我反思了很多，我覺得自己有時確實非常自私，總考慮自己的那點兒感受，經常忽略了其他人……我覺得做女兒自己非常失敗，做姐妹也很不合格。

這番話一出口，所有人都緘默不語了。

<h1 style="text-align:center">五</h1>

說好第二天，四個人要在老爹那邊碰頭的，可是程仁和程智都到了半天，坐在車裡左等右等，就是不見那兄妹二人露面。只好再打電話去催，程信不無抱歉地解釋，說她婆婆昨晚不小心把腳脖子崴了，非得有人在身邊伺候，讓他們先談著，自己一忙完馬上趕過來；程禮的手機，打過去，總是那句該死的語音提示，對不起您撥打的電話暫時無法接通。程智無奈地搖了搖頭，說早就猜到是這種局面，二哥鞋底子抹油——開溜了，小妹事出有因一時半會兒又脫不開身，只好讓咱倆當出頭鳥了。

程仁氣不打一處來，用拳頭砸了一下方向盤，搞什麼名堂？關鍵時刻一個個都掉鏈子，我看咱們這個家算是徹底完蛋了，一點凝聚力都沒有。程智倒是在一旁勸大哥別生氣，說生氣有什麼用，再說人多嘴雜，他倆不來也成。程仁苦笑一下說，患難見真情，看來這事得靠妳了。程智又拿話試探，大哥，你是不是覺得特難為情？程仁不好意思地點點頭，噥著嘴說，嗨，誰說不是？這事還真不怎麼好開口，畢竟是老人嘛，輕不得，也重不得，你說老爺子這不是給人出難題嗎？

程智想了想說，你猜，昨晚睡覺的時候，嬌嬌跟我怎麼說的？她說，你們全都神經過敏，不就是姥爺跟人家談戀愛了嗎，讓他順其自然就好

了。程仁怪笑著說，看不出來，這孩子想得還挺開。程智接著說，嬌嬌還說，人老了就跟孩子一樣，既然是孩子，就要按孩子的天性來對待，他有好奇心，也有衝動，你們想扼殺姥爺的好奇心，根本不可能，索性就讓他隨性去吧，一味地橫加干預和阻撓，最終只能適得其反。這就像她班上的那些早戀男生一樣，老師和家長越是強烈阻止，人家私下裡越是談得風生水起。程仁完全被嬌嬌的這通奇談怪論給說懵了，但仔細咂摸咂摸，又似乎不無道理。思謀了一會兒，程仁說，問題是，咱老爹畢竟不是孩子，這麼一大家子人都看著呢，他也不能太為所欲為了吧，長輩總得有個長輩的樣兒。

後來的主意還是程智給拿的，她說這陣子去家裡反倒無益，那個女的在場總是不大方便，好多話都說不開，乾脆把老爺子約出來，找個地方坐下來慢慢聊。程仁也覺得有道理，就忙把手機撥過去，老人在電話裡明顯遲疑了一下，口氣多少有點生硬。程仁只好開門見山地說，爸，你要是沒啥事的話，我和大妹想請你喝個茶。老爹沉默了片刻，才猶猶豫豫地說，也好，我正好也有話說。掛了電話，程仁不無緊張地說，看來這回老爺子十有八九是要跟咱們攤牌了，我怎麼突然有種兵臨城下的感覺。程智卻抿嘴一笑，誰說不是，我們不是眼看都有點逼宮的味道嗎。於是，兩個人相視苦笑一下，又靜靜坐在車裡等待。

程智盯著車窗外面望了一會兒，嘴裡淡淡地說，其實，那天在樓下見到老爹，我連一句話也沒有跟他說，小妹一直不停嘴地數落他，我當時就是覺得心裡特別堵，特別痛，就像是被針扎了一下，這些年我好不容易把過去的事忘得差不多了，可老爺子偏偏又鬧出這麼一齣，一下子就把我那種歸心似箭的好心情全部破壞掉了，我甚至開始後悔，這次真不該冒冒失失帶著嬌嬌跑回家來。可有時，我又覺得，老天像是要有意懲罰我，懲

罰一個女兒的種種不孝，說心裡話，這幾年我對老爺子確實夠冷漠了，不管怎麼說，父親終歸是父親，女兒畢竟還是女兒。昨晚躺在你家的床上，翻來覆去怎麼也睡不著，後來就胡亂回想當初老媽臨走前的情景，她那皮包骨的可憐樣子，忽然變得那麼清晰，一切都好像是頭天剛發生的事。後來不知不覺又迷糊著了，還破天荒地做了一個夢。夢中老媽拉著我的手，淚水漣漣的，看著叫人好心酸啊，要知道這些年我是極少能夢見她老人家的。這次真是奇了怪了，你猜老媽在夢裡跟我說什麼，她說我的好閨女，妳可算回家來了，有件事媽要安頓妳，你們千萬不要怨恨你爸，他身邊的那個女人是我讓他去找的，我把他一個人丟在那個空蕩蕩的家裡，不放心啊，要是能有個人給他做做伴，媽在那邊也就安心了⋯⋯

程仁看見大妹眼裡倏忽閃起了點點淚光。

父親大人終於出現了。他的腳步看上去多少有些蹣跚，不再像幾年前那樣風風火火，兄妹倆的目光就不約而同地從車內轉向街對過。這陣子，街上車水馬龍的，想橫穿過馬路並不太容易，那些汽車一個賽一個開得凶險跋扈，呼嘯著在街道上橫行，極少數騎自行車的本來就凍得瑟瑟發抖，又被這些車輛擠在中間，不得不使出渾身解數，左撐右拐，搖搖晃晃，個個都是一副亡命天涯的窘相。父親夾雜其間，跟迷失了方向的老頭兒那樣走走停停，間或，惶惶地抬起頭來，朝四下裡瞅瞅望望，一時拿不準主意是該前進還是後退。他那半灰半白的頭髮在人流中晃動得格外刺眼，曾引以為榮的工人階級最有力的雙臂，也已無奈地耷拉下來，變得鬆鬆垮垮，那發了福的腰身也不再挺拔，相反每往前邁出一步，他都會下意識地用一隻手在腰眼處撐那麼一撐，像是要給自己注射一劑強力針，才能勉強走下去⋯⋯

程仁遠遠看著，心裡多少有些不舒服，就順口說要不要去接他一下。

程智馬上反應過來，你開著車呢，還是我下去吧。於是，大妹迅速跳下車，朝父親那邊一路小跑過去。多年未回家的閨女，腳步飛快地奔向自己的老父親，這一幕的確來之不易，程仁始終待在車裡吸著菸，透過朦朧的煙霧，他倒是也注意到，父女倆見面時的某種不自然或不協調，就像是兩個彼此很陌生的人初識，尤其是，當大妹伸出手去，想要善意地攙扶對方一把的時候，老人明顯地往旁邊閃躲了一下，不無某種牴觸和矯情，一點兒也沒有配合對方的意思，客氣得實在不像是一家人了。程仁暗想，也許老爹嘴裡還在小聲嘀咕呢，用不著妳，我自己能行。對，這是父親的口頭禪，記得上次他去父親家裡的時候，就聽他說過類似的話，但有時他也想父親之所這樣說，不外乎是不想表露出自己已經老邁不堪，凡事已經離不開兒女攙扶和照顧了，這一點他多少還能理解。

　　不過，此刻大妹只是稍作遲疑，並未跟他計較什麼，她的動作不無女兒家特有的親暱和執拗，竟毅然將父親牢牢地攙扶住了，那感覺多少有點兒要綁架對方的意思。父親顯然也拗不過女兒，只好由著她去了。兩個人並肩躲閃著過往的車輛，像是在虛擬的遊戲世界裡聯手闖關，他們總算是雙雙走過了熙熙攘攘的馬路。這種場面對程仁來說久違了，他的心頭不由得泛起一股暖意，抑或僅是酸楚，他彷彿要刻意掩飾什麼，忙把自己的臉撇向馬路的另一邊。

　　好說歹勸，兄妹倆總算是把父親硬拉進街邊的一家茶樓裡。若依照父親的意思，坐在車裡談就可以了，何必再多花茶水錢呢。事實上，這個點喝茶的人寥寥無幾，茶樓顯得空蕩蕩的，昨夜腐朽的菸氣和茶鏽味始終在空氣中繚繞著，給人一種邋遢和慵懶的印象。因為沒有旁的人，他們隨便找了個靠窗的位置坐下來，父親始終盯著兄妹倆一言不發，又似在察言觀色靜待其行，那表情說不上是煩惱還是憂慮。老闆打著黏稠的呵欠，服務

父親的婚事

員尚未到崗，他只能親自端上來一壺鐵觀音和兩三盤瓜子杏仁之類。程智先忙著給父親和大哥各斟了一杯茶，然後才給自己倒了，將茶杯緊緊握在兩隻手裡取暖，裊裊的熱氣彌漫著三個人，縹緲的茶香中透著些許苦澀，一如生活的原味，而每個人的臉上，都籠罩著一層淡淡的氣霧，顯得陰鬱而迷茫，神情都有些捉摸不定。這中間，程仁和程智互相悄悄對視了一下，像是都在催促對方先開口似的，可最終卻是父親先說話的，老人肯定也是有備而來的。

我的事，你們幾個，恐怕是，都知道了吧。父親半是囁嚅，半是自語著，說出的話倒是言簡意賅、直衝要害。等他終於拋出這句也許是早就準備好的開場白後，整個場面就變得更加的不尷不尬。老人似乎並不在意這些，他稍稍停頓了一會兒，像是故意要弄出點兒動靜，打破眼下快要腐朽的沉悶，噝噝啦啦地吹著杯面，又熱熱地抿了幾口茶，再將茶葉梗呸出嘴皮，突然扭頭，呸地一聲啐在旁邊的地上，才繼續說話。本來，我是想緩緩的，過了年再跟你們講，可這兩天都到家裡撞上了，俗話說選日不如撞日，我們也不想再瞞著誰了。我跟這個小蘇，交往了有一年多，覺得她人不錯，心眼好，能持家，照顧人沒得說，到了我這把年紀，也不圖啥，只要能在家裡給做個伴，就成了。父親說到這裡忽然煞住口，不無狡黠地望向他們兄妹二人，臉上有種叫人難以捉摸的味道，是豁出去，是木已成舟，或二者兼而有之，甚至於還有點兒可憐巴巴的勁兒，好像一切都是受人指使的，非得逼著他走這步棋不可。程仁偷偷瞥了一眼大妹，對方卻始終低著頭，在沉思什麼，模樣凝重。

爸的意思是……你倆非在一起不可了？果然，程智的話一出口，程仁就感到某種直面矛盾且理直氣壯的討伐意味了。他生怕大妹再往下說過激的話，忙接過話頭說，之前，咋一直也沒聽爸說起這事，怎麼一下子就冒

出這麼個小蘇來？關鍵是，我們還一點兒都不了解她，她到底是個什麼來頭，跟你好是真心還是假意？現在社會太複雜了，尤其她一個寡婦女人，還帶著個小孩子，萬一是人家精心編好的圈套呢，到時候出了事，可怎麼得了，這些情況總得容我們考察考察，再定吧……

哪知，父親不等他把話說完，騰地從椅子上立起來，眼前的茶杯差點掀翻了。老人頦下的那撮短鬚顫抖著，真是天大的笑話！你們都把我當成三歲娃娃了，好賴人也分不出來？我這輩子過的橋，比你們走的路還多！老大，你給我說說，爸以前上過誰的當，受過哪個的騙？哼，我算看出來了，說一千道一萬，你們是誠心不想讓我找老伴兒啊，今天老子把話擱在這，你們高興五八，不高興四十，反正，我跟小蘇已經在一起過日子了，你們幾個看著辦吧！

程仁見父親真的急眼了，忙起身拽住老人的胳膊，想讓他重新坐回到椅子上，嘴裡不無央求道，爸，你這又何苦呢？誰敢說你的不是，咱們這也就是隨便閒聊嗎，又不是在開批判大會，您犯不著又急眼又較真的。再說，這大過年的，萬一生氣窩火，傷了身子咋辦？父親聽他這麼說，才又呼呼喘著粗氣，勉勉強強坐下來，臉色比先前陰沉得更甚。

程智一直都顯得比較冷靜，父親衝大哥發火的時候，她始終不卑不亢的，這時她再次說話了，顯然這番話是經過深思熟慮的。我覺得，爸說的話一點兒不錯，婚喪嫁娶本來就是人之常情，即便是做子女的，也不能隨便干涉父母，就拿那天小妹的做法來說，我個人也不太贊成，犯不著跟人家一個女的口角爭執。話說回來，這件事打一開頭，爸您確實沒太顧及兒女們的心情，這個也是事實。您畢竟是上年歲的老人了，膝下又有一堆兒孫，小輩們也都有自己的思想了。別的不說，就拿您外孫女嬌嬌來說，這兩天小傢伙的心情就非常鬱悶，她說自己都快沒有勇氣過年了，她甚至還

批評了我這個當媽媽的，說我們都太敏感太狹隘了。我承認，我們確實存在類似的心態。可現在的問題是，爸突然決定要跟那個女人在一起生活了，這不能不引起大家夥兒的猜想和擔心吧，所以，我們才變得有些焦慮，有些抓狂，甚至還有些不知所措！爸，我真心希望，您老人家也能設身處地替孩子們想想，替這一大家子人想想，好不好，千萬別太感情用事。

程仁覺得大妹到底是姐妹中學歷最高的，又常年在大城市裡生活打拚，說話就是有分量，至少有禮有節、不溫不火，讓人不由得要暗豎大拇指，想必這下父親應該挑不出什麼理來了。他心裡想著，還是偷偷掃了一眼坐在對面的老人，那張絳紫色的老臉，正由盛怒轉向羞赧和茫然，不再一味地吹鬍子瞪眼，也不再高高在上，而是片刻的沉默下來，說明這些話他還是能聽得進去的。這時，程仁又聽見大妹語氣不無沉重地叫了聲爸，然後照直說下去了：

本來，昨晚我們幾個都碰過頭了，約好今早都來家看您的，可現在的情況您也看到了，別人好像都有不來的理由，可我和大哥必須得來，而且，弄不好可能還得惹您老人家動怒發火，過不好這個年。但是，我們完全是為您和這個家著想的，畢竟媽她老人家現在不在了，她走得太早，把好多事情都留給了您和我們，您想追求晚年的幸福生活，這無可厚非，只要合情合理，我相信大家都能理解和接受的。不過，您是不是也要稍微考慮一下孩子們的感受？單這一點，我覺得小妹那天雖說做得有些過分，可那也合乎情理，在沒有取得孩子們的贊成以前，那個小蘇就貿然留宿在家，這多少是有些不太妥吧，畢竟那個家是我媽曾經住過的地方，那裡有兒女們太多太多的記憶，誰也不想親眼看到自己最美好的回憶隨便被外人踐踏吧，小妹那天之所以出言不敬，我想跟這個不無關係。那個女人不明

不白住在咱家裡，確實讓誰都覺得不太舒服。所以，我覺得當務之急是，能不能讓她先從家裡搬出去，至少，等我們一家子人團團圓圓地把這個年過完再說吧……

父親活像一頭老牛哞地抬起頭，臉色青鐵鐵的，身上彷彿挨了誰重重一鞭子，他雙手一撐勁，忽地從椅子上立起身，頦下的灰白鬍鬚根根都在撲顫著，臉色真的已經相當難看了，幾欲發作的程度。可大妹說話的方式和聲調語氣，無論如何都不足以促使他當場爆發一場牛脾氣，他才又忿忿然地無可奈何地垂下頭思謀著什麼了，最後低調而惱羞地咕噥了一句，啥破茶嘛，喝得人直想上廁所……就悶聲悶氣地轉過身，呼哧呼哧走開了。

臨街有無聊的傢伙往空中扔雙響炮，大清早的那種突兀的叮咚聲，聽著著實有點兒驚心動魄。兩個人這才意識到，明天可不就是大年三十了。

六

跟往年除夕相比，今年家裡人頭最是齊全。程仁之前少不了又挨個給弟弟妹妹安頓了一番，說凡事都要以大局為重，眼下先把這個年對付完再說，所以，去老爺子那邊吃年夜飯，誰都不准再提那件事。大夥兒雖然表了態，可都覺得，大哥分明有些前怕狼後怕虎的，依照小妹的說法，就算這個年不過了，也絕不能跟老爺子妥協，否則，家裡就得多出一個小媽了。程仁皺著眉頭道，這不是妥不妥協的問題，關鍵時刻你們一個個鞋底子抹油，溜得比兔子還快，到時候還不是把我跟程智晾在那裡，當你們的替罪羊了，還好意思說這說那。小妹那張嘴巴這才讓堵瓷實了。

當大夥兒浩浩蕩蕩湧進父親家裡的時候，所有人都怔住了，客廳裡已

父親的婚事

經滿滿當當擺好了兩桌子酒菜，冷熱葷素大魚大肉海鮮蔬菜搭配得十分齊全，孩子們喜歡的飲料，男人們要喝的白酒，女人們鍾情的紅酒，一切都應有盡有。往年這些事情，都要等兒女們到全了，大夥兒齊動手去張羅的，今年父親卻來了個大刀闊斧的改革，甚至就連餃子也是現成的，就等一會兒下鍋了。程仁那顆始終懸著的心，才算咽進肚子裡，他真怕昨天茶樓裡的談話惹怒了老爺子，搞得這個除夕夜冷鍋冷灶沒法過，現在看來，父親終究還是識大體的，到底也是個老革命，這點覺悟人家還是有的。

小妹進屋先神神祕祕滿屋子轉了一大圈，感覺像個十足的暗探，後來她還把程智單獨拉進衛生間，反手鎖了門嘀咕，咦，太陽從西面出來了，老爺子今兒是怎麼了，我咋覺得像是要給咱們擺鴻門宴呢？程智倒是看得開，說即便是鴻門宴，那也是老爹親自擺下的，咱們呀，只能照單全收。小妹又狐疑道，這些菜八成是那個女人準備的吧，她知道咱們這個點要來吃晚飯，所以趁大夥兒來之前開溜了。程智說，眼不見心不煩，只要今天她不露面就行。小妹還是疑神疑鬼地，說她總覺得今天情況不太妙。

兩人扯悄悄話的工夫，父親已經開始招呼大夥兒上桌了。一時間，板凳桌椅的腿兒吱吱亂響，兒子兒媳女兒女婿坐了一桌，另外一桌由嬌嬌跟幾個小兄妹坐了，明顯的，這代人要比程仁他們更活躍也更歡樂，氣氛一下子就被搞熱乎了。父親很可能是被這群嘰嘰喳喳的小傢伙感染了，他說難得嬌嬌能回來過年，非要湊過去跟孩子們擠在一起熱鬧熱鬧，他還給每個孩子挨個發了壓歲錢。這種時候，大家倒覺得老人還是挺可愛的，多少還有點兒老小孩的樣兒。接下來，父親提議兒女們共同舉杯，跟往年一樣，他大概又要發表熱情洋溢的春節祝詞了。每年，父親的祝酒詞都是洋洋灑灑長篇大論，從國際局勢到國內形勢，再到一家老小吃喝拉撒睡，可以說是高瞻遠矚面面俱到，逗得大夥兒捧腹發笑，而每次幾乎都是在小妹

的強烈抗議下，父親才不得不草草收兵偃旗息鼓的。哪知，今天大夥兒剛剛站起來，正準備洗耳恭聽的時候，外面卻有人敲門了，大夥兒就有些納悶，嬌嬌剛去把門打開，一個滿頭銀絲彎腰駝背的老太太顫巍巍走進來了，竟是程仁他們的老姑母──父親這輩人總共姐妹五個，另外三位已相繼謝世了，如今父親在這世上只剩下這個唯一的老妹妹了。

老姑母來了，大夥兒自然少不了寒暄一番，小輩們又挨個兒過來給老人鞠躬拜年，之後老姑母才被程仁他們讓過去坐了那桌的上席。小妹衝坐在身旁的程智擠了擠眼，壓低嗓門說，看吧，我就說沒那麼簡單，這回人家怕是救兵來了。話音雖小，還是讓程仁聽到了，他趕緊衝她倆搖頭擠眼，意思是千萬別造次。

酒喝到第三圈時，桌上的菜也動得差不多了，父親那桌的孩子們早讓糖果啦雞腿啦魚蝦啦飲料啦撐得肚皮溜圓，一個個就不願意再乖乖地坐著了。很快，嬌嬌就讓幾個表兄妹拉扯著呼嚕呼嚕下去玩了，樓下頓時傳來一陣鞭炮和竄天猴的吱吱響聲，孩子們在外面大呼小叫，年味一下子被他們喊得濃釅了。屋裡的大人似乎也受了孩子們的傳染，也都喝得更歡暢起來，猜拳行令，頻頻舉杯，面紅耳赤。這中間，程仁帶著姐妹幾個，依次給老姑母和父親敬了酒，父親今天海量，跟每個兒子兒媳女兒女婿都乾了滿杯，儘管大夥兒一個勁兒勸他少喝點，意思意思就行了，可他打著酒嗝堅持道，沒事，今兒爸高興，咱這一大家子難得這樣團聚。

後來父親就栽晃著身子走到程智跟前，他嫌美中不足的是，大妹的女婿沒能一起回來過年。程智忙解釋事出有因，又保證來年春節一定讓嬌嬌爸爸也回來，陪老爺子好好喝一場。父親笑笑說，回不回來其實也不重要，只要你們有那個心就好。顯然，父親話裡是有話的，程智知道老人還是在挑她的理，就忙舉起酒杯說，爸，都是我們不好，現在我替嬌嬌爸爸

再給您敬個酒，以前做的有啥不周的地方，您千萬別往心裡去啊。說著，跟父親手裡的杯子挨了一下，一飲而盡了。父親大概還想說點什麼，程仁忙過來打圓場，說大妹其實早想回來了，今年清明節就跟他提過這事，他說統共放兩天假，來來回回盡坐飛機玩了，就沒同意，上墳的時候他還在老媽跟前叨叨過這事呢。父親聽了這話，也就不好再怨什麼了，便吱啊一聲喝了大妹敬他的那杯酒。或許是母親的話題太過沉重，尤其這種時候被拋出來，歡樂的氣氛中平空注入了一股悲情的味道，雖說是有點不合時宜，但又能恰到好處地遏制某種不良情緒的滋生繁衍。

父親後來又連著喝下了五六杯，終於栽晃著身子趴在桌上，腦袋不受控制地左右亂歪。老姑母這時就怪怨起來，你們幾個也真是，咋讓你爸喝那麼多，一點兒不知心疼他。回過頭就指使程仁程禮，趕緊把他架到床上去歇著，又讓兩個兒媳婦沏了濃茶，端過去好給醒醒酒。在這個家裡除過父親，就數老姑母德高望重了。父親老早以前常跟孩子們念叨，說他小的時候，姑母跟他最親最近，家裡有好吃的，都互相惦記著對方，妹妹犯了錯，哥哥總是替她扛著；妹妹在外面受了壞孩子欺負，哥哥總是不顧一切跑出去給妹妹出氣，經常被打得鼻青臉腫；哥哥大了要結婚了，是妹妹連天連夜一針一線給他趕製的新婚喜被；等妹妹出嫁的日子，哥哥一直把妹妹送到婆家去，臨走不忘瞪著眼睛給妹夫交代，這輩子要好好待她，不然準沒他好果子吃，嚇得新妹夫半天不敢吭聲。後來，哥哥有了孩子，工作忙，分不開身，半個月才能回一趟家，又是妹妹大老遠跑來幫著伺候嫂子和帶孩子，程仁姐妹小時候真沒少給姑母添亂。可惜的是，姑母一生也沒生下一男半女，姑父年輕時常常為這事跟她吵吵鬧鬧，有時姑母實在氣不過，就賭氣跑回哥哥家裡住上一陣子散散心，母親在世時嘴裡總記掛著姑母的種種好處，說當年要是沒有她幫襯，真不知該怎麼辦呢，所以，母親

在去世前也沒忘叮囑兒女們，將來一定好好孝敬老姑母。

　　等把父親伺候著在床上躺安生了，老姑母才又提議，說讓你爸睡他的覺去，可也別浪費了這一桌子好酒好菜，咱們娘兒幾個好好樂呵樂呵。難得姑母今天興致這麼高，大夥兒當然得眾星捧月般圍著她，又重新坐了。桌上的菜都涼了，程信自告奮勇，端進廚房裡挨個熱了一遍，程智幫忙打下手，新的一瓶酒又打開了，兄弟姐妹又說要好好敬敬老人。這時，老姑母卻擺擺手說，咱也改改規程吧，以往都是男人當酒令官，今兒這個酒令官，就讓我老婆子也過過癮。大夥兒沒有不同意的，都說人老了像孩子，看來老姑母也不例外。於是，程仁就把剛啟開的那瓶白酒款款放在老姑母面前。老姑母很鄭重地把椅子往桌前拉了拉，又把身子坐端正了，才衝大夥兒說，酒桌上誰官最大？然後她拿手指著自己說，當然是我老婆子，所以你們今兒都得聽老姑母的，誰要是不聽話，就乖乖罰上一杯。說著，她已顫巍巍地拿起酒瓶，往自己眼前的三個杯裡倒酒，老人手抖得厲害，酒水都灑到外面去了，程仁本想伸過手去代勞，可老人搖著頭拒絕了，你是這家裡的老大不假，可我這酒令官掛了帥，凡事都得按我的心思辦，你就算是天王老子也沒用。老姑母的認真勁兒，還真把大夥兒逗樂了。老人自己先端起杯子喝了一滿杯，才吱吱嗚著嘴皮說，咱也別高聲大嗓地划拳了，吵得四鄰不安，也沒啥意思，乾脆這樣辦吧，你們每個人都給老姑母講一段自己小時候的事，不過可有一條，不管誰講啥事，都得是跟爹媽有關的，誰若是跑了我這個題，就得老老實實把這三杯酒都喝光。別說，老人的這個建議還真有點兒新意，於是，大家或低下頭或閉上眼開始靜靜尋思。

　　程信腦子轉得最快，頭一個舉手要發言，老姑母目光慈愛地盯著最小的姪女說，哼，還別說，你們幾個裡面，就數老四的故事最多。程信說姑

母的意思是嫌我小時候太皮了唄，這話惹得大家都哈哈笑了。程信就大大咧咧講開自己的故事了。她說上小學那陣子，有一年春節，爸媽在伙房裡忙著做紅燒肉，大鍋裡煮了滿滿一鍋肉塊，肉都是老爸一刀一刀切出來的，四四方方的，看著好喜慶，老媽負責煮肉，撇鍋裡的肉沫子，讓她往灶裡添柴火，火苗子呼呼叫著，伙房裡的肉桂香氣越來越濃了。她實在是禁不住誘惑，就老抬頭往鍋裡瞅，湯花正在翻滾呢，發白的肉塊一起一伏，快饞死人了。這時，她發現伙房裡只剩下她一個人，爸媽都不知上哪裡去了，大人不在正好，她就用大漏勺撈起一塊，拿嘴就去啃，差點把她燙了個半死，肉卻還硬邦邦的，根本啃不動。她氣得又把肉扔進鍋裡，嘴皮子火辣辣疼，越想越來氣，就想再能搜騰點什麼解解饞呢，翻騰來翻騰去，就在碗櫥的最裡面找到了一小罐蜂蜜，那是老爸專門買回來做紅燒肉上色用的，她早就垂涎欲滴了，可一直被老媽像寶貝似的鎖在斗櫥裡，沒想到這陣子它卻鬼使神差地現身在廚房裡，想來是老天爺特意犒賞她的。她猴急慌忙拿小勺子剮了往嘴裡送，甜死了，美死了，那滋味真叫一個幸福，要說蜂蜜真是世上最好吃的東西，這樣左一勺右一勺，一小罐蜂蜜轉眼剮下去了一大半，眼看要見底了，這時她聽見外面有腳步聲，忙擱下罐子，躲在灶坑前，假裝埋頭幹活……

講到這裡，程智他們都快笑破肚皮了，都說怪不得妳是家裡最胖的，原來小時候偷吃了太多的好東西，那年妳害得咱仨都受了株連，爸媽鼻子不是鼻子臉不是臉的，把我們挨個審賊一樣審了一遍，沒想到都是妳這個小偷幹的好事。老姑母也笑得流了眼淚，她揉著渾濁的老眼說，老四那時候沒一點兒姑娘樣，整天猴高爬低的，難怪你們爸媽總跟我叨叨，說這丫頭將來可嫁給誰呀。程信就緋紅著臉說，姑母他們都討厭，人家故事還沒講完呢，就一個個跑來亂打岔，全都該罰酒了，每個人必須喝一滿杯才

成！老姑母止住笑聲說，別看我上歲數了，可這眼不花來耳不聾，妳剛講的那些個都跑了題了，趕緊自個喝一杯吧。程智附和說，就是就是，小妹盡講她自己了，壓根沒有爸媽什麼事，理該受罰的。程信還想抵賴什麼，早被她身旁的兩個嫂子端了酒圍住硬灌了一氣。氣氛一下子就活絡起來，大夥兒都在絞盡腦汁琢磨該講點什麼好，程禮平時不吭不哈，今天喝了酒也變得活躍起來，爭著說該他講一講了。

　　程禮說在他念初中那會兒，不知怎地就迷上了跳迪斯科，那時上課下課老想著去跳舞的事，禮拜六和禮拜天總往街上跑，去趕工人文化宮的群眾舞會，學習成績眼看就掉下來了，老師非讓他請家長不可，他當然不敢讓老爸去，就扭屁蟲似的給老媽做工作，讓她去學校隨便應付一下老師，還央求她千萬別跟老爸說起這件事。可老爸後來不知怎地，還是知道了他趕舞會的事，有一晚他跳舞跳得太盡興了，竟忘了時間，結果等人家舞會散了，他到外面一看，晚上偷偷騎出來的老爸的自行車沒了，滿場子找了老半天，連個車影子也沒有，後來只好灰溜溜回家來。那時一家還住在平房裡，院門已經上鎖了，他怕驚動家人，就躡手躡腳翻牆爬進來，可做夢也沒想到，老爸一個人坐在院裡葡萄架下的小馬札上，正氣呼呼地抽著菸等他呢，看來東窗事發了，他嚇得打了兩個激靈。老爸聲色俱厲問他，這麼晚到底幹啥去了，他撒謊說去同學家補習功課了，老爸又問是哪個同學，他隨便胡謅了一個名字。老爸又問那自行車呢，他說落在同學家了。老爸聽完二話不說，轉身去煤房把那輛自行車推了出來，他這才傻眼了，知道老爸整個晚上都在盯他的梢。扯謊的代價當然是巨大的，老爸後來進屋把書包拎出來，掛在他脖子上，然後默默地打開了院門，一本正經地對他說，你這個扯謊溜屁的小混蛋，老子再也不想管你了，你愛去哪個同學家，就去哪個同學家，從今往後，這個家你休想再踏進一步。那晚不管老

303

媽後來出面怎麼苦苦求情，哭鼻子抹淚，老爸自始至終都沒有鬆口……那以後他才痛改前非開始好好學習了。

程禮一口氣講完，他似乎忘了老姑母先前的規定，竟自己主動端起一杯酒爽快地喝了下去，像是在懲罰當初自己的少不更事，大夥兒也沒在意，只顧低著頭想心事。唯獨程智注意到了這個細節，就說，我們仁光記著二哥一直被媽嬌生慣養著，真沒想到他也有過敗走麥城的一段呢。程禮訕訕一笑道，現在你們知道了，其實老爺子當年對我夠狠的，大半夜的硬是把我攆到大街上去流浪，這輩子我都忘不了那種滋味啊。老姑母接過話頭說，你爸那叫恨鐵不成鋼，要是都像你媽那樣只顧護犢子，你後來不知怎麼樣呢。說著，老姑母就把目光移到程智臉上了，咱們的三尖尖打小性子就倔，也沒少惹爹媽生氣，我說的沒錯吧。於是，程智就接著姑母的話題說，老姑母記性可真好，我這個人用身邊好朋友的話說，就是太以自我為中心了，還有那麼點兒自以為是，所以總是忘了考慮別人的感受，到頭來惹得姥姥不疼舅舅不愛的。程仁聽了就說，大妹這話算是說到點子上了。程信馬上道，大哥故意打岔，姑母該罰他一杯！老姑母點點頭，說老大多嘴該喝。程仁只好抿了一口。

於是程智言歸正傳。說起來，咱們每個人跟爸媽都有太多太多的過往，他倆辛辛苦苦把咱們拉扯大不易，一轉眼老媽走了也好幾年，老爸也到了該頤養天年的時候了，今天我突然就想起來，那年我要去外地上大學了，老爸那陣子整天喜笑顏開的，說心裡話，他這個人一直不苟言笑的，我一直覺得他不夠親切，可那年他一下子變得有些奇怪，跟換了個人似的。記得我出發前，爸非要在家裡張羅著擺兩桌酒席，用現在的時髦話叫謝師宴，那時好像還不興上街吃，當然街上也沒那麼多館子。家裡那次真叫一個忙亂和熱鬧，老爸幾乎把我從小學到初中再到高中的所有班主任和

主要代課老師都請來了，我記得那天就是咱媽和姑母在廚房忙乎吧？老姑母聽到這裡，一個勁兒點頭稱是。程智接著道，就在那天，咱爸喝高了，後來醉得一塌糊塗，我們老師跟他說了好幾聲再見要走了，他死活從後面拽著人家的自行車坐架不撒手，嘴裡一個勁兒地說，沒把老師陪好抱歉得很，老師客氣地說喝好了喝好了，老爸又說你們把我閨女培養成大學生，這個恩情喝多少酒也報答不了。就那樣，他一直纏著老師不讓出門，後來老師對我說，這輩子他教過那麼多學生，還就數咱爸是最重情義的一個人……可不知為什麼，就在老媽走的那年，我又覺得咱爸是這世上最殘酷最薄情寡義的人，我確實打心裡恨過他，因為我總在想，當初要是他不執意做那個決定，也許咱媽還能多活幾年，我知道自己這種想法其實很偏執，那種病根本不以誰的意志為轉移，不是想治好就能治好的，可我的心裡就是結了個死疙瘩，好多年總也解不開，我不是不想回家，而是不敢回來，怕一到家往事都湧上心頭……程智說到這，眼淚早已經止不住淌下來了。老姑母也跟著動了感情，一個勁兒地揩抹著皺巴巴的眼圈，乾瘪的嘴唇囁嚅，好閨女，這大過節的，咱不提那些陳芝麻爛穀子了……

　　終於，就輪到程仁開講了。他想了想說，我乾脆給大家講個小故事助興吧。說從前，有戶人家，家裡生了姐妹四個，老大是個聾子，老二是個啞巴，老三是瘸子，老四呢，偏又是個瞎子。未等程仁再往下講，程信早笑得前仰後合，說大哥真有你的，你不是拿他們比咱們四個吧。一時逗得大夥兒都樂了。程仁倒是不動聲色，繼續講他的故事。說有那麼一天啊，爹又在外面喝得酩酊大醉，他脾氣本來就壞，回到家指桑罵槐地又跟老婆掐了起來，他嫌棄老婆這輩子太窩囊，盡給他生了一堆廢物，將來連個養老送終的人都沒有。兩個人是越吵越凶，後來還真動起手來，媽無端地挨了爹的辱罵和耳光，實在是氣不過，就哭著鼻子一口氣跑回娘家去了；爹

呢，醉醺醺地倒在堂屋的炕上，只顧呼呼大睡，兩口子都忘了灶裡有火，鍋裡煮著飯。結果，這柴火就引著了灶房，火越燒越旺，轉眼間就把整個家院燒成了火焰山樣。好在那天，老大老二都在外面玩耍，別看老二說不出話，數他耳朵最尖，老遠就聽到了家裡的動靜，忙給老大用手使勁比劃。老大看明白了，拉起啞巴弟弟的手拚命往家跑。老三老四平時基本都待在家裡，不怎麼出門去，爹媽大吵大鬧他倆當然都聽到了，後來大火燒起來的時候，多虧了老三，用雙手一點一點爬進堂屋，先把老四從裡面拖出來，自己又不顧危險爬進堂屋去救人，爹身子太沉了，又醉成一團爛泥，即便用上吃奶的力氣也搬不動，就在這個節骨眼上，老大老二也雙雙趕回來了，兄弟倆趕緊衝進火海，總算是把爹拖了出來。

　　姑母最後聽罷才說，你們個個都講得好，老二和老四呢，講自個小時候怎麼調皮搗蛋，怎麼惹爸媽生氣了，聽著讓人又想笑啊，又想抹眼淚；老三講爹媽對自己的養育恩，和自己對爹媽的情義，我覺得做閨女的應該像老三這樣，得時時刻刻記著爹媽的好處；老大聽著是在講古，可這裡頭有咱們做兒女的大道理在呢，子不嫌母醜，狗不嫌家貧嘛。姑母今兒也想就著你們幾個的話，多嘮叨兩句。我知道你們這些天氣都不順，老人的事讓你們煩心了，其實想開了，這又有啥呢？你爸這輩子說起來也夠難腸的，打小小的時候，就沒了爹媽，全憑兄弟姐妹互相幫襯著帶大，不大點兒就跟著老鉗工師傅做學徒，半夜裡還要給人家端尿盆子，啥樣的苦沒吃過，啥樣的罪沒受過？後來好不容易在工廠站穩腳跟，從學徒工轉成正式工，自個後來也當上了師傅，一個月能掙幾十塊錢養家了。說起來，你媽當年就是他一手帶出來的女徒弟，一來二去兩個人有了感情，再後來就有了你們這個家，有了你們姐妹四個。雖說這工人家庭的日子過得緊緊巴巴，也總算是把你們都養大成人了，可誰能想到你媽福分淺，偏又半道得

了那麼個症，撒開手撇下你爸走了。俗話說，亡人先升天界，這活人還得好好活著啊，你們都有各自的小家小業，兄弟妹子，各鎖櫃子，可你爸還得守著這個空房子，一個人吃，一個人睡，一個人活，身邊連個說話的人都沒有，想想他一個人能不孤清得慌嗎？依我看啊，孝就是順，順就是孝，他眼看奔七十了的人了，人活七十自古稀少，他還能活多長呢？你們的心思我老婆子最清楚，嫌他不吭不哈就找了個伴，嫌他老老幾十歲，還挑那麼年輕的，其實這有啥呢，這世上男人哪個不喜歡年輕貌美的，真要找個七老八十的醜八怪，恐怕你們還不答應呢，就算放開了讓他可勁地找，頂多也就剩下幾年光景吧。我們都老了，說得再難聽點兒，黃土末子眼望就蓋到脖頸上了，都是有今兒沒明兒的人，你們做兒女的，但凡能順著老人的心思，就都順著點唄……

七

大年初一上午。兒女們自然還要上門來的，得好好給老人拜個年，可去那裡才知撲空了，狠敲了半晌門，也沒一絲一毫回音。大夥兒忽然有種不好的預感，以為老人的身體出了什麼狀況，畢竟昨天酒喝得高了些，好在程信身上有現成的鑰匙，急忙動手擰開了房門，這才知曉家裡已然人去樓空了。

一夥兒女如無頭蒼蠅滿屋子亂撞，南屋、北屋、廚房、陽臺，就連小小的衛生間也沒逃過，搜尋的結果是，老爺子居然結結實實給大夥兒唱了齣空城計。真是叫人匪夷所思！這大年初一的，他人能上哪去呢？按理說麼，每年初一這天，父親總是一清早就穿戴齊整，一個人坐在屋裡靜候兒

女們的到來。這是一年當中最當緊的日子，兒孫團聚，其樂融融，這一天父親會給幾個小孫子小孫女壓歲錢，兒女們也都各自給老人備了年禮，什麼營養滋補品、服裝鞋帽、便攜式老年人健身器，等等，都是孝敬老爺子的好東西。眾人寒暄一會兒，父親便會招呼大夥兒趕緊上桌子開始激戰——打麻將。這種時候，老爺子很有些老將出馬的架勢，他常年都在小區外面的棋牌樂裡摸牌打發時間，可謂寒暑不斷，比他過去上班時還要準點，牌技自然不賴，什麼清一色、一條龍、對對碰，時不時還下一兩道魚子，玩得那叫一個順風順水，又兼老謀深算，幾乎總是他在和牌贏錢，惹得孩子們個個齜牙咧嘴不停抱怨，說這哪裡是在玩牌，純粹是給老頭子送銀子來了。老爺子始終在那裡嘿嘿樂著，一副多多益善的老財迷相，嘴裡還不住地叨叨，準備銀子嘍準備銀子嘍，這把非自摸不可。

還是嬌嬌眼睛最尖，她無意中一抬頭，就發現客廳冰箱門上貼著一張字條，急忙撕下來遞給媽媽。程智拿在眼前掃了一眼，上面寫著：這兩天我答應陪小蘇出去轉轉，你們就好好過年吧，千萬別惦記我們。這張字條真不啻為一枚重磅炸彈，轟隆一聲巨響，把所有的兒女都驚呆了：老爺子準是瘋了，大過年的竟撇下一大堆兒孫，帶著狗屁小寡婦出門逍遙快活去了，這算怎麼一回事！直到這時，程仁他們也才如夢方醒，原來昨天的和諧歡宴確是早有預謀的，一切都是為了今天打鋪墊的，包括老姑母那番語重心長的話，甚至還有父親的酩酊大醉，大夥兒全都不明就裡地鑽進了該死的圈套中。

幾乎是，每個兒女都被這張該死的字條給激怒了。程信簡直氣不打一處來，嘴裡直嚷嚷，看吧，看吧，我昨天就說，老姑母準是咱爸搬來的救兵，專門來和稀泥的，這回你們都信了吧，人家這叫緩兵之計，我們就像大哥故事裡講的聾子瞎子，都傻乎乎的讓騙了！更好笑的是，等現在什麼

都明白了，可咱們只能待在這裡，一個個像個瘸子似的，追不能追，攆不能攆。

　　一時之間，大夥兒的心情都變得莫名而複雜，那個女人到底有什麼好的，老爺子非要鐵了心跟她好去，難道兒孫們都不重要，難道大夥兒還比不上一個寡婦和月嫂？這個問題再度困擾著每個人，如果說此前不過是懷疑和揣測，現在事情完全坐實了，父親就是這麼孤注一擲、一意孤行，甚至不再需要隱瞞什麼，白紙黑字，寫的再清楚明白不過：他就是要選擇這種好日子，光明正大地帶上小女人出門逛去。自然，又少不了一番七嘴八舌的熱議，就像聯合國臨時召開安理會，絕大多數常理事都認為非得予以嚴厲制裁，否則不足以平民憤，而那個手持木槌準備一錘定音的重量級人物，已經被吵得頭暈眼花了，完全失去了自己的主張。這種時刻，程仁忽然覺得，做大哥真是一件吃力不討好的事，弟妹們的矛頭基本都指向了他。

　　程信忍不住先發飆了，這事明明都怪大哥，昨天偏不讓我們提，現在人家遠走高飛了，看你怎麼收場！

　　一向對家事有些漠不關心的程禮，這陣子也不無狐疑地質問起了程仁，大哥，我老覺得你是不是有啥事瞞著我們？

　　老二，別扯淡了，我能有什麼好隱瞞的？程仁腦門的青筋都蹦起多高，他覺得自己真是有口難辯了。平心而論，這次父親的事他確實知之甚少，他已經記不得有多久，沒有好好跟父親坐在一起聊一聊家常了，更不要說是這種本來就難以啟齒的個人感情問題，因此，對於父親的最新的思想動態，他完全忽略掉了。或者說，父親在他心目中，早已經垂垂老矣，老胳膊老腿，定了型的，不會再發生任何改變，就如一株大半截都枯朽了的老樹，根本不可能再起死回春，不過是一天天挨光陰、混吃等死罷了，

他又何曾想到過，老人會有這方面的需求，而且，會如此的強烈，不擇手段。

這一夥人裡，唯獨大妹還算比較理智，她見大哥臉色已十分難看，就過來打圓場說，事到如今了，咱們就別怪天怪地的，要怪就怪咱們自己，都太麻木了。可小妹還是不依不饒，她乜斜著白眼球說，大哥就是把她的話當耳旁風了，她明明打過幾個電話提醒過他的，要是大哥能及時跟老爺子談談，做做工作，事情也不至於發展到今天這麼荒唐的地步。程仁簡直快被妹妹給氣暈了，他竟像個大男孩似的蹲在地上，雙手胡亂搓揉的頭髮，儼然一副失敗者的沮喪嘴臉，他不滿地咕噥著，誰說沒談，前天到底是哪條小狗，約好去見老爹，臨時又不露面的？程智見大哥真的急眼了，又忙補充說，我和大哥確實跟老爺子攤過牌，結果怎麼樣，你們也知道，老爺子在茶館裡說是要去上衛生間，可他自個一道金光溜了，把我跟大哥傻傻地晾在那裡。

大夥兒吵吵得正不可開交的工夫，程仁的手機忽然叫了起來，掏出來一看卻是兒子打來的。他正憋著滿腔的火氣沒處發洩，便抓起手機，大聲吼嚷起來，你個臭小子，還記得你老爸死活啊，大過年的不老老實實回家，就知道一個人在外面躲清靜，你還是不是咱程家的長孫了！

兒子在電話那邊一個勁兒給程仁賠禮道歉，最後才言歸正傳說，爸，你聽我解釋好不好，不是我不想回家過年，主要是因為，爺爺說他好多年沒出過遠門了，在家待著悶得慌，他想趁著過年這幾天來南方轉轉，我正好又放寒假沒事，就幫忙訂了機票和旅館，爺爺還要讓我一定替他保密，現在我已經在機場等著接爺爺呢，所以，才斗膽敢給你們打這個電話，我這也算是替爸媽盡了孝心，沒有功勞總還有苦勞吧。

兒子說得輕輕鬆鬆，程仁卻覺得自己彷彿石化了，老半天呆住沒了言

語。現在的情況是，就在他們兄妹幾個對父親的行為指指點點不恭不敬的時候，兒子卻在遙遠的南方全心全意地恭候著爺爺的到來。且不論事情的對與錯，單就兒子的懂事程度和一番孝心，這屋子裡似乎誰也比不了的。程仁只是茫然地衝手機哦哦了幾聲，最後才盡量平緩語氣說，那你小子可要多費點兒心，爺爺我就交給你了。兒子馬上給他打了保票，讓他放一百二十個心，說已經把接下來幾天的行程都替爺爺安排好了，一定會照顧好老人家，讓他開開心心的。

當程仁一字不落地將這個突來的消息通報給大家的時候，房間裡至少安靜了一刻鐘，每個人都變得有些心事重重的。

又是程信率先打破了沉默，她氣沖沖地說，這到底算什麼？老爸這分明就是成心的，表面看他是想出去轉一轉，可實際上呢，還不是想通過這事逼咱們就範，這叫和平演變，到時候生米煮成熟飯，我們幾個還能怎麼樣？

這次程仁當機立斷打斷程信的話道，小妹，妳也別太胡咧咧，咱爸還不至於那樣陰險吧，再說退休這些年，他確實哪裡也沒去過，這回能出去散散心，又有大孫子陪著，我看也不是啥壞事情嘛。

程信聽了，很不服氣地梗著脖子道，那他幹嘛神神祕祕的，還非要帶上那個狐狸精？搞得跟要去私奔似的，成啥體統嘛！

沒等程仁再開口說什麼，程禮也在一旁添油加醋，就是嘛，大過年的，虧他怎麼想出來的？八成都是那個壞女人挑唆的！

這下，程信總算是找到了幫手，忙附和道，二哥這話在理，反正都是咱爸花銀子，人家落得個瀟瀟開心，免費旅遊，誰不喜歡。

程仁實在不想再聽他們這樣東拉西扯，就說事情已經這樣了，總不能把他們追回來吧。

哼，追是追不回來了，可大哥你得好好給你兒子叮囑叮囑，讓他千萬把爺爺給盯緊了，別讓那個狐狸精鑽了空子！

程信回頭說這番話的時候，眼神中忽然有種很狡黠的東西在閃爍。

夠啦！夠——啦！！

一直站在旁邊安安靜靜的嬌嬌，突然失聲尖叫起來。少女激憤的聲音裡幾乎帶著歇斯底里的味道，一下子就把在場的所有長輩全都震住了，霎時，房子裡變得鴉雀無聲。程智稍一愣神，簡直有點兒不敢相信自己的耳朵，當她意識到，那種可怕的尖叫聲，是從自己女兒那副柔弱的身體裡迸發出來時，才紅著臉不無尷尬地快步走過去，狠狠瞪了嬌嬌兩眼。

妳瘋了，亂嚷什麼？這裡哪有妳小孩子家說話的份兒！

這種時候，嬌嬌的臉色的確非常難看，眼神中迸射出豁出去的味道，胸口正往外一鼓一鼓的，做母親的還從未見自己的孩子這樣激動過呢。

不等程智再次開口說話，嬌嬌就像打開了的話匣子，一股腦地衝大夥兒道：

你們口口聲聲都在數落姥爺的不是，好像姥爺真的讓每個人都蒙羞了似的，可我覺得你們更有問題，姥爺不辭而別，他偌大年紀，出一次遠門多不容易，可你們有誰真正關心過他的健康和平安，你們在乎的只有自己的面子，你們太自私了、太冷漠了！

程智壓根沒料到，一向文文弱弱的乖乖女，講起話來竟跟大人似的，一套一套的，又那麼地不知輕重，她的臉上再也掛不住了，忙低著頭用力推搡著嬌嬌的肩膀，想要把她弄到別的屋子去，絕不能再由著孩子信口雌黃了，但嬌嬌此刻就跟犯犟的牛犢相似，任憑誰也休想搬得動她。

嬌嬌變成一隻好鬥的小母雞，一邊用力反抗母親的推搡與拉扯，一邊繼續向所有人嚷道：

媽，妳別管我好不好，妳就讓我把話說完，這幾天人家都快鬱悶死了，要是不說出來，我會活活憋死的！本來好好的一個年，這下都讓你們給攪黃了，就算姥爺真想跟那個女人結婚，那又能怎麼樣，地球又不會毀滅，世界末日也不會到來！再說，姥姥都走了那麼久，姥爺又沒犯哪門子法，難道他再婚了，從此就不再是姥爺了？還有，你們是否想過，也許將來有那麼一天 ── 對不起，我只是假設 ── 假如你們自己也遇到跟現在姥爺一樣的狀況，你們希望自己的孩子 ── 也就是在座的我們 ── 怎麼來對待你們呢，是置之不理，還是冷嘲熱諷、橫加干涉……

程智萬萬不能再允許女兒這樣唐突下去了，她實在是忍無可忍，猛地揮起手來，給了嬌嬌一記耳光。

放肆！妳這孩子，也太沒大沒小了！！

耳光聲太響亮了，啪的一聲，像炸開的炮仗，一時間屋子裡的人又全都愣住了。

那一刻，嬌嬌驚愕地拿手捂著漲紅的臉蛋，滾滾的淚珠兒就在眼眶裡直打轉，她狠狠地咬了咬嘴唇，鮮紅櫻桃般的下唇便留下一排清晰的牙印。最後，她憤憤地撂下一句，你們太讓人失望了！就頭也不回地衝進衛生間去，並隨手鎖閉了房門，只聞得水龍頭嘩嘩啦啦在響。

八

父親回來的那天已是正月初八。

程智娘兒倆是搭乘頭天傍晚的航班飛走的，程仁依然開車去機場送行。一路上，嬌嬌始終淚眼迷濛地望著車窗外，一語不發。那天之後，嬌嬌跟母

親的關係一直很僵，以至於吃飯兩個人都不願在同一張桌上坐著，誰也不想跟誰說一句話，或許，孩子正處在青春期的緣故吧，有些叛逆情緒也在所難免的。程仁盡量在她們娘兒倆中間周旋和調停，可這小姑娘身上確實有股子罕見的倔勁，可以毫不誇張地說，跟少女時代的程智幾乎一模一樣。所以，他才半開玩笑地勸程智說，有其母必有其女，妳就原諒孩子吧。

分別的一刻，程智用力跟大哥擁抱了一下，同時，若有所思地說，這些天她反反覆覆想過了，老爺子的事還是順其自然吧，老姑母說得在理，就算放開了讓他找，還能找幾個呢，只要他自己覺得晚年幸福就好。她還提及當年母親那樁事，說她其實早就原諒了父親，她相信父親是疼愛母親的，所以才能斷然做出那個不得已的決定，這些年她只是一直不能說服她自己。現在，一切都過去了，明年這時候，她保證一家三口會一起回來過年的。

大人說話的工夫，嬌嬌就靜靜地站在旁邊，興許她也聽到了母親的談話，在跟大舅作別的時候，終於忍不住嗚咽起來，晶瑩的淚珠兒撲簌簌地像斷了線的珍珠，一顆一顆無聲砸落。程仁趕緊拍撫著嬌嬌的後背說，好孩子，不哭，不哭……妳在舅舅眼中是最懂事的！記住，千萬不要記恨妳媽媽，她那也是為妳好。嬌嬌的額頭終於輕輕地碰了碰他的胸口。

初八這天，因為單位頭天上班要查崗脫不開身，程仁只好讓程信去機場接人。程信在電話裡一百二十個不樂意，說美得那個狐狸精，難不成還要拿八抬大轎抬她進門？程仁道，讓妳去妳就去，難道連老爺子妳都也不管了！程信這才嘟嘟噥噥閉了嘴，又說，那你可得給我報銷來回的路費啊。快到中午飯口時，程信突然興興頭頭打來電話，聽那口氣像中了刮刮獎頭彩一樣樂不可支。哥，我告訴你個好消息吧，這下他倆肯定臭了！程仁丈二和尚摸不著半點兒頭腦，什麼香了臭了的，讓妳接的人呢？程信回

答說，當然接到家了，老爺子見了我，還有點兒不好意思呢，我就拿話揶揄他，這回你老遊山玩水逛美了吧，你猜他咋說的，他紅著臉皮，半天擠出仁字，美個屁。這時，那個狐狸精拉著小崽子背著行李隨後跟了出來，我壓根沒拿正眼瞧她，故意攙起老爺子的胳膊大步往外走。等一出大廳，我正拿眼睛瞄摸民航大巴在哪兒停呢，你猜怎麼著，那個狐狸精逕自招手攔住一輛出租車，拉起孩子鑽進車裡就顛了，連頭也沒回一下。我就納悶了，忙問老爺子，喂，人家怎麼撇下你自己先溜了，是不是不要你了？你猜老爹當時是啥表情，那張臉啊，就跟吃了半斤黃連似的，半天只拿鼻子苦哼了哼，才氣呼呼地說，走就走唄，好像誰離開誰活不成。後來坐大巴回家的路上，我才又拿話套他，可老爺子氣得鼓鼓的，多一個字也不想跟我談。我說，你那是活該的，誰讓你放著好好的年不過，偏偏別出心裁出去旅遊，還帶上那麼個狐狸精，不受氣才怪呢。沒想到老爺子這時真的火急了，差點沒從椅子上蹦起來，他氣沖沖地瞪著我說，往後不准再提那個姓蘇的。

過去一週的時間裡，父親和那個小蘇究竟在外面發生些什麼，程仁也是後來從兒子嘴裡零星探知的。兒子大概礙於爺孫間的情面，起初也是三緘其口，難露其詳，只說也沒啥大不了的，都是些雞毛蒜皮的小事，讓程仁還是親自問爺爺去。後來經不住程仁再而三地追問，才透了其中的一兩個小細節。

據兒子講，剛去南方的頭三天，倒也風平浪靜，主要就是帶著他們逛了附近的一些名勝古蹟和市內的公園廣場什麼的，爺爺跟那個女的每天都有說有笑的，兩個人還一左一右牽著那個小傢伙，兒子還乘機給照了好多相片。後來到了第四天頭上，那個女的就提出來，不想再去看什麼風景了，她說要上街好好逛逛大商場去。兒子欣然點頭了，便帶著他們去了當

地最著名的步行街，那是這個南方城市最重要的一條十里洋場，中國每年的進出口交易會都是在這裡舉行的，國內外的各種商品貨物琳瑯滿目、應有盡有，女人們一到這種地方，就像到了天堂，眼睛通常都不夠使了，腳底下根本邁不開步。

那女的尤其喜歡試衣服，天性使然，什麼T恤、裙子、長褲、風衣、外套，甚至真絲睡衣，穿了一件又一件，惹得人家服務員都一個勁兒拋白眼。爺爺就像忠實的老僕人，抱著那個小孩子，傻呆呆地戳在旁邊乾等著。這樣大半天逛下來，那女的總算是挑上一件自己滿意的水紅色長裙，一問價錢要好幾千塊呢，說是什麼世界名牌，爺爺皺著眉頭說，又不是金絲銀絲做的，咋那麼老貴老貴的。那女的不以為然地說，你老土了吧，這叫純天然真絲的，穿在身上對我們女人的皮膚最有好處，我早就想買一件了，只是一直碰不上稱心如意的。爺爺搖著頭堅持說，要不咱們再往前面轉轉，興許還有更好的呢。

其實，兒子知道爺爺嫌貴，就說他知道一個更好的地方，那裡的東西絕對物美價廉。後來，兒子就輾轉地把他們領到火車站附近，一個專門搞服裝批發和集散的大市場裡，果然兒子很快就找到了類似的女裝鋪位，一打問，同樣的裙子還真比商場便宜十幾倍，爺爺當即就大方地要掏出錢給買了。哪知，那女的卻沒了好心情，眼睛不是眼睛，鼻子不是鼻子的，甚至連那衣服都懶得再試一下，嘴裡唧唧咕咕，說這種破地方能有啥好貨，還說爺爺是成心拿這種地攤貨打發叫花子呢。爺爺說不就是件衣裳麼，穿在身上還不都一個樣，咱幹嘛花幾千塊冤枉錢呢。那女的急赤白臉，乜斜著眼睛說，這根本不是錢不錢的問題，這說明你老程心裡壓根就沒我這個人，你把錢看得比命還當緊。爺爺聽了這話，也多少動了氣，忙爭辯說，我大過年的帶你們娘兒倆出門逛，把一家兒女都撇在家裡，妳還說這種沒

良心的話。那女的一聽更來了勁，一手卡腰，一手指著爺爺嚷，不提這個還好，你一提他們，我渾身上下都想冒火，你那些狗屁兒女，哪個能像我那樣盡心盡力伺候你？我讓你花千把塊買件衣裳，你就心疼得不行了，你留著那些退休金，將來是買棺材板用，還是等百年之後，讓你那幫孝子賢孫們揮霍去！這話實在太過分了，連兒子也聽不下去，老人當時簡直快被氣暈了，他一定沒想到那女的會說出如此不堪的話，他渾身上下都篩糠樣抖顫起來，好在兒子在身旁及時扶住，老人才不至於癱在地上。

接下來兩天，老人哪都沒去，成天就悶在兒子學校附近的小旅館裡。南方的那種小旅館非常簡陋，主要是為了方便每年新生報到時，那些陪送學生的家長臨時住宿用的。人家小蘇每天洗漱完畢，照樣描眉畫眼拉著孩子上街去閒逛，頂多出門的時候不鹹不淡撂一句，走了，飯自己解決吧。兒子說，那兩天爺爺的心情糟透了，一整天也不說一句話，總是一個人呆呆地趴在窗前，盯著外面那片綠油油的芭蕉葉出神。南方的雨水說來就來了，漫漫瀙瀙下個沒完，雨點劈劈啪啪敲打著外面的芭蕉葉，也敲打著模糊的窗玻璃，房間的光線漸漸暗淡下來，爺爺的身影變得瘦小而又孤單，偶爾發出的嘆息聲，讓房間顯得更加陰鬱。

兒子說，他實在是無法理解爺爺當時的心情，只是從爺爺跟那女人的言談舉止間獲悉，他倆的關係出現了不可彌合的裂痕。對此，兒子沒有向程仁表達任何個人看法，也許只是出於對年邁的爺爺最起碼的尊重。他倒是反問過家裡人都是什麼態度。

程仁只得在電話裡敷衍一番兒子，說大家意見不太統一，關鍵要看爺爺自己的想法。兒子沉默了一會兒才說，早知道這樣，他真不該幫爺爺這個忙的，爺爺當初並沒有跟他說實話，只說是想帶一個親戚和小孩來南邊散散心的。程仁想了想說，兒子你做得沒錯，不然爺爺會更傷心的。

九

　　春天真是不經過，刮幾場惱人的沙塵暴，就到一年一度的清明節了。

　　父親提前給程仁通了電話，說今年也想去墳上看看。往年，都是程仁帶著兄妹們去掃墓的，父親只在家中母親遺像前上炷香，默默禱告一番。程仁就說，山上一開春，風大齁冷的，你老腿腳又不方便，能不去就不去了吧，當心再受涼感冒。哪知老人的牛脾氣又來了，衝著電話嚷叫，狗日的，我就是想去看看你媽，這個你也管啊？嚇得程仁再不敢吱聲了。這中間，程智也主動來電話，一是打問父親近來的狀況，二是也有回家上墳的打算。程仁就說，老爺子最近安生得很，能吃能睡的，就是麻將打得太凶；小妹說他整天泡在麻將館裡不動窩，頸椎病都快打出來了，勸他也沒用，不過忙一點兒也好，省得他一個人又胡思亂想的。他還勸大妹別再興師動眾跑回來了，說那根本不值當，等大夥兒給母親燒紙的時候，替她念叨念叨就成了。

　　其實，程仁還是跟大妹隱瞞了一件事，就是那個小蘇後來到父親家裡狠鬧過兩回。

　　頭次兒女們都不在身邊，事後小妹還是聽父親家對門的女鄰居講的，說那女人一直哭哭啼啼的，一陣尋死一陣覓活，好像是來求老程原諒她什麼的，具體說些啥，聽不太真切。另外一回，小蘇是帶了幫手一同來的。這次父親大概感覺到情況不妙，就在打開房門之前，先給程仁程信他們撥了求援電話，等兒女們急急火火趕到時，屋子裡已經吵得天翻地覆了。

　　一個五大三粗的中年男人，自稱是小蘇的遠房表兄，口口聲聲要父親賠償一筆青春損失費，說他表妹不能白白讓一個糟老頭子占了便宜，若是不拿出十萬塊來私了，他們就要上人民法院起訴打官司。程仁自然要據理

力爭，說這本來就是兩廂情願的事，她一個已婚女人，難道不明白嗎，誰也沒強迫她這樣做。程信更是當仁不讓，說小蘇原本只是居委會介紹來伺候老人的，放著好好的月嫂不做，自己心甘情願賴在別人家裡，攆都攆不走，我們還想告她圖謀不軌呢。就這樣，雙方又是一番火力相拼，無非是公說公有理，婆說婆有理，最後實在鬧得難開交了，程禮也是急中生智，就拿出手機威脅說，乾脆打 110 報警算了，不要再跟他們囉嗦下去！姓蘇的女人或許自覺理虧，才悻悻灰灰地帶那男人撤了。

再後來，這事也就不了而了了。但程信一直很懷疑父親，她說老爹一準兒是私下裡出了點兒血，肯定是拿錢封了那狐狸精的嘴，不然的話，那女的怎能善罷甘休呢。程仁倒也疑惑過，但他實在不想再提及此事，生怕事情真鬧大了，於雙方都沒有好處，尤其是他自己，畢竟還要在機關單位混飯吃呢。

吃一塹總得長一智。姐妹幾個裡面數程信心眼最活泛。有一天，她又像往常一樣去幫父親收拾屋子，趁老人坐下吃飯不留神的工夫，她偷偷地從鑽進臥室，從櫃子底裡取走了那張房產證，她總擔心老爺子哪天又犯糊塗病。不過，這件事小妹可再也沒對大哥他們講。

浮力的重量

楊新嵐

一個漂在城市中的大齡「醜男」，租了一個「野女人」回鄉，安慰他那臥床多年且病情加重的老父親。作者不緊不慢地把一正一邪一醜一美的兩個男女，裝進一個旅途，扮成一雙新人安慰故鄉的親人。

貧窮而滿懷愛意的親人們讓「野女人」找到了家和愛的感覺，對親情的渴望迅速產生一股強大的浮力，推動她從此告別皮肉生涯，回到有尊嚴的生活，她開始假戲真做。

「醜男」的同學方寅虎是這場演出的知情者與羞辱者，他固執地要把「爛女人」扯回城裡，廝打中，「醜男」出現，自卑而沉默一生的他衝天一怒……

一個漂在城市中的鄉人，沉在失意人生中的鄉人，拚命一搏，浮出了水面，捍衛了他的尊嚴。

作品的結尾乾淨漂亮：朱安身反反覆覆嘟囔這幾個字，什麼漂啊，沉啊，浮啊的……也不知都啥意思，興許，是我耳朵聽差了？

這個結尾，既點題，又自然，是主人公一生的三種狀態，又有一種伸向遠方的迷茫。一個讀書時能學好阿基米德定律的優秀少年，因為「醜」這種先天的不足，感覺被生活打壓到塵埃深處，借助金錢和「野女人」，才能回鄉安慰親人，屈辱的假戲中還有人來攪局和羞辱，衝天一怒之後，陷入更深的困境……

這部作品在 2018 年的中篇中，應該是一部能進入排行榜的佳作。從鄉村進入城市，是四十年來文學的主題，以路遙的《平凡的世界》為代表，寫出了這種變遷中的種種身分的改變及精神之痛。那種不顧一切撲向城市的決絕和代價是今天的年輕人難以理解的痛。

浮力的重量

　　在都市化發展到今天的當下，鄉村已經成為眾多作家塵封的記憶，從城市回到鄉下，到底是一種什麼狀態？今天貧困地區的鄉村，究竟是一種什麼樣的人際關係和親情關係？人們為什麼回鄉？會不會把真實的城裡的生活告訴親人？親情是怎麼在城鄉之間維繫的？那些古老的面子為什麼值得人用性命去捍衛？

　　張學東的寫作中，始終滲透著一種《紅樓夢》中小人物的視角，他在本色場景中，不聲不響地緩緩展開他的人物，讓他們自己去碰撞，去感知，去熔化，生出新的感覺和行動。

　　在本文中，他的視角又加重了現實的分量，添加了外來文化的視角。阿基米德定律作為一種童年時外來的文化符號，成為他一生中浮沉漂泊的尺規，少年時在阿基米德定律上獲得的滿足成為人生中再難企及的高度。

　　阿基米德定律中，物體的浮力等於排開水的重力。定律移植到文學中，一個男人在社會中到底是漂浮、沉浮還是懸浮，他的浮力到底多大？大致等於他在女人心中的重量。醜男眼見著「野女人」真心不嫌棄地給老父父親接尿擦身，他的人生中，有過女人的暖，但暖過之後是一種遠離，這個「野女人」才是他的真愛，他不能允許旁人把她看成「爛女人」呼來喝去，於是，衝天一怒……

阿基米德定律：
孤寂的靈魂彼此依偎，在鄰近深淵處獲得救贖

作　　者：張學東

發 行 人：黃振庭

出 版 者：崧燁文化事業有限公司

發 行 者：崧燁文化事業有限公司

E-mail：sonbookservice@gmail.com

粉 絲 頁：https://www.facebook.com/sonbookss/

網　　址：https://sonbook.net/

地　　址：台北市中正區重慶南路一段六十一號八樓 815
室

Rm. 815, 8F., No.61, Sec. 1, Chongqing S. Rd., Zhongzheng
Dist., Taipei City 100, Taiwan

電　　話：(02)2370-3310

傳　　真：(02)2388-1990

印　　刷：京峯數位服務有限公司

律師顧問：廣華律師事務所 張珮琦律師

國家圖書館出版品預行編目資料

阿基米德定律：孤寂的靈魂彼此依
偎，在鄰近深淵處獲得救贖 / 張學
東 著 . -- 第一版 . -- 臺北市：崧燁
文化事業有限公司 , 2024.01
面；　公分
POD 版
ISBN 978-626-357-891-3(平裝)
857.63　　112020951

定　　價：450 元

發行日期：2024 年 01 月第一版

◎本書以 POD 印製

電子書購買

臉書

爽讀 APP